JN374986

제5열

3

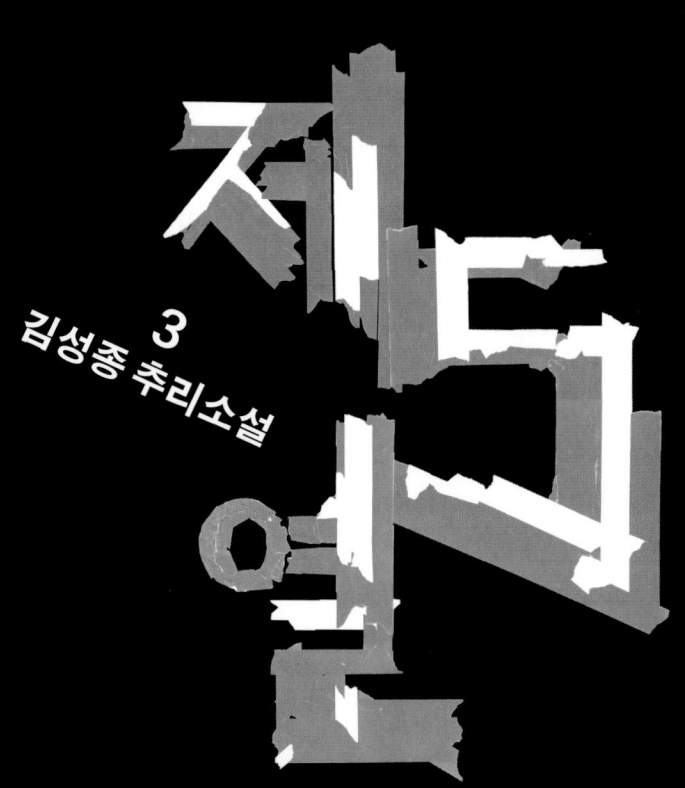

김성종 추리소설

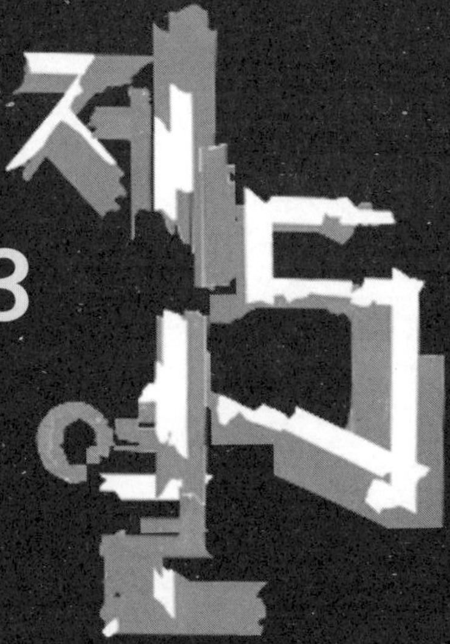

3

제5열

3

김성종 추리소설

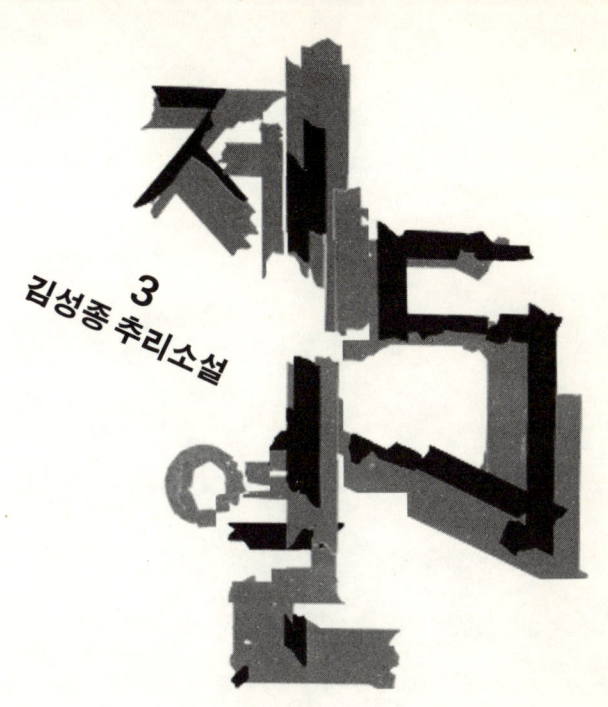

도서출판 남도

제5열 3권

차 례

추적(追跡)의 벽(壁)

한편 엄 과장은 날이 밝자 일본에 가는 것도 뒤로 미루고 새로 장 후보의 경호를 맡게 될 요원들을 데리고 부산으로 향했다. 일행이 두 대의 세단에 분승해서 부산에 도착한 것은 오후 1시경이었다. 그 길로 오리엔트 호텔로 직행한 엄 과장은 장 후보가 묵게 될 방을 체크했다. 장 후보 부대가 잡아놓은 방들은 모두 해서 20개나 되었다. 그것은 5층 전체에 해당되는 방 수였다.

엄 과장 일행은 6층에 방을 하나 얻었다. 그런 다음 급히 식사를 마치고 대회전이 벌어질 공설 운동장으로 향했다. 차속에서 엄 과장은 요원들에게 엄중한 지시를 내렸다.

"오늘 같이 장 후보가 대중 앞에 모습을 드러낼 때가 가장 위험합니다. 장 후보를 지키는 경호원들이 있긴 하지만 믿을 바가 못 됩니다. 언제 어디서 총알이 날아올지 모르니까 경호원들이 눈치 채지 못하게 장 후보를 철저히 경호하기 바랍니다. 오늘 만일 불행한 사태가 벌어지면 우리들 계획이 수포로 돌아가는 것은 물론 국가적으로 큰 위기가 닥칠 겁니다. 어떻게든지 오늘만 무사히 넘기게 하면 그 다음부터는 우리가 장 후보를 전적으로 경호하게 되니까 안심해도 될 겁니다. 아무쪼록 불행한 사태가 일어나지 않도록 힘써주시기 바랍니다."

요원들은 잠자코 각자의 피스톨을 점검했다. 마지막으로 엄 과장이 각자의 무전기를 점검했다.

그들이 공설운동장에 도착했을 때 시간은 2시 30분을 가리키고 있었다.

넓은 운동장은 수십만의 인파로 출렁이고 있었다. 운동장을 가득 채운 사람들은 운동장 밖 언덕 위에까지 올라가 있었다. 엄 과장은 일행과 헤어져 본부석 뒤쪽으로 갔다. 다른 네 명은 사람들을 헤치고 곧장 본부석 전면으로 향했다.

본부석에는 아직 장 후보가 나타나지 않고 있었다.

엄 과장은 본부석 뒤쪽에 있는 담 위로 올라가 걸터앉았다. 거기서는 본부석을 중심으로 한 부근이 한눈에 잘 들어왔다. 색깔이 진한 선글라스를 끼고 담 위에 걸터앉아 있는 그의 모습은 영락없이 강연을 들으러 나온 청중 같았다.

부근을 경비하던 경찰 한 명이 그를 발견하고 호각을 불어대면서 내려오라고 손짓을 했다. 그는 몹시 난처했지만 그대로 앉아 있었다. 화가 난 경찰이 몽둥이를 빼들고 달려오자 그는 하는 수 없이 담에서 뛰어내렸다. 그리고 경찰의 어깨에 손을 얹고 낮은 목소리로 말했다.

"나는 강연을 들으러 온 게 아니오. 요인 경호를 맡고 있으니까 방해하지 마시오."

경찰은 갑자기 표정이 굳어지면서 상대를 조심스럽게 살펴보았다. 그리고 순순히 물러나기가 멋쩍었던지 신분증 제시를 요구했다. 엄 과장은 경찰의 어깨를 툭툭 쳤다.

"기관원이 함부로 신분을 노출시켜서는 안 된다는 걸 잘 알지 않소. 자, 이 정도면 되겠소?"

그는 저고리 단추를 빼고 겨드랑이 밑에 찬 피스톨을 슬쩍 보여주었다. 그러자 경찰은 차렷 자세를 취하면서 거수경례를 하려고 했다. 엄 과장은 재빨리 손을 저었다.

"다른 사람들이 보면 이상하게 생각할지 모르니까 그냥 조용히 돌아가시오. 그리고 내가 경호원이란 걸 누구한테도 말하지 마시오."

"알겠습니다."

경찰이 돌아가자 그는 다시 담 위로 올라갔다. 그때 각 정당의 후보들이 높이 마련된 본부석으로 올라오는 것이 보였다. 엄 과장은 뚫어질듯이 장 후보 쪽을 바라보았다. 장 후보는 맨 마지막으로 올라오고 있었다. 그가 자리를 잡고 앉을 때까지 엄 과장은 시선을 떼지 않았다.

본부석 밑에는 각 후보의 경호원으로 보이는 사나이들이 형식적인 경호를 위해 다리를 벌리고 서있었다. 엄 과장은 무전기(워키토키)를 꺼내들고 첫 신호를 보냈다.

"샌드위치 나와라."

응답을 알리는 신호 소리가 삑삑 하고 났다.

"샌드위치는 밑에서 날아 올 수 있는 총탄의 적중률을 어느 정도로 보는가?"

"거리는 20미터…… 명사수의 경우 적중률을 1백 프로."

"그 1백 프로를 저지하라. 보고 바람!"

"2명을 배치시키겠음. 1명은 본부석 아래, 1명은 본부석 위에 배치시키겠음."

"좌우로 침투할 가능성이 많다. 좌우는 밑에서 발사가 불가능하기 때문에 본부석으로 뛰어들 가능성이 있다. 장 후보 양쪽 자리를 확보할 수 없는가?"

"해보겠다."

"본부석 후면은 코브라가 책임지겠다. 원거리에서 총탄이 날아올 가능성도 있다. 그쪽에서 보기에는 어떤가?"

"인접 건물이 없기 때문에 원거리 사격은 불가능할 것으로 사료됨."

"오케이. 변동 사항 있으면 보고 바람."

엄 과장은 무전기를 끄고 담에서 뛰어내렸다. 그리고 본부석 뒤쪽으로 뛰어갔다.

본부석 주위는 경찰들이 지키고 있기 때문에 일반 사람들의 접근이 금지되고 있었다. 마침 아까 만났던 경찰이 보였으므로 엄 과장은 그쪽을 통해 쉽게 본부석으로 들어갈 수가 있었다.

본부석에는 후보들 외에도 수십 명이나 되는 사람들이 앉거나 서 있어서 매우 혼잡스러웠다. 이러한 곳에 장 후보가 몸을 드러내놓고 있으니 엄 과장으로서는 가슴이 조마조마할 수밖에 없었다.

그는 저고리 단추를 끌러놓고 장 후보의 뒤쪽을 훑어보기 시작했다. 누가 이상한 눈치라도 보이기만 하면 신경이 폭발할 것 같았다.

장 후보의 양쪽에는 이미 샌드위치와 장의사가 자리를 잡고 앉아 있었고, 그 앞에 좀 떨어진 곳에는 알렉산더가 서 있었다. 본부석 아래에 있는 젠틀맨은 보이지 않았다. 하여간 다섯 명의 사나이들이 눈을 부릅뜬 채 지키고 있었지만 장 후보가 몸을 훤히 드러내고 있는 이상 완전한 경호를 기대할 수는 없었다.

범인이 마음만 먹으면 침투할 수 있는 여지가 많았고 언제 어디서 총알이 날아올지 알 수 없었다.

제일 위험한 순간은 장 후보가 일어서서 강연할 때다. 그때는 어떻게 손을 쓸 도리가 없는 것이다. 마침내 킬리만자로 요원들이 두려워하는 순간이 다가왔다. 장 후보가 연설을 하기 위해 일어선 것이다. 우레 같은 박수와 환호 소리를 들으면서 경호원들은 눈을 번득이기 시작했다.

엄 과장은 겨드랑이 밑에서 피스톨을 뽑아 저고리 오른쪽 주머니 속에 넣고 방아쇠에 손가락을 걸었다. 움직이는 사람들을 감시하느라고 그는 눈이 돌아버릴 지경이었다.

장연기 후보는 두 팔을 번쩍 쳐든 채 환호하는 군중들에게 손을 흔들었다. 이윽고 그는 목청을 가다듬으면서 천천히 입을 열기 시작했다.

그의 말투는 처음에는 아주 느려서 듣기에 답답할 정도였다. 그러나 시간이 흐름에 따라 그의 말씨는 빨라지고 그 특유의 사람을 사로잡는 듯한 위풍을 보이기 시작했다. 그의 논리 정연하고 힘찬 강연에 청중들은 갑자기 벙어리가 된 듯 침묵했고, 순식간에 압도당하는 것 같았다.

"……이 장연기는 여러분들에게 화려한 공약을 내걸지는 않겠습니다. 저는 가장 기본적인 권리를 여러분들이 향유할 수 있도록 하는데 최선을 다하겠습니다. 그 기본적인 권리란 첫째, 국민 여러분이 인간답게 살 수 있는 생활 조건을 갖추는 것입니다. 이를 위해서 빈부의 격차를 좁히고 후생복지제도를 강화하는 등 사회개발에 박차를 가할 생각입니다. 둘째, 저는 국민 여러분이 진실로 자유 민주주의에 살고 있다는 자부심과 긍지를 가질 수 있도록 자유스럽고 평화로운 사회 건설에 힘을 쏟겠습니다. 여러분의 자유와 평화를 저해하는 자가 있다면 저는 그 자를 적으로 간주하고 국민의 이름으로 그 자를 단호히 처단하겠습니다."

다시 청중들의 우레 같은 박수와 함성이 터져 나왔다. 장 후보에 대한 청중의 지지는 거의 절대적인 것으로 나타나고 있었다. 이창성을 비롯한 다른 후보들의 얼굴에는 초조한 빛이 나타나고 있었다.

엄 과장은 피스톨을 쥐고 있는 손이 땀으로 축축이 젖어 드는 것을 느꼈다. 샌드위치와 장의사는 서 있었다. 샌드위치는 저고리를 벗어든 채 팔짱을 끼고 있었는데, 옷에 가린 오른 손은 피스톨을 쥐고 있었다. 그는 얼굴이 온통 땀으로 젖어 있었지만 닦으려고도 하지 않은 채 장 후보의 오른쪽을 감시하고 있었다. 장의사는 뚱뚱한 편이라 샌드위치보다 더욱 많은 땀을 흘리고 있었다. 그는 오른쪽 저고리 주머니 속에 손을 집어넣은 채 시종 신경질적으로 껌을 씹어대고 있었다.

"끝으로 저는 국민 여러분들이 기본적인 권리를 향유하는데 있어서 무엇보다도 중요한 국가안보를 위해 전력을 기울일 생각입니다. 적들이 다시는 이 땅을 넘보지 못하도록 국가방위에 전력을 기울이겠습니다."

50만 인파가 질러대는 박수와 함성 소리는 지축을 뒤흔들고 있었다.

엄 과장은 눈이 튀어나올 지경이었다. 장 후보가 자리에 돌아와 앉는 것을 곁눈질로 지켜보면서 그는 조금 안도의 숨을 내쉬었다. 그러나 아직 마음을 놓을 수는 없다. 장 후보가 이곳을 떠날 때까지는 조금도 방심해서는 안 된다.

다행히 장 후보는 곧 자리에서 일어섰다. 본래의 경호원들이 장 후보를 에워쌌기 때문에 킬리만자로의 요원들은 뒤쪽으로 물러서야 했다. 엄 과장은 급히 한쪽으로 물러서서 무전기를 눌렀다.

"장 후보가 안전하게 승차할 때까지 경호하라! 방심해서는 안 된다!"

장 후보가 승용차에 오를 때까지 킬리만자로 요원들은 그의 주위를 경호하고 떠나지 않았다. 이윽고 장 후보의 차가 출발하자 엄 과장은 요원들에게 승차를 지시했다. 요원들의 얼굴에 비로소 안도의 빛이 나타났다. 그들은 모두 담배에 불을 붙이면서 차에 올랐다.

장 후보는 엄 과장과의 약속대로 호텔로 돌아왔다. 그가 참모들에 둘러싸여 다음 작전을 숙의하고 있을 때 전화벨이 울렸다. 비서가 수화기를 들자 어젯밤 장 후보와 약속한 것이라고 하면서 수화기를 바꾸라는 말이 들려왔다. 비서는 머뭇거리다가 수화기를 장 후보 앞으로 내밀었다.

"S의 3과장입니다. 약속을 지켜주셔서 감사합니다."

장 후보는 수화기를 귀에서 떼었다가 도로 가져갔다.

"오늘 강연을 무사히 끝내셔서 정말 다행입니다."

"감사합니다."

장 후보는 퉁명스럽게 대꾸했다. 상대는 거기에 상관없이 다음 말을 계속했다.

"수고스럽지만 제 말을 들어 주셔야겠습니다. 제가 있는 곳은 6층 5호실입니다. 제가 가서 모셔 와야 옳겠지만 남의 눈에 띄면 곤란해서 그럽니다. 박사님께서 아무도 모르게 직접 6층으로 와 주셔야겠습니다."

엄 과장의 말은 강압적인 요구라고 할 수 있었다. 장 후보는 몹시 불쾌했다.

"꼭 그렇게까지 할 필요가 뭐 있소?"

"아니, 꼭 그렇게 하셔야 합니다. 또 한 사람이라도 알면 안 됩니다. 절대 비밀을 지키시고 혼자서 와주셨으면 감사하겠습니다."

"알겠소."

장 후보는 수화기를 내려놓으면서 불쾌한 빛을 씻으려고 창밖을 바라보았다. 그러나 그는 결국 엄 과장의 요구를 어느 선까지 들어주기로 마음먹었다.

창모들이 그의 얼굴에 불쾌한 빛이 나타나는 것을 보고 무슨 일이냐고 물었지만 그는 대답하지 않았다. 조금 후 그는 피로하다고 하면서 참모들을 모두 물러가게 했다.

혼자 남게 되자 그는 방안을 서성거리다가 문을 열고 복도로 나가보았다. 밖에는 경호원 두 명이 서 있었다. 그가 말없이 복도를 걸어가자 경호원들이 뒤를 따라왔다. 그는 그들에게 손을 흔들었다.

"아, 따라올 필요 없어요. 잠깐 내려갔다 올 거니까."

경호원들은 머뭇거리다가 그 중 한 명이 아무래도 마음을 놓을 수 없다는 듯 장 후보를 계속 따라왔다.

장 후보는 엘리베이터에 오르면서 그 젊은 경호원을 제지했다. 경호원은 엘리베이터의 문이 닫히자 돌아서려다 말고 조금 이상하게 생각했다. 조금 전 장 후보는 내려갔다 오겠다고했다. 그런데 엘리베이터는 올라가는 중이었다. 만일 무슨 일이라도 일어나면 큰일이다. 당장 목이 잘리고 형사처벌까지 받게 될 것이다. 층수를 알리는 불빛이 6자에 머무는 것을 보자 경호원은 복도 중간에 나 있는 계단을 단숨에 뛰어 올라갔다.

그가 6층에 올라갔을 때 장 후보가 한 방으로 막 들어가는 것이 보였다. 경호원은 허둥지둥 그쪽으로 다가가 호실을 확인한 다음 안으로 들어갈까 말까하고 망설였다. 바로 그때 차가운 금속성이 목덜미에 와 닿는 것이 느껴졌다. 형사가 된지 1년밖에 되지 않은 젊은 경호원은 몸을 부르르 떨면서 고개를 돌리려고 했다.

"돌아보지 마!"

낮은 목소리와 함께 또 다른 총구가 이번에는 그의 옆구리를 쿡하고 찔렀다. 경호원은 떠밀려 604호실로 들어갔다. 들어서는 순간 그는 머리에 강한 일격을 맞고 앞으로 엎어졌다.

물에 젖은 손수건 같은 것이 코에 와 닿는 것을 느끼면서 그는 의식을 잃었다.

한편 605호실에서는 언쟁이 벌어지고 있었다. 언쟁은 장 후보와 엄 과장 사이에서 벌어지고 있었는데 장 후보가 흥분한 목소리로 말하는 것과는 대조적으로 엄 과장은 어디까지나 정중히 나오고 있었다.

"말도 안 되는 소리! 지금부터 내가 당신들과 함께 잠적해 보시오. 신문에 내가 납치됐다고 대서특필될 거고, 그렇게 되면 결과가 어떻게 될지는 잘 알지 않소."

"매스컴이 떠들 수 없도록 손을 쓰겠습니다. 그 점은 염려하지 마십시오. 그리고 대중 앞에 나서지 않는 대신 매스컴을 최대한 이용할 수 있도록 조처해 놓겠습니다."

"듣기 싫소! 당신들이 나를 경호하든 말든 난 상관하지 않겠소! 그렇지만 내 스케줄을 망칠 생각은 하지 마시오!"

엄 과장은 안타까운 표정을 짓고 있었다. 늙은 형사 출신의 사나이들은 묵묵히 장 후보를 내려다보고 있었다. 문 앞에는 어느 새 나왔는지 두 명의 젊은 요원들이 부동의 자세로 서있었다.

"적들은 국가 전복을 꾀하고 있습니다. 그 첫 번째 목표가 장 박사님을 제거하는 것입니다! 자, 이걸 보아 주십시오!"

엄 과장은 마지막으로 지금까지 수사한 극비 자료를 장 후보에게 내보였다. 거기에는 한국 측 보스인 Z와 그를 지원하고 있는 일본의 R과 Y의 관계, 그들이 이번 선거에서 노리고 있는 것, 그리고 북한이 Y로부터 무기를 구입하려고 기도하고 있는 것 등이 자세히 기록되어 있었다.

그것을 읽고 난 장 후보의 얼굴은 붉게 상기되어 있었다. 이윽고 그의 얼굴은 창백하게 굳어지고 있었다. 그는 너무 기가 막혔는지 한동안 침묵하고 있었다.

"빨리 결정을 내리셔야 합니다."

엄 과장이 시계를 들여다보며 재촉하자 그제서야 장 후보는 입을 열었다.

"이게 사실이라면 선거가 문제가 아닙니다. 나는 지금 수상각하를 만나서 이 사실을 알리고 비상조치를 취하도록 건의하겠습니다. 이러고 있을 때가 아닙니다."

엄 과장을 비롯한 4명의 요원들은 소스라치게 놀랐다. 이렇게 되면 오히려 일이 난처해진 셈이다.

"계엄령을 건의하시겠다는 겁니까?"

"그렇소."

장 후보는 결연히 자리에서 몸을 일으켰다.

"그럼 선거는 어떻게 되는 겁니까?"

"선거는 중지해야 합니다! 범죄 집단에서 내세운 인물을 상대로 선거를 치를 수는 없습니다! 만에 하나라도 내가 암살되고 그놈이 당선된다면 어떻게 할 거요?"

장 후보는 분노에 차서 손을 흔들었다. 그는 더 이상 말할 필요도 없다는 듯이 엄 과장이 내준 극비자료까지 든 채 문 쪽으로 걸어갔다. 그러자 문 앞에 서있던 젊은 요원들이 그를 막았다.

"선거를 중지할 수는 없습니다. 그것은 예정대로 실시되어야 합니다! 장 박사님의 당선은 확실합니다! 문제는 경호에 있습니다!"

뒤에서 엄 과장이 격한 목소리로 외쳤다. 장 후보는 그대로 나가려고 했지만 젊은 요원들은 문을 막아 선 채 비키려고 하지 않았다.

"용서하십시오! 선거가 끝난 다음에 처벌을 달게 받겠습니다. 용서하십시오!"

엄 과장의 말이 끝나자 두 명의 요원이 장 후보의 팔을 양쪽에서 움켜잡고 방 가운데로 끌었다.

"이, 이게 무슨 짓이야? 놓지 못해!"

장 후보는 노기를 띠면서 엄 과장을 노려보았다.

"용서하십시오! 저희들도 이렇게 하기가 싫습니다. 그렇지만 박사님께서 고집을 부리시니 이렇게 강제로라도 모시고 갈 수밖에 없습니다. 용서하십시오! 죄송합니다!"

엄 과장은 거듭 사죄를 하면서 요원들에게 재촉하는 눈길을 보냈다. 그러자 장의사가 마취제를 적신 손수건을 들고 장 후보 앞으로 가까이 다가섰다.

"나, 나를 어떡하겠다는 거지?"

"죄송합니다. 하는 수 없이 마취를 시켜서라도 모시고 가야겠습니다."

"뭐라고?"

장 후보는 눈을 부릅뜨면서 엄 과장의 손을 후려쳤다. 그리고 소파로 가서 털썩 주저앉더니 한숨을 깊이 내쉬었다.

"정말 이렇게라도 해서 나를 꼭 데려가야 하는 거요?"

"네, 하는 수 없습니다. 용서하십시오! 그만큼 위험하기 때문에 이런 무례한 방법을……. 만일 불상사가 일어나기라도 하면 국가권력은 놈들의 손에 넘어가고 맙니다."

"음……"

장 후보는 한동안 눈을 감고 입을 다문 채 무엇인가 깊이 생각했다. 이윽고 그의 눈이 번쩍 뜨였다.

"정 그렇다면 마취당해서 실려 나가기는 싫소. 내 발로 걸어 나가겠소."

"그럼 저희들 의사에 따르시겠다는 겁니까?"

"하는 수 없지 않소."

"죄송합니다. 감사합니다."

엄 과장은 감격에 겨워 목소리까지 떨릴 지경이었다.

즉시 장 후보에 대한 변장이 시작되었다. 흰 가발을 쓰고 브라운 색깔의 안경을 끼고 콧수염을 달자 장 후보는 전혀 다른 사람으로 변했다. 거기다가 양복까지 바꿔 입자 장 후보는 자신의 변한 모습에 스스로도 놀라는 것 같았다.

"혹시 나가시다가 계획을 바꾸시기라도 하면 안 됩니다."

"이것 봐요. 이건 사나이 대 사나이의 약속 아닌가?"

장 후보는 표정을 풀면서 웃으려다가 말았다.

이윽고 킬리만자로의 요원들은 장 후보를 에워싸다시피 하면서 밖으로 나갔다. 엘리베이터 속에서, 그리고 아래층 로비에서 장 후보는 경호원들과 참모들을 만났지만 약속대로 모른 체했다. 밖으로 나온 그들은 두 대의 세단에 분승해서 곧장 비행장으로 향했다.

그로부터 한 시간 후, 부산시 일원에 비상경계망이 펴졌다. 뒤늦게 장 후보의 실종을 알게 된 경호진이 부산시의 전 경찰력을 동원한 것이다. 경호 책임자는 장 후보의 실종을 납치로 단정했다. 장 후보를 따라갔던 경호원 한 명이 6층의 한 방에서 구타를 당하고 마취까지 되었던 사실에 비추어보아 납치라고 단정할 수밖에 없었다. 그러나 아직 공식 발표할 단계가 아니었으므로 그는 수사를 강화하는 한편 상부에 이 사실을 보고했다.

비상경계망은 부산시 일원에서 전국으로 파급되었다. 그러나 그렇게 되기까지는 거의 두 시간이나 걸렸고, 그 사이에 장 후보는 이미 서울에 도착하여 어느 비밀장소에 몸을 숨겼다.

오리엔트 호텔은 흡사 벌집을 쑤셔놓은 것 같았다. 경호 책임자는 자신의 불운을 한탄하면서 납치범들에게 마구 저주를 퍼부었다.

수사가 강화되고 있는 가운데 장 후보의 첫 번째 전화가 걸려온 것은 저녁 7시 40분경이었다. 이때는 이미 기자들까지 눈치를 채고 몰려들고 있을 때였다. 수석비서는 장 후보의 목소리를 듣자 소스라치게 놀랐다.

"어, 어디 계십니까?"

"내 이야기를 잘 듣게. 거기는 형편이 어떤가?"

"소동이 났습니다. 전국에 비상경계가 펴지고 지금 기자들이 몰려들고 있습니다. 박사님, 다치신 데는 없습니까?"

"왜 내가 다쳐?"

"납치되신 거 아닙니까?"

"납치되다니, 그런 말을 함부로 하면 쓰나. 난 안전한 곳에 잘 있으니까 아무 염려할 것 없어. 기자들이 물으면 납치 된 게 아니라고 말해줘. 그리고 앞으로의 스케줄은 모두 취소야, 취소. 알았어?"

"네? 아니 왜 그러십니까? 그럼 내일 광주 유세도 취소하실 겁니까?"

"물론이지. 일체 취소야. 그렇지만 내가 없더라도 참모들을 중심으로 선거 운동은 계속해."

"박사님, 어떻게 그럴 수가……?"

"하여간 시키는 대로 해. 앞으로 필요한 사항은 전화로 지시할 테니까 그리 알게."

"그, 그럼 안 오시는 겁니까?"

"음, 나를 찾을 생각은 하지 마."

"박사님, 그럼 제가 지금 그곳으로 가겠습니다. 지금 어디 계십니까?"

"그건 안 돼. 자넨 앞으로 내가 지시하는 대로만 해."

"그럼 전화번호만이라도 알려 주십시오."

"그것도 안 돼 경호 책임자를 불러줘."

비서는 머리가 도는지 멍하니 한참을 서 있다가 급히 경호 책임자를 불렀다. 경호 책임자 역시 장 후보의 전화를 받고는 깜짝 놀랐다.

"경호진이 필요 없게 됐으니까 해산하시오. 그동안 수고 많았소."

"각하! 어, 어디 계십니까?"

"아, 그건 알 필요 없소. 그리고 비상경계도 풀도록 하시오. 난 잘 있으니까 염려하지 않아도 돼요."

전화는 일방적으로 철컥 하고 끊겼다. 경호 책임자 역시 수화기를 든 채 멀거니 서 있었다. 장 후보의 이와 같은 전화는 경찰 수사진의 간부들을 당혹하게 만들었다. 그들은 장 후보의 전화 내용을 놓고 토의를 거듭했다. 장 후보가 납치된 끝에 범인들의 협박을 받고 그런 전화를 건 것이 아닌가 하는 것이 그들의 주된 토의 내용이었다. 그러나 누구 하나 단정을 내릴 수는 없었다. 그밖에 그들은 장 후보가 납치되지 않았다면 도대체 무슨 이유로 갑자기 종적을 감추었을까 하는 점을 가지고 장시간 토의하기도 했지만 그것 역시 뭐라고 단정을 내릴 수가 없었다.

결국 장 후보의 실종은 수상에게까지 보고되었다. 그러나 이미 장 후보로부터 연락을 받은 바 있는 수상은 장 후보의 잠적을 문제 삼지 말 것을 강력히 지시했다. 따라서 전국에 펴진 비상망은 즉시 거두어지고 수사관들은 더 이상 장 후보를 추적하지 않게 되었다.

그러면 장 후보가 부산 공설운동장에서 강연을 하고 있을 때 다비드 킴은 어디에 있었을까.

그는 새로 얻은 아파트에서 맥주를 들이키며 텔레비전에 중계되고 있는 현장을 바라보고 있었다.

아직 Z로부터 지시를 받고 있지는 않았지만 머리가 영리한 그는 자신이 제거해야 할 인물이 누구인가를 이미 꿰뚫어보고 있었다.

그는 화면에 장연기 후보가 클로즈업 되자 술잔을 내려놓고 뚫어지게 상대를 응시했다. 상대는 상당히 위압적인 모습을 지니고 있었다. 손을 흔들며 쏟아내는 말소리가 흡사 폭포 같았다. 그는 직감으로 상대가 총받이로서는 아주 적합하다는 느낌이 들었다. 넓은 이마 중간이나 떡 벌어진 가슴 한복판에 한방 쏘아 붙이면 시원스럽게 나가떨어질 것 같았다.

환호하는 청중들의 모습으로 보아 장 후보의 인기는 압도적인 것 같았다. 장 후보가 총탄에 쓰러지면 국민들은 슬픔에 잠길 것이다. 총 한방에 전국이 슬픔에 잠길 것을 생각하니 그는 기묘한 희열 같은 것이 느껴졌다. 국민들은 나에게 저주를 퍼부을 것이다. 저주를 받으며 태어난 나는 저주를 받으며 살아가야 마땅하다. 그리고 저주를 받으며 죽어가는 것이다.

그의 날카로운 투시력은 장 후보의 주변을 하나도 놓치지 않고 샅샅이 훑어보고 있었다. 비록 텔레비전 화면이었지만 장 후보의 주변에는 경호원으로 보이는 수많은 사나이들이 버티고 있었다.

가장 뚜렷이 보이는 경호원들은 늙은 사나이들이었는데, 마른 사나이는 벗어든 저고리 밑에 피스톨을 감추고 있는 것 같았고 뚱뚱한 사나이는 오른쪽 호주머니 속에 피스톨을 숨기고 있는 것 같았다. 앞에 서 있는 젊은 경호원의 체격은 운동으로 단련된 듯 아주 훌륭해 보였다. 그밖에는 이렇다 하게 특별한 경호를 하는 것 같지가 않았다.

매우 빈 구석이 많다고 생각하면서 그는 늙은 사나이들을 다시 바라보았다. 그리고 그들이 보통 사나이들이 아니란 것을 직감적으로 깨달았다. 두 사람 다 선글라스로 눈을 가리고 있어서 표정을 읽을 수가 없었지만 그들의 몸에서는 개미새끼 하나 놓칠 것 같지 않은 늙은 사냥꾼 냄새가 풍기고 있었다.

Z로부터 전화가 온 것은 바로 이때였다. Z는 목쉰 소리로 나직이 말해 왔다.

"장연기 후보를 알고 있겠지?"

"네, 알고 있습니다."

"네가 지금부터 해야 할 일은 바로 그 자를 제거하는 일이다. 그것을 위해 너는 지금까지 기다려 온 거야. 즉시 손을 쓰도록 해. 장 후보는 내일 1시에 광주 공설운동장에서 선거유세를 할 예정이다."

"최 진은 어떻게 할까요?"

"그놈에게 신경 쓸 여유가 없다."

다비드 킴은 자신이 예견한 것이 들어맞은데 대해 고개를 끄덕이면서 방안을 거닐었다. 조금 후 그는 전화로 비행기 표 하나를 예약한 다음 여행 준비를 하기 시작했다.

이튿날은 10월 5일이었다.

다비드 킴은 일찍 일어나 공항으로 갔다. 그리고 광주행 비행기를 탔다.

그가 광주에 도착한 것은 9시 30분, 그리고 공설운동장에 닿은 것은 30분 뒤인 10시 정각이었다. 운동장은 문이 활짝 열린 채 자유롭게 개방되어 있었다. 그는 안으로 뚜벅뚜벅 걸어갔다.

임시로 만든 듯한 연단이 한쪽에 보일 뿐 운동장은 텅 비어 있었다. 그는 운동장 한쪽 구석에 앉아 연단 쪽을 바라보며 담배를 피우기 시작했다. 담배 한 대를 피우는 동안 이미 그의 눈은 저격에 가장 적합한 장소를 찾아 번득이고 있었다.

운동장 주변은 오른쪽을 빼놓고는 건물이 없기 때문에 저격 장소가 한정되어 있었다. 수천수만 개의 눈들이 보고 있는 가운데서 공공연히 저격한다는 것은 체포되는 것을 각오할 경우다. 결국 오른쪽 담 너머의 건물들을 이용할 수밖에 없는데 그쪽은 당연히 경호원들이 경계를 할 것이다. 그리고 경찰이 일일이 체크를 하려들지도 모른다. 그는 시계를 들여다보았다. 10시 20분. 불과 몇 시간 사이에 안전한 저격 장소를 확보한다는 것은 불가능하다. 적어도 하나의 목표를 정확히 쓰러뜨리고 안전하게 도주하는 데는 오랜 시일이 요구된다.

Z는 지금 당장 장 후보를 제거하라고 했지만 그것은 사정을 잘 모르는 소리다. 직업적인 킬러는 섣불리 상대를 상처 내는 짓은 하지 않는다. 단 한방으로 상대를 쓰러뜨릴 수 있는 정확도가 갖추어지지 않으면 결코 방아쇠를 잡아당기지 않는다. 안전한 도주로가 없으면 물론 일에 착수하지 않는다. 건물들이 있는 오른쪽으로부터 연단까지는 대략 2백 미터 거리는 될 것 같았다. 그 정도의 거리라면 장소만 확보할 수 있으면 정확히 쏘아 맞힐 수가 있다. 그가 가지고 있는 저격용 총은 특별히 주문해서 만든 것으로 지금까지 한 번도 실수한 적이 없다. 그는 사소한 살인의 경우에는 주먹이나 피스톨을 사용하지만 상대가 거물일 경우에는 망원경이 달린 특수 총을 사용한다.

운동장을 나온 그는 오른쪽의 건물들이 있는 곳으로 다가갔다. 운동장 담 벽과 건물들 사이로는 차도가 나 있었다. 건물들은 거의 낡은 것들로 4~5층짜리가 대부분이었다. 건물들 전면에는 각종 간판들이 다닥다닥 붙어 있었다.

아직 시간이 남아 있었으므로 그는 시내 중심가로 들어와 처음 밟아보는 지방 도시의 분위기를 음미하는 듯 이곳저곳을 기웃거리며 천천히 걸었다. 거리는 서울과는 대조적으로 한산해 보였다. 12시가 지나자 사람들이 공설운동장 쪽으로 몰려가는 것이 보였다.

다비드 킴은 호텔에 방을 정한 다음 레스토랑에서 닭튀김으로 식사를 했다. 1시에 그는 식사를 끝내고 공설운동장 쪽으로 향했다. 운동장에는 사람들이 빽빽이 들어차 있었고, 이미 강연이 시작되고 있었다. 그는 사람이 비교적 적은 뒤쪽에 서서 망원경으로 연단 쪽을 바라보았다. 이상하게도 장연기의 모습이 보이지 않았다.

시작한 지 한 시간이 지났지만 장 후보는 나타나지 않았다. 그는 옆에 서 있는 노인에게 장 후보가 나오도록 되어 있지 않느냐고 물었다.

"사정이 생겨서 못나온답니다."

노인은 그를 쳐다보지도 않고 말했다. 장 후보가 나오지 않기 때문인지 청중들은 장내를 많이 빠져나가고 있었다.

호텔로 돌아온 그는 서울 10—7070번으로 전화를 걸었다. 10분 후 Z로부터 전화가 왔다.

"장 후보가 나오지 않았는데 웬일입니까?"

"그럴 만한 이유가 있어. 그자는 앞으로는 공개석상에 나오지 않는다!"

Z의 목소리는 조용했지만 몹시 분노에 차있는 것이 역력히 느껴졌다.

"그럼 어떻게 할까요?"

"그는 잠적했어. 찾아야 해. 어떻게든지 찾아라!"

"왜 잠적했나요?"

"눈치를 챈 거야."

다비드 킴은 수화기를 내려놓고 창밖을 바라보았다. 가로수 잎들이 바람에 하늘거리며 떨어지는 것이 보였다.

그로부터 일 주일이 지났다. 최 진을 중심으로 한 킬리만자로의 요원들은 다비드 킴을 찾으려고 혈안이 되어 있었지만 그는 어디로 숨어버렸는지 종적이 묘연했다. 누구보다도 초조한 것은 최 진이었다. 그는 직접 자기 손으로 놈을 처치해야 한다고 생각하고 있는 만큼 안타깝기 짝이 없었다. 그의 생각에 놈은 지금쯤 장 후보를 찾고 있을 것 같았다. 그러나 놈이 어디서 어떤 식으로 움직이고 있는지는 짐작조차 할 수 없었다. 놈이 어떻게 변장하고 있는지만 알아도 추적은 가능한 일이다. 그러나 수시로 변장을 바꾸는 놈을 어떻게 찾아낸단 말인가.

결국 매우 막연한 짓이었지만 최 진은 잔다크(엄효빈)와 함께 서울 시내의 가발 상점을 샅샅이 뒤져보았다. 그러나 가발 수요자가 급증하고 있는 터라 단서가 될 만한 것이 나타날 리가 없었다.

그런데 추적의 실마리는 엉뚱한 데서 풀리기 시작했다. 그것은 10월 12일이었다. 국제 전신전화국에서 모든 국제 통화를 체크하고 있던 라이온(고동훈)이 이상한 내용을 알려온 것이다. 원래 모든 통화를 라이온이 체크해 놓으면 진이 그날그날 그 내용을 검토하도록 되어 있었다. 그런데 거기에 이상한 통화 내용이 걸려든 것이다. 진은 녹음이 되어 있는 테이프를 거듭 검토해 보았는데, 서울과 도쿄간의 그 통화 내용은 다음과 같았다.

"여기는 Z…… R을 좀 바꿔주시오."

"잠깐 기다리십시오."

"R입니다. 안녕하셨습니까?"

"안녕하십니까?"

"선거는 잘 돼가고 있습니까?"

"네, 염려해 주신 덕분에 잘 돼가고 있습니다."

"장연기 후보의 인기가 아주 절대적인 것 같던데, 승산이 있습니까?"

"지금은 초반전에 불과합니다. 자금을 풀어놓고 있으니까 곧 역전될 겁니다. 나머지 자금을 수일 내로 보내주시면 고맙겠습니다."

"20일 내로 송금해 드리겠습니다. 그런데 자금을 모두 풀어도 가능성이 없으면 어떻게 하지요?"

"그때 가서는 비상수단을 강구할 수밖에 없습니다. 현재 준비 중에 있으니까 염려하지 마십시오."

"알겠습니다. 그리고 제주도 조차 문제는 확정된 걸로 믿겠습니다."

"물론입니다. 그리고 참, 전화번호가 바뀌었습니다. 10—7070번으로 연락을 주시면 되겠습니다."

"알겠습니다. 건투를 빌겠습니다. 수고하십시오."

"안녕히 계십시오."

Z의 목소리는 잔뜩 쉬어 있었다. 제주도 조차 문제라는 것은 무슨 말일까? 그리고 도대체 일본에서 흘러들어오는 자금은 얼마나 될까? 혹시 선거자금을 대주는 대가로 일본에 제주도를 조차해 주는 게 아닐까. 물론 이것은 집권할 경우를 전제로 하고 맺은 약속이겠지. 생각이 여기에 미치자 최 진은 전율했다. 그는 즉시 전화넘버 10—7070번과 Z가 전화를 건 장소를 조사해 보았다.

전화넘버 10—7070의 주소는 남산으로 올라가는 필동 쪽에 있었다. Z가 국제전화를 건 장소가 10—7070번의 주소와 일치한다면 Z는 바로 10—7070번의 주소에 있다는 말이 된다. 진은 몹시 흥분한 모습으로 잔다크의 소식을 기다렸다. 국제전화국으로 달려 간 잔다크로부터는 곧 소식이 왔다.

잔다크는 들뜬 목소리로 전화를 걸어왔다.

"말씀 드리겠습니다. Z는 호텔에서 일본 도쿄로 전화를 건 겁니다."

"어느 호텔인가요?"

"킹 호텔 109호실에서 전화를 걸었습니다."

"직통인가요?"

"네, 직통입니다."

"넘버는?"

"55—3390입니다."

"도쿄의 어디로 전화를 걸었나요?"

"도쿄 전화번호는 025—55523입니다."

넘버 10—7070번은 Z에게 통할 수 있는 유일한 통로일 가능성이 많다. 진은 잔다크와 함께 필동으로 향했다. 전화 10—7070번을 가지고 있는 집은 쉽게 찾을 수가 있었다.

그 집은 낡은 일본식 집으로 여느 집들처럼 평범해 보였다. 문에는 문패 같은 것도 달려 있지 않았다. 집을 알려 준 복덕방 노인에게 진은 담배 한 갑을 사주면서 그 집에 대해서 몇 가지 더 물어보았다.

"저 집 주인은 뭘 하고 있습니까?"

"글쎄, 젊은 내외가 살고 있는 것 같은데 일정하게 어디 나가는 데는 없는 것 같던데요."

노인은 조금도 경계하지 않고 그에게 시원스럽게 대답해 주었다.

"언제부터 저 집에 살았나요?"

"한 2년 가까이 된 것 같지요."

"저 집을 찾아오는 사람들이 많습니까?"

노인은 여기에 대해서만은 얼른 대답할 수 없는지 한참 생각해 보고 나서 자신 없는 투로 말했다.

"글쎄요, 자세히 보지 않아서 잘은 모르겠지만 별로 찾아오는 사람도 없는 것 같아요."

최 진은 저 집안에 혹시 그들이 찾는 Z가 숨어 있는 게 아닐까 하고 생각해 보았다. 그러나 어쩐지 거기에는 Z가 없을 것 같았다. 진은 그 집이 잘 내려다보이는 2층 집 이층을 즉시 세낸 다음 전화국 직원을 불러 도청장치를 설치했다.

도청장치가 작동을 시작한 것은 이튿날인 10월 13일 아침부터였다. 진과 잔다크는 망원경으로 일식집을 감시하는 한편 전화통에 매달려 신호가 오기를 기다리고 있었다.

한편 본부에 대기하고 있는 요원 하나가 그들을 지원하기 위해 활동을 개시했다. 늙은 형사 출신의 파이프(황운하)가 지원차 나섰는데, 그는 일본식 집에 살고 있는 젊은 부부에 대한 신원을 조사하기 시작했다. 그러나 그들은 주민등록이 되어 있지 않아 직접 부딪치기 전에는 신원을 알 수가 없었다. 집 주인을 만나보니 젊은 부부는 그 집에 전세를 들어 있었다. 전세계약서에 명기되어 있는 이름을 조회해 보았지만 전과자 명단에도 그런 이름은 들어 있지 않았다.

지루한 시간이 흘러갔다. 최 진과 잔다크는 잠시도 방을 떠나지 않고 자리를 지키고 있었다. 파이프 역시 그들과 함께 대기하고 있었다.

10—7070번은 좀처럼 울리지 않았다. 전화를 거는 법도 없었다. 전화가 고장 나지 않았을까 하고 생각될 정도로 그것은 정적 속에 가라앉아 있었다. 젊은 부부는 외출도 하지 않고 집안에 틀어박혀 있었다.

밤이 깊어지자 진 일행은 교대로 잠을 잤다. 날이 샐 때까지도 10—7070번 전화에는 아무 이상이 없었다.

이틀이 지난 10월 14일 밤 10시 조금 지나 마침내 10—7070번의 전화벨이 울렸다. "때르릉" 하는 소리를 듣자 잔다크가 벌떡 몸을 일으키면서 진을 바라보았다. 진은 급히 녹음기의 버튼을 누른 다음 수화기를 들고 통화가 시작되기를 기다렸다. 마침내

"네, 10—7070번입니다."

하는 여자 목소리가 최초로 조용히 들려왔다.

만일의 경우에 대비해서 진은 오른손에 볼펜을 쥔 채 귀를 기울였다.

"여기는 부처……"

매우 가라앉은 남자의 목소리가 수화기를 통해 들려왔다. 진은 메모지 위로 볼펜을 날렸다.

"네, 말씀하십시오."

"Z의 연락을 기다리고 있다고 전해 주십시오."

"알겠습니다."

이어서 찰칵하고 전화가 끊기는 소리가 들려왔다. 진은 초조하게 다음 말을 기다려 보았지만 더 이상 목소리는 들려오지 않았다. 그는 수화기를 내려놓고 적이 실망한 표정으로 전화통을 내려다보았다. 그것은 조금치도 틈을 엿볼 수 없는 완전무결한 통화였다.

"너무 간단하군요."

파이프가 숱이 적은 머리칼을 쓸어 올리면서 말했다.

"꼬투리를 잡을 수도 없군요."

잔다크도 실망한 목소리로 말했다. 최 진은 녹음기를 틀어보았지만 거기서 흘러나오는 소리는 수화기에서 들었던 내용과 똑 같았다.

"부처라고 그랬는데 무슨 뜻일까?"

진은 두 사람을 바라보며 말했다. 두 요원은 모르겠다는 듯 고개를 갸우뚱했다. 그러나 진이 그것을 알아내는데는 별로 오래 걸리지 않았다. 부처가 영어라면 「Butcher」라는 뜻이 아닐까. 그렇다면 도살자(屠殺者)라는 뜻이다. 물어보나마나 이것은 다비드 킴의 암호명이 분명하다. 다비드 킴의 암호명 두문자는 B이다. 따라서 Butcher(도살자)라는 암호명은 그에게 매우 어울리는 것이다.

"부처…… 부처…… 도살자…… 도살자……"

진은 낮게 중얼거렸다. 도살자라는 말에 그는 전류가 흐르는 것 같은 전율을 느꼈다.

그때 잔다크가 그에게 신호를 보냈다. 그는 급히 수화기를 들었다. 다이얼을 돌리는 소리가 다르르 하고 들려왔다. 이윽고 찰칵하고 신호가 떨어지는 소리와 함께

"네, 건축설계삽니다."

하는 남자 목소리가 들려왔다.

그러자 이쪽에서 여자가 말했다.

"여기는 10—7070번입니다. 부처가 Z의 전화를 기다리고 있다고 전해 주십시오."

"네, 알겠습니다."

두 번째 대화도 이것으로 끝이었다. 진은 집어던지듯이 수화기를 내려놓고 한숨을 푹푹 내 쉬었다.

"B가 Z와 통화하기 위해서는 중간에 두 사람을 거쳐야 하는군요."

녹음을 듣고 난 늙은 형사가 중얼거리듯이 말했다. 진은 담배를 뻐뻐 빨았다.

"이것만 보아도 Z가 얼마나 베일에 가려져 있는 인물인가를 알 수 있을 겁니다."

진은 안방을 왔다 갔다 하면서 다시 녹음에 귀를 기울여보았다. 그러나 허사였다.

"그럼 필요 없이 년놈을 잡아다가 족쳐보지요."

참다못한 잔다크가 쏘아 붙이듯이 말했다. 늙은 형사는 손을 저었다.

"그렇게 되면 모처럼 알아낸 것이 쓸모없게 되고 맙니다. 년놈을 체포하면 조직에서 알게 될 테고, 그렇게 되면 놈들은 대책을 세울 겁니다. 그리고 내가 생각하기에는 년놈을 붙잡아 족친다고 해서 그들이 소재를 알려줄 것이라고는 생각되지 않습니다. 그들도 Z가 누군지 그리고 그가 어디에 있는지를 모를 테니까요."

진은 늙은 형사의 말이 옳다고 생각했다. 그런데 그때 그들이 감시하고 있는 일본식 집에서 여자가 급히 밖으로 뛰쳐나갔다.

바바리코트 차림의 여자는 골목을 급히 빠져나가고 있었다. 시간은 이미 11시 30분을 지나고 있었다.

통금이 임박한 이 시간에 어디로 가는 걸까?

진은 부리나케 그녀의 뒤를 미행했다. 인적이 드물어진 밤거리라 미행이 눈치 채일 염려가 많았다.

여자는 급히 걸어가고 있었다. 걸어가는 뒷모습으로 보아 몸매가 아름다운 여자였다. 그녀는 한 손에 조그만 가방을 하나 들고 있었는데, 무겁고 거추장스러운지 그것을 자주 바꿔들고 있었다. 진이 여자의 얼굴을 본 것은 그녀가 구멍가게에 들어갔을 때였다. 여자는 구멍가게에서 콜라를 한 병 사서 마셨는데 아름다운 몸매와는 달리 유난히 못 생긴 얼굴을 가지고 있었다.

이윽고 여자는 킹 호텔 나이트클럽으로 들어갔다. 진은 망설이다가 안으로 따라 들어갔다.

침침한 불빛과 자욱한 담배 연기 때문에 그는 한동안 앞이 잘 보이지가 않았다. 그가 겨우 실내에 눈이 익었을 때 앞서 들어간 여자는 이미 사라지고 없었다. 그는 눈에 불을 켜고 주위를 둘러보았지만 여자는 어디에도 없었다. 그가 몹시 당황해서 한동안 서성거리고 있는데, 웨이터가 다가와 그를 빈자리로 안내했다. 그는 하는 수 없이 자리를 잡고 앉아 맥주를 시켰다.

무대에서는 남자 가수가 노래를 부르고 있었고 홀 중앙에서는 남녀들이 붙어 서서 노래에 맞춰 춤을 추고 있었다. 그런데 남자 가수의 노래가 끝나자 이어서 까만 드레스를 입은 여자 가수가 무대 위에 나타났는데 그녀를 보는 순간 진은 적이 놀랐다. 그녀는 바로 그가 조금 전까지 미행하던 그 여자였다.

여자는 웃으며 인사하고 나서 그 못 생긴 얼굴을 쳐들고 노래를 부르기 시작했는데 유난히 치켜 올라간 들창코가 인상적이었다.

"야, 들창코 나왔군."

"들창코가 노래는 잘 부른단 말이야."

단골인 듯한 손님들이 여기저기서 한 마디씩 하는 것을 보고 진은 그 여자의 별명이 들창코라는 것을 알았다.

여자는 샹송만을 불렀는데 그 흐느적거리는 목소리가 구슬프고도 아름다웠다. 진은 노랫소리가 몸에 와 감기는 것을 느끼면서 좋은 가수라는 생각이 들었다. 그러면서 한편으로는 저런 여자가 왜 Z의 조직에 들어갔을까 하고 생각했다.

들창코가 노래를 끝내고 무대를 내려가자 진은 급히 웨이터를 불렀다.

"방금 노래 부른 여자 이름 뭐지?"

"이름은 잘 모르고 그냥 미스 박이라고 합니다."

"물론 가짜 성이겠지?"

"그럴 테죠 뭐."

웨이터가 씩 웃었다. 진은 그에게 팁을 쥐어주었다.

"아주 훌륭한 가수야. 술 한 잔 하고 싶은데, 잠시 불러줄 수 없겠나?"

"네, 잠깐 기다리십시오. 지금은 쉬는 시간이니까 염려 없습니다."

5분쯤 지나 들창코가 웨이터의 안내를 받고 다가왔다. 그녀는 계속 노래를 부르도록 되어 있는지 무대 의상을 그대로 입고 있었다. 가슴께까지 파이고 팔이 없는 드레스라 밖으로 드러난 살이 눈처럼 희었다.

"실례합니다."

여자는 다소곳이 인사하면서 맞은편에 조용히 앉았다. 그녀는 자신의 못 생긴 얼굴을 너무 의식하는 탓인지 한 손으로 얼굴을 반쯤 가리다시피 하면서 이쪽의 시선을 피하고 있었다.

"노래 정말 잘 들었습니다. 자 한 잔 하시죠."

진은 여자가 긴장을 풀도록 아주 부드럽고 예의 바르게 말했다.

"고맙습니다."

들창코는 자기를 이렇게 대접해 주는데 대해 감사하는 것 같았다.

진은 거듭 그녀의 노래를 칭찬했다.

"정식으로 데뷔를 해보시죠."

"그러기는 싫어요."

"그럼 취미로 부르시는 건가요?"

"네……"

여자의 나이는 스물 댓쯤 되는 것 같았다. 그녀는 노래 때문에 술을 한 잔 이상은 마시지 않았다.

"동행이 없으시나 보지요?"

"네, 이 호텔에 묵고 있는데, 잠도 오지 않고 해서 이렇게 혼자 앉아 있습니다."

그가 혼자라는 사실에 여자는 호의적인 반응을 보였다.

"제가 오래 동석을 해드리면 좋겠는데 미안합니다."

"아니, 괜찮습니다. 말씀만 들어도 고맙습니다. 몇 시에 끝납니까?"

"4시까지는 노래를 불러야 해요."

"그럼 그때까지 여기 앉아 있겠습니다. 쉬는 시간에는 이리 오십시오."

"감사합니다."

들창코는 일어나서 다시 무대 위로 올라갔다.

진이 느낀 바에 의하면, 들창코는 노래는 잘 부르지만 너무 못 생겨서 손님들한테 술 한 잔 대접 못 받고 있는 것 같았다. 그래서인지 진의 호의에 몹시 감사하는 것 같았고, 노래가 끝날 때마다 진이 앉아 있는 자리로 오곤 했다. 4시가 되었을 때 진은 여자와 농담을 나눌 만큼 아주 친숙해져 있었다. 그동안 그는 호텔 방까지 하나 예약해 놓고 있었다.

4시 조금 지나서 들창코가 다시 테이블로 왔을 때 진은 점잖게 물었다.

"내 방으로 가시지 않겠습니까?"

여자는 그를 지그시 바라보고 나서 가만히 고개를 끄덕였다.

"먼저 올라가 계셔요."

"501호실입니다."

진은 나이트클럽을 나와 엘리베이터를 타고 5층으로 올라갔다. 이윽고 방으로 들어간 그는 소파에 털썩 주저앉았다. 밤을 샌 탓으로 몹시 피로했다. 그러나 이제부터 새로운 사실에 부딪치게 된다는 기대감으로 하여 그는 적이 흥분해 있었다.

들창코는 10분쯤 지나 나타났다. 안으로 들어선 그녀는 조용히 그의 맞은편 자리에 앉았다.

진은 아무 말 없이 여자를 바라보기만 했다. 그의 얼굴에는 클럽에서처럼 미소도 나타나 있지 않았다. 그는 눈 하나 까딱하지 않고 여자를 응시하고 있었다.

여자는 처음에는 의아하게, 나중에는 이상한 듯이 그를 바라보았다. 그리고 조금 후에는 얼굴에 완전히 경계심을 나타내기 시작했다.

진은 여자에게 말을 해야 할 때라고 생각했다. 그는 저고리를 벗은 다음 옆구리에 차고 있던 피스톨을 풀어놓았다. 그것을 본 여자의 얼굴이 흙빛으로 변했다.

"나는 당신의 정체를 알고 있습니다. 당신이 어디에 살고 있는지도 알고 있습니다."

무릎 위에 올려놓은 여자의 손이 떨리고 있었다.

"나는 폭력을 싫어합니다. 하지만 어쩔 수 없다고 생각될 때는 여자한테도 폭력을 행사합니다."

한동안 무거운 침묵이 흘렀다. 진은 들창코를 안타깝게 바라보았다.

"국내 전 수사기관들이 당신들을 쫓고 있습니다. 당신들이 아무리 막강한 힘을 가지고 있다 해도 국가기관에 대항할 수는 없습니다. 일찍 자수하는 사람에 대해서는 국가에서 관용을 베풀 것이지만 그렇지 않은 자에 대해서는 엄한 처벌이 내려질 것입니다."

갑자기 여자가 두 손으로 얼굴을 가리더니 울기 시작했다. 여자는 한동안 서럽게 울었다. 진은 그녀가 울음을 그칠 때까지 묵묵히 기다렸다.

한참 후 여자는 울음을 그치고 나서 자신이 그렇게 된 이유를 설명하기 시작했다.

"저는 밤무대에서 노래를 부르고 있었어요. 전 재주란 게 그것밖에 없었기 때문에 먹고 살기 위해서 하는 수 없었어요. 나이 많은 어머니와 두 동생들까지 먹여 살려야 하기 때문에 전 하기 싫어도 노래를 불러야 했어요. 그런데 조직에서 방해를 했어요.

조직에 들어오지 않으면 노래를 못 부르게 하겠다고요."

"그 조직 이름이 뭐죠?"

"모르겠어요."

"계속하시오."

"정말 그들은 노래를 못 부르게 했어요. 저를 잡아다가 여러 명이 강제로……"

여자는 다시 흐느껴 울었다.

결국 그녀는 조직에 가입하게 되고 그들의 감시와 보호 속에 노래를 계속하고 있다는 것이었다.

"당신이 맡은 일은 전화 연락인가?"

"네, 저는 어떤 남자와 동거하면서 전화 연락을 맡고 있어요. 제가 클럽에 나오는 동안은 그 남자가 전화를 받고 있어요."

"누구한테서 전화가 오는가?"

"Z와 B한테서 오고 있어요."

"전화 내용은 대게 뭔가요?"

"그건 모르겠어요. Z를 찾는 전화가 오면 저는 그쪽에 연락만 취해줘요."

"어디로? 건축설계소라는 데로 말인가?"

"네……"

"Z가 거기 있는가?"

"아닌가 봐요. 거기도 연락처인 모양이에요."

들창코는 건축설계사무소의 전화번호가 99—3456이라고 알려주었다.

"Z는 누구인가?"

"두목인 모양이에요. 그렇지만 전 한 번도 본 적이 없어요. 아는 것은 목소리가 쉬었다는 것뿐이에요."

"B에 대해서는?"

"B도 본 적이 없어요."

"B에 대해서 정보가 될 만한 것이 있으면 말해 주시오."

들창코는 창백한 얼굴로 그를 바라보았다. 그녀는 무엇인가 몹시 두려워하고 있는 것이 분명했다.

"만일 제가 고자질했다는 걸 알면 저와 저의 식구들은 보복을 받을 거예요."

"그런 염려는 하지 않아도 좋아요. 위험하게 되면 우리가 보호해 줄 테니까."

여자는 다시 한참을 생각해 보고 나서 낮은 소리로 말했다.

"얼마 전이었어요. G은행에 입금을 시켜 놓으라고 했어요. 온라인 예금으로 항상 5백만 원 이상 들어 있게 해놓으라고 했어요."

"어떤 이름으로 예금해 놓으라고 했나요?"

"그건 말하지 않고 암호넘버 5555로 예금해 놓으라고 그랬어요. 그리고 사진을 사서함에 갖다놓을 테니 물건을 만들어 달라고 그랬어요. 그리고 또 앞으로는 사서함을 다른 곳으로 옮겨야 한다고 그랬어요. 임페리얼 승용차는 필요 없게 되었다고도 그랬어요. Z한테서 그렇게 연락이 왔기에 저는 B의 말을 그대로 전했어요. Z는 요구대로 해놓겠다고 했어요. 그리고 킹 호텔 보관소에 필요한 물건을 갖다놓겠다고 그랬어요."

"킹 호텔이라면 바로 이 호텔이 아니요?"

"네, 그래요."

"보관소 넘버는?"

"그건 말하지 않았어요."

여자를 돌려보내고 나서 진은 즉시 파이프와 잔다크를 호텔로 불렀다. 연락을 받은 그들은 10분도 못 돼 나타났다. 진은 그들에게 상황을 설명하고 나서 지시를 내렸다.

"황 선생님께서는 G은행에 가셔서 예금자들을 조사해 주십시오."

"은행에서 응해 줄까요?"

"법적으로는 안 되겠지만 무슨 수를 써서든지 암호넘버 5555의 이름을 알아내야 합니다."

진은 잔다크를 바라보았다.

"엄 동지는 나와 함께 보관소를 지키도록 합시다. 지키다보면 언젠가는 놈이 반드시 나타날 겁니다."

그들은 아침 9시까지 눈을 붙인 다음 즉시 행동을 개시했다.

파이프가 나간 뒤 조금 후에 진과 잔다크는 아래층 물품보관소로 내려갔다. 보관소 입구에는 여직원이 하나 앉아 있었다. 진은 다가가서 질문을 던졌다.

"여긴 어떤 식으로 물건을 맡기나요?"

"요금을 내시면 열쇠를 내드립니다."

"그 밖에 이름이나 증명 같은 것은 필요 없나요?"

"필요 없습니다. 비밀은 보장해 드립니다."

여직원은 매우 사무적으로 말했다. 진은 요금을 지불한 다음 열쇠를 받아들고 안으로 들어갔다. 그에게 배당된 케이스 넘버는 22번이었다.

안에는 케이스가 50여개나 놓여 있었다. 거기서 다비드 킴의 케이스를 찾아야 하는 것이다. 그러나 넘버를 모르니 알아낼 방법이 없었다. 그렇다고 케이스를 하나하나 열어보게 할 수도 없는 노릇이었다.

길고 지루한 기다림이 시작되었다. 언제 나타날지도 모르는 다비드 킴을 만나기 위해 그들은 그 부근에 잠복했다.

일단 그곳을 물러나온 그들은 변장을 한 다음 다시 그곳으로 가서 잠복했다. 진은 잔다크에게 보관소를 출입하는 사람들을 하나도 빼놓지 말고 카메라에 담도록 지시했다. 잔다크는 손바닥 안에 들어오는 특수 카메라로 보관소에 출입하는 사람들을 하나하나 찍어대기 시작했다. 놈이 교묘하게 변장을 하고 나타나면 진도 놈을 알아볼 수가 없다. 따라서 무조건 출입자들을 모두 컬러로 찍어서 사진을 분석하는 편이 오히려 나을지도 모른다고 생각한 것이다.

잔다크를 그곳에 배치시킨 다음 진은 G은행 본점으로 달려갔다.

이미 그곳에서는 파이프가 은행 간부를 집요하게 물고 늘어지고 있었다. 양쪽 다 고집이 센 사람들이라 얼른 결말이 나지 않고 있었다.

그러나 진이 가세하는 바람에 은행 간부는 갑자기 수그러지기 시작했다.

"원칙적으로 고객의 이름을 알리지 못하도록 되어 있습니다. 비밀 보장이 안 되면 누가 예금을 하겠습니까?"

진은 사납게 상대를 쏘아보았다.

"우리가 뭣 때문에 이런 일을 하고 다니는 줄이나 아십니까? 당신은 고객이 떨어지는 것만 근심하고 있는데, 우리는 그렇지가 않아요. 우리는 국가를 위해서 일하고 있는 겁니다. 이보다 더 중요한 일이 어디 있습니까?"

"알고 있습니다. 그렇지만……"

"범인을 비호하는 겁니까?"

"아, 아닙니다."

"그럼 여러 말 말고 수사에 협조하시오."

진은 화가 나서 쏘아붙였다. 은행 간부는 하는 수 없다는 듯이 수화기를 집어 들고 몇 마디 지시를 내렸다.

10분쯤 지나 전화벨이 울었다. 은행 간부는 전화를 받고 나서 말했다.

"5555번 고객의 이름은 박상진(朴相鎭)으로 기록되어 있습니다."

"지금 있는 예금 액수는 얼마나 됩니까?"

"7백만 원입니다."

진은 상대방을 쏘아보면서 말했다.

"부탁이 있습니다. 이건 매우 중요한 거니까 수사에 협조해 주셔야겠습니다."

"가능하도록 힘써 보겠습니다."

"전국 지점에 연락해서 박상진이란 사람이 나타나면 인상착의를 메모해 두도록 부탁드립니다."

"그거야 어렵지 않습니다. 헌데 박상진이란 사람이 무슨 범인인가요?"

"흉악범입니다."

"그렇다면 박상진이라는 사람이 나타나는 대로 경찰에 연락하면 되겠군요."

진은 잠시 말문이 막혔다. 경찰이 내용도 모르고 다비드 킴을 무조건 체포할 리는 없다. 그렇다고 경찰에 설명을 하고 부탁할 수도 없는 노릇이다. 이쪽 전화번호를 은행 측에 알려 줄 수도 없다. 진은 몹시 난처함을 느꼈다.

"안 됩니다. 경찰에 연락하면 안 됩니다."

은행 간부는 의혹에 찬 시선을 보내왔다.

"아니, 경찰에서 오신 게 아닌가요?"

"우리는 경찰이 아니고 특수기관에서 온 겁니다."

"특수기관이라니요?"

"그렇게 알면 됩니다."

"그럼 전화번호만이라도……. 그래야 바로 연락을 드릴 게 아닙니까."

"연락은 우리 쪽에서 드리겠습니다. 하여튼 박상진이란 자의 인상착의를 체크해 주시기 바랍니다."

은행 간부의 얼굴에 완연히 의혹의 빛이 짙게 나타났다. 그로서는 정체를 숨기고 있는 이 사나이들이 의심스러울 수밖에 없었던 것이다. 그것을 보고 늙은 형사가 위협조로 말했다.

"이 사실을 경찰이나 다른 기관에 발설해서는 절대 안 됩니다. 만일 입을 잘못 놀려 일이 틀어지게 되면 책임문제가 따르게 됩니다. 아시겠습니까?"

"네, 네, 알겠습니다."

은행 간부는 염려하지 말라는 듯이 대답했지만 여전히 미심쩍어 하는 눈치를 버리지는 않았다.

은행을 나온 최 진과 파이프는 그 길로 중앙 전신전화국으로 가서 전화 넘버 99—3456번의 주소를 알아보았다. 암호명 "건축설계사무소"로 통하는 그곳은 청량리 로터리 근방에 자리 잡고 있는 3층짜리 건물이었다.

건물 입구에는 "현대 건축설계사무소"라는 간판이 붙어 있었다. 그 건물 맞은편에는 5층짜리 3류 호텔이 하나 서 있었다. 그들은 즉시 호텔로 들어가 건축설계사무소가 잘 보이는 곳에 방을 하나 얻어 들었다. 그리고 망원경으로 건축사무소를 살피기 시작했다.

2시간 동안 감시한 결과 진은 다음과 같은 결론에 도달했다.

"유난히 차가 많이 왔다갔다 하고 있습니다. 그리고 출입하는 사람들은 대부분 젊은 층들입니다. 옷차림이 모두 고급인 것이 특징입니다."

늙은 형사는 고개를 끄덕이면서

"건축설계사무소치고는 상당히 크군요. 만일 건물 전체를 사용하고 있다면 말입니다."

라고 말했다. 진도 거기에 동의했고 그들은 곧 밖으로 나가 그것을 알아보기로 했다.

그 부근에는 복덕방이 몇 개 있었다. 그들은 복덕방마다 들러서 현대 건축설계사무소에 대해 알아보았다. 그런데 모두가 대답이 한결 같았다.

"거기엔 현대 건축설계사무소만 들어 있습니다. 그 건물 전체를 다 쓰고 있지요. 1년 전에 그 사무소가 들어섰는데…… 아주 잘 되나 봐요."

그들은 전화국으로 가서 그 건축사무소에 설치된 전화번호를 모두 알아보았다. 놀랍게도 거기에는 전화가 모두 아홉 대나 설치되어 있었다.

"전화가 아홉 대나 설치돼 있는 걸 보니까 그 사무소에서 중요한 일을 하고 있는 것이 분명합니다."

진이 전화국의 창가에 기대서서 말했다. 파이프도 거기에 동감이라는 듯이 고개를 끄덕였다.

한 시간 후 전화국 직원 두 명이 건축사무소 부근에 있는 전봇대에 올라가 작업을 시작했다.

진은 건축사무소 뒤쪽에 있는 허름한 한옥 한 채를 세내어 거기에 도청장치를 끌어들였다. 그날 저녁 무렵부터 9대의 녹음기가 일제히 작동하기 시작했다. 10—7070을 도청하고 있던 잔다크도 거기서 철수해서 그들과 합류했다. 진은 KIA출신 스핑크스(백인욱)와 비너스(한웅철)에게 지원 요청을 했다. 그들은 즉시 달려왔다.

도청은 아주 성공적이었다. 9대의 전화가 쉬지 않고 울리고 있었는데 대부분의 통화내용이 대통령선거에 관한 것들이었다. 아직 이번 사건에 참고가 될 만한 내용이 나타나지는 않았지만 전화벨이 울릴 때마다 다섯 명의 사나이들은 긴장해서 귀를 기울이곤 했다.

밤 9시경에 도쿄에 갔던 엄 과장이 돌아왔다. 그는 도청 현장에까지 나타나 요원들의 노고를 격려했다.

"이곳은 놈들의 본부인 것 같습니다."

진은 그동안의 수사결론에서 얻은 바를 이야기했다.

"이렇게 사람이 많이 왕래하는 곳에다 감쪽같이 설치해 놓았군. 죽일 놈들 같으니. 놈들이 눈치를 채면 철수할 테니까 조심해서 도청해야 될 거요."

"네, 알겠습니다. 일본에 가신 일은 어떻게 됐습니까?"

"잘 됐어요. 방위청 정보국장과 만나 대책을 협의했지요. 자세한 이야기를 듣더니 몹시 놀라더군요. 서로 긴밀한 협조를 하기로 했으니까 다행이에요."

그때 오랜만에 Z의 목소리가 들려왔다. 그것은 소름끼치도록 쉰 목소리였다.

"Z가 나타났습니다."

진이 외치자 모두가 녹음기에 귀를 기울였다.

"장연기는 어떻게 됐나?"

"아직 못 찾았습니다."

이쪽의 목소리는 몹시 조심스러웠다.

"이런 바보 같은 자식들…… 어디 있는지도 모르다니 지금까지 뭘 했어?"

"죄송합니다. 곧 찾아내겠습니다."

"도대체 귀신이 곡할 노릇이 아닌가. 장연기가 사라지다니 말이야. 그런데도 텔레비전과 라디오에는 계속 나오고 있단 말이야!"

"방송국 관계자들을 조사해 봤습니다만 거처를 아는 놈이 하나도 없습니다. 라디오의 경우에는 녹음테이프만 보내지고 있고, 텔레비전 방송국에는 무비카메라로 찍은 필름과 녹음테이프가 함께 전달되고 있답니다."

"그러니까 장연기 후보는 방송국에 일체 나타나지 않는단 말이지?"

"네, 그렇습니다. 숨어서 필름과 테이프만 방송국으로 보내고 있습니다."

"개새끼!"

증오에 찬 욕설이 튀어나왔다.

"그 새끼 비서를 족쳐봐."

"그렇지 않아도 신문하고 있습니다."

"표본 조사는 어떻게 됐어?"

"지금 대개 집계가 나왔습니다. 1만 명을 무작위로 뽑아서 조사했는데 1위가 장 후보입니다."

"좀 더 자세히 말해봐!"

"네, 장 후보가 80프로, 이 후보가 15프로, 나머지 5프로는 군소 입후보자들입니다."

"빌어먹을!"

한동안 침묵이 흘렀다. 방안에는 녹음기가 작동하는 소리만이 다르르 하고 들리고 있었다. 킬리만자로의 사나이들은 숨을 죽인 채 녹음기를 응시하고 있었다. 한참 후 다시 Z의 목소리가 들려왔다.

"안 되겠다. 신문을 동원해서라도 장 후보를 나오도록 해봐. 일간지 사장들을 만나서 협조를 구해봐. 만일 듣지 않으면 손을 쓰도록 해. 알겠어?"

"네, 알겠습니다."

전화 끊어지는 소리가 철컥하고 났다. 요원들은 그제서야 몸을 움직이기 시작했다.

놈들이 장 후보를 찾기 위해 혈안이 되어 있다는 것이 이제 확실히 드러난 셈이다.

"한 발만 늦었어도 장 후보에게 위험이 닥쳤겠는데……"

모두가 말없이 엄 과장을 바라보았다.

"장 후보를 더욱 안전한 곳으로 모셔야겠군."

"지금도 화를 내고 계십니까?"

"아니요. 아까 전화를 해봤는데 이젠 이해가 가는 모양이요. 경호에 상당히 협조적이래요."

"장 후보 비서가 납치된 거 아닙니까?"

진은 걱정스럽게 물었다.

"놈들은 장 후보 소재를 알려고 족치는 것 같아요. 계속 사람들을 잡아들이겠죠. 그렇지만 하는 수 없지. 우리 힘으로 그 사람들까지 보호할 수 없으니까."

정말 하는 수 없는 일이라는 생각이 들었다. 모두가 자기 스스로 목숨을 지키는 수밖에 별 수가 없다.

그들이 우려한 대로 장 후보의 비서는 이튿날 시체로 발견 되었다. 시체는 시궁창에 처박혀 있었다. 장 후보의 비서가 놈들에 의해 살해되었다는 사실은 쇼킹한 일이 아닐 수 없었다. 그것을 계기로 선거운동은 더욱 격화되고 험악한 분위기마저 띠어가고 있었다. 경찰은 범인 체포에 열을 올렸지만 이틀이 지나도록 단서 하나 잡지 못하고 있었다.

한편 10월 18일 밤,

도쿄에서는 도미에가 큰 모험을 하고 있었다.

그녀가 우에노 역 언덕배기에 있는 조명식의 아파트에 들어간 것은 저녁 7시경이었다. 조명식의 어머니가 마침 하룻밤 집을 비우는 바람에 그녀는 찬스를 잡은 것이다. 명식은 어머니가 나가자마자 도미에에게 전화를 걸었다.

"어머니가 오사까에 갔어. 내일 올 거니까 빨리 와요."

"글쎄……"

도미에는 별로 반갑지 않다는 듯 도사리다가 아파트를 찾아간 것이다.

명식은 도미에가 가지고 온 수면제를 탄 술을 마시고 9시 조금 지나 잠이 들었다. 도미에는 명식을 품에서 떼어놓고 소파에서 일어났다. 그녀는 반쯤 벌거벗은 모습이었다.

방안은 그전처럼 어지럽기 짝이 없었다. 그 속에서 무엇인가 정보가 될 만한 것을 찾아내야 한다는 것이 그녀는 너무 벅차게 느껴졌다.

어디서부터 손을 대야 하나. 정말 이 집에 무엇이 있을까. 그녀는 망설이기만 했다.

그녀는 소파에 웅크린 채 잠들어 있는 명식을 잠시 내려다보았다. 그는 팬티마저 입지 않은 알몸이었다.

그녀는 한쪽 구석에서부터 세밀하게 훑어나가기 시작했다. 시간은 얼마든지 있었다. 강하게 수면제를 탔기 때문에 적어도 서너 시간은 깨어나지 못할 것이다.

한 시간이 지났을 때 그녀의 몸은 땀으로 온통 젖어 있었다. 그녀는 손등으로 땀을 훔치면서 캐비닛 속을 뒤졌다. 그때 전화벨이 울렸다. 그녀는 깜짝 놀라 화들짝 뛰어 일어났다. 전화벨은 수분 동안 울려대고 있었지만 그녀는 받을 수가 없어 그것을 노려보기만 했다. 명식이 깨어나기라도 하면 큰일이라고 생각했지만 다행히 그는 깨어나지 않고 있었다. 전화벨 소리가 그치자 그녀는 아예 전화코드를 뽑아버렸다.

두 시간이 지났을 때까지도 그녀는 아무것도 찾아내지 못하고 있었다. 이젠 더 이상 뒤질만한 곳도 없었다. 생각 끝에 그녀는 한 곳에 전화를 걸었다.

전화를 받은 사람은 한국에서 온 늙은 사나이였다. 그가 최진의 메모를 들고 그녀 앞에 나타난 것은 며칠 전이었는데 그녀를 보호하고 지원하기 위해 왔다는 것이었다. 안경을 끼고 미사일이란 암호명을 가진 그 늙은 사나이에게 그녀는 별로 기대를 걸지 않았다. 그러나 다급하다보니 도움을 청할 수밖에 없었다.

늙은 사나이는 반시간쯤 지나 나타났다. 아파트 안에 들어온 그는 적이 놀라는 것 같았다. 도미에의 설명을 듣고 난 그는 담배를 피워 문 다음 안경 너머로 방안을 천천히 둘러보았다. 그 시선에서 도미에는 전문 수사관의 날카로움을 느끼고는 그가 처음의 인상과는 매우 다르다는 생각이 들었다.

그는 소파에서 알몸으로 자고 있는 젊은이는 거들떠보지도 않은 채 이방 저 방을 돌아다니다가 갑자기 화장대 앞에 멈춰 섰다. 조금 후 그는 화장대를 들어내고 뒷면의 벽을 바라보았다.

벽 위에는 사방 50센티쯤 되어 보이는 네모진 새 벽지가 하나 붙어 있었다. 그것은 다른 벽지와 비슷한 것이었지만 바른 지 얼마 안 된 새것이라 그 부분이 유난히 눈에 띄었다. 늙은 사나이는 그 부분을 손으로 쓰다듬어 보고 나서 갑자기 벽지를 잡아 찢었다. 놀랍게도 벽지가 찢어진 부분에 조그만 나무상자 하나가 박혀 있었다. 미사일(김병찬金炳贊)은 거침없이 그것을 끄집어 내어 도미에 앞에 내려놓았다. 도미에는 너무 놀란 나머지 입이 다물어지지가 않았다. 상자는 검은 색이었고 크기가 보통 도시락만 했다.

"아가씨가 모두 뒤져놓았기 때문에 나는 별로 애쓸 필요가 없었습니다."

미사일은 빙그레 웃고 나서 상자에 걸려 있는 자물통을 잡아 비틀었다. 자물통은 쉽게 떨어져 나갔다. 상자 속에는 한 움큼이나 되는 금은보석이 눈부시게 빛나고 있었다. 그것들을 들어내자 반으로 접힌 노란 서류봉투가 하나 나왔다. 봉투 속에는 종이가 한 장 들어 있었는데 거기에는 만년필로 다음과 같은 글이 적혀 있었다.

내가 죽거든 Z에게 도움을 청하라. Z의 이름은

12 · 11 · 15 · 31 · 13 · 23 · 11 · 34 · 22 · 23 · 11 · 31

이다.

늙은 형사의 눈이 등잔만 하게 커졌다. 그는 종이를 급히 봉투 속에 집어넣으면서

"큰 수확인데……"

하고 중얼거렸다. 바로 그 때 아파트 문이 홱 열렸다.

문을 열고 들어선 사람은 다름 아닌 조명식의 어머니였다. 너무 갑작스레 당한 일이었기 때문에 도미에와 늙은 형사는 잠시 멍하니 여인을 바라보기만 했다.

여인은 발칵 뒤집혀진 집안 광경에 놀라서 몸을 떨어대고 있었다. 그녀는 소파에 처박혀 자고 있는 벌거숭이 아들 따위는 외면한 채 김 형사가 들고 있는 서류봉투에만 시선을 집중하고 있었다. 이윽고 그녀는 짐승처럼 울부짖으면서 김 형사에게 달려들었다. 그녀의 움직임을 총알 같았다. 김 형사는 미처 피할 사이도 없었다. 그가 휘청하는 사이에 봉투가 북하고 찢겨져나갔다. 그는 찢겨져나간 봉투를 빼앗으려고 여인의 손을 움켜쥐고 비틀었다. 여인은 그의 손등을 물어뜯으면서 고함을 지르기 시작했다.

"도, 도둑이야! 강도야!"

늙은 형사는 힘이 빠지는 것을 느끼면서 여인의 복부를 걷어찼다. 그러나 여인은 필사적으로 그에게 매달리면서 소리를 질러댔다. 김 형사는 도미에에게 외쳤다.

"빨리 피해! 내 걱정하지 말고! 빨리 피해요."

도미에는 구두를 든 채 밖으로 허둥지둥 뛰어나왔다.

밖에 세워 둔 차에 오르면서 보니 몇 사람이 아파트 안으로 뛰어드는 것이 보였다. 도미에는 현기증을 느끼면서 악셀을 힘껏 밟았다.

어떻게 집으로 돌아왔는지 모를 정도로 그녀는 몹시 흥분해 있었다. 얼마 후 그녀는 늙은 사나이가 들어 있는 호텔로 전화를 걸어보았다. 그러나 그는 돌아와 있지 않았다. 그에게서는 전화도 없었다. 그가 붙잡힌 것이 분명했다. 생각 끝에 그녀는 모오리 형사에게 전화를 걸었다. 그는 방위청 정보국에 있었다. 그녀의 전화를 받자 그는 꽤 놀라는 것 같았다.

"웬일이십니까? 이렇게 전화를 다 주시고?"

"인사는 나중에 하겠어요. 급히 부탁드릴 일이 있어요. 한국에서 온 남잔데 최 진 씨가 보낸 사람이에요. 아마 지금 경찰에 체포되어 있을 거예요. 급히 좀 구해 주세요. 중요한 정보를 가지고 있어요."

"어디서 체포되었죠?"

"우에노 역 뒤 아파트에서요."

"그 조명식이란 친구 집에서 잡혔나요?"

"알고 계시군요."

도미에는 수화기를 철컥 내려놓았다. 모오리 형사는 언제나 능글맞다. 그때 전화벨이 울었다. 아낭에게서 온 전화였다.

"어디를 그렇게 쏘다니나?"

"요즘은 저를 부르시지도 않고……. 화가 나서 춤추러 갔다 왔어요."

"미안해. 요즘 바빴어. 북한에서 허 씨라는 사내가 또 왔으니까 지금 좀 가봐. 너를 기다리고 있을 거야. 도쿄 호텔 109호실이야."

"제가 뭐 접대부인가요?"

"허어, 오해는 하지 말고 내가 부탁하는 거야."

한 시간 후 도미에는 아파트를 나와 도쿄 호텔로 차를 몰았다. 그녀의 차는 빨간 스포츠카로 얼마 전 아낭이 사준 것이었다. 그녀가 도쿄 호텔 109호실에 들어갔을 때 북한에서 온 무기 전문가 허일욱은 거나하게 취해 있었다. 잠옷 바람으로 소파에 기대앉아 술을 마시고 있던 그는 도미에를 보자 팔을 벌리며 일어섰다. 도미에는 구역질이 치밀었지만 달려가 사내의 품에 덥석 안겼다.

"오셨군요."

"나야 약속 지키지."

허일욱은 도미에를 안아들고 침대 위로 다가갔다.

그는 굶주린 사자처럼 그녀에게 덤벼들었다. 도미에는 눈을 감은 채 그가 하는 대로 내버려두었다. 고통스런 일이었지만 이미 각오한 일이라 자신을 희생할 수밖에 없었다. 도미에의 옷을 모두 벗기고 난 사나이는 허겁지겁 자신의 옷도 벗고 나서 그녀의 몸 위로 달려들었다.

"보고 싶어서 혼났다구."

사내는 씩씩거리면서 말했다. 도미에는 눈을 조금 뜨고 가만히 미소했다.

"저두요. 기다렸어요. 안 오시는 줄 알았어요."

"근사한 계집……"

침대가 출렁거리기 시작하자 두 사람을 입을 다물고 섹스에 열중했다. 허덕허덕 내뿜는 입김이 싫어 도미에는 얼굴을 모로 돌렸다.

이윽고 사내가 일을 치르고 몸을 빼려고 하자 도미에는 그의 하체를 휘어잡고 눈을 감았다.

"전 아직도 멀었어요. 이게 뭐예요 이제 겨우 십 분밖에 안됐는데……"

"아아, 미안해. 조금 쉬었다가 또 하지."

사내는 멋쩍게 웃음을 흘리면서 몸을 일으켰다. 도미에의 엄포는 사내로 하여금 주눅이 들게 하기에 족한 것이었다. 허는 침대에서 빠져나와 담배를 한 대 피워 물더니 문득 생각난 듯이 수화기를 들고 다이얼을 돌렸다.

"회장님이신가요? 허 올시다."

도미에는 벽 쪽으로 돌아누운 채 통화에 귀를 기울였다.

"아, 네, 아주 좋은 여잡니다. 생각 같아서는 평양으로 데려가고 싶은데…… 하하……"

도미에는 소름이 쫙 끼치는 것을 느꼈다.

"예정대로 물건은 출발하게 되겠지요?"

"……"

"네, 감사합니다. 어디서 출발할 건가요?"

"……"

"네? 니이가따 항에서 말입니까? 새벽 2시라면 얼마 안 남았군요. 하여튼 감사합니다."

통화가 끝나자 도미에는 몸을 일으켰다. 그녀는 핸드백을 들고 욕실로 들어가 샤워를 한 다음 알약을 하나 먹었다. 그리고 머리에 수면제 향수를 뿌린 다음 욕실에서 나와 허가의 품에 안겼다. 허가는 소파에 비스듬히 누운 채 그녀를 애무 하다가 하품을 몇 번 하고 나서 이윽고 잠이 들었다.

도미에는 즉시 모오리 형사에게 전화를 걸었다. 그러나 모오리는 자리에 없었다.

"매우 급하다고 전해주세요. 들어오시는 대로 빨리 전화 부탁해요!"

도미에는 전화를 끊고 초조하게 기다렸다. 모오리 형사로부터 전화가 걸려온 것은 한 시간 쯤 지나서였다.

"급한 일이에요. 저 지금 북한에서 온 사람하고 같이 있어요. 통화하는 걸 들었는데 새벽 2시에 니이가따 항에서 물건이 출발한대요."

"정말이오?"

모오리의 목소리가 벼락 치듯 울렸다.

"틀림없어요. 그 사람은 어떻게 됐어요?"

"아, 나하고 함께 있으니까 염려 말아요!"

이상한 암호(暗號)

새벽 2시, 니이가따 항은 어둠과 정적에 잠겨 있었다.

2시가 조금 지나자 거대한 화물선 한 척이 소리 없이 항구를 빠져나갔다. 그 배가 완전히 항구를 벗어나 바다 한 가운데 이르렀을 때 갑자기 헬리콥터 두 대가 나타나 서치라이트를 비췄다. 그와 함께 사방에서 자위대 해군 초계정들이 사이렌을 울리면서 벌떼처럼 나타났다. 화물선은 바다 가운데서 꼼짝없이 얽매이고 말았다. 초계정들이 포위하고 있는 가운데 화물선은 서치라이트 속에서 맴돌고 있었다. 화물선이 떠 있는 바다 부근은 대낮같이 밝았다.

"부두로 즉시 귀항하라! 즉시 귀항하라! 귀항하지 않으면 발포한다!"

헬리콥터에서 고성능 마이크 소리가 들려왔다. 그러자 화물선 갑판 위로 선원들이 무엇인가 들고 나오는 것이 보였다. 그것은 나무 상자였다. 두 명씩 조가 되어 상자를 갑판 위로 들고 나온 선원들은 그것을 바다 위로 던지기 시작했다. 그때 다시 마이크 소리가 들려왔다.

"선원들은 일체의 행동을 중지하고 선실로 들어가라! 일체의 행동을 중지하라! 중지하지 않으면 발포한다!"

그러나 선원들은 작업을 계속하고 있었다. 그러자 헬리콥터에서 타타탕! 하고 기관총 소사가 시작되었다. 연달아 쏘아대는 총소리에 선원들은 허둥지둥 갑판 아래로 내려갔다. 초계정에서도 밖으로 나오는 사람만 보이면 기관총을 퍼부었다. 그러나 화물선은 움직이지 않고 있었다. 몇 번 경고가 발해졌지만 움직이려고 하지를 않았다.

이 때 화물선의 선장실에서는 모처로 SOS가 발해지고 있었다. 이 신호가 대륙산업 회장 아낭에게 닿은 것은 10분 후였다. 아낭은 선장실과 무선전화로 직접 통화했다.

"포위됐단 말이지?"

"네, 그렇습니다."

아낭의 얼굴에 경련이 일었다. 짐승처럼 허덕이면서 그는 버럭 고함을 질렀다.

"자폭해라! 배를 폭파해버려!"

"아니, 그럼 저희들은……?"

"그런 것까지 일일이 내가 말해야 하나? 알아서 해! 이놈아!"

선장실의 사나이는 새파랗게 질린 얼굴로 한동안 서 있다가 옆에 서 있는 선장에게 말했다.

"배를 폭파시키시오!"

"네에? 아니 그럴 수가……? 안 됩니다!"

사나이는 피스톨을 꺼내들었다.

"명령을 듣지 않으면 죽여 버리겠다!"

선장은 창백한 얼굴로 끄덕였다.

"명령에 따르겠습니다. 그런데 배를 폭파시키려면 폭약이 있어야 하는데 여긴 그게 없습니다."

"무기에 불을 질러! 탄약상자가 쌓여 있으니까 그것이면 충분해!"

"모두 하선시킨 다음 불을 지르겠습니다."

"빨리! 빨리! 10분 내에 하선시켜! 불은 선장이 직접 질러! 폭발하기 전에 탈출할 시간은 있을 거다."

"알겠습니다. 이래 죽으나 저래 죽으나 저는 마찬가집니다."

늙은 선장은 중얼거리더니 비상벨을 눌렀다. 그리고 마이크를 집어 들고 모든 선원들에게 지시를 내렸다.

"모든 선원들에게 알린다! 지금부터 10분 이내에 전원 하선하라! 한 사람 남김없이 배에서 탈출하라! 10분 후에 이 배는 폭파된다!"

선장은 두 번 거듭 그렇게 지시한 다음 무기를 쌓아둔 곳으로 뛰어갔다.

갑판 위로 다시 기총 소사가 퍼부어지고 있었다. 그러나 선원들은 모두 밖으로 기어 나와 허둥대고 있었다.

구명보트가 내려지자 선원들은 일제히 바다로 뛰어들기 시작했다. 서치라이트 속에서 바다로 뛰어드는 선원들의 모습이 흡사 조그만 짐짝처럼 보였다.

이윽고 배의 후미에서 시커먼 연기가 피어오르기 시작했다. 그제서야 사태를 눈치 챈 해군들은 보트를 띄워 바다에 뛰어든 선원들을 구출하기 시작했다. 헬리콥터에서는 계속 불을 끄라고 외쳐대고 있었지만 연기는 이미 걷잡을 수 없이 피어오르고 있었다.

"배가 폭발한다! 모두 대피하라!"

헬리콥터에서 이런 명령이 떨어지자 해군 초계정들은 부우웅 부우웅하고 고동을 울리면서 뒤로 물러나기 시작했다. 그 고동 소리가 하도 요란스러워 흡사 비통한 울음소리 같았다.

한참 후 바다가 조용해졌을 때 마침내 시커먼 연기 사이로 섬광이 번쩍하고 빛났다. 동시에 뇌성 같은 폭음이 어둠과 바다를 뒤흔들었다. 폭음은 연속적으로 들려왔다. 그때마다 물기둥이 하늘로 높이 치솟곤 했다. 바다에는 마치 태풍이 불어 닥친 것 같았다. 해군 초계정들은 다시 고동을 울리면서 폭발하는 화물선을 향해 일제히 서치라이트를 비췄다.

화물선은 가운데 부분이 갈라지면서 서서히 바다 속으로 가라앉고 있었다. 1만 톤급의 화물선이 가라앉는 모습은 실로 장엄했다. 불길은 계속 치솟고 있었다.

그러나 보다 장엄한 것은 바다였다. 바다는 모든 것을 집어삼키고도 그전처럼 의연하게 침묵하고 있었다. 그 거대한 침묵은 이윽고 모든 사람들에게도 전해져 모두가 입을 다문 채 배가 떠 있던 바다를 말없이 바라보고 있었다. 조금 전까지도 불길에 싸여 있던 화물선은 바다 속으로 사라져버리고 그 위에는 파편 조각들만이 어지럽게 떠다니고 있었다.

기자들이 나타난 것은 배가 이미 바다 속으로 가라앉은 뒤였다. 부두에 늘어선 기자들은 구경꾼들로부터 배가 폭발한 끝에 바다 속으로 침몰했다는 말만 들을 수 있을 뿐 그 이상은 알 도리가 없었다. 경찰도 배의 정체를 모르고 있었다. 바다는 칠흙 같은 어둠 속에 잠겨 있었고 해군 초계정들도 어디론가 사라져 버리고 없었다.

그때까지 부두 한쪽 창고 옆에서 망원경을 눈에서 떼지 않고 있는 사람이 있었다. 바로 모오리 형사였다. 그의 옆에는 한국에서 온 늙은 형사도 서 있었다.

"개 같은 자식들……. 배를 폭파하다니!"

모오리 형사는 이를 갈면서 분해했다.

"물건을 건져내서 확인하면 되지 않을까요?"

미사일이 추운지 어깨를 웅크리며 말했다.

"수심이 깊으면 그것도 불가능해요."

그들은 차를 타고 급히 그곳을 떠나 해군기지로 갔다. 거기에는 아까 바다에 나타났던 헬리콥터가 돌아와 있었다.

도쿄에서 이곳까지 날아온 방위청 정보국장은 해군 장병들에게 함구령을 내렸다. 그리고 바다에서 구조해 낸 50여 명의 사나이들을 밀폐된 차에 분승시켜 도쿄로 호송하도록 지시했다. 모오리 형사와 늙은 한국인, 그리고 다른 간부 요원들은 헬리콥터를 타고 먼저 도쿄로 돌아왔다.

이때 이미 배가 폭파한 사실을 탐지한 아낭은 직접 긴급회의를 주재하고 있었다.

"어떻게 해서 비밀이 새어나갔지? 왜 대답을 못해? 이 바보 같은 자식들!"

아낭은 분노에 떨면서 주먹으로 탁자를 쾅하고 쳤다. 그 바람에 탁자 위에 놓여 있던 물주전자와 컵이 엎어졌다.

긴 탁자를 사이에 두고 나란히 앉아 있는 사나이들은 꿀 먹은 벙어리처럼 꼼짝하지 않고 있었다. 국화의 보스인 고오노(河野)는 고개를 떨구고 있었다.

아낭은 재떨이를 집어 들더니 고오노를 향해 던졌다. 재떨이는 정통으로 고오노의 이마를 때렸다. 검붉은 피가 주르르 흘러내리자 옆에 앉아 있던 사나이들이 일어나 그를 부축하려고 했다. 그러나 그는 사나이들을 제지하면서 손수건을 꺼내 이마를 눌렀다.

"썩 나가! 너 같은 자식은 필요 없어! 썩 나가라고!"

아낭의 고함은 계속되고 있었다. 그러나 고오노는 고개를 숙인 채 자리를 뜨지 않고 있었다. 이윽고 그는 품속에서 단도를 꺼내더니 그것을 탁자 위에 올려놓고 다시 고개를 숙였다. 그것은 죽음을 불사하겠다는 의사표시였다. 만일 아낭이 말리지 않는다면 그는 단도로 심장을 찔러 자결해야만 한다.

붉은 빌로도 커튼으로 차단된 실내에 숨 막히는 긴장이 흐르고 있었다. 날이 시퍼런 단도는 불빛을 받아 차갑게 번득이고 있었다.

일본 최대의 암흑조직인 국화의 보스가 이제 죽느냐 사느냐 하는 기로에 놓여 있었다. 그런 만큼 모두가 긴장하지 않을 수 없었다. 그는 사실 아낭의 오른팔로서 온갖 궂은일들을 도맡아 해오고 있었다. 사업에 얽힌 어려운 문제는 그가 힘으로 해결해주고 있었다. 대륙산업이 별 어려움 없이 세력을 확장해 나갈 수 있었던 데에는 그의 힘이 컸다. 그러나 암흑가의 사나이들이란 으레 돈의 위력에 무릎을 꿇게 마련이다. 그들은 돈을 행동의 지침으로 삼는다.

고오노 역시 아낭이 휘두르는 금력에 머리를 숙일 수밖에 없었고 지금은 결국 아낭에게 기생하는 입장에 놓여 있었다. 아낭에게 기생함으로써 그는 국화의 보스로서 생존할 수가 있었던 것이다.

"칼을 집어치워!"

아낭의 명령이 떨어졌다. 그 한 마디에 모두가 안도의 한숨을 내쉬었다. 고오노는 머리를 숙여 보인 다음 단도를 도로 품속에 집어넣었다.

"우리 조직에 배반자가 있거나 정보를 엿듣는 자가 있다! 그 전부터 극비 정보가 자꾸만 새나가고 있다! 빠른 시일 내에 그 자를 잡아내도록 해!"

사나이들은 일제히 고개를 숙였다. 아낭이 시가를 집어 들자 옆에 서 있던 보디가드가 재빨리 라이터 불을 켜주었다. 아낭은 담배연기를 몇 번 내뿜고 나서 갑자기 가라앉은 목소리로 지시를 내리기 시작했다.

"모든 신문발행인, 수사관계자, 정치인들에게 압력을 넣어 이번 사건을 표면화 시키지 못하게 하라! 만일 이번 사건을 물고 늘어지려 하는 자가 있으면 가차 없이 제거하라!"

그는 아직 방위청 정보국 내에 특수반이 편성된 것을 모르고 있었다.

"북한에서 온 허 가에게는 돈을 돌려줘! 매우 유감스럽게 생각한다는 말을 잊지 말고. R에게 급히 연락을 해. 지금 당장 만나자고 연락을 해! 그리고 미야모도 상무!"

"하!"

안경을 낀 빼빼마른 사나이가 고개를 쳐들었다. 상무라고 불린 사나이는 아낭의 부름에 초조한 기색을 보이고 있었다.

"미야모도 상무가 이번 사건을 좀 맡아 줘야겠어."

"네네, 알겠습니다. 그런데 어떻게……?"

"전 책임을 미야모도 상무가 지고 희생타가 되는 거야."

미야모도 상무의 얼굴이 얼어붙는 듯했다. 그는 대답을 않고 머뭇거리고 있었다.

"미야모도 상무, 내 말 알아듣겠나?"

"네네, 잘 알겠습니다. 하지만……"

"하지만 뭐야? 싫단 말인가?"

"그게 아니라……"

책상이 쾅하고 울렸다.

"뭘 그렇게 머뭇거리는 거야? 임마! 왜 그렇게 말이 많아?"

"죄송합니다. 제가 모든 책임을 지도록 하겠습니다."

"사태가 악화돼서 재판을 받게 될지도 모른다. 그렇다고 겁낼 것은 없어. 조금만 고생하고 있으면 곧 빼내줄 테니까 걱정하지 마."

"알겠습니다."

아낭은 좌중을 둘러보았다. 그리고 지시를 내렸다.

"돈으로 매수할 수 있는 최고의 변호사들을 모두 동원해서 대비책을 세우도록 하라! 내가 법정에 서는 일이 없도록 만전을 기하라!"

아낭이 말을 마치고 일어서자 모두가 따라 일어서면서 고개를 깊이 숙였다.

날이 밝자 방위청 정보국은 모든 장비를 동원해서 침몰된 선체의 인양작업을 서둘렀다. 그러나 수심이 너무 깊어 인양은 불가능했다. 겨우 무게가 가벼운 약간의 무기만을 건져냈을 뿐이었다. 정보국은 하는 수 없이 수중 카메라로 바다 밑을 촬영했다. 그 결과 사진에는 놀랍게도 부서진 전투기며 탱크 등이 찍혀 나왔다. 그것은 한국의 정보기관이 보내준 정보자료와 일치하는 것이었다.

이렇게 방위청 강력반이 아낭을 체포하기 위한 방증 수집에 전력투구하고 있을 때 서울에서는 킬리만자로의 요원들이 한 암호문을 놓고 그 해석에 고심하고 있었다. 그것은 늙은 형사가 일본에서 직접 가지고 날아온 것이었다.

파이프가 서울에 돌아온 것은 10월 19일 밤 10시경이었다. 파이프는 무기를 싣고 북한으로 향하려던 배가 니이가따 앞바다에서 일본 자위대 해군에게 포위되어 자폭한 사실을 이야기한 다음 찢어진 종잇조각 하나를 내놓았다. 그것이 X의 부인으로부터 빼앗은 중요한 정보자료인 것을 알자 진은 깜짝 놀랐다. 파이프가 내놓은 찢어진 종잇조각에는 "11 · 31" 이라는 글자만 남아 있었다.

"X의 부인이 달려들어 찢어버리는 바람에 겨우 이것만 남았습니다."

"그럼 나머지는 그 부인이 가지고 있나요?"

"그렇죠."

"없어진 부분을 기억하실 수 있습니까?"

"그렇지 않아도 지금까지 생각해 보았는데 이 이상은 생각나지 않습니다. 이건 제가 한번 적어본 겁니다."

늙은 사나이는 호주머니에서 메모지를 한 장 꺼내 폈다. 거기에는 볼펜으로

"내가 죽거든 Z에게 도움을 청하라. Z의 이름은 ○·○·○·○·○·○·○·○·○·○·11·31이다."

라고 적혀 있었다.

"동그라미는 무엇을 표시하는 겁니까?"

진은 흥분해서 물었다.

"그것은 기억나지 않는 부분입니다. 한글은 기억이 나는데 아라비아 숫자는 기억이 나지 않습니다."

진은 뚫어지게 메모지를 들여다보았다. 들여다볼수록 Z를 잡았다가 놓친 기분이 들었다.

"이 동그라미 자리에는 아라비아 숫자가 들어 있습니까?"

"네, 그렇죠. 두 자리 아라비아 숫자가 들어 있습니다."

"그렇다면 11·31은 Z의 이름자 가운데 맨 마지막 자를 가리키겠군요."

"그럴 가능성이 많습니다."

최 진 뿐만 아니라 모두가 그것을 응시하고 있었다. "11·31"을 풀어내면 Z의 마지막 이름자 하나만이라도 알 수 있을 것이다. 어떻게 조립된 암호일까. 그러나 그것만 가지고 의미를

알아낸다는 것은 불가능한 일이었다.

그런 줄 알면서도 최 진은 자정이 지날 때까지 그것을 붙들고 책상 앞에 앉아 있었다. 그러나 아무리 생각해도 그것을 풀 수가 없었다. ○·○·○·○·○·○·○·○·○·○·11·31—이것은 어떻게 조립된 암호일까. 나중에는 엄 과장까지 합세해서 머리를 짜냈지만 그것을 풀 수 있는 어떤 가능성조차 보이지 않았다. 다만 한 가지 점에 두 사람의 의견이 일치했다.

그것을 제시한 사람은 최 진이었다.

"두 자리 숫자. 다시 말해 한 쌍의 숫자는 알파벳을 가리키는 게 아닐까요?"

"어째서 그렇죠?"

"아직 밝혀지지 않은 것까지 합친다면 쌍을 이룬 숫자는 모두 해서 12쌍입니다. 이것은 알파벳이거나 한글을 풀어서 만든 암호 숫자가 틀림없습니다. 그렇다면 한 쌍의 숫자는 하나의 알파벳 또는 하나의 한글 자음이나 모음을 가리킵니다. 그런데 한글의 경우 어떤 이름도 9개의 자모음을 넘지 않습니다. 세 개가 모두 받침이 있는 이름, 즉 김형식이란 이름을 예로 들면 이것은 ㄱ ㅣ ㅁ ㅎ ㅕ ㅇ ㅅ ㅣ ㄱ, 즉 9개의 자모음으로 이루어진 겁니다. 물론 우리 이름에 4자로 이루어진 이름도 있습니다만 그런 경우는 거의 드물기 때문에 일단 젖혀두는 게 좋을 것 같습니다. 따라서 여기 나타난 숫자가 9쌍을 넘어 12쌍이나 되기 때문에 한글의 자모음을 가리키는 게 아니라고 보는 것이 옳을 것 같습니다. 즉 이것은 알파벳을 가리키는 암호 숫자로 보는 것이 타당합니다. 예를 들어 김명찬이란 이름은 알파벳으로 쓸 경우 KIM

MYONG CHAN, 즉 12자로 이루어질 수가 있습니다."

엄 과장은 크게 고개를 끄덕였다.

"매우 정확한 추리요. 그런데 다른 숫자를 알 수 없으니 11 · 31을 푼다고 해도 그것만 가지고 Z를 찾는다는 것은 불가능하겠지요."

"네, 그렇습니다. 그래서 드리는 말씀인데, 제 생각으로는 X의 부인 김미령(金美鈴)의 신병을 우리가 빨리 확보하는 게 좋을 것 같습니다. 그 여자는 나머지 숫자를 가지고 있을 테니까 말입니다."

"그러니까 납치해 오자는 건가요?"

"그렇습니다."

"한번 생각해 봅시다."

엄 과장은 무겁게 고개를 끄덕였다. 그리고

"김미령이 X가 죽었는지 알고 있을까?"

하고 물었다.

"아마 모르고 있겠지요."

"그렇다면 그 여자의 협조를 구할 수 있을지도 모르겠군. 조직에 의해 남편이 살해된 걸 알면 기절하겠지."

그들은 어둠이 짙게 밴 창문을 물끄러미 바라보았다.

G은행 명동 지점에 근무하는 오창길(吳昌吉)은 입사 1년밖에 되지 않은 햇병아리 행원이었다. 대학을 졸업한 뒤 은행에 들어와 창구 앞에 1년 동안 앉아 있으면서 그가 절실히 느낀 것은 자신은 은행에 적격이 아니라는 점이었다. 성격이 내성적인 그

는 창구 앞에 앉아 쉴 사이 없이 밀려드는 손님들을 하루 종일 상대하다보니 자신이 마치 기계부속처럼 생각되고 그런 생각이 쌓이다 보니 은행원이야말로 가장 따분한 직업이라고 여기게 되었다.

결국 그는 하루 빨리 은행을 탈출해야 한다고 생각하고 있었는데 생각과는 달리 자리를 옮기는 것이 그렇게 쉽지가 않았다. 무엇보다도 마음에 드는 직업이 얼른 나타나 주지 않았다.

오후 1시, 점심을 먹고 나자 졸음이 홍수처럼 밀려오기 시작했다. 조금 지나면 손님들이 또 밀려들기 시작할 것이다. 이제는 손님들을 상대한다는 것이 끔찍하다. 그는 옆자리에 앉아 있는 미스 김을 힐끗 쳐다보았다. 미스 김의 길고 갸름한 목이 눈부시도록 하얗다.

그는 고개를 숙이고 침을 꿀꺽 삼켰다. 스물다섯의 그는 아직 미혼이었는데 미스 김이라면 신붓감으로 아주 적격이라고 생각하고 있었다. 그런데 불행히도 그는 미스 김보다 키가 훨씬 작았고 워낙 못생긴 얼굴을 가지고 있었기 때문에 그림에 떡으로만 생각할 뿐 감히 데이트 신청 한번 못해 보고 있었다. 키가 늘씬하고 풍만한 육체에다 얼굴까지 아름다운 그녀는 뭇 남자들의 표적이 되고 있었다. 오창길은 그녀를 바라보는 것만으로도 숨이 막힐 정도였다.

그는 고개를 조금 돌려 그녀의 부푼 허벅지를 슬그머니 바라보았다. 그때 기다렸다는 듯이 미스 김이 한쪽 다리를 들어 올리더니 무릎 위에 그것을 척 걸쳐놓았다. 미니스커트 밖으로 스타킹에 싸인 허벅지가 확하고 드러나자 그는 얼른 시선을 거두고 고개를 쳐들었다. 그 순간 그는 다시 한 번 놀랐다. 노신사 한 사람이 창구 너머로 그를 내려다보고 있었던 것이다.

그는 노신사가 내미는 통장을 빼앗듯이 받아들면서 얼른 시선을 피했다. 창피하고 부끄러워 그는 자꾸 헛손질을 했다. 겨우 정신을 차려 청구서를 들여다보니 5백만 원의 거액이 적혀 있었다. 5백만 원을 찾아갈 정도라면 시시한 손님이 아니다. 그는 고개를 쳐들고 노신사를 힐끗 쳐다보았다.

"현찰로 찾으실 겁니까?"

"4백은 10만 원짜리 수표로 하고 나머지는 만 원짜리 현찰로 주시오."

노신사의 목소리는 조용했다. 젊은 행원은 암호넘버와 날인을 확인했다. 그때까지는 기계적인 순서에 따라 움직인 것뿐이었다. 그런데 다음 순간 그는 머릿속으로 번쩍하고 섬광이 스치는 것을 느끼고는 다시 한 번 청구서를 확인해 보았다. 암호넘버란에 분명히 "5555"라고 적혀 있지 않은가. 그는 숨을 들이 킨 다음 노신사를 다시 바라보았다. 그리고 불필요한 말을 한 마디 했다.

"시간이 좀 걸릴 테니 기다리셔야겠습니다."

"알았소."

노신사가 돌아서는 것을 보고 젊은 행원은 그 뒷모습을 뚫어지게 응시했다. 반백의 머리, 코밑수염, 금테안경, 건장해 보이는 체격, 감색 양복차림…… 오창길은 노신사의 모습을 머릿속에 깊이 박은 다음 옆자리의 미스 김에게 노신사의 통장과 청구서를 넘겼다.

그것을 받아든 미스 김의 얼굴이 새쭉해졌다.

"저도 바쁜데요."

"미안해요. 급한 일이 생겨서……"

오창길은 일어서려다가 말고 청구서에 적힌 암호넘버를 짚어 보였다. 그것을 본 미스 김의 눈이 휘둥그레졌다. 오창길은 의미 있게 고개를 끄덕이고 나서 창구를 벗어나 급히 뒤쪽에 있는 지점장실로 들어갔다. 지점장은 손님과 함께 이야기를 하고 있었다.

"드릴 말씀이 있습니다."

"아, 좀 이따가 오라구."

"급한 일입니다."

"이따가 오라니까."

지점장실을 물러난 오창길은 난처했다. 본점으로부터 "암호번호 5555—박상진"을 체크하라는 지시를 받은 이상 모른 체할 수는 없었다. 그런데 이상한 것은 인상착의만 눈여겨보라고 했을 뿐 그 다음에 대해서는 지시가 없다는 점이었다. 지시내용으로 보아 5555번 손님은 요주의 인물인 것 같았다. 혹시 무슨 범인이 아닐까. 그럴 가능성이 많다. 그렇다면 인상착의만 확인할 것이 아니라 경찰에 즉시 신고해야 옳을 것이다. 그런데 거기에 대해서는 일체 지시가 없었다. 다만 5555번이 나타나는 즉시 상관에게 보고하거나 본점으로 연락하라고만 되어 있는 것이다.

오창길은 지점장실 앞에서 머뭇거리고 있을 때 미스 김이 5555번 손님을 부르는 소리가 들려왔다.

"박상진 씨…… 박상진 씨……"

오창길은 기둥 뒤 그늘진 곳에 서서 창구 앞으로 다가서는 사나이를 노려보았다. 노신사치고 아주 멋지게 생겼다. 차림새나 행동거지, 또 5백만 원이라는 거금을 한꺼번에 찾아가는 것으로 보아 상당히 여유가 있는 사람인 것 같았다.

이윽고 노신사는 미스 김에게 고개를 끄덕인 다음 돌아서서 밖으로 천천히 나갔다. 이때 오창길의 눈이 호기심으로 번득였다. 영웅심리가 발동하는 바람에 가슴은 쿵쿵 뛰고 있었다. 근무시간에 자리를 이탈하는 것은 감점의 원인이 된다. 그렇지만 이미 정이 떨어져버린 은행 자리에 그렇게 연연할 필요는 없다. 오창길은 침을 꿀꺽 삼킨 다음 급히 밖으로 뛰어나갔다.

방금 밖으로 나갔는데도 노신사는 벌써 저만치 걸어가고 있었다. 걷는 모습으로 보아 노신사는 매우 한가롭게 걸어가는 것 같았다. 그런데도 오창길은 자꾸만 뒤떨어지곤 했다. 나중에 그는 뛰다시피 따라가야 했다. 그는 어떻게 하려고 노신사를 미행하는지 자신도 알 수가 없었다. 단지 막연히 자석에 끌리듯이 그는 노신사를 따라가고 있었다.

명동을 벗어난 노신사는 얼마 후에 공중전화 부스로 들어가 어디론가 전화를 걸었다. 오창길은 너무 가까이 다가갔기 때문에 노신사가 부스에서 나올 때 서로 잠깐 시선이 마주쳤다. 노신사의 시선은 부드러워 경계의 빛이라곤 조금도 없었다. 무심코 시선이 부딪쳤을 때의 자연스런 외면을 보여주면서 노신사는 다시 걸어갔다. 오창길은 팔딱팔딱 뛰는 가슴을 진정하려고 애쓰면서 잠시 머뭇거렸다. 저 자가 나를 알아보았을까. 알아보았다면 미행을 포기하는 것이 낫다. 그러나 그런 것 같지는 않다. 가는 데까지 가보자. 저 자의 집만 알아두면 좋겠는데…….

조금 후 노신사는 어느 다방 안으로 들어갔다. 오창길은 다방 앞까지 다가갔으나 선뜻 안으로 따라 들어가지 못하고 문 앞에서 망설이기만 했다. 다방에서 누군가를 만나고 있다면 적어도 반시간 이상은 걸릴 것이다. 젊은 행원은 용기를 내어 문을 밀고 안으로 들어갔다.

다방 안은 사람들로 꽉 들어차 있었다. 그는 구석자리에 앉은 다음 재빨리 실내를 둘러보았다.

노신사는 신문을 보고 있었다. 이쪽에서 볼 때 노신사는 옆모습을 보이고 있었다. 청년은 레지가 가져온 커피를 홀짝홀짝 마시면서 노신사에게서 눈을 떼지 않았다.

노신사는 누구를 만나러 들어온 것 같지가 않았다. 일단 신문을 보고 난 그는 주위를 둘러보는 법도 없이 곧장 카운터로 걸어가 계산을 치른 다음 밖으로 사라졌다. 오창길은 허둥지둥 그 뒤를 따라갔다.

노신사는 10분쯤 후에 어느 극장 앞에서 걸음을 멈추었다. 그 극장에서는 국산 영화를 상영하고 있었는데 손님이 없어 파리만 날리고 있었다. 노신사가 매표구를 거쳐 극장 안으로 사라지는 것을 보고 청년은 조금 의아하게 생각했다. 그도 그럴 것이 일류 노신사가 대낮에 청춘물을 보기 위해 손님도 들지 않는 극장에 들어간다는 것이 어쩐지 어울리지가 않았던 것이다. 그러나 그런 생각은 잠깐이었고 그 역시 매표구에서 표를 사들고 극장 안으로 들어갔다.

노신사는 바로 관람석으로 들어가지 않고 화장실부터 찾고 있었다. 통로에는 사람 하나 없었다. 오창길은 의자에 앉아 노신사가 나오기를 기다렸다. 매우 어리석은 미행이었지만 그는 그것을 미처 깨닫지 못하고 있었다.

한참을 기다려도 5555번 노신사는 나타나지 않고 있었다. 젊은 행원은 초조했다. 혹시 화장실 안에서 쓰러진 게 아닐까. 아니 미행을 눈치 채고 화장실을 통해 밖으로 도망친 게 아닐까. 그렇게 생각하자 조급증이 일어서 더 이상 기다리고 있을 수가 없었다.

그는 잔뜩 긴장해서 화장실 쪽으로 슬금슬금 다가갔다. 그가 화장실 문을 열었을 때 거기에는 아무도 없었다. 맞은편 창문은 활짝 열려 있었고 창밖은 바로 담 벽이었다. 좀 힘들겠지만 기를 쓰면 담을 타고 도망칠 수 있을 것 같았다. 노신사가 도망쳤다고 생각하자 청년은 화가 났다.

"빌어먹을 늙은이 같으니……"

그는 중얼거리면서 혹시나 해서 거칠게 대변실 문을 두드렸다. 첫 번째와 두 번째 대변실에서는 대답이 없었다.

문을 열어보니 안은 비어 있었다. 세 번째 문을 두드렸을 때에도 안에서는 아무 반응이 없었다. 그는 문을 벌컥 열었다. 그리고 소스라치게 놀라 뒷걸음을 치려고 했다.

그러나 그보다 먼저 노신사의 갈고리 같은 손이 그의 목을 움켜쥐었다. 청년은 바동거리면서 고함을 지르려고 했지만 꼼짝할 수가 없었다. 그 엄청난 힘에 그는 금방이라도 질식해 버릴 것만 같았다.

다비드 킴은 청년을 대변실 안으로 끌어들인 다음 문을 닫아 걸었다. 좁은 공간 속에 처박힌 오창길은 그제서야 죽음의 공포에 몸을 바들바들 떨어대기 시작했다. 그는 애절한 눈으로 상대방을 올려다보며 살려달라는 말을 하려고 애를 썼다.

다비드 킴의 주먹이 그의 오른쪽 턱을 가볍게 건드렸다. 젊은 행원은 턱이 부서지는 것 같은 충격을 느꼈다.

"조용히 해! 살고 싶거든 조용히 해!"

나직하고 조용한 목소리가 흘러나왔다. 청년은 아무 표정 없이 희뿌옇게 떠 있는 노신사의 눈을 바라보면서 다급하게 고개를 끄덕였다. 이 노신사는 절대 빈말을 하지 않는다는 것을 그는 직감적으로 느끼고 있었다. 만일 말을 듣지 않으면 틀림없이 나를 죽이고야 말 것이다.

다비드 킴은 손에서 조금 힘을 빼면서 그러나 여전히 목을 움켜쥔 채 나직이 물었다.

"어떻게 해서 나를 미행하게 됐나?"

"마 말씀드리겠습니다."

오창길은 머뭇거렸다. 입안은 터져서 피가 흥건했다. 다비드 킴은 다른 한 손으로 청년의 머리칼을 움켜쥐고 머리를 뒤로 젖혔다.

"보, 본점에서 지시가 내, 내려왔습니다."

"뭐라고 내려왔나?"

"암호넘버 5555가 나타나면 인상착의를 주, 주의 깊게 봐두라고……"

"내가 누군지 알고 있나?"

"모, 모릅니다. 박상진이라고만……"

"왜 경찰을 부르지 않았지?"

"경찰에 연락하라는 말은 없었습니다. 인상착의만 봐두라고 그, 그랬습니다."

"누가 본점에 나에 관한 정보를 주었지?"

"그, 그건 모릅니다. 저, 정말입니다."

"조용히 해!"

다비드 킴은 청년을 가만히 내려다보다가 갑자기 주먹으로 그의 옆구리를 쿡하고 내질렀다. 무릎을 꺾으며 쓰러지는 청년의 머리 위로 그의 조용한 목소리가 떨어졌다.

"죽는 건 아니니까 여기서 잠 좀 자고 있어."

오창길이 깨어난 것은 그로부터 한 시간쯤 지나서였다. 입안이 터지고 한쪽 어금니가 온통 부러져나간데다 목에 시퍼런 멍까지 든 그는 깨어나서도 금방 정신을 차리지 못하고 있었다. 정신 나간 사람처럼 사람들을 바라보면서 누가 무슨 말을 물어도 대답하려고 하지를 않았다. 한참 만에 그는

"여, 여기가 어디야?"

하고 물었다. 그러자 같은 은행의 직원 하나가 그의 어깨를 툭 쳤다.

"이 사람 정신 차리라구. 여긴 병원이야."

"내가 왜 여기 와 있지?"

"극장 화장실에 쓰러져 있는 것을 이 분이 여기까지 업고 온 거야. 우린 연락을 받고 달려온 거구."

행원이 삼십대의 사내를 가리키며 말했다. 오창길은 눈을 한

번 뒤룩 굴리더니 겁에 질린 눈으로 사내를 바라보았다. 그리고 꾸벅하고 절을 했다.

"가, 감사합니다. 사, 살려주셔서 감사합니다."

"아, 괜찮습니다. 헌데 어떻게 된 일입니까? 제가 화장실 문을 열어보니까 바닥에 앉아 계시던데……?"

오창길은 가만히 창밖만 응시했다. 동료직원이 답답하다는 듯 좀 큰소리로 물었다.

"누구한테 당했어?"

"……"

"경찰에 연락할까?"

"아, 아니야. 연락하면 안 돼."

오창길은 버럭 소리치더니 침대에서 내려서서 급히 옷을 입었다.

병원에서 은행으로 돌아온 그는 그날 즉시 사표를 제출했다. 그리고 5555번에 대한 인상착의도 말하지 않고 서둘러 그곳을 떠났다. 다비드 킴에 대한 인상착의를 보고한 사람은 정작 미스 김이었다.

최 진이 G은행 본점으로부터 다비드 킴의 인상착의에 대한 보고를 받은 것은 10월 20일 오후였다. 그는 즉시 G은행 명동 지점으로 달려가 목격자를 만났다. 목격자는 늘씬한 몸매를 가진 미녀였다.

"아마 50은 넘었을 거예요. 머리가 희끗희끗하고 콧수염을 길렀어요. 그리고 안경을 끼었어요."

"말씨는 어떻든가요?"

"아주 점잖았어요. 그렇게 멋지게 생긴 사람은 생전 처음이에요."

아가씨는 방정맞을 정도로 샐쭉하고 웃었다. 아마 다비드 킴에게 단단히 반한 모양이었다. 진은 한숨이 나왔다.

"경찰에 신고했나요?"

"아니요. 신고 안 했어요. 그런데 그 사람이 무슨 사고라도 냈나요?"

"그런 건 몰라도 됩니다."

이제 다비드 킴에 대해 알아낸 것은 암호넘버 5555와 박상진이라는 이름, 그리고 그의 변장한 모습 등이었다. 이것만 가지고 그를 찾아낸다는 것은 정말 어려운 일이다. 가능성은 1프로도 안 된다. 그러나 포기란 있을 수 없었다.

국내의 모든 수사력을 동원할 수 있다면 다비드 킴을 찾아낼 수 있을 것이다. 그러나 5열을 피하자니 공개적으로 수사를 할 수도 없고, 그러자니 수사에 한계가 있게 마련이었다. 그러나 진은 끈질기게 다비드 킴을 찾아 나섰다.

그 길로 그는 킹 호텔 물품 보관소로 갔다. 그곳을 지키는 여직원에게 다비드 킴의 변장한 모습을 가르쳐주면서 그런 사람이 오지 않았느냐고 물었다. 그의 말을 듣고 난 여직원이 금방 반응을 보였다.

"네, 그 사람 기억나요. 두 번인가 여기 왔었어요."

"오늘도 왔었나요?"

"네, 조금 전에 다녀갔어요."

최 진은 맥이 탁 풀렸다. 그 자가 눈치를 챈 게 아닐까. 그렇다면 다시 헛수고가 되고 만다.

"물건을 모두 찾아갔나요?"

"네, 열쇠를 주고 갔어요."

"동행이 있던가요?"

"아니요. 혼자던데요."

사무실로 돌아온 진은 즉시 도쿄의 모오리 형사에게 전화를 걸었다. 모오리는 사태의 진전을 대강 알려주었다.

"Y는 현재 발을 빼고 있고 미야모도 상무라는 자가 대신 책임을 뒤집어쓰고 있습니다. Y는 조사 중이고 미야모도는 구속했습니다. 모든 매스컴이 이번 사건을 대대적으로 보도하고 있는데 기사 방향이 미야모도 상무 쪽으로 기울어지고 있습니다. R이 이끄는 신일본은 Y를 옹호하면서 차제에 무기 수출을 보다 적극화해야 한다고 주장하고 있습니다."

"이번 사건으로 Y일당을 분쇄할 수는 없겠습니까?"

"그건 어렵겠습니다. Y는 이미 빠져나갈 구멍을 마련해 놓고 있습니다. 확실한 증거가 없는 이상 그를 체포하는 것은 어렵습니다."

"북한에서 온 허 가를 대질시키면 될 게 아닙니까?"

"그자는 이미 떠나고 없습니다."

"안됐군요."

"그자를 잡을 수 있는 좋은 기회였는데, 결정적인 증거 확보가 부족했습니다."

모오리 형사는 이를 가는 것 같았다. 그는 이번 사건을 계기로 R과 Y가 총공세로 나올지도 모른다고 우려했다.

"부탁이 하나 있습니다."

"네, 뭡니까?"

"김미령의 신병을 확보해 주십시오. 신병이 확보되는 대로 연락을 주시면 제가 즉시 가겠습니다."

"알겠습니다. 그 여자가 무슨 중요한 정보라도 가지고 있습니까?"

"네. 그 여자가 Z의 이름을 알고 있습니다."

"아, 그렇군요. 그렇다면 어떻게 해서든지 신병을 확보해야 되겠군요."

"부탁합니다."

진이 전화를 끊고 나자 석간신문이 들어왔다. 신문에는 일본의 아낭 일당이 북한에 무기를 밀수출하려다가 발각되어 실패한 사실이 대대적으로 보도되어 있었다.

한 시간 뒤 국제전신전화국에 나가 있는 곱슬머리의 라이온으로부터 연락이 왔다.

"Z가 Y와 통화를 시작했습니다."

라이온의 목소리는 흥분해 떠있었다.

"전화번호는?"

"25국에 3574번입니다."

"위치는?"

"콘티넨탈 호텔입니다."

"녹음을 잘 해두시오."

"알겠습니다."

진은 대기 중인 요원 2명을 데리고 콘티넨탈 호텔로 달려갔다. 호텔에 들어서자 그는 곧장 카운터로 다가가 전화넘버를 적은 메모지를 디밀었다.

"이 전화번호는 몇 호실에 있습니까?"

"왜 그러시는가요?"

계원이 따지듯이 물었다. 젊은 요원 하나가 눈을 흘기면서 나직이 쏘아붙였다.

"임마, 묻는 대로 대답해! 몇 호실이야?"

계원은 흠칫 놀라 머뭇거리다가 공기가 험악하자 카운터 밑에서 카드를 꺼내보였다.

"905호실입니다."

"그 방에 손님이 들었나?"

"네, 지금 계시는데 출입금지입니다."

세 사람은 엘리베이터 속으로 달려 들어갔다. 그것을 보고 카운터 계원이 수화기를 들고 905호실을 불렀다.

"방금 이상한 사람 세 명이 그곳으로 올라갔습니다! 제가 못가게 막았는데도 강제로 올라갔습니다! 아마 기관원인 것 같습니다!"

9층에서 엘리베이터를 내린 진 일행은 5호실로 달려갔다. 세 사람은 동시에 피스톨을 뽑아들고 5호실 문을 두드렸다. 그러나 안에서는 아무런 응답이 없었다. 문고리를 잡아당겨 보았지만 문은 안으로 잠겨 있었다. 룸 담당 직원이 달려오자 진은 고함을 질렀다.

"비상열쇠를 가져와!"

머뭇거리는 직원을 요원이 밀어붙였다.

"왜 그러고 있어, 임마! 열쇠 가져오란 말이야!"

"네네, 잠깐 기다리십시오."

직원이 비상열쇠를 가져와 문을 열기까지 5분이 지나갔다. 방안은 텅 비어 있었다. 탁자 위에 놓인 재떨이 속에서는 아직 담배 연기가 피어오르고 있었다. 요원 하나가 직원의 이마에 총구를 갖다 댔다.

"이 방손님 언제 나갔지?"

보이는 바들바들 떨었다.

"모, 모릅니다! 나가는 걸 못 봤습니다! 전 손님이 들어있는 줄 알았습니다. 저, 정말 모릅니다."

진은 맥이 탁 풀렸다. 그는 얼굴에 흐르는 땀을 닦고 나서 보이를 잡아먹을 듯이 노려보았다.

"이 방에 몇 사람이 있었나?"

"안에 한 사람 있었고 밖에서 두 사람이 지켰습니다."

"안에 있던 사람은 어떻게 생겼던가?"

보이는 두 손을 비벼댔다.

"자세히 보지를 못했습니다."

"본 대로 말해봐!"

"보통 키에 짙은 선글라스를 끼고 있었습니다. 그래서 얼굴은 잘 모르겠습니다."

"그 사람이 언제 여기에 왔었지?"

"어제 저녁부터 들어왔습니다."

"그럼 혼자 잠을 잤나?"

"나중에 어떤 여자가 들어갔습니다. 여자는 아침에 일찍 나갔습니다."

"그 여자, 혹시 콜걸 아니었나?"

"아닙니다. 콜걸이면 제가 아는데 그런 여자는 아니었습니다. 새파랗게 젊은 미인이었습니다."

보이를 내보낸 다음 진은 요원들을 바라보았다.

"Z가 호텔에서 전화를 건 것은 자기의 거처를 알리지 않기 위해서일 겁니다. 얼마 전에도 놈은 호텔에서 재빨리 전화를 걸고는 사라졌습니다."

"아주 치밀한 놈이군요."

늙은 형사가 고개를 끄덕이며 중얼거렸다. 진은 전화국으로 전화를 걸었다.

"녹음은 잘 됐나요?"

"네, 녹음이 잘 되긴 됐는데 말하는 도중에 통화가 끊어진 것 같습니다."

진은 한 시간 뒤 녹음테이프를 본부로 가져와 틀어보았다. Z와 Y의 통화가 점잖게 흘러나오기 시작했다.

"신문에 난 걸 보았습니다. 그런 불상사가 일어나다니 정말 유감스럽습니다."

"염려해 주셔서 감사합니다. 저로서는 갑자기 당한 일이라 뭐가 뭔지 아직 갈피를 잡을 수 없습니다."

"신문에 보도된 것처럼 정말 이번 일에는 아무 관계가 없으신

가요?"

아낭의 웃음소리가 조용히 일었다.

"하아, Z께서도 오해를 하고 계시는군요. 그런 오해는 안하셔도 좋습니다. 분명히 말씀드리지만 저는 이번 일을 까맣게 모르고 있었습니다. 내가 데리고 있는 애가 한탕 해먹으려고 그런 짓을 한 겁니다. 아무튼 걱정을 끼쳐드려 죄송합니다."

"정말 그렇다면 다행입니다만……"

통화는 여기서 끊어지고 있었다. 진은 다시 한 번 그것을 들어본 다음 둘러앉아 있는 요원들을 바라보았다.

"일본 측이 북쪽에 무기를 팔려고 한 사실을 Z는 모르고 있었던 모양입니다."

"그런 것 같습니다."

늙은 형사 하나가 동의했다.

"그렇다면 일본 측은 양다리를 걸치고 모종의 이권을 노렸던 게 아닐까요? Z와의 음모 외에 Y일당은 또 다른 흉계를 꾸미고 있었다고 볼 수 있습니다. 아마 Z는 그것을 모르고 있었던 것 같습니다."

모두가 동의한다는 듯 고개를 끄덕거렸다. 진은 자신의 생각을 말했다.

"Y일당의 흉계를 알아내어 Z에게 흘려 넣어주면 Z는 화가 나서 Y와 손을 끊을지도 모릅니다. 그렇게 되면 우리가 바라는 대로 되는 겁니다."

"그렇지만 일본 측의 흉계를 어떻게 알아내죠?"

"알아내도록 노력해야죠."

바로 그때 도쿄의 모오리 형사로부터 전화가 왔다.

"김미령이 서울행 JAL기를 탔습니다. 한발 늦는 바람에 놓치고 말았습니다."

모오리 형사는 흥분해 있었다.

"서울에 몇 시 도착입니까?"

"5시 30분에 도착될 겁니다."

"알았습니다."

진은 자신의 손목시계를 들여다보았다. 시계는 이마 5시를 가리키고 있었다. 진은 세 명의 요원들을 데리고 밖으로 뛰어나갔다.

두 대의 크라운에 분승한 그들은 헤드라이트를 켜고 차량의 홍수 속을 해쳐나갔다. 조금 후 두 대의 경찰 오토바이가 그들을 발견하고는 급히 쫓아왔다. 킬리만자로의 사나이들은 상관하지 않고 그대로 달려갔다. 경찰 오토바이에서 울려대는 사이렌 소리로 그들이 달리는 차도 연변은 한동안 매우 시끄러웠다.

최 진 일행이 경찰의 제지를 당한 것은 김포가도에서였다. 이미 연락을 받은 경찰이 철책 바리케이드를 쳐놓았기 때문이었다. 최 진은 하는 수 없이 증명을 꺼내보였다. 그것을 들여다본 검문 경찰은 재빨리 거수경례를 한 다음 다급하게 바리케이드를 치워주었다. 경찰 오토바이가 선도해 주겠다는 것을 진은 사양했다.

그들이 공항에 도착했을 때의 시간은 정확히 5시 32분이었다. 때 맞춰 JAL기가 공항에 착륙하기 위해 공항 위를 맴돌고 있었다.

4명의 사나이들은 출구를 중심으로 적당한 자리에 포진했다. 진은 검사대까지 가서 거기에 자리를 잡았다. 공항 직원이 무슨 일이냐고 물었다. 수사기관에서 왔다고 하자 공항직원은 더 묻지 않았다.

"김미령이라는 승객을 찾고 있습니다. 명단에 있는지 좀 봐 주시겠소?"

공항 직원은 진의 요구대로 승객명단을 훑어보더니 고개를 끄덕였다.

"네, 있습니다."

진은 김미령이라는 이름을 확인하고 나서 다시 말했다.

"이 승객이 나타나면 신호해 주십시오."

"알겠습니다."

얼마 후 JAL기 승객들이 하나 둘씩 나오기 시작했다. 킬리만자로의 요원들은 긴장한 눈초리로 한 사람 한 사람을 세밀히 관찰했다.

승객이 거의 출구로 빠져나간 뒤에도 김미령은 나타나지 않았다. 진이 이상하다고 생각했을 때 갑자기 아나운스먼트가 흘러나왔다.

"알려드리겠습니다. 5시 30분 착 JAL기 승객 중 A열 15번에 앉으셨던 이창규 씨는 급히 2층 8호실로 와 주십시오. 그리고 김미령 씨를 마중 나오신 분이 계시면 급히 8호실로 와 주십시오. 다시 한 번 말씀드리겠습니다."

그 말을 듣고 진은 당황했다. 다른 요원들이 그가 있는 곳으로 급히 다가왔다.

"무슨 일입니까?"

"글쎄, 사고가 난 모양이오."

구내전화를 걸고 난 공항 직원이 진이 서 있는 곳으로 다가와 작은 소리로 속삭였다.

"그 여자가 죽은 모양입니다."

"뭐라구?"

진은 기가 막혀 입이 다물어지지가 않았다.

진이 요원들과 JAL기안으로 들어갔을 때 이미 거기에는 공항주재 형사들과 의사, 그리고 기자들이 몰려와 있었다.

김미령은 선글라스를 낀 채 의자에 비스듬히 앉아 있어서 얼핏 보기에 죽은 사람 같지가 않았다. 시트 벨트까지 매고 있는 것으로 보아 누군가가 그녀를 죽인 다음 살아 있는 것처럼 꾸민 것이 분명했다.

선글라스를 벗기고 눈을 들여다보던 의사가 고개를 흔들며 말했다.

"독살된 것 같습니다. 자세한 것은 위액을 검사해 봐야 알겠지만 틀림없을 겁니다."

진은 의자에 털썩 주저앉아 담배를 피워 물었다. Z의 이름을 알고 있는 결정적인 인물이 죽었으니 그로서는 맥이 풀릴 수밖에 없었다. 들것에 실려 나가는 여인의 시체를 바라보면서 그는 한숨을 길게 내쉬었다.

10월 25일 밤 12시가 가까워서였다.

세단 한 대가 빗줄기를 헤치고 도쿄 번화가를 벗어난 한적한 고속도로에 접어들었을 때 갑자기 뒤에서 달려오던 트럭 한 대가 앞으로 가로지르면서 길을 막았다. 세단이 충돌을 피하려고 멈춰서는 순간 두 대의 승용차가 뒤에서 달려들었다.

승용차에서 뛰어내린 몇 명의 사나이들이 세단을 향해 피스톨을 겨누고 고함을 질러댔다.

"서라!"

그러나 세단은 몸부림치면서 돌파구를 찾고 있었다. 그러자 피스톨이 한꺼번에 불을 뿜었다.

슉! 슉! 하는 김빠지는 소리만 날 뿐 총성도 들리지 않았다.

운전석 앞면 유리창이 와르르 깨지면서 차가 급정거했다. 깨진 창문너머로 운전사의 머리통이 불쑥 튀어나왔다.

이윽고 세단 뒷좌석의 문이 양쪽으로 열리면서 세 명의 사나이들이 손을 들고 나왔다. 플래시 속에 세 명의 일그러진 얼굴들이 나타났다가 사라졌다. 그 중에서 작고 땅땅한 중년 사나이 하나만이 끌려서 차에 태워졌다.

중년의 사나이를 호위했던 것으로 보이는 나머지 두 사람은 정체불명의 사나이들이 차를 몰고 어둠 속으로 사라질 때까지 그 자리에서 비를 맞으며 떨고 있었다.

중년의 땅땅한 사나이는 한 시간 쯤 달린 후 숲속에 자리 잡은 어느 산장 같은 곳으로 끌려갔다.

거기서 그는 국화의 보스인 고오노 분사꾸와 대좌했다. 소파에 앉아 담배를 피우고 있던 고오노는 땅땅한 사나이가 안으로 들어서자 일어서서 맞았다.

"허일욱 선생, 실례가 많습니다."

새파랗게 질린 허일욱은 그대로 몸을 떨고만 있었다.

"아직 빠져나가시지 못했군요. 현재 전 수사기관이 선생을 찾고 있다는 것을 잘 아시겠지요? 자, 앉으시죠."

허가가 앉자 고오노는 글라스에 술을 따라주었다.

"자, 한 잔 드시면 마음이 좀 가라앉으실 겁니다."

"나를 어떻게 할 셈이오?"

술 한 잔을 들이켜고 난 허 가가 용기를 내어 물었다. 고오노는 싸늘하게 웃었다.

"선생은 조총련 조직을 통해 배를 타고 빠져 나가려고 한 것 같은데 그건 어리석은 것입니다. 배를 타기도 전에 당신은 수사기관에 체포될 겁니다."

"모든 것은 당신들이 잘못한 탓이오."

"이미 그건 지난 이야기입니다. 당신이 체포되면 우리가 불리합니다. 그건 그렇고…… 사건이 터지던 날 밤 선생은 아름다운 아가씨와 동침을 했었지요?"

"그, 그렇습니다."

"그날 밤 잠들기 전에 우리 회장님과 통화하셨을 때 무슨 말을 했지요?"

허 가는 한참 동안 생각해 보고 나서 더듬거리며 간신히 입을 열었다.

"니이가따 항에서 우리 물건이 출발할 것이라는 말을 들었습니다."

"당신은 그 말을 확인하려고 되풀이해서 물었겠지요. 그리고 그때 여자도 옆에서 그 말을 들었겠지요?"

"……"

허가의 안면 근육에 경련이 일었다.

"그 뒤 당신은 바로 잠이 들었지요?"

허가가 대답을 못하고 우물거리고 있자 고오노가 눈짓을 했다. 그러자 뒤에 서 있던 사나이가 피스톨 손잡이로 허가의 머리통을 후려쳤다. 허가가 힘없이 바닥에 쓰러지자 고오노는 벌떡 일어섰다.

"바로 그년이 정보를 넘긴 거야!"

고오노 일행이 아파트를 급습했을 때 도미에는 막 잠자리에 들려 하고 있었다.

고오노 일행을 보자 그녀는 의외로 순순히 문을 열어주었다. 사나이들은 구두를 신은 채 안으로 뛰어들었다.

속이 비치는 잠옷 바람으로 서 있는 그녀를 향해 고오노의 손이 날아갔다. 도미에는 비명을 지르며 쓰러졌다. 그 순간 옆방에서 피스톨을 뽑아든 사나이들이 튀어나왔다. 너무 갑작스럽게 당한 일이라 고오노 일당은 방어할 틈도 없었다. 그들은 뒷걸음질로 문 쪽으로 가보았지만 이미 밖에도 사나이들이 대기하고 있었다.

"고오노 분사꾸, 순순히 손을 들어라!"

앞에서 소리치는 사람은 모오리 형사였다. 도미에의 눈에 모오리 형사가 처음으로 능글맞게 보이지 않았다.

고오노 일당은 이를 갈면서 수갑을 받았다. 고오노는 끌려가면서도 도미에에게 한 마디 하는 것을 잊지 않았다.

"갈보 같은 년, 네가 죽는 것은 이제 시간문제라는 걸 분명히 알아둬!"

도미에는 화가 나서 글라스를 집어던졌다. 글라스는 벽에 부딪쳐 산산이 부서졌다.

방위청 정보국 강력반원들이 고오노 일당을 체포하게 된 것은 사전에 대비하고 있었기 때문이었다. 모오리 형사는 이번에 결정적인 정보를 제공해 줌으로써 무기밀매를 분쇄하는데 있어서 가장 큰 도움을 준 도미에가 아무래도 안심이 되지 않았던 것이다.

그가 생각하기에 도미에에게는 시시각각으로 위험이 닥쳐오고 있는 것 같았다. 도미에의 스파이 행위가 발각되는 것은 시간문제였다. 그래서 그는 며칠 전부터 강력반을 동원해서 도미에의 아파트에 잠복하고 있었던 것이다.

국화의 보스인 고오노를 현장에서 체포했다는 것은 큰 성과가 아닐 수 없었다. 그러나 놈이 체포된 것이 밖에 알려지면 아낭이 가만있지 않을 것이다. 변호사를 대고 정식 재판을 요구하고 나설 것이다. 그렇게 되면 인권 유린이라는 혹평을 면할 수가 없다. 정식 재판에 회부될 경우 고오노는 도미에의 아파트에 침입해서 주인을 구타한 사실에 대해서만 재판을 받을 것이다. 그렇게 되면 보석금을 내고 금방 풀려날 것이다. 그밖에는 그를 옭아맬 증거가 없었다. 그가 국화의 보스이며 아낭과 손잡고 있다는 것을 알면서도 지금까지 그를 체포하지 못한 것은 바로 증거가 없었기 때문이다. 암흑가의 사나이들이란 증거인멸에 천부적인 소질들을 가지고 있다.

"고오노가 체포된 것을 외부에 알려서는 절대 안 된다."

강력반 반장은 반원들에게 엄중한 지시를 내린 다음 고오노에 대한 신문에 들어갔다. 고오노는 죄가 있으면 정식으로 재판에 회부하라고 요구하곤 했다. 그때마다 반원들은 들은 체도 하지 않았다. 고오노는 몸부림쳤다.

"그 여자는 내 애인이다! 다른 남자와 놀아나고 있다고 하기에 손 좀 봐주려고 찾아간 거다. 그런데 왜 나를 이런데 데려와서 괴롭히는 거지?"

역시 그는 깡패 두목답게 조금도 굽히지 않고 나왔다. 모오리 형사는 저고리를 벗더니 고오노의 따귀를 철썩하고 갈겼다.

"그 여자는 아무래도 좋다. 보다 근본적인 이야기를 우리는 듣고 싶다! 그렇지 않으면 넌 여기서 못나가! 여기가 어딘 줄 알고 있나? 너희들을 분쇄하기 위해 조직된 특수기관이야! 알았어? 우리는 수상 각하의 특별지시로 조직된 거야? 자 다 말해봐! R과 Y, 그리고 너, 이렇게 셋이서 만든 조직 이름이 뭐냐? 그리고 목적은?"

고오노는 너털웃음을 터뜨렸다. 지하실을 울리는 웃음소리는 공허하고 섬뜩했다.

"R은 뭐고 Y는 또 뭡니까? 무슨 말씀인지 난 도무지 모르겠는데요."

"이 망할 자식! 시침 떼도 소용없어! 이젠 절대 그냥 내보내지 않을 테다!"

"모오리 형사, 어디 두고 보자! 네가 나를 쳤겠다. 용기가 대단한 친구군. 이런 모욕을 받고 내가 가만있을 줄 아나? 난 모욕을 받으면 반드시 보상을 해주는 성미야. 잘 기억해 둬!"

"뭐가 어쩌고 어째!"

고오노의 얼굴 위로 소나기 펀치가 퍼부어졌다. 정신없이 고오노를 후려치고 난 모오리 형사는 숨을 헐떡거리며 상대를 노려보았다. 고오노는 코에서 흘러내리는 피를 혀로 핥으며 지지 않고 모오리 형사를 노려보았다.

"네놈들이 이번 한국 총선거에 개입하고 있다는 걸 우린 다 알고 있어! Z에게 얼마를 지원해 주었어? 그 대가가 뭐야?"

"맘대로 지껄여라! 난 몰라!"

강력반은 대책을 숙의한 끝에 자백을 받아내기 위해서는 고문을 가할 수밖에 없다는 결론을 내렸다. 패전 후 모든 기관에서는 고문이란 것이 사라졌지만, 이번의 경우는 특수한 것이고 따라서 언제까지 그렇게 신사적으로 신문할 수도 없는 노릇이었다. 피의자로부터 자백을 받아내기 위해 고문을 가한다는 것은 수사기관의 어쩔 수 없는 생리인지도 모른다. 그것은 필요악이라고 하는 그런 것이었다.

고오노에게는 가장 기초적인 고문부터 가해지기 시작했다. 코에 물을 붓고, 거꾸로 매달고, 손가락을 비틀고, 물통 속에 처박고, 잠을 재우지 않는 등 갖가지 고문이 가해졌다. 그러나 고오노는 보스답게 입을 열 기미를 보이지 않았다. 그는 죽어도 좋다는 식으로 끝까지 버티고 있었다.

지친 쪽은 오히려 모오리 형사를 비롯한 강력반원들이었다. 그들은 마지막 수단으로 고오노에게 전기 고문을 가하기로 했다. 의자에 팔다리와 동체를 묶자 고오노는 눈치를 챘는지 몸부림을 쳤다. 팔다리에 전기선을 연결한 다음 스위치를 올리자 고오노의 몸이 충격을 받고 풀쩍 튀어 올랐다.

"아악!"

처절한 고통스런 비명이 처음으로 고오노의 입에서 터져 나왔다.

"아아악!"

고오노는 부르르 떨면서 계속해서 비명을 질러댔다. 스위치를 내리자 그의 입에서 마치 공에서 바람이 빠지는 소리가 후우하고 들려왔다.

"고오노 분사꾸, 아직도 털어놓지 않을 텐가?"

모오리 형사는 땀에 젖은 고오노의 얼굴을 들여다보면서 물었다. 고오노는 충혈 된 눈으로 그를 노려보면서 부르짖었다.

"네 놈을 언젠가 죽이고 말 테다!"

모오리는 스위치를 올렸다.

이번은 시간을 좀 길게 잡았다. 고오노의 몸은 고무풍선처럼 부풀어 오르면서 마구 떨어대고 있었다. 조금 후 그가 기절해 버리자 모오리는 스위치를 내린 다음 그의 얼굴에 물을 퍼부었다. 한참 후 깨어난 고오노는 마침내 공포의 빛을 나타내기 시작했다. 그러나 쉽게 입을 열려고 하지는 않았다.

모오리는 연속적인 고문의 효과를 알고 있기 때문에 고오노가 생각을 가다듬을 틈을 주지 않고 또 스위치를 올렸다. 고오노의 몸이 다시 부풀어 올랐다. 전신이 부르르 떨리면서 혈관이 드러나고 눈알이 튀어나오고 있었다. 전류가 흐르는 소리가 위잉하고 들려오고 있었다.

고오노는 고개를 좌우로 흔들며 거품을 내뿜더니

"아아악! 그만! 그만! 그만!"

하고 소리를 질렀다.

아무리 독한 그도 전기 고문은 이겨내지 못하고 있었다. 스위치를 내렸을 때 그는 이미 기절해 있었다. 물통의 물을 퍼붓자 그는 한 시간쯤 지나 깨어났다. 모오리 형사는 집요하게 다시 캐물었다.

"자, 말해 봐. 조직 이름이 뭐지?"

"물……, 물 좀……."

주전자의 물을 주자 고오노는 정신없이 마시고 나서 한숨을 내쉬었다.

"말해 봐. 더 이상 기다릴 수 없다. 조직 이름이 뭐지?"

"흐…… 흐…… 흑월!"

"흑월? 검은 달이란 뜻인가?"

고오노는 겨우 고개를 끄덕였다.

"한국 쪽 이름은 뭐야?"

"저…… 저…… 적월!"

"붉은 달이란 뜻인가?"

"그…… 그렇다. 이젠…… 더 이상 모른다."

모오리는 고오노의 왼손을 들어올렸다.

"아낭의 손가락에 이런 검은 반지가 끼어 있는 것을 본 적이 있다. 이건 뭐지?"

"흐…… 흑요석이다. 조직을 표시하는 반지다."

"모두 이런 반지를 끼고 있나?"

"아, 아니……. 간부 몇 명만……"

"적월 쪽은 무슨 반지를 끼었나?"

"홍…… 홍…… 보석을……"

고오노는 결국 자신이 알고 있는 음모의 내막을 하나하나 털어놓기 시작했다. 그는 이미 모든 것을 포기해 버린 듯했다. 묻는 대로 순순히 대답하는 것이 오히려 이상하게 생각될 정도였다. 그의 자백을 듣고 난 강력반원들은 그 엄청난 음모에 멍하니 서로를 바라보기만 했다. 모오리 형사도 이것이 국제적인 음모라는 것은 알고 있었지만 그 전모를 모두 듣고는 기가 질린 듯 담배만 피웠다.

"Z가 적월(赤月)의 보스라는 것은 알고 있지만 그 정체를 알고 있는 사람은 R과…… Y밖에 없다. 나는…… 모른다. 한 번도 Z를 본 적이 없다."

다시 한 번 전기 고문이 가해졌다. 그러나 고오노는 Z에 대해서만은 정말 모르는 것 같았다.

"이렇게 된 이상 당신은 법정에 서서 증인이 돼줘야 한다. R과 Y를 체포해서 재판을 받게 하려면 증인이 필요하다. 협조를 하겠나?"

"협조하겠다."

고오노가 지친 듯 눈을 감는 것을 보고 심문자들은 모두 방을 나왔다.

어두운 지하실에 갇힌 고오노는 한숨을 내쉬다가 이빨로 팔목을 물어뜯었다. 성난 사자처럼 몇 번 그렇게 물어뜯자 동맥이 끊어지면서 피가 쏟아져 나왔다. 그는 자신이 가야할 길을 스스로 택한 것이다.

그가 쓰러진 뒤 두 시간이 지나 다시 모오리 형사가 나타났는데, 그때 고오노는 이미 숨이 넘어가고 있었다. 모오리 형사는 급히 고오노를 병원으로 데려갔지만 너무 많이 피를 흘린 탓으로 그는 곧 숨을 거두고 말았다.

서울의 최 진이 도쿄의 모오리 형사로부터 긴급 전화를 받은 것은 10월 27일 오후 4시쯤이었다.

"오늘 6시 KAL기로 서울로 가겠습니다."

모오리의 갑작스런 내한 소식에 진은 깜짝 놀랐다. 그러나 직감적으로 무슨 일이 터진 것을 느낄 수가 있었다.

오후 8시 가까이 됐을 때 진은 잔다크와 스핑크스, 그리고 비너스를 데리고 공항으로 나가 모오리를 기다렸다.

이윽고 KAL기가 예정 시간에 도착하고 모오리 형사가 나타났을 때 진은 적이 놀랐다. 모오리 형사 옆에 도미에 양이 보였던 것이다. 도미에 옆에 또 건장한 사나이 하나가 따라 붙고 있었다. 도미에는 진을 보고 활짝 웃었다. 그것을 보자 진은 가슴이 뭉클했다. 모오리와 악수하면서 보니 도미에의 눈에 이슬이 맺혀 반짝이고 있었다.

일행은 두 대의 차에 분승하여 시내로 들어왔다. 차 속에서 모오리 형사는 먼저 도미에에 대해 이야기했다.

"도미에의 정체가 드러나 고오노 일당이 도미에를 해치려고 했습니다. 다행히 우리가 대비를 해서 고오노 일당을 체포했지만 도미에 양이 계속 일본에 머무는 것은 위험합니다. 그래서……"

"알겠습니다. 잘 오셨습니다."

"도미에 양이 또 일본에는 더 이상 있고 싶지 않다고 해서 함께 왔습니다."

"여기도 안전하다고 할 수는 없지만 최선을 다해 보호해 드리겠습니다."

"감사해요."

도미에가 옆에서 나직이 중얼거렸다.

먼저 도미에의 숙소를 정하는 것이 급했으므로 진은 시내 호텔을 외면하고 시내를 벗어나 우이동 쪽으로 향했다.

그들이 차에서 내린 곳은 조그만 산장호텔이었다. 지은 지 얼마 안 된 그 호텔을 울창한 수목에 둘러싸여 밖에서는 잘 보이지가 않을 정도였다. 호텔을 둘러 본 도미에는 마음에 드는지 몹시 흡족해 했다.

도미에의 숙소는 3층 별실로 정해졌다. 창밖은 바로 숲이었다. 진과 모오리 형사는 단 둘이 창밖 베란다로 나가 난간에 기대서서 어둠에 잠긴 숲을 바라보았다. 바람에 나뭇잎이 흔들리는 소리가 파도처럼 밀려왔다가 사라지곤 했다. 도미에가 드레스 차림으로 소리 없이 나와 저쪽 어둠 속 난간에 기대서는 것이 보였다. 흰 드레스 자락이 바람에 날리자 하체의 미끈한 윤곽이 그대로 드러났다.

"고오노 분사꾸는 자살했습니다."

모오리가 갑자기 생각난 듯 불쑥 말한 다음 캔 맥주를 입으로 가져갔다.

진은 별로 놀라지 않고 모오리가 고오노로부터 자백해서 얻은 국제음모의 대체적인 윤곽을 조용히 경청했다.

모오리의 이야기가 끝났을 때 시계는 10시 30분을 가리키고 있었다. 진은 놈들의 본부를 감시하고 있는 늙은 형사(파이프)에게 일단 전화를 걸어보았다. 그러자 다음과 같은 보고가 들어왔다.

"오늘 아침부터 건축설계사무소 전화벨이 울리지 않습니다. 출입하는 놈도 보이지 않습니다."

진 일행은 모오리와 도미에를 호텔에 남겨둔 채 놈들이 본부로 쓰고 있는 현대 건축설계사무소로 달려갔다. 대기하고 있던 파이프가 그들과 합류했다.

"돌격합시다."

진의 말에 젊은 요원들이 피스톨을 빼들고 안으로 뛰어 들어갔다. 진도 눈에 불을 켜고 뛰어들었다. 그러나 놀랍게도 건물 안은 쥐새끼 한 마리 없이 텅 비어 있었다.

"감쪽같이 사라졌군! 원, 이럴 수가……"

파이프가 문을 발로 차면서 분통을 터뜨렸다. 진은 적이 당황하지 않을 수 없었다. 놈들이 감쪽같이 사라졌다는 것은 자신들이 감시당하고 있다는 것을 눈치 챘기 때문일 것이다. 어떻게 알았을까.

요원들은 모두 이를 갈면서 책상 위에 덩그러니 누워 있는 전화통들을 집어던지고 있었다.

급히 대책을 세우지 않으면 안 된다고 진은 생각했다. 그는 아직 깨어지지 않은 전화통 앞에 다가서서 수화기를 집어 들고 급히 10—7070으로 전화를 걸어보았다. 그러나 아무리 전화를 걸어도 받지 않았다. 불길한 예감에 진은 일행을 데리고 급히 여가수의 집으로 달려갔다.

그녀의 집은 자물쇠로 굳게 잠겨 있었다. 먼저 담을 뛰어넘어 들어간 잔다크가 대문을 따자 일행은 안으로 우르르 뛰어 들어갔다.

"엇!"

앞장 서 방안으로 뛰어들어 불을 켠 잔다크가 주춤하며 뒤로 물러섰다. 안을 들여다 본 진도 그 자리에 못 박히듯 우뚝 서 버렸다.

Z와 다비드 킴 사이를 연결해 주던 못생긴 여가수, 나중에 진에게 포섭되어 정보를 알려주던 그녀는 목이 밧줄에 비끄러매인 채 벌거벗은 몸으로 천장에 매달려 있었다. 소리를 못 지르게 하기 위해서인 듯 입에는 걸레뭉치가 처박혀 있었다. 전신은 고문으로 피투성이가 되어 있었다. 배반자에 대한 보복치고는 너무도 끔찍해서 차마 눈뜨고 볼 수가 없었다.

진은 방안으로 들어가 나이프로 밧줄을 끊었다. 시체는 이미 경직되어 있어서 나무토막처럼 턱 하는 소리를 내면서 방바닥에 굴러 떨어졌다.

"잔인무도한 놈들……"

진은 경찰에 신고를 한 다음 그곳을 나왔다. 경찰은 살인사건이라고 법석을 떨다가 말 것이다. 경찰 수사력으로는 이 살인사건의 배후를 캔다는 것이 불가능하기 때문이다.

북극성으로 돌아온 진은 한동안 휴식을 취한 다음 모오리 형사에게 들은 정보내용을 문서로 작성했다. 그리고 겉장에 극비(極秘)라는 스탬프를 찍었다. 그 내용은 다음과 같았다.

△눈에는 눈

⑤ — 음모의 내막= 이 정보는 일본국 방위청 정보국 강력반 특별요원인 모오리 미찌로(毛利美治郞) 형사가 10월 27일에 가져온 것임. 다음은 그 대체적인 내용임.

국화의 보스인 고오노 분사꾸가 자결하기 전 자백한 바에 의하면 일본 측 범죄단체의 암호명은 흑월(黑月), 한국측 범죄단체의 암호명은 적월(赤月)임. 이들은 서로 야합하여 현재의 한국 정부를 전복하려고 기도하고 있는바 이번의 한국 총선거를 그 절호의 기회로 보고 있음. 한국 측 보스인 Z는 흑월의 자금책인 아낭으로부터 막대한 선거자금을 지원 받아 대동회를 결성, 이창성(李昌成)을 대통령 후보로 밀고 있는 것이 확실함. Z가 흑월로부터 선거자금으로 지원받은 액수는 1조 원. 이에 대한 대가로 제주도 일원을 일본 측에 1백년간 조차(租借)해 줄 것을 약속함.

Z는 그가 내세우고 있는 이창성을 이번 선거에 당선시킨 후 그를 허수아비로 만들어 그 대신 정권을 장악할 것을 기도하고 있음. 이에 대한 구체적인 내용은 Z만이 알고 있음.

흑월 측이 적월을 적극 지원하고 있는 이유는 단순히 제주도 일원에 대한 조차권만을 획득하려는 데 있는 것이 아님. 흑월의 배후 조종자인 R은 현재 일본 정계의 대표적인 군국주의자로써 일본을 군국화시킨 후 한국 재침(再侵)을 노리고 있음. 여기에 동조하고 있는 것이 Z로서, 그들은 '대동아 건설' 이라는 과거의 환상을 구체화시킬 목적으로 광분하고 있는 것임.

그들은 이를 위해 상호 협력의 동맹 체제를 구축할 것을 결의하고 있으나 일본 측 범죄자들은 사실상 Z와의 약속과는 달리 한국을 완전 식민지화할 것을 획책하고 있음. 그 구체적인 사실의 하나가 북한에 대한 무기 밀매로서 다행히 그 첫 번째 기도가 분쇄되기는 했지만 그들은 계속 그 음모를 획책할 것으로 사료됨.

그들이 한국을 식민지화하려는 그 음모의 내막은 다음과 같음.

즉, 현재 남북한 관계에서 정치 · 경제 · 군사적으로 열세에 몰리고 있는 북한 공산집단에 대륙산업에서 생산한 현대식 무기를 밀매함으로써 군사적 열세를 만회시킨 다음 Z의 집권을 기다려 남침을 촉발시킨다. 전쟁이 확대되어 전면전이 될 경우 Z는 군사적 열세를 보완하기 위해 일본 측과의 동맹관계에 따라 군사지원을 요청할 것이고, 일본 측은 지체하지 않고 대륙산업이 비치하고 있는 성능이 아주 우수한 최신예 무기와 병력을 한국에 투입, 단시일 내에 한반도 전체를 점령해 버린다. 그 후 일본은 승전국으로써 한반도에 계속 병력을 주둔시켜 한반도를 영구 식민지화시켜 버린다.

이상과 같은 일본 측 범죄조직 흑월의 이중적 음모 내용을 Z는 아직 눈치 채지 못한 채 R과 Y를 신뢰하고 있음. 대륙산업 회장 Y는 그와 같은 음모에 따라 무기를 대량판매 함으로

써 막대한 이득을 취할 것이고, R은 군국 일본의 새 지도자로 등장할 것임.

최 진은 극비문서 "눈에는 눈 ⑤—음모의 내막"을 놓고 즉시 전체 회의를 소집했다.

시간은 이미 10월 28일 새벽 2시를 가리키고 있었다.

엄 과장이 참석하자 즉시 그를 중심으로 회의에 들어갔다. 진이 제출한 극비문서를 읽고 난 엄 과장과 요원들은 아연했다. 너무나 놀라운 사실이었기 때문에 실내에는 한동안 깊은 침묵만이 계속되었다. 한참 후 엄 과장이 먼저 입을 열었다.

"고오노의 입에서 Z의 정체가 드러나지 않았나요?"

"드러나지 않았습니다. 고오노도 Z의 정체를 모르고 있었던 것 같습니다."

"대책을 세웁시다."

"현재 놈들을 감시할 수 있는 망이 모두 끊어졌습니다. 놈들이 눈치를 채고 일제히 자취를 감추었습니다."

"그럼 현재 국제전신전화국에서만 체크하고 있나요?"

"네, 거기뿐 기대할 곳이 없습니다. 그런데 거기도 도청당하고 있다는 걸 눈치 챘을 겁니다. 따라서 Z는 국제전화를 좀처럼 사용하지 않을지도 모릅니다."

"그렇게 되면 점점 어렵게 되는데……"

엄 과장이 턱에 손을 괴고 중얼거렸다. 진은 기침을 하고 나서 말했다.

"한 가지 기댈 곳이 있기는 합니다만 가능성이 있을지 모르겠습니다."

"뭔가요?"

엄 과장이 급하다는 듯이 물었다.

"S국 간부들을 현재 감시하고 있는데 거기에 기대해 보는 수밖에 없습니다."

"거기서 뭐가 나올까요?"

"가능성이 전혀 없다고 볼 수 없습니다. 지금까지 누설된 정보는 모두 간부들만이 알고 있었던 게 아닙니까?"

"그렇지요. 그렇지만 반드시 간부들 가운데 5열이 있다고 단정할 수는 없는 거 아닐까요?"

"단정하는 건 아닙니다. 모든 가능성을 타진해 보자는 것뿐입니다."

"뭐 걸리는 게 있던가요?"

엄 과장은 S국 간부들을 조사하고 있는 늙은 형사 알카포네(최건익)을 바라보았다. 늙은 형사는 담배를 피우고 있다가 고개를 가로저었다.

"지금까지 조사한 바로는 이상 없습니다. S국 간부들은 모두 직분에 충실하고 있습니다."

"전화 도청은 계속하고 있나요?"

진이 날카로운 어조로 물었다.

"네, 계속하고 있습니다."

"계속 주의해서 감시해 주십시오."

"언제까지 계속 할 건가요?"

늙은 형사가 조금 불만스러운 듯이 물었다.

"언제까지라고 못 박을 수는 없습니다. 작전이 끝날 때까지 도청은 계속해야 합니다."

최 진의 단호한 말에 더 이상 이의를 제기하는 사람은 아무도 없었다.

"Z만 체포할 수 있으면 모든 것이 해결될 텐데……"

엄 과장의 말에 모든 사람들이 일제히 진을 바라보았다. 진은 목소리를 낮추어 말했다.

"Z를 고립시킬 방법이 있습니다. 그로 하여금 스스로 일본 측과 손을 끊게 하면 자연 고립될 수밖에 없습니다."

"어떻게 하면 손을 끊게 할 수 있죠?"

"Z는 일본 측의 흉계를 아직 모르고 있습니다. 그는 R 또는 Y와 맺은 음모만을 전적으로 믿고 있습니다. 따라서 그에게 일본 측이 이중적 음모를 꾸미고 있다는 것을 알려주는 겁니다. 자신이 배신당하고 있다는 걸 알면 그는 즉시 일본 측과 절교할 겁니다."

진의 말에 모두가 납득이 가는지 가만히 침묵을 지켰다.

"그런데 루트가 모두 끊어졌으니 어떻게 그 정보를 Z에게 알려줄 수가 있나요?"

늙은 형사가 궁금한 눈치를 보이며 물었다. 그는 즉시 자신의 생각을 말했다.

"신문에 흑월 측의 음모를 공개하는 겁니다. 마침 이번에 일본에서 먼저 사건이 터졌으니까 한결 기회가 좋습니다. 문제는 그런 기사를 공개할 수 있는 신문사가 있느냐 하는 겁니다. 마침 K일보가 다시 가동할 준비를 하고 있다니까 한번 부탁해 보겠습니다."

회의가 끝난 것은 새벽 4시쯤이었다. 진은 날이 밝아올 때까지 혼자 소파에 앉아 있었다.

하루하루 날이 밝아오는 것이 그는 안타깝고 초조했다. 선거일이 가까워 온다는 것은 곧 위험이 닥쳐오고 있는 것이나 다름없었다. Z일당을 분쇄하지 않는 한 말이다.

미로(謎路)의 저쪽

어느덧 10월도 지나갔다. 다비드 킴은 늦가을의 포근한 햇볕이 쏟아져 들어오는 창가에 앉아 혼탁한 강물을 바라보고 있었다. 그가 앉아 있는 곳은 강변에 자리 잡고 있는 호화 맨션아파트였다. 그가 이곳으로 이사 온 것은 며칠 전 어느 극장 화장실 안에서 젊은 은행원을 혼내주고 난 직후였다.

그는 자신을 쫓는 수사기관의 손길이 그렇게 집요하고 예민한 데 자못 놀라고 있었다. 그를 추적해 오고 있는 자는 물론 최진일 것이다. 그놈은 결코 포기하지 않을 것이다. 그놈은 만난다는 확신을 가지고 쫓아오고 있다. 전에는 추적자에 대해 두려움을 느낀 적이 없었다. 그러나 최 진이란 놈에 대해서만은 두려움을 느끼지 않을 수 없다.

그렇지 않아도 다비드 킴은 일이 계획대로 되지 않아 초조해

하고 있었다. 장연기 후보의 소재를 계속 찾아봤지만 어디에 숨어버렸는지 종적을 찾을 수가 없었다. 그런데도 장 후보의 모습은 텔레비전과 라디오, 그리고 신문 등에 계속 터져 나오고 있었다. 그것을 보고 Z는 분통을 터뜨리고 있었다.

"11월 중에 해결하도록 해! 11월을 넘기면 안 돼!"

조금 전 Z는 이렇게 쏘아붙이고 전화를 끊었다.

선거전은 현재 중반으로 접어들고 있었고 단연 장 후보의 독주가 되다시피 되어가고 있었다. 대동회는 물 쓰듯이 돈을 쓰면서 장 후보를 따라 잡으려고 기를 쓰고 있었지만 돈으로 유권자를 휘어잡는 데는 아무래도 한계가 있었다. 장 후보의 인기는 어떤 것으로도 무너뜨릴 수 없을 만큼 절대적이었다.

이러니 Z가 몸이 달아오를 수밖에 없었다. 장연기 후보를 제거하지 않고는 이번 선거에서 승산이 없다는 것은 이제 명확한 사실로 굳어져 있었다.

Z의 태도는 단호했고 그는 거듭 제거하라는 명령을 내리고 있었다. 그러나 장 후보의 소재를 알 수 없으니 아무리 명령이라 해도 즉시 집행할 수는 없는 노릇이었다.

다비드 킴은 물론 Z의 전 조직이 혈안이 되어 장 후보를 찾고 있었지만 아직 단서 하나 못 잡고 있었다. 장 후보가 특별 경호대에 의해 비밀장소에 숨어 있을 것이라는 것은 충분히 짐작이 가는 일이었다. 그가 그렇게 숨어버린 이유는 암살의 위협을 느꼈기 때문일 것이다. 그렇다면 그는 이미 내가 그를 노리고 있다는 것을 눈치 챈 게 아닐까. 그럴 가능성은 아주 크다. 장 후보가 종적을 감추고 있는 가운데 최 진이 계속 나를 쫓고 있는 것을 보면 최 진이란 놈이 장 후보의 경호에 관계하고 있는지도 모르는 일이다. 그놈 역시 모습을 감추고 있는 것으로 보아 그럴 가능성이 크다.

다비드 킴은 일어서서 방안을 거닐었다. 가발을 벗어버린 그의 머리는 스포티해서 운동선수 같이 보였다. 조금 후 그는 벽에 걸린 거울을 들여다보며 얼굴에 약칠을 했다. 한동안 그렇게 정성들여 약을 바르자 그의 얼굴은 구리빛을 띠기 시작했다. 얼굴빛을 완전히 고친 다음 그는 옷을 벗고 전신에 구석구석 또 약을 발랐다. 이렇게 칠해 두면 약으로 피부를 닦지 않은 한 적어도 한 달은 갈 수 있다.

전신에 빈틈없이 약을 칠하고 난 그는 이윽고 똑바로 서서 거울 속을 들여다보았다. 거울 속에 드러난 그의 육체는 구릿빛에 싸여 그야말로 완전한 남성미를 보여주고 있었다.

다음에 그가 한 것은 머리 손질이었다. 검은 머리에 약칠을 하고 그것을 골고루 섞자 머리는 금방 회색빛을 띠었다. 마지막으로 그는 굵은 검은 테 안경을 얼굴에 끼었다.

30분 후 그는 신사복 차림으로 밖으로 나왔다. 언제나처럼 그의 한쪽 손에는 수츠케이스가 들려 있었다.

그가 흰색의 산뜻한 재규어를 몰고 아파트 앞을 출발하자 관리실에 앉아 있던 관리인이 벌떡 일어서면서 거수경례를 했다. 이쪽으로 자리를 옮길 때 팁을 듬뿍 주었기 때문에 관리인은 그를 볼 때마다 경례를 하곤 했다.

재규어를 몰고 교외로 빠져나온 그는 얼마쯤 달리다가 M여대 앞에서 차를 세웠다. 학교 정문으로는 많은 학생들이 들락거리고 있었다. 재규어 안에 앉아 있는 그를 여대생들이 부러운 듯 쳐다보며 지나갔다.

조금 후 그는 택시를 따라 학교 안으로 차를 몰고 들어갔다. 먼저 재규어를 보고 수위가 경례를 올려붙이는 모습이 힐끗 보였다.

다비드 킴은 학교 뒤쪽 숲이 무성한 곳에 차를 세운 다음 본관 쪽으로 천천히 걸어갔다. 주위를 둘러보지도 않고 곧장 걸어가는 그의 모습은 무슨 중요한 일이 있어서 학교에 나타난 사람 같았다.

이윽고 대리석으로 장식된 본관 안으로 들어간 그는 벽에 붙어 있는 강의시간표를 한동안 뚫어지게 들여다보았다. 그런 다음 매우 빠른 걸음으로 계단을 올라갔다.

그가 걸음을 멈춘 곳은 307호실 앞에서였다. 거기는 지금 한창 영문과 3학년 학생들이 강의에 열중하고 있었다. 그는 시계를 들여다본 다음 급히 학교 매점으로 가서 백지와 매직펜, 그리고 압정을 샀다.

영문과 3학년 장기화(張起和)양은 강의가 끝나자 급히 밖으로 나왔다.

오늘 강의는 모두 끝난 것이다. 이제 명동으로 나가 구두를 하나 사서 신은 다음 며칠 전에 사귄 남학생을 만나야 한다. 정시에 나가는 것은 싫다. 10분이나 20분쯤 늦게 나간다 해도 괜찮겠지. 그녀는 머리를 어깨 너머로 쓸어 넘기면서 백을 왼쪽 어깨 위에 걸쳤다.

그녀가 본관 계단을 막 뛰어 내려갈 때 그녀의 친구 하나가 그녀를 불렀다.

"얘, 어디 가니?"

"응, 나 데이트 있어서 빨리 간다."

"이거 어쩌구?"

친구가 게시판을 가리키는 것을 보고 그녀는 걸음을 멈추고 그쪽으로 뛰어갔다. 게시판 위에는 다음과 같이 그녀를 찾는 광고가 붙어 있었다.

△알림=영문과 3학년 장기화(張起和), 게시판 보는 대로 학교 후문으로 올 것. 참새들.

그것을 백지 위에 매직펜으로 갈겨쓴 것이었다. 기화는 다시 한 번 읽어보고 머뭇거렸다.

"친구들이 찾아온 모양이지?"

안경을 낀 친구가 껌을 짝짝 씹으며 물었다. 기화는 고개를 갸우뚱했다. 글 내용이나 참새들이라는 표현으로 보아 친구들이 자신을 찾아온 건 분명한 것 같았다. 그렇지만 무슨 일로 친구들이 학교까지 찾아왔는지 알 수가 없었다. 그리고 친구가 많은 그녀는 어느 친구들이 찾아왔는지 짐작이 가지 않았다. 그대로 모른 체하고 갈 수가 없어 그녀는 학교 후문 쪽으로 급히 걸어갔다. 학교 후문은 숲속으로 나 있는 오솔길을 한참 걸어가야 있었다.

숲속은 언제나 조용했다. 바로 학교 뒤쪽이면서도 학교와는 담을 쌓고 있는 듯 대낮에도 인적이 드물었다.

후문을 벗어나면 인가도 하나 없는 벌판이었다. 많은 사람들이 그 일대의 땅에 군침을 흘리고 있었지만 개발이 금지된 그린벨트 지역이라 그대로 버려진 채 잡초만 무성하게 자라고 있을 뿐이었다.

"애들이 왜 그쪽에 가 있지? 이상도 하다. 그런데…… 어떤 애들일까? 아이, 바쁜데 신경질나."

기화는 연방 시계를 들여다보면서 뛰듯이 걸어갔다.

그녀는 민사당 대통령 후보로 출마한 장연기 후보의 외동딸이었다. 그렇지만 그녀는 자신이 그런 훌륭한 인물의 딸이라는 의식을 밖으로 드러낸 채 행동하지 않고 언제나 여느 학생들처럼 소박하고 평범하게 행동했기 때문에 주위에 친구가 많았다. 미인은 아니지만 귀엽고 싱싱한 데가 있어 데이트를 신청해 오는 청년들도 많았다. 그러나 아직 그녀에게는 애인이 없었다. 애인이 한 명도 없다는 것은 그만한 나이 또래의 여대생에게는 분명 고통스러운 일이 아닐 수 없었다.

하지만 그녀는 거기에 대해 그렇게 괴로워하지는 않았다. 머지않아 하나 골라잡으면 되는 것이다.

내리막길에 이른 그녀는 후문 쪽을 둘러보았다. 이상하게도 거기에는 사람 하나 보이지 않았다. 그녀는 얼굴을 찡그린 채 벌판 저쪽 벌거숭이 야산을 바라보았다. 그쪽으로부터 그녀가 서 있는 곳까지 훑어보았지만 역시 사람은 보이지 않았다. 그녀는 약이 바짝 올라 입술을 깨물었다.

"망할 계집애들, 사람을 놀리다니……"

그녀는 시계를 들여다보았다. 약속시간이 다 되어 있었다. 지금부터 정문으로 뛰어나가 택시를 잡는다 해도 명동까지는 30분 이상이 걸릴 것이다. 괜찮은 남학생이었는데 이렇게 늦었으니 포기하는 게 낫겠지. 아니야. 늦더라도 약속은 약속이니까 가봐야 해. 남자들이란 한 시간 정도는 보통 기다리니까. 그때 그녀의 시야에 하얀 자동차의 모습이 들어왔다. 그것은 처음에는 나무에 가려 잘 보이지 않았는데 햇빛에 반사되는 바람에 그녀의 눈에 띈 것이었다.

멀리서 보기에도 그것은 고급 외제차인 것 같았다. 저기에 왜 저런 차가 와 있을까. 혹시 친구들이 타고 온 게 아닐까. 친구들 중에 저런 차를 가진 애는 없다. 그렇지만 확인해 볼 필요가 있다고 생각한 그녀는 비탈길을 내려가기 시작했다. 후문을 벗어나 차가 세워져 있는 숲속으로 들어간 그녀는 다시 허탕을 쳤다고 생각했다. 차는 텅 비어 있었던 것이다.

이 차를 타고 명동으로 바로 나갈 수 있으면 좋을 텐데. 그런 생각을 하며 돌아서던 그녀는 그 자리에 딱 멈춰서고 말았다. 어느 새 나타났는지 얼굴이 시커먼 남자가 그녀 앞을 가로 막고 있었던 것이다. 흰 털 재킷 위로 부풀어 오른 젖가슴이 참새처럼 팔딱팔딱 뛰는 것을 책으로 가리면서 그녀는 상대를 똑바로 바라보았다. 머리가 희끗희끗한 것으로 보아 50대는 되는 것 같았다. 얼굴빛이 검은 것이 희끗희끗한 머리와 묘한 대조를 이루면서 이국적인 모습을 띠고 있었다. 그녀는 직감적으로 그 사나이가 자동차 임자라고 생각했다. 사람을 놀라게 하다니 뭐예요. 그녀는 힐난 하듯 상대방을 쏘아보았다. 거기에 응답하듯 안경을 낀 사나이의 두 눈에 미소가 감돌았다.

"놀라게 해서 미안합니다."

사나이의 입에서 가자기 사과의 말이 흘러나왔는데 그것은 억양이 없는 단조롭고 메마른 목소리였다. 기화는 뒤로 한걸음 물러서서 사나이를 조심스럽게 바라보았다. 사나이는 여전히 미소를 흘리면서 그녀를 부드러운 시선으로 내려다보더니

"장기화 씨 되시죠?"

하고 물었다.

기화는 너무 놀라서 가슴에 안고 있던 책들을 얼결에 와르르 쏟아버렸다. 사나이는 천천히 허리를 굽혀 책들을 집어 들더니 그것들을 도로 기화의 가슴에 안겨 주었다. 그때 사나이의 손이 그녀의 팽팽한 가슴을 툭 건드리는 바람에 그녀는 다시 또 책들을 쏟을 뻔했다.

"누구시죠?"

그녀는 약간 화가 나서 쏘아붙이듯이 물었다. 사나이는 모로 돌아서서 담배에 불을 붙였다.

"아버님의 부탁을 받고 이렇게 찾아왔습니다."

"네에?"

기화는 소스라치게 놀랐다. 그도 그럴 것이 그녀는 요즈음 한동안 아버지를 만나지 못했기 때문이다. 그녀뿐만 아니라 가족 모두가 아버지를 만나지 못하고 있었다. 그것이 특별 경호 때문인 줄 알고 있는 그녀는 선거가 끝날 때까지는 아버지를 만날 수 없을 것이라고 생각하고 있었다. 그런데 갑자기 낯선 사람이 나타나 아버지의 부탁을 받고 왔다고 하니 그녀로서는 놀랄 수밖에 없었다.

"그럼 게시판에 써 붙인 것은 아저씨 솜씨인가요?"

"네, 그렇습니다. 비밀을 유지해야 하기 때문에 그런 방법을 썼습니다. 매우 미안하게 됐습니다."

"아뇨, 괜찮아요."

사나이가 하도 점잖고 예의 바르게 나왔기 때문에 그녀는 화가 눈 녹듯이 사라지는 것을 느꼈다.

"잘 아시겠지만 아버님은 비밀 장소에서 특별 경호를 받으시기 때문에 밖으로 나오시지 못하고 계십니다.

"잘 알고 있어요."

"저는 아버님 경호를 맡고 있는 사람입니다."

"아, 그러세요."

쾌활하고 남을 의심할 줄 모르는 이 아가씨는 불안을 걷어치우고 활짝 웃었다. 사나이는 담배연기를 기분 좋게 내뿜었다.

"아버님께서는 잘 계십니다."

"감사합니다."

"그런데 갑자기 따님이 보고 싶다고 하시면서 좀 모셔오라고 해서 이렇게 오게 된 겁니다. 매우 위험한 일이지만 아버님이 특별히 부탁하신 거라 할 수 없이 제가 차를 몰고 왔습니다."

"어머, 그래요?"

기화는 기쁜 나머지 눈물이 다 나왔다. 그녀는 달려들 듯이 사나이 앞으로 다가섰다.

"우리 아빠, 지금 어디 계세요?"

"그건 말씀드릴 수 없습니다. 잠자코 저와 함께 가시기만 하면 됩니다."

"좋아요! 빨리 가요!"

"그 대신 저하고 약속을 지키셔야 합니다."

"무슨 약속인가요?"

"누구한테도 아버님을 만났다는 말을 해서는 안 됩니다. 어머니한테도 말해서는 안 됩니다."

"약속하겠어요!"

"그리고 지금 가는 장소도 누구한테 말해서는 안 됩니다. 장소를 기억해 두지 마십시오."

"알았습니다."

기화는 남자처럼 고개를 꾸벅해 보이기까지 했다.

"이 모든 것은 아버님의 안전을 위해서입니다."

사나이는 마지막 말에 힘을 준 다음 그녀의 어깨를 툭툭 두드렸다. 기화는 아버지를 만난다는 기쁨에 앞뒤를 가리지 않고 차 쪽으로 앞장서서 걸어갔다. 사나이는 그녀가 차에 오를 수 있도록 차문을 열었다가 도로 닫은 다음 운전석 쪽으로 돌아가 차에 올랐다.

재규어의 푹신한 의자에 등을 기대면서 기화는 옆에 앉은 노신사가 멋있다고 생각했다. 그 나이에 아버지 경호를 맡고 있는 것으로 보아 아마 경호 책임자쯤 되는 것 같았다.

차 안에는 조용한 탱고음악이 흐르고 있었다. 거기에 맞춰 여대생은 구둣발로 차 바닥을 두드려댔다. 차가 시내로 들어설 기미를 보이지 않자 그녀는 다방 구석에 쭈그리고 앉아 눈이 빠지게 그녀를 기다리고 있을 남자 생각이 났다.

"저기, 부탁이 하나 있는데…… 들어 주실래요?"

사나이는 그녀의 말에 대꾸도 하지 않은 채 앞만 바라보고 있었다. 그 옆모습이 갑자기 돌처럼 차갑게 느껴졌기 때문에 그녀는 다시 말을 꺼내기가 싫었다. 그러나 용기를 내어 좀 더 큰 소리로 물었다.

"명동에 좀 들렀다가 가면 안 되나요?"

사나이가 완강히 고개를 저었다.

"안됩니다. 아버님이 기다리고 계시기 때문에 지금 가지 않으면 못 만나게 됩니다."

기화는 입을 다물어버렸다. 그녀는 다방에서 기다리고 있을 그 남학생을 포기하기로 마음먹었다.

차는 한강변을 따라 달리고 있었는데 다른 차들을 추월하면서 쭉쭉 뻗어나가는 것이 발끝까지 스피드 감을 안겨주고 있었다. 사나이의 운전 솜씨는 기막힐 정도로 훌륭했다. 운전을 조금 할 줄 아는 기화는 사나이의 운전 솜씨가 얼마나 훌륭한가를 피부로 느끼고 있었다.

갑자기 차가 급커브를 긋는 바람에 그녀의 몸이 사나이의 몸위로 굴렀다.

사나이는 그녀를 일으키려고도 하지 않은 채 그대로 차를 몰아갔다. 기화는 바동거리다가 겨우 몸을 일으키면서 사나이를 흘겨보았다. 그러나 사나이는 그녀를 거들떠보지도 않은 채 운전에만 열중하고 있었다. 이상한 남자야. 아까는 그렇게 예의 바르더니……

자가는 새로 조성된 거대한 아파트 단지로 들어서더니, 갑자기 속력을 줄이면서 조심스럽게 굴러갔다. 기화는 하늘로 치솟은 고층아파트를 바라보면서 아버지가 이런 곳에 은신하고 있다는 것이 어쩐지 믿어지지가 않았다. 그렇지만 돌같이 차가운 인상의 사나이에게 꼬치꼬치 캐물을 수도 없고 해서 잠자코 침묵을 지켰다. 사나이가 매력적이라고 생각하면서도 그녀는 거기에 반발을 느끼고 있었다.

차는 몇 번 커브를 돌더니 어느 아파트 앞에 소리 없이 멈춰섰다. 사나이는 엔진을 끈 다음

"다 왔습니다."

라고 부드럽게 말했다.

그렇게 말하는 얼굴에는 부드러움이 넘쳐흐르고 있었다. 기화는 사나이의 표변하는 모습에 등골이 오싹해질 정도로 전율을 느꼈다. 그녀의 머릿속에 혹시 무엇인가 잘못 돼가고 있는 것이 아닐까 하고 처음으로 의심이 든 것은 이때였다. 그러나 이때는 이미 시간이 너무 늦어 있었다. 그녀가 미처 생각해 볼 사이도 없이 사나이는 그녀를 재촉했다.

"자, 들어갑시다. 여기서 머뭇거리다가 사람들의 눈에 띄면 좋지 않습니다."

기화는 아파트를 올려다보았다.

"여기에 우리 아빠가 계신가요?"

"네, 그렇습니다. 빨리 올라갑시다."

사나이의 재촉하는 말에 기화는 밀리다시피 아파트 안으로 들어갔다. 엘리베이터를 타고 올라가면서도 그녀는 자꾸만 사나이를 돌아보고 했지만 사나이가 덮칠 듯이 바싹 붙어서 있었기 때문에 아무 소리도 하지 못했다.

이윽고 5층에 이르자 사나이는 508호 앞에 걸음을 멈추고 벨을 눌렀다. 기화는 긴장해서 사나이의 움직임을 주시하고 있었다. 이 아파트 안에서 경호원들에 둘러싸여 숨어 있을 것을 생각하니 문득 아빠가 불쌍한 생각이 들었다. 그런데 이상하게도 사나이가 벨을 눌러도 안에서는 문이 열리지 않았다. 아까 분명히 아빠가 아파트 안에서 기다리고 있다고 들은 기화는 더욱 의심이 일어 사나이를 바라보았다. 그때 이미 사나이는 열쇠로 아파트의 문을 따고 있었다.

"아무도 없지 않아요?"

기화가 뒤로 물러서면서 의혹에 찬 시선을 보내자 사나이의 손이 쑥 뻗어와 그녀의 팔뚝을 움켜쥐었다.

"안에서 기다려요. 모시고 올 테니!"

"아빠가 여기서 기다리고 계신다고 그러지 않았어요?"

"모시고 와야 합니다. 자, 안으로 들어가 기다리고 있어요."

"싫어요! 여기서 기다리고 있겠어요!"

그 순간 갑자기 사나이의 왼팔이 그녀의 목을 휘어 감았다. 그녀가 뭐라고 소리칠 사이도 없이 이번에는 갈고리 같은 오른손이 그녀의 입을 덮쳐버렸다. 기화는 발버둥 치면서 소리를 지르려고 했지만 사나이는 가볍게 그녀를 실내로 끌어들인 다음 재빨리 출입문을 닫아걸었다.

"조용히 하지 않으면 죽여 버린다!"

사나이의 나직한 말에 그녀는 비로소 죽음의 공포에 휩싸였다. 그녀는 허덕거리면서 사나이의 얼굴을 바라보았는데 일찍이 그렇게 무서운 얼굴은 본 적이 없었다. 사나이의 얼굴은 전혀 딴판으로 변해 있어서 처음 보는 사람 같았다. 석고처럼 굳어 있는 그 얼굴에는 표정이 없었고 두 눈은 연막에 덮인 듯 초점이 없이 뿌우옇게 떠있었다.

"왜, 왜 이러는 거예요? 당신은 누구예요?"

사나이의 팔에서 풀려난 기화는 공포에 떨면서 물었다. 사나이는 대답 대신 갑자기 그녀의 옷을 낚아채더니 우악스럽게 잡아 찢기 시작했다. 그녀가 미처 손을 쓸 사이도 없이 옷들이 북하고 찢겨져 나갔다.

다비드 킴은 팬티마저 남기지 않고 모조리 잡아 찢었다. 순식간에 벌거숭이가 된 기화는 구석에 쭈그리고 앉아 두 손으로 젖가슴을 가리면서 오들오들 떨어댔다. 그의 행동이 너무도 난폭했으므로 그녀는 저항할 의지를 완전히 상실하고 있었다.

"왜, 왜 이러는 거예요? 당신은 누구예요?"

그녀가 정신을 차려 말할 수 있는 것은 겨우 이 정도뿐이었다. 다비드 킴은 저고리를 벗어던진 다음 의자에 앉아 그녀를 바라보았다.

"도망칠 생각은 하지 않는 게 좋아."

"왜, 왜 이러는 거예요?"

"그런 것은 알 필요 없어."

"경호원이 아니군요?"

"그래."

그녀는 더욱 창백하게 질리더니 마침내 울음을 터뜨렸다. 그러자 다비드 킴의 우악스런 손바닥이 사정없이 그녀의 따귀를 후려갈겼다. 어떻게나 세게 맞았던지 그녀의 몸이 한 바퀴 데구

루루 굴렀다. 그녀는 금방 울음을 그치고는 다시 구석에 쭈그리고 앉아 바들바들 떨어댔다.

"나는 사람을 파리새끼보다 쉽게 죽이는 무서운 사람이야. 그러니까 죽고 싶지 않거든 내가 시키는 대로 순순히 말을 들어. 알았나?"

다비드 킴은 겨드랑이에 끼고 있던 피스톨을 꺼내 그 끝에다 소음 파이프를 끼웠다. 그것을 보자 기화는 자기가 죽게 된 줄 알았던지 태도를 바꾸어 애걸하기 시작했다.

"시키는 대로 하겠어요. 목숨만 살려주세요!"

"좋아. 내가 보내줄 때까지 여기서 나하고 지낸다."

"오…… 옷을……."

"안 돼. 벗고 지내도 난방이 돼 있으니까 춥지는 않아!"

다비드 킴은 무르익은 여대생의 나체를 구서구석 살펴보더니 괜찮다는 듯 고개를 끄덕거렸다.

"왜, 왜 저를 데려왔나요? 돈이 필요하다면 드리겠어요."

"돈 같은 건 필요 없어."

"그럼 왜 저를 납치한 거예요?"

다비드 킴은 잠자코 웃통을 모두 벗더니 소파에 가서 앉았다. 그의 완강한 육체에 기화는 다시 또 놀라는 것 같았다.

"아버지가 있는 곳으로 전화를 걸어."

"전화번호를 모르는데요."

"모를 리가 있나?"

"정말이에요. 아무도 모르고 있어요. 아빠한테서는 전화연락만 가끔 왔어요."

그녀는 계속 눈물을 흘리고 있었지만 소리 내어 울지는 못하고 있었다.

"아버지가 있는 곳을 아는 사람이 있을 텐데……?"

"아무도 몰라요. 정말이에요."

그녀는 죽어서는 안 된다고 생각하면서 필사적으로 대답하고 있었다. 이제는 수치심이고 뭐고 없었다. 어떻게든지 살아나야 한다고 그녀는 생각하고 있었다. 다비드 킴은 탁자 밑에서 조그만 약병을 하나 꺼내더니 거기서 알약을 몇 알 꺼내 여자에게 내밀었다.

"자, 이걸 먹어."

"살려주세요! 제발! 뭐든지 시키는 대로 할 테니까 죽이지는 마세요!"

기화는 다비드 킴의 무릎에 매달려 필사적으로 애원했다.

"살고 싶거든 이걸 먹어. 이걸 먹으면 마음이 편안해지니까."

기화는 떨리는 손으로 알약을 받아들고 사나이의 눈치를 살폈다. 다비드 킴은 그녀로 하여금 물을 떠오게 한 다음 그녀가 알약을 모두 삼키는 것을 확인했다.

약 효과는 10분쯤 지나 나타났다. 두 눈의 초점이 흐릿해지더니 그녀는 갑자기 탈진된 모습으로 흐느적흐느적 실내를 거닐기 시작했다. 그녀에게서는 조금 전 나타났던 공포의 빛 같은 것은 깨끗이 사라지고 없었다. 실오라기 하나 걸치지 않은 알몸으로 흐느적흐느적 거닐고 있는 그녀의 모습은 흡사 몽유병자 같았다. 다비드 킴은 그녀의 움직임을 주시하다가 말했다.

"이리 와 앉아."

기화는 시키는 대로 그의 맞은편 자리에 다가와 털썩 주저앉았다.

"기분이 어때?"

"좋아요."

"내가 무섭나?"

"아니요."

기화는 희죽 웃었다. 얼이 빠진, 바보 같은 웃음이었다.

"내가 누구지?"

"내 애인…… 남편…… 보이프랜드……"

"집에 가고 싶나?"

"아니요. 여기가 좋아요."

약 효과는 만족할 정도였다.

그로부터 이틀 후인 11월 3일 오후 4시경,

최 진은 K일보 사장 윤학기와 마주 앉아 있었다. 화재 사건 이후 K일보는 그동안 신문을 발간하지 못하고 있다가 이제 겨우 잿더미 위에 임시로 가건물을 하나 세우고 기계를 새로 도입하여 그 첫 호를 내고 있었다. 그런 만큼 K일보 전사원은 또 있을지도 모를 기습에 대비, 비상사태에 들어가 있었다. 곳곳에 모래더미가 쌓여 있었고 무기로 사용할 수 있는 각목들이 기자들의 책상 옆에 몇 개씩 준비되어 있었다. 또한 가건물 주위에는 10여 명의 청원경찰들이 어깨에 총을 걸고 삼엄한 경비를 펴고 있었다. 수위들은 출입자들을 일일이 체크하고 있었다.

화재 사건 이후 한 번도 집에 가지 못하고 현장에서 먹고 자며 복구를 서둘러 온 윤학기 사장은 그동안 퍽 늙어 있었다. 머리는 더욱 하얗게 변해 있었고 얼굴을 덮은 주름살도 더욱 많아진 것 같았다. K일보가 잿더미로 화했을 때 모든 사람들이 K일보는 이제 복구하기 어려울 정도로 망해 버렸다고 생각했었다. 실제로 그렇게 믿고 그동안 다른 곳으로 직장을 옮긴 사원들도 적지 않았다. 그러나 윤학기 사장은 포기하지 않고 눈에 보이지 않는 적과 싸웠다. 그것은 그야말로 피눈물 나는 투쟁이었다. 마침내 두 달 만에 K일보 속간이 실현되자 사람들은 그 기적 같은 일에 절로 입이 벌어질 수밖에 없었다. 그전 신문보다는 지질이나 활자, 색감이 훨씬 못했지만 K일보가 속간되어 나오자 전 사원은 죽은 동료들을 생각하며 눈물을 흘렸다.

윤 사장의 방은 편집국 바로 옆에 베니어판으로 간단히 칸막이가 되어 있어서 몹시 시끄러웠다. 그 아래에서는 윤전기가 돌아가고 있었기 때문에 한 마디로 장터 같은 분위기였다.

사장실 안에는 윤 사장을 중심으로 편집국장, 사회부장, 정치부장, 그리고 최 진이 둘러 앉아 있었다. 그들은 최 진이 가지고 온 극비 정보를 놓고 중대 회의를 열고 있었다. 정보 내용이 너무 어마어마한 것이었으므로 그것을 어떻게 다루느냐 하는 데에 모두 고심하고 있었다.

"이 내용을 알고 있는 국가기관이 어디 어딥니까?"

편집국장이 팔짱을 끼며 멀었다.

"알고 있는 기관은 한 곳 뿐입니다. 바로 제가 속해 있는 특수기관에서만 알고 있습니다. 일본에서는 방위청 정보국이 우리와 제휴하고 있습니다."

"적월과 흑월과의 관계, 그리고 흑월의 이중음모를 동시에 1면에 터트리면 어떨까요? 이렇게 된 이상 대담하게 정면충돌을 하는 게 낫지 않을까요?"

정치부장이 담배 연기에 얼굴을 찡그리며 말했다. 그러나 모두가 거기에 아무런 반응을 보이지 않고 있었다. 최 진은 윤 사장을 바라보았다. 사장은 턱에 손을 괸 채 무엇인가 깊이 생각하고 있었다.

"정부가 이만한 정보를 가지고도 놈들을 체포하지 못하는 이유가 뭔가?"

사장이 한참 만에 물었다.

"무엇보다도 증겁니다. 그리고 우리는 아직 Z라는 인물이 누구인지 이름도 파악하지 못하고 있습니다."

"일본 수사기관들은 R과 Y의 범죄를 파악하고 있으면서 왜 체포하지 못하나? 그들을 체포해서 조사하면 이쪽 조직에 대해서도 파악할 수 있을 텐데……"

"역시 증겁니다. R과 Y는 배후에 정치세력과 재력을 쥐고 있기 때문에 결정적인 증거가 없으면 오히려 고발한 쪽이 불리해지기 마련입니다. 이번에 고오노라고 하는 국화 조직의 보스를 체포하여 기회가 아주 좋았는데, 놈이 자살하는 바람에 수포로 돌아간 모양입니다."

진의 설명에 모두가 이해가 간다는 듯 고개를 끄덕였다.

"그럼 어떻게 하면 좋겠습니까?"

편집국장이 답답하다는 듯 자리를 고쳐 앉으며 물었다. 진은 자신이 계획하고 있는 바를 털어놓았다.

"지금 K일보 외에는 어떤 신문사도 이 사건을 파헤칠 수가 없습니다. 모두가 겁을 집어먹고 있기 때문에 대동회를 건드리는 것을 기피하고 있습니다. 제가 이 정보를 여기로 가져온 것은 K일보밖에 우리를 도와줄 수 없다고 생각했기 때문입니다."

"단순히 국가의 어떤 특수기관을 도와준다기보다 이건 국가 운명이 달려 있는 중대한 문제이기 때문에 K일보는 사운을 걸고 이번 일에 뛰어들 작정이니까 그 점은 안심해도 돼. 우리 K일보는 이미 놈들과 싸움을 시작해서 사옥이 불타고 10여 명이나 되는 사원들이 목숨을 잃지 않았나. 여기 있는 최 군의 아버지가 우리 신문사를 대표해서 최초로 희생되지 않았나. 나는 내 목숨을 내놓고 싸울 테니까 여러분들도 그런 각오로 임해야 될 거야."

윤 사장의 말은 어느 누구도 거역할 수 없을 만큼 단호하고 절대적인 것이었다. 진은 내심으로 윤 사장에게 감사하면서 입을 열었다.

"먼저 보도해야 할 내용을 말씀드리겠습니다. 보도내용은 대륙산업의 아낭이 북한에 대량의 무기 밀매를 기도하고 있으며 그 한 예로 지난 10월 19일 새벽 니이가따에서 적발된 사건을 보도하면 되겠습니다. 이것을 좀 더 뒷받침하기 위해서 국화의 보스인 고오노 분사꾸의 자백내용을 첨부해도 좋습니다. 북한에 무기를 밀매함으로써 남침을 촉발시키고 있다는 내용이면 되겠습니다."

모두가 메모지에 부지런히 메모를 하고 있었다. 윤학기 사장까지 메모를 하고 있었다.

"다음은 보도해서는 안 될 내용을 말씀드리겠습니다. 적월과 흑월의 공동 음모는 보도해서는 안 됩니다. 만일 보도하게 되면 결과적으로 현재 후보를 내고 있는 대동회를 비난하는 것이 될 것이고 그렇게 되면 대동회는 증거를 대라고 하면서 역습으로 나올 것입니다. 그렇게 되면 이쪽에 결정적인 증거가 없기 때문에 오히려 우리가 불리해집니다. 그리고 무엇보다 우려되는 것은 적월과 흑월의 음모가 공개될 경우 놈들은 더 깊이 지하로 숨든가 아니면 방법을 달리해서 나올 것입니다. 하루라도 빨리 놈들을 분쇄해야 하는 우리로서는 그렇게 되면 불리하지 않을 수 없습니다. 놈들을 한시라도 빨리 체포하기 위해서도 우리가 놈들의 음모를 알고 있다는 인상을 결코 주어서는 안 됩니다."

"아낭의 무기 밀매만을 보도하는 이유는 뭔가?"

윤 사장이 깊은 눈길로 진을 바라보며 물었다.

"일본 수사기관에서도 증거 불충분과 놈의 영향력 등으로 놈을 아직 체포하지 못하고 있습니다. 우리가 놈의 무기밀매 음모를 터뜨리면 놈은 깜짝 놀랄 것입니다. 그렇지만 한국에서 터뜨린 것이기 때문에 증거를 대랄 수도 없을 테고 고스란히 당하겠지요. 그런데 우리가 노리는 것은 그게 아니고 Z의 반응입니다. Z는 보도 내용을 보고 나서 흑월측에 배신당한 것을 알게 될 겁니다. 그렇게 되면 Z는 흑월과 손을 끊을 것이 분명합니다. 흑월과 적월이 갈라서게 되면 우리로서는 일당을 타도하기가 용이해집니다. 이상은 극비에 속하는 것이니까 비밀을 지켜주셨으면 감사하겠습니다."

진은 말을 마치고 둘러앉은 사람들을 바라보았다.

"아, 물론이지. 목을 내놓고라도 여기서 한 말은 절대 입 밖에 내서는 안 돼."

윤학기 사장은 부하 간부들을 바라보며 굳게 다짐했다. 그때 전화벨이 울렸다. 최 진을 찾는 전화였다.

"장 후보의 따님이 납치됐습니다!"

진은 하마터면 수화기를 떨어뜨릴 뻔했다. 그는 수화기를 바꾸어 들고 큰 소리로 물었다.

"뭐라고 그랬죠?"

"납치됐습니다! 장 후보의 따님이!"

그것은 북극성에 대기하고 있는 킬리만자로의 요원이 걸어온 전화였다.

"납치라고 단정할만한 근거가 있나요?"

"근거가 있습니다. 장 후보의 따님이 집으로 전화를 했습니다. 붙잡혀 있다고 말입니다."

진의 얼굴에 경련이 일었다.

"납치범의 요구조건은 뭡니까?"

"아직 구체적인 요구는 없고, 따님이 장 후보와 통화하고 싶답니다."

"그래서 장 후보의 전화번호를 알려줬나요?"

"알려주지 않았습니다. 장 후보의 집에서는 전화번호를 모르고 있지 않습니까."

"장 후보의 집으로 지금 즉시 전화해 주시오. 장 후보가 전화번호를 알려오더라도 따님한테 그것을 절대 알려줘서는 안 된다고 하십시오! 지금 곧 가겠습니다."

전화를 끊고 난 최 진은 손등으로 이마에 번진 땀을 닦았다.

"무슨 전화입니까?"

사회부장이 눈을 빛내며 물었다. 너무 충격이 컸기 때문에 진은 한동안 말없이 앉아 있다가 가까스로 입을 열었다.

"장 후보의 따님이 납치됐습니다."

"뭐라구?"

윤 사장의 입에서 파이프가 굴러 떨어졌다. 모두가 놀라서 진을 멍하니 쳐다보았다.

"누, 누가 납치를 했단 말인가?"

"물어보나마나 Z 일당일 겁니다. 놈들이 아니고는 지금 이시기에 장 후보의 딸을 납치할 놈들이 없습니다."

"흉악한 놈들!"

윤 사장의 안면 근육이 부르르 떨었다.

"놈들이 왜 장 후보 따님을 납치했지?"

"글쎄 아직 뭐라고 단정할 수는 없습니다. 조금 지나보면 이유를 알 수 있을 것 같습니다."

"호외(號外)로 때릴까요?"

사회부장이 일어설 듯하며 물었다. 모두가 대답을 못하고 윤학기 사장을 바라보았다. 윤 사장은 최 진을 응시하고 있었다. 진은 한참을 깊이 생각해 보고 나서 자신의 의견을 말했다.

"호외로 치는 것은 삼가는 게 좋을 것 같습니다. 만일 호외가 나가면 국민들한테 충격이 클 거고, 그렇게 되면 선거 분위기가 너무 험악해질 겁니다. 어떻게든지 선거는 조용한 분위기 속에서 치러야만 장 후보에게도 유리하고 일당의 방해를 막게 될 것입니다."

"으음, 그래. 이 사람 말이 맞아."

윤 사장이 이해가 간다는 듯 크게 고개를 끄덕였다.

"그럼 이걸 묵살한다 이 말입니까?"

사회부장이 억울하다는 듯 물었다. 그것을 윤 사장이 손을 흔들어 막았다.

"지금 특종 감을 찾을 때가 아니야. 특종은 아까 그것으로 충분해."

"만일 다른 신문사에서 납치 사건을 눈치를 채고 터뜨리면 어떻게 합니까?"

"보도되지 않도록 막아야 합니다."

진은 차갑게 내뱉고 나서 몸을 일으켰다. 본부로 돌아온 그는 즉시 비상회의를 열었다.

"장 후보의 댁에는 연락을 취했습니까?"

"네, 따님이 아무리 애걸하더라도 전화번호를 알려 줘서는 안 된다고 했습니다."

"부인이 뭐라고 하던가요?"

"부인은 거의 제정신이 아닌 것 같습니다."

"그렇다면 문젠데……"

그때 문이 열리면서 장 후보의 경호책임자인 샌드위치(김태준)와 장의사(송창명)가 들어왔다. 샌드위치의 얼굴은 창백했고, 장의사는 시뻘겋게 얼굴이 달아올라 있었다.

그들은 자리를 잡고 앉아 실내에는 한동안 무거운 침묵이 흘렀다. 너무 돌발적인 사태였기 때문에 모두가 어찌할 바를 모르고 있었다. 10분쯤 지나 엄 과장이 나타남으로써 비로소 회의가 다시 시작되었다.

"장 후보께서는 따님이 납치된 것을 알고 계시는가요?"

엄 과장이 물었다.

"알고 계십니다."

샌드위치가 엄 과장에게 대답했다.

"장 후보께서는 하루에 한 번씩 댁으로 전화를 거십니다. 우리 요원이 먼저 다이얼을 돌려 상대를 확인한 다음 장 후보께 전화를 넘겨줍니다. 이번 경우는 부인과 통화했는데 전화를 받자마자 부인께서 납치 사실을 알린 모양입니다."

"장 후보의 반응은 어떤가요?"

모두가 궁금한 듯 샌드위치와 장의사를 바라보았다.

"겉으로 보기에는 몹시 담담한 표정입니다. 그렇지만 식사를 거르고 시종 침묵만 지키고 있는 것으로 보아 충격이 큰 것 같습니다."

"조금 전에 처음으로 입을 열었습니다. 납치한 이유가 뭔지 그거나 좀 알아오라고 했습니다."

뚱뚱한 장의사가 퉁명스럽게 말했다.

실내에 다시 침묵이 내리덮었다. 그도 그럴 것이 아무도 장기화를 납치한 이유가 무엇인지 단정을 내릴 수가 없었기 때문이다. 그러나 그것이 Z 일당에 의한 납치일 경우 그 목적은 물어보나마나 장 후보를 노린 것임이 분명하다는데 그들은 의견의 일치를 보았다.

"제 생각에는 어떻게 해서든지 장 후보를 은신처에서 끌어내려고 놈들이 그런 짓을 한 것 같습니다. 따님을 어떻게 이용하려는지 두고 볼 수밖에 없습니다."

최 진의 결론에 이의를 제기하는 사람은 없었다. 이제 문제되는 것은 장 후보가 어떻게 나올 것인가 하는 것, 그리고 장기화의 생명이 어떻게 될 것인가 하는 것 등이었지만 그 누구도 알 수 없는 일이었다.

이튿날 최 진은 장기화가 어떻게 납치되었는가를 알아보기 위해 M여대로 가 보았다. 같은 과의 여러 학생들을 만나 그녀에 대해 알아보았지만 그녀가 납치되는 것을 목격한 사람은 아무도 없었다.

거의 세 시간 동안 학교 안을 헤매던 끝에 그는 장기화가 마지막으로 만났던 학생의 이야기를 듣게 되었다.

"11월 1일이었어요. 3교시가 끝났을 때일 거예요. 저기 게시판에 기화를 찾는 쪽지가 붙어 있길래 알려주었어요."

"무슨 내용이었나요?"

"후문 쪽에서 기다릴 테니 그쪽으로 빨리 오라는 내용이었어요. 글 임자의 이름은 적혀 있지 않았고 끝에 '참새들'이라고만 쓰여 있었어요."

안경을 낀 여대생은 빨간 티셔츠에 싸인 가는 허리를 비틀며 조심스럽게 말했다.

"기화 양은 그걸 보고 바로 후문 쪽으로 갔나요?"

"네, 그랬어요."

"혼자 갔나요?"

"네, 혼자 갔어요. 남자하고 데이트 약속이 있는데 늦겠다고 하면서 갔어요."

"참새들은 누구를 말하는 건가요?"

"글쎄, 뭐 친구들이겠지요. 기화도 어떤 친군지 잘 모르면서 간 것 같아요."

"그 뒤로 장 양을 보지 못했나요?"

"네, 못 봤어요. 그 애가 어떻게 됐나요?"

비로소 여대생의 얼굴에 의혹의 빛이 나타났다.

"아직 우리도 무슨 일이 일어났는지 모릅니다."

"며칠째 결석을 해서 이상하다고 생각했는데…… 그럼, 혹시 경찰에서 오셨나요?"

"아닙니다."

여대생이 안경 너머로 의혹에 찬 시선을 던져왔다.

"장 양에 대해서 누가 묻거든 모른다고 하십시오. 소문이 나면 좋지 않으니까."

"집에는 알려야 하지 않나요?"

"집에서는 알고 있습니다. 그래서 이렇게 찾고 있는 겁니다. 게시판에 혹시 지금도 그 쪽지가 붙어 있을까요?"

"아니요. 없어요. 그날 기화가 떼어 갔어요."

"후문으로 가려면 어느 쪽으로 가야 합니까?"

"저쪽으로 가야해요. 제가 안내해 드릴게요."

여대생은 아주 싹싹했다. 친구가 행방불명되었으니 함께 찾아보는 것이 당연하다는 듯 그녀는 앞장서서 걸어갔다. 닭아빠진 블루진 바지에 티셔츠를 받쳐 입은 것이 매우 검소한 차림의 여대생이었다.

진은 오솔길을 걸어가면서 세밀히 주변을 살폈다. 학교 후문 쪽은 사람 하나 보이지 않을 정도로 한적했다. 이런 곳이라면 납치하기에 적당하다고 그는 생각했다. 후문을 벗어나 서성이던 그의 눈에 무엇인가 희끄무레한 것이 비쳐들었다. 그것은 흙에 짓이겨진 종잇조각으로 차바퀴 자국 속에 처박혀 있었다. 그것을 집어 들고 펴보던 진은 깜짝 놀랐다. 거기에는 검정 매직펜으로 다음과 같은 글이 적혀 있었던 것이다.

△ 알림=영문과 3학년 장기화, 게시판 보는 대로 학교 후문으로 올 것. 참새들.

그것을 곁에서 들여다보던 여대생이

"어머!"

하고 소리쳤다.

"이건가요?"

"네, 그거예요. 기화가 여기다 버리고 간 모양이죠?"

"그런 것 같습니다."

차 바퀴자국은 그렇게 오래된 것 같지가 않았다. 이런 곳까지 차를 몰고 왔다는 것은 특별한 목적이 있었기 때문일 것이다. 자국으로 보아 트럭은 아니고 승용차 종류인 것 같았다. 바로 이 자리에서 그녀가 납치되었을 가능성이 많다. 진은 다시 종잇조각을 펴보았다. 종이 끝에 "M여자 대학교"라는 활자가 찍혀 있

었다. 진이 손가락으로 그것을 가리키자 여대생은

"학교 매점에서 파는 종이예요."

라고 말했다.

진은 즉시 학교 매점으로 달려가 11월 1일 어떤 남자가 종이와 매직펜을 사간 일이 없느냐고 물었다. 젊은 부인은 장부를 뒤져보고 진의 설명을 자세히 경청하고 나서 가까스로 생각이 난다는 듯 이렇게 말했다.

"네, 어떤 나이 많이 잡수신 분이 사가셨어요. 그리고 압정도 사갔어요."

"어떻게 생겼던가요?"

"안경을 끼고 키가 컸어요. 머리는 희끗희끗한데 짧았어요. 얼굴빛은 검었고 아래 위 회색 양복을 입었어요."

진은 여대생과 헤어져 급히 그곳을 떠났다.

11월 7일 밤,

최 진은 우이동 산장 호텔로 도미에를 찾아갔다. 모오리 형사는 이미 도쿄로 돌아가 버린 뒤였으므로 호텔방에는 도미에 혼자 남아 있었다.

그녀는 그동안 몹시 심심했던지 진을 보자마자 노골적으로 불만스러운 표정을 드러냈다.

"뭐예요? 사람을 이런데 처박아놓고 이럴 수가 있어요?"

"미안하게 됐습니다. 갑자기 일이 터지는 바람에……"

진은 멋쩍어하면서 사과했다.

도미에는 가슴이 깊게 파인 주황색 티셔츠에 보라색의 초미니 스커트를 입고 소파에 깊숙이 앉아 진을 쳐다보고 있었다. 터질 듯이 부풀어 오른 젖가슴과 스커트 밖으로 드러난 풍만한 허벅지가 진의 시야를 어지럽혔다. 진은 창밖으로 시선을 돌리면서 담배에 불을 붙였다.

"저, 다른 데로 가겠어요."

팔짱을 끼는 바람에 젖가슴이 더욱 위로 치켜 올라갔다. 진은 한숨을 깊이 들이켰다.

"어디로 간다는 겁니까?"

"여기 이렇게 처박혀 지낼 수는 없지 않아요? 심심해서 죽겠어요. 시내에 숙소를 정한 다음 아무나 붙잡고 술이나 마셔야겠어요."

그녀는 말을 마치고 발딱 일어섰다. 진은 놀라서 그녀의 팔을 잡았다.

"정신이 있는 거요 없는 거요?"

두 사람은 한동안 서로를 노려보고 있었다.

"당신을 노리고 있는 자들이 있다는 걸 모르나요?"

"알고 있어요. 하지만 상관마세요! 난 이제부터 내 맘대로 할 테니까. 난 식물인간이 아니에요!"

그녀의 가슴이 진의 몸에 닿았다. 그녀는 물러서려고도 하지 않은 채 계속 그를 쏘아보았다. 이윽고 그녀의 눈에 눈물이 괴더니 "흑"하고 흐느낌이 터져 나왔다. 진이 뭐라고 할 사이도 없이 그녀는 진의 가슴에 안기면서 흐느껴 울었다.

"몰라요! 몰라! 바보! 바보!"

그녀는 진의 가슴을 주먹으로 두드리면서 마구 몸부림쳤다.

진은 멀거니 그녀를 내려다보다가 그녀를 안아주었다. 그리고 아기를 달래듯이 그녀의 등을 쓰다듬었다. 그를 원망하며 격렬하게 흐느끼는 도미에에게서 그는 비로소 그녀가 자기를 사랑하고 있음을 느꼈다. 그와 동시에 그는 당황했다. 파도처럼 밀려드는 도미에의 감정을 과연 어떻게 받아들여야 할지 그는 갈피를 잡을 수가 없었다.

그가 당황하고 있는 사이에 도미에의 입술이 밑에서 올라왔다. 반쯤 열린 채 사랑을 갈구하고 있는 그 빨간 장밋빛 입술을 보자 진은 더 이상 참을 수가 없었다.

"도미에…… 도미에……"

그는 중얼거리면서 그녀의 입술을 집어삼켰다. 기다렸다는 듯이 도미에의 혀가 그의 입속으로 미끄러져 들어왔다.

도미에의 입에서는 이제 더 흐느낌이 나오지 않았다. 그 대신 달뜬 신음소리가 흘러나오기 시작했다.

"저…… 저는…… 나쁜 여자예요."

"아니요. 당신은 멋진 여자요."

"당신을 사랑하기 때문에 저는 나쁜 여자예요."

"그런 건 따지지 맙시다."

"사랑해요."

"도미에…… 함부로 그런 말하지 마시오."

그렇게 말하면서도 진은 도미에의 입술을 놓지 않고 있었다. 아내와 자식의 얼굴이 떠올랐지만 이미 그의 자제력은 반쯤 마비되어 있었다. 도미에가 뒷걸음질로 침대 쪽으로 움직이자 진도 따라갔다. 이윽고 침대 위에 쓰러진 두 사람은 정신없이 뒤엉

키면서 상대방의 옷을 벗겨나갔다.

뜨거운 살결이 맞닿자 두 사람은 몸부림쳤다. 사건에 휩쓸린 이래 진이 여자를 안고 흥분하기는 처음이었다. 그는 자신이 그래서는 안 된다는 것을 잘 알고 있으면서도 도미에의 정열을 뿌리칠 수 없었다.

도미에의 알몸을 끌어안은 그는 흥분과 죄의식에 한동안 전율했다. 그럴 수는 없다. 그래서는 안 된다고 생각하면서도 그는 도미에의 몸으로부터 떨어질 수가 없었다. 그렇다고 이미 그를 향해 몸을 벌리고 있는 도미에를 향해 돌진하지도 못하고 있었다. 그가 이렇게 머뭇거리고 있자 도미에는 거칠게 뜨거운 숨결을 내뿜으며 신음처럼 말했다.

"마음대로 하세요…… 한 번만이라도 좋아요…… 후회하지 않겠어요…… 한번만…… 한번만…… 한번만…… 저를 당신 마음대로 하세요…… 아, 사랑해요."

얼핏 보니 도미에의 눈에는 어느 새 눈물이 괴어 있었다. 진은 가슴이 뭉클 젖어드는 것을 느끼면서 겨드랑이 밑으로 손을 넣어 그녀를 부둥켜안았다. 그리고

"도미에…… 도미에……"

하고 중얼 걸렸다.

이윽고 그가 몸의 중심을 잡고 앞으로 밀고 나가자 도미에의 미끈하고 탄력 있는 두 다리가 흡사 날개처럼 침대를 두드리며 파닥거리기 시작했다. 그녀는 높게 소리치면서 진의 어개를 물어뜯었다. 진은 고통에 신음하면서도 그녀를 뿌리치지 않고 파도처럼 두드려 나갔다.

그는 이제 아무 것도 생각하지 않고 있었다. 마치 운동선수가 스포츠에 열중하듯이 그는 행위 자체에 몰두하고 있었다.

"사랑해요…… 사랑해요…… 사랑해요……"

도미에의 입에서는 끊임없이 사랑한다는 말만 흘러나오고 있었다. 그러나 진은 그런 말을 하지 않았다. 그는 자신이 이제 도미에를 사랑할 수밖에 없다는 것을 알면서도 차마 그 말만은 입밖에 내지 못하고 있었다.

도미에의 육체는 특이했다. 한마디로 말해 변화무쌍하다고 할 수 있었다. 광녀처럼 부르짖으며 몸부림치다가도 한순간에 이르러서는 소녀처럼 수줍은 듯 얼굴을 가리면서 몸을 도사리는 것이었다.

정사가 끝나고 제 정신이 들었을 때 진은 울컥 화가 치밀었다. 화가 난 그는 몸을 일으켜 도미에를 바라보았다. 도미에는 얼굴을 시트에 묻은 채 누워 있었다. 진은 손을 들었다가 도로 내리면서 그녀의 허리를 쓰다듬었다.

"당신은 사랑하지 않을 수 없는 악마야!"

그 순간 아내와 자식의 얼굴이 떠올랐다. 그러나 이내 그는 자신의 그러한 이중적인 사고에 비열함을 느꼈다. 이제 와서 괴로워한다는 것 자체가 비열한 짓이다. 이 여자를 사랑하고 탐했으면 끝까지 그녀를 아껴라. 이 여자는 애처롭게도 너에게 단 한 번만을 요구했을 뿐이다. 이제 선택은 너에게 달려 있다. 그러나 날름 먹어치우고 도망쳐버릴 정도로 그렇게 비겁하지는 않겠지.

진은 탱탱하게 부풀어 오른 도미에의 젖가슴 사이로 얼굴을 처박고 한숨을 내쉬었다. 도미에의 젖가슴은 땀으로 미끈거리고 있었다. 달콤하고 자극적인 땀 냄새에 그는 온몸이 다시 뜨겁게 달아오르는 것을 느꼈다. 그는 그녀의 하복부를 손으로 쓰다듬으며 물었다.

"나하고 헤어질 수 있겠지?"

도미에는 대답 대신 그의 입속으로 혀를 들이밀었다.

11월 7일 오후,

K일보가 거리에 쏟아져 나오자 시내는 벌집을 쑤셔놓은 듯 와글거리기 시작했다. 7일자 K일보 1면에는 아낭의 무기밀매와 정치적 음모가 적나라하게 공개되어 있었던 것이다. 무엇보다도

"무기밀매로 북괴에 남침 유도!"

라는 굵직한 제호가 사람들을 자극했다.

주한 일본 대사관 앞에는 어느 틈에 시민들이 구름처럼 몰려들고 있었고, 그 전에 대사관을 빠져나온 일본 대사는 외무부장관의 부름을 받고 장관실로 직행했다. 수상은 외무부장관에게 사실을 알아본 다음 비상각료회의를 준비하라고 지시했다. 서울과 도쿄 간의 국제전화가 정신을 차릴 수 없을 정도로 울어대기 시작했다. 일본인 관광객들이 이유 없이 구타당하는 사건이 이날 하루 사이에 12건이나 일어났다. 수십 명이나 되는 외국기자들이 K일보로 몰려왔으나 K일보 측에서는 신문에 보도된 것 외에는 일체 입을 열지 않았다.

국방부장관은 전군에 비상령을 내려 외출 외박을 중지하도록

지시했다.

불안하고 초조한 시간이 흘러갔다. 이날 밤 9시쯤 킹 호텔 뒷골목으로 세 대의 자가용이 소리 없이 굴러들어갔다. 이윽고 호텔 후문에 이르자 앞 뒤 차에서 건장한 사나이들이 쏟아져 나오면서 가운데 차를 에워싸다시피 했다.

가운데 차는 낡아빠진 크라운이었다. 그러나 거기서 나오는 중키의 신사를 경호하는 사나이들의 공손한 태도로 보아 차의 주인공은 상당한 거물임이 틀림없었다.

중키의 신사는 바바리코트 깃으로 얼굴을 가린데다 중절모까지 쓰고, 거기다가 선글라스를 끼고 있어서 전혀 얼굴을 알아볼 수가 없었다.

후문 앞에 대기하고 있던 두 명의 사나이가 중절모를 향해 깊숙이 허리를 굽힌 다음 문을 열어주었다. 중절모는 거침없이 안으로 들어가 비상 엘리베이터를 타고 10층으로 올라갔다. 두 명의 경호원이 그를 끝까지 따라붙고 있었다.

10층에는 호텔 룸 직원마저 접근하지 못하도록 일체 출입이 통제되어 있었다. 복도의 양쪽 끝과 계단 쪽에도 경호원들이 서 있었다.

중절모는 101호실로 들어가고 뒤따르던 경호원들은 문 밖에 대기했다. 101호실 안에는 중년 사나이 하나가 초조하게 서 있다가 중절모가 들어서자 구십 도 각도로 허리를 굽혀 인사했다. 그리고 옆방으로 통하는 문을 열었다.

중절모는 인사를 받는 둥 마는 둥 급히 옆방으로 들어갔다. 동시에 소파에 앉아 있던 안경 낀 사나이가 급히 몸을 일으켰다.

중절모는 모자를 벗어들며 손을 내밀었다. 그 태도가 몹시 냉랭했다.

"오랜만입니다."

안경이 부드러운 소리로 말했지만 중절모는 대꾸도 하지 않고 소파에 털썩 주저앉았다.

안경은 와이셔츠 바람에 넥타이를 느슨히 풀어헤치고 있었다. 피로하고 지친 모습이었지만 거기에는 상대를 무시하는 것 같은 기미가 엿보였다.

"모든 것은 오햅니다."

안경이 일본말로 부드럽게 말하자 중절모의 선글라스가 번득했다.

"오해라구요? 요시다 씨, 이 Z가 바본 줄 아십니까?"

긴장이 흘렀다. 그것을 밀어내듯 요시다가 갑자기 껄껄거리며 웃었다.

"Z께서 화를 내실만 하시겠지요."

Z의 얼굴이 경련하는 것 같았다.

"배반당하리라고는 생각지도 못했습니다."

배에서 뒤틀려 나오는 것 같은 몹시 쉰 목소리가 방안을 가득 채우고 있었다. Z의 말에 요시다의 웃던 얼굴이 굳어졌다.

그는 담배에 불을 붙인 다음 다시 부드러운 어조로 말했다.

"그건 오햅니다. 그렇지 않아도 오해하실 것 같아서 이렇게 온 겁니다."

"지금 누구를 놀리는 겁니까? 그게 어떻게 해서 오해라는 겁니까? K일보에 난 걸 보십시오. 그보다 더 정확한 자료가 어디 있습니까?"

"그건 과대평가된 겁니다."

"그럼 사실이 아니란 말인가요?"

Z의 목소리가 더욱 쉬어지는 것 같았다.

"사실은 사실입니다. 무기를 팔려고 한 것은 사실입니다. 그러나 그건 어디까지나 장사에 불과한 겁니다. Y도 장사를 해야 하지 않습니까!"

"그런 걸 따지자는 게 아닙니다. 그 목적이 문제란 말입니다! 그건 배반입니다."

"오해입니다."

"나도 오해이길 바랍니다. 그러나 이건 너무 뚜렷한 사실이라, 누가 봐도 사실로 믿을 수밖에 없습니다."

"그러나 우린 혈맹관계입니다. 배신이란 생각할 수도 없는 일입니다."

"당연하죠. 그러나 흑월은 적월을 배신했습니다. 이제 우리 관계는 끝장입니다."

Z는 차갑게 내뱉고 나서 모자를 집어 들고 일어서려고 했다. 그것을 요시다가 만류했다.

"잠깐만 기다리시오! 어떤 점에서 배신했다는 겁니까?"

"내가 당신들과 손을 잡은 이유는 대동아의 꿈을 공동으로 실현해 보기 위해서였소."

"그건 물론 우리들의 위대한 계획이지요. 그런데?"

"당신도 아시다시피 어떻게든지 나는 이번 선거에 승리해야 합니다. 그것은 바로 대동아의 길로 들어서는 제일보라고 할 수 있습니다. 그런데 당신들은 나를 지원해 주는 척하면서 북쪽에 무기를 팔려고 했습니다. 그들이 신무기로 남침해 오면 내가 이번 선거에 승리해서 내가 집권해도 모든 것은 물거품이 되고 맙니다. 왜냐하면 군사적으로 나는 열세이기 때문입니다. 한 마디로 당신들은 마지막에 가서 나를 제거하려 하고 있는 겁니다. 그렇지만 Z는 그렇게 쉽게 넘어가지 않을 겁니다."

Z가 일어서려는 것을 요시다가 다시 붙잡았다.

"잠깐! 이해할 만합니다. 나라도 그렇게 생각하겠습니다. 그렇지만 우리 다시 한 번 생각해 봅시다. 우리 흑월 측이 배신했다면 왜 1조 원이나 되는 돈을 지원했을까요? 그 점을 생각해 보셨나요?"

"그거야 제주도를 차지하고 싶어서 그랬겠지요."

"그렇다면 배반이 아니지 않습니까. 우리는 약속대로 한 것뿐입니다."

침묵이 흘렀다. Z는 무엇인가 깊이 생각해 보는 것 같았다.

"우리가 북쪽에 팔려고 한 무기도 사실은 그렇게 성능이 우수한 것이 못 됩니다. 중요한 부속품을 빼놓았기 때문에 별것 아닙니다."

요시다의 말은 교묘하게 Z의 분노를 가라앉히고 있었다.

"내 생각에는 우리 사이를 갈라놓기 위해 그런 기사가 신문에 보도된 것 같습니다."

Z는 침묵을 지키고 있었다. 요시다는 기회를 놓치지 않고 계속 말했다.

"우리가 갈라서게 되면 모든 꿈은 사라지고 맙니다. 오해가 있으면 풀어야 합니다. 다시 말하지만 이건 우리 사이를 갈라놓으려는 음모라고 할 수 있습니다. 상식적으로 생각해도 우리가 1조 원이나 지원해 놓고 우리 손으로 다시 그것을 파괴할 리가 있습니까?"

Z는 손을 들어 흔들었다. 그러나 거기에는 힘이 없었다.

"양쪽에 다리를 걸쳐놓고 안전한 쪽을 택하려고 하는 것인지도 모르지 않습니까?"

요시다는 다시 웃음을 터뜨렸다. 억지로 꾸미는 것 같은 웃음이었다.

"그건 너무 지나친 환상입니다. Z께서 그런 생각을 하시다니 정말 유감입니다. 다시 말씀 드리지만 우리는 Z에 대한 신의에 변함이 없습니다."

"무엇으로 그것을 믿지요?"

"보장하라는 겁니까?"

"현재의 내 입장에서는 아무것도 믿을 수가 없습니다. 나는 단독으로 계획을 실행할 준비가 되어 있습니다."

"그건 어려울 겁니다. 우리는 그렇게 되도록 내버려 두지 않을 겁니다. 1조 원이나 투자해 놓고 순순히 물러나는 바보가 어디 있습니까?"

요시다의 얼굴에는 아직 웃음이 감돌고 있었다. 그러나 그 웃음 뒤에는 냉기가 도사리고 있었다.

"배신을 했으니 당연한 결과가 아닙니까?"

"내가 그렇게 해명해도 못 알아듣습니까?"

"믿을 수가 없습니다."

요시다의 얼굴에는 진땀이 번지기 시작했다.

"믿을 수 있도록 보장해 주시오. 그렇지 않으면 나는 단독으로 행동할 겁니다. 물론 돈도 돌려줄 수 없습니다."

요시다는 벌떡 일어나 냉장고에서 맥주를 꺼내 오더니 그것을 벌컥벌컥 들이켰다.

"좋소! 어떻게 보장할까요?"

선글라스에 가려진 Z의 얼굴은 흡사 석회를 칠한 듯 창백하게 굳어 보였다. 그는 꼼짝하지 않고 요시다를 응시하다가 천천히 입을 열었다.

"요시다 선생에게는 외아들이 하나 있지요? 그 아들을 우리가 데리고 있겠습니다."

그것은 인질로 잡아 두겠다는 말이었다. 요시다는 입을 벌린 채 멍하니 Z를 바라보다가 벌떡 일어나 방안을 왔다 갔다 했다. 한참 그러다가 그는 우뚝 서서 손가락으로 Z를 가리켰다.

"당신은 악마군!"

"악마이긴 당신이나 나나 마찬가지요."

"도대체 어떻게 그런 발상이 나올 수 있소?"

"나는 그보다 좋은 방법이 없다고 생각합니다. 당신이 배신하지 않는 한 우리는 당신의 아드님을 잘 보살피고 있겠습니다. 만일 그렇지 않으면 당신의 아들은 가장 잔인한 방법으로 죽게 될 것입니다. 이것은 배신자에 대한 마땅한 응보입니다."

"그럴 수는 없어! 아들을 맡길 수는 없어!"

"벌써 당신 아들은 우리 손에 들어왔소!"

"뭐라고? 우리 아들은 도쿄에 있어! 거짓말 하지 마!"

"나는 도쿄에 있는 부하들에게 당신 아들을 보호하라고 지시했소. 조금 전에 연락이 왔는데 잘 됐다는 보고였소."

요시다는 손을 들어 Z의 멱살을 잡으려고 했다. 그러나 그보다 먼저 Z가 그를 끌어안았다.

"진정하십시오. 이럴 때 일수록 우리는 냉정이 필요합니다. 지금 와서 서로 감정 대립을 하면 서로가 피해를 보게 됩니다. 진정하십시오. 배반만 하지 않는다면 당신 아들은 우리가 잘 돌보고 있겠소."

"뭐라고? 이놈! 이 날도둑놈! 내 아들을 내놔!"

요시다는 몸부림쳤다. 그러나 Z는 끄떡도 하지 않았다.

"흥분하시면 몸에 좋지 않습니다. 나는 어디까지나 우리의 신의를 지키기 위해 선생의 아들을 잠시 맡아 두겠다는 것뿐입니다."

요시다는 분을 이기지 못해 욕설을 퍼붓고 몸부림쳤지만 쓸데없는 짓이었다. Z가 문을 두드리자 옆방에서 건장한 사나이들이 들어와 요시다의 팔을 잡았다.

"비행기 표는 사뒀습니다. 우리 애들이 바래다드릴 테니까 안심하시고 돌아가십시오."

요시다는 갑자기 몸이 굳어져 버린 듯했다. 그는 일체의 반항을 포기하고 순순히 사나이들을 따라 밖으로 나갔다.

이 시간에 진은 회의를 열고 있었다. 요원들은 복사된 몽타주 한 장씩을 들고 있었다.

"여러 가지 사실로 비추어보아, 바로 이놈이 장 후보의 따님을 납치한 것 같습니다."

실내에 무거운 침묵이 흘렀다. 진은 지금까지의 수사과정을 조용한 목소리로 들려주었다. 그리고 끝에 가서

"이놈은 바로 다비드 킴입니다."

라고 단언하듯 말했다. 그 말에 요원들의 몸이 모두 얼어붙는 듯했다.

"이 놈이 다비드 킴이라는 걸 어떻게 증명하죠?"

늙은 형사 하나가 물었다.

"이 몽타주는 놈의 변장한 모습이 틀림없습니다. 그렇지만 이 안경만 벗기면 이건 틀림없이 다비드 킴입니다. 지금가지의 변장한 모습들과 비교해 볼 때 여기에는 서로 비슷한 점이 많습니다. 그리고 제 육감에 기화 양을 납치한 건 다비드 킴일 가능성이 많습니다."

"놈이 왜 그 여자를 납치했지요?"

"그거야 뻔 하지 않습니까. 장 후보에게 접근하기 위해 납치한 겁니다. 놈은 지금 장 후보를 찾기 위해 혈안이 되어 있습니다. 그리고 찾다 안 되니까 방법을 바꾼 거죠."

"그러면 어떻게 장 후보에게 접근하겠다는 건가요?"

"저로서도 그것이 가장 궁금합니다. 하여튼 놈이 장기화 양을 최대한 이용할 것만은 틀림없습니다. 어떻게 이용 하려는 지는 두고 볼 수밖에 없습니다."

모두가 안타까운 듯이 몽타주를 들여다보았지만 뾰족한 수가 떠오르지 않는 것 같았다.

범인의 몽타주를 확보했다는 것은 중요한 수사단서가 될 수

있는 것이다. 그러나 그들은 그것을 가지고도 어디서부터 놈을 찾아야 할지 모르고 있었다.

그때 전화벨이 크게 울렸다. 최 진을 급히 찾는 전화였다.

"여기는 샌드위치…… 문제가 생겼습니다!"

"여기는 타이거…… 말씀하십시오."

전화를 통해 거친 숨소리가 그대로 전해져 왔다.

"말씀하십시오."

"장 후보가 집으로 돌아가겠다고 합니다. 막무가내라 어떻게 할 수가 없습니다."

"알겠습니다. 곧 가겠습니다."

진은 수화기를 내려놓고 엄 과장에게 보고했다.

"야단났군."

엄 과장은 낯빛을 흐리면서 긴장한 어조로 말했다.

"어떻게 하면 좋겠습니까?"

진도 초조해서 물었다. 장 후보가 집으로 돌아가겠다면 문제는 심각해지는 것이다.

"만약 장 후보가 집으로 돌아가면 그것은 다비드 킴이 노리는 대로 되는 겁니다. 놈은 준비를 마치고 장 후보가 나타나기를 기다리고 있습니다."

"으음, 정말 야단인데……"

"어떻게든 장 후보가 집으로 돌아가는 것을 막아야합니다."

"만일 듣지 않으면 어떡하죠?"

"강제로라도 막아야 합니다."

"강제가 안 통하면 어떡하죠?"

"하여튼 막아야 합니다!"

진은 단호하게 잘라 말했다.

조금 후 진은 엄 과장과 함께 장 후보가 은신해 있는 곳으로 향했다.

밤이 깊어 이미 통금 시간이 가까워 오고 있었다. 장 후보의 은신처는 그동안 두 번이나 바뀌어져 있었다. 경호에 완벽을 기하기 위해 거처를 자주 옮기고 있었던 것이다.

교외로 빠진 차는 고속도로를 남쪽으로 한 시간쯤 달리다가 오른쪽으로 벗어나 숲이 우거진 곳으로 들어갔다.

그 숲속에 별장이 하나 있었다. 별장은 수목과 어둠에 가려 희끄무레하게 떠보였다.

그들이 안으로 들어갔을 때 장연기 후보는 와이셔츠 바람으로 실내를 서성거리고 있었다. 그 곁에서 샌드위치와 장의사는 초조하게 장 후보를 바라보고 있었다.

얼굴이 시뻘겋게 달아올라 있는 것으로 보아 장 후보는 몹시 화가 나 있는 것 같았다.

"그럴 수 없어! 안 돼!"

장 후보가 주먹으로 허공을 치며 고함을 질렀다.

"죄송합니다. 모든 게 저희들 책임입니다."

엄 과장이 머리를 숙였지만 장 후보는 그를 거들떠보지도 않았다.

"이래도 내 말을 못 알아듣겠소?"

"죄송합니다."

"그런 말은 듣고 싶지 않소! 빨리 나를 집으로 데려다주시오!

빨리!"

물을 끼얹은 듯 사나이들은 모두 침묵했다.

"내 딸이 죽기라도 하면 당신들이 책임지겠소?"

"……"

"책임지겠느냔 말이야?"

"……"

"책임지지도 못하면서 왜 나를 붙잡아 두겠다는 거요? 내 딸이 애비를 찾으며 죽어가고 있는데, 내가 여기 숨어서 대통령이 되겠다고 앉아 있으란 말이오?"

"각하!"

"각하라 부르지 마시오! 난 각하도 아니고 아무것도 아니오! 난 평범한 시민이란 말이오! 난 대통령직보다 내 딸이 더 중요하단 말이오. 만일 내 딸이 죽게 되면 출마를 포기할 거요!"

장 후보가 너무 분노에 차 있었기 때문에 아무도 말을 걸 수가 없었다. 그러나 엄 과장은 어떻게든 그의 분노를 가라앉히려고 애를 썼다.

"따님을 납치한 것은 바로 장 박사님의 목숨을 노리고 한 짓입니다."

"그렇다면 더욱 내가 나서서 그 애를 구해야지."

"국가와 국민들을 생각해 주십시오!"

장 후보의 부리부리한 눈이 엄 과장을 바라보았다.

"그럼 묻겠소. 당신들은 국가와 국민을 위해 내 딸을 희생시키란 말이오?"

엄 과장은 아무 말도 못했다.

"……"

"난 그럴 수 없소! 어떤 위대한 가치를 위해서도 내 딸, 아니 한 개인을 희생시키는 건 반대요. 절대 반대요!"

"따님을 납치한 건 따님을 이용해서 장 박사님을 유인해 내려고 한 짓입니다. 거기에 말려들면 위험합니다."

"어떤 위험이 있어도 나는 집으로 돌아가겠소. 제발 막지 마시오!"

"놈들은 박사님을 혈안이 되어 찾고 있습니다."

"알고 있소. 내 목숨은 하늘에 맡기는 수밖에 없소."

"박사님, 1주일만 여유를 주십시오! 1주일 이내에 따님을 찾아내겠습니다."

"믿을 수 없소! 벌써 1주일이 지났는데 아무도 내 딸을 찾아주려고 하지 않소!"

"찾고 있는 중입니다."

"단서라도 잡았소?"

"범인은 바로 이놈입니다."

엄 과장은 몽타주를 꺼내보였다. 그것을 받아들고 들여다보는 장 후보의 얼굴에 땀이 번지기 시작했다.

"으음…… 이, 이놈이 누구요?"

"바로 박사님을 노리고 있는 다비드 킴이란 놈입니다."

"으음, 다비드……. 그놈이 끝까지 물고 늘어지는군. 나를 노리는 건 좋은데, 왜 힘없는 내 딸애를 납치했지? 비겁한 놈 같으니……"

장 후보는 다시 방안을 거닐기 시작했다. 조금 후 그의 입에서는 분노에 찬 신음 소리가 흘러나왔다.

"나쁜 놈 같으니! 내가 네놈의 총에 쓰러질 줄 아느냐? 안 돼지. 안 돼. 절대 안 돼! 대결하려거든 정정당당히 대결해! 비겁하게 여자를 납치하지 말고!"

"박사님, 진정하십시오."

엄 과장이 다시 애원하다시피 했다. 그러나 장 후보는 그야말로 막무가내였다.

"안된다면 안 되는 줄 알아! 난 내 집으로 돌아가겠어!"

"박사님, 다시 한 번 생각해 보십시오. 이건 국가의 운명이 걸려 있는 문젭니다. 박사님이 이번 선거에서 승리하는 것은 결정적인 사실이나 다름없습니다. 만일 박사님에게 불행한 사고라도 생기면 어떻게 하시겠습니까? 대동회의 이창성 후보에게 국가의 운명을 맡기시겠습니까?"

"그 말은 귀가 아프게 들었소, 내가 아니더라도 대통령할 사람은 많소."

"아닙니다! 지금은 선거 기간입니다. 박사님이 아니면 이창성 후보가 당선되는 겁니다. 다른 방법은 있을 수 없습니다."

"곰곰 생각해 봤는데 나는 암살될까봐 너무 겁을 집어먹은 것 같소. 그럴 필요가 없는데 너무 과잉보호를 한 것 같소. 어느 시대, 어느 누구를 막론하고 암살의 위협은 항상 따라다니게 마련이오. 그건 상식적인 일이오. 더 이상 나를 붙잡지 마시오! 당신들이 밖에서 나를 경호하든 말든 그건 당신들 자유요. 좌우간 나는 여기에 더 이상 숨어 있지 않겠소. 더 있다가는 난 미쳐버릴 거요!"

"박사님, 재고해 주십시오!"

"안된다니까!"

"그럼 하는 수 없습니다. 강제로라도……"

"뭣이? 그때는 참았지만 이젠 참을 수 없어!"

장 후보의 손바닥이 엄 과장의 뺨을 철썩하고 갈겼다. 따귀를 얻어맞은 엄 과장은 멍하니 장 후보를 바라보았다.

"뭐라고? 너희들이 강제로 나를 가둬두겠다는 건가? 건방진 놈 같으니!"

장 후보는 분을 풀지 못해 몸을 떨었지만 엄 과장을 다시 때리지는 않았다.

"죄송합니다."

엄 과장은 얻어맞고도 상대가 상대니만큼 사과를 했다. 진은 울적하고 암담한 기분을 느꼈다. 딸을 납치당한 장 후보의 심정이 어떠하리라는 것은 충분히 짐작이 간다. 그렇다고는 하지만 장 후보의 행동은 너무 지나친 것 같았다. 딸이 납치당한 사실로 하여 그는 지금 거의 이성을 잃고 있었다.

"모셔다 드려요!"

마침내 엄 과장이 침통한 어조로 말했다. 늙은 형사들은 당황한 표정으로 한동안 머뭇거리다가 묵묵히 밖으로 나갔다.

"할 수 없습니다. 새로운 방법을 강구해야지."

장 후보가 밖으로 걸어나가자 엄 과장이 진에게 중얼거리듯 말했다.

조금 후 세 대의 차가 숲속을 빠져나갔다. 가운데 포드에는 장 후보와 늙은 형사들이, 앞차에는 엄 과장과 최 진이, 뒤차에는 젊은 요원들이 타고 있었다.

통금 시간이라 일행은 곳곳에서 경찰의 검문을 당했다. 그러나 앞차의 사나이들이 통행증을 내보이자 차량은 그대로 통과되곤 했다.

장 후보의 부인은 남편을 보는 순간 울음부터 터뜨렸다.

"왜 이제 오시는 거예요? 너무 해요! 우리 기화가 불쌍해요!"

장 후보는 아내의 등을 두드려주면서 위로했다.

"너무 걱정하지 마. 잘 될 거야. 기화한테서는 연락 없었나?"

"그 뒤 연락이 없었어요."

밖에 젊은 경호원들이 대기하고 있고 그 밖의 사람들은 모두 응접실로 들어가 둘러앉았다.

장 후보는 세 대의 전화를 탁자 위에 끌어다놓고 신호가 오기를 기다리고 있었다. 그것을 바라보고 있는 킬리만자로의 사나이들은 초조하고 안타깝기만 했다.

최 진은 세 대의 전화에 모두 녹음 장치를 한 뒤 가지 않고 대기했다.

시간은 11월 8일 새벽 4시 20분 전을 가리키고 있었다. 실내에 앉아 있는 사람들 중 그 누구도 움직일 기미를 보이지 않고 있었다. 조는 사람도 없었다.

"아까 내가 한 짓 미안하게 됐소."

장 후보가 엄 과장을 바라보며 말했다. 엄 과장의 따귀를 때린 것이 마음에 걸리는 모양이었다.

"별 말씀을 다 하십니다. 저희들이 너무 무례를 범해 죄송합니다."

벽시계가 정각 4시를 알렸을 때 마침내 전화벨이 따르릉 하고 울렸다. 샌드위치가 녹음기의 버튼을 누른 다음 먼저 수화기를 집어 들었다.

"여보세요? 여보세요?"

젊은 여자의 목소리가 힘없이 흘러나왔다.

"네, 말씀하십시오."

"저, 기화예요. 누구신가요?"

샌드위치는 수화기를 장 후보에게 넘겼다.

"기화냐? 아빠다!"

장 후보의 목소리가 떨리고 있었다.

"어머, 아빠, 저예요! 기화예요!"

이어서 흐느끼는 소리가 흘러나왔다.

"기화야, 지금 어디 있니! 거기 있는 데가 어디냐?"

딸의 울음소리에 장 후보는 몸을 부들부들 떨면서 어쩔 줄 모르고 있었다.

"아빠…… 아빠…… 말할 수 없어요. 저 좀 살려줘요!"

그것을 끝으로 전화가 철컥하고 끊기는 소리가 들려왔다.

"기화야! 기화야!"

장 후보는 애타는 목소리로 다급하게 딸을 불러댔지만 딸의 목소리는 더 이상 들려오지 않았다. 장 후보는 수화기를 동댕이치면서 탄식했다.

"이럴 수가…… 이럴 수가……"

그 모습을 지켜본 그의 부인이 울음을 터뜨렸다. 그것을 보자 장 후보는 버럭 화를 냈다.

"왜 우는 거야? 그치지 못해? 여기가 초상집인 줄 알아? 나가 있어! 당신은 나가 있으라구!"

그가 야단치자 부인은 흐느끼면서 응접실을 나갔다.

"왜 전화를 끊었지?"

"놈이 끊었을 겁니다."

"이거, 미칠 노릇 아닌가."

"놈은 그런 식으로 이쪽의 혼을 빼려고 하고 있습니다. 놈의 계략에 넘어가서는 안 됩니다."

엄 과장은 장 후보의 안색을 살피면서 말했다. 장 후보는 벌떡 일어나 방안을 거닐기 시작했다. 그때 다시 전화벨이 울었다. 엄 과장이 수화기를 집어 들려는 것을 장 후보가 사납게 낚아챘다. 녹음기가 다시 돌아가기 시작했다.

"기화냐?"

"……"

"기화야!"

"……"

장 후보는 금방이라도 울음을 터뜨릴 것 같았다. 그러나 상대는 침묵하고 있었다. 요원들은 장 후보의 표정과 녹음기를 번갈아 바라보고 있었다.

"기화야! 기화야! 거기가 어디냐?"

그때였다.

"여기가 어딘지 알려고 하지 마시오."

하는 굵은 남자 목소리가 들려왔다. 조용하고 침착하게 가라앉은 목소리였다.

이번에는 장 후보의 말문이 막히는 것 같았다. 장 후보는 너무 충격을 받았는지 몸을 떨기만 하다가

"너 이놈! 이 나쁜 놈!"

하고 부르짖었다.

"네 놈이 내 딸을 납치했지? 이놈, 이 나쁜 놈, 당장 내 딸을 내놔!"

"노여워하지 마십시오. 당신 따님은 내가 보호하고 있으니 안심하십시오."

"뭐라고? 이 뻔뻔스러운 놈! 내 딸을 내놔!"

"그렇게 흥분하시면 이야기가 안 됩니다. 마음을 가라앉히십시오."

다시 전화가 찰칵하고 끊겼다. 장 후보는 탁자를 두드리며 안타까워했지만 쓸 데 없는 짓이었다.

"내가 너무 흥분했었나?"

"따님을 생각해서라도 상대방의 기분을 너무 상하게 하지 마십시오."

엄 과장의 충고에 장 후보는 한숨을 내쉬었다.

어느 새 어둠이 걷히고 날이 환히 밝아 오고 있었다. 벽시계가 일곱 점을 쳤을 때 다시 전화벨이 요란스럽게 울렸다. 장 후보는 아까와는 달리 얼른 수화기를 집으려고 하지 않았다. 엄 과장이 대신 전화를 받았다.

"장 후보를 바꿔주시오."

아까의 그 조용한 목소리가 들려왔다.

"장 후보와 직접 통화하고 싶소."

"장 후보는 주무시고 계십니다."

"그럼 다음에 걸겠소."

"잠깐 기다리시오!"

엄 과장은 수화기를 얼른 장 후보에게 넘겼다.

"기분이 어떠십니까?"

조롱기 섞인 목소리에 장 후보는 어금니를 깨물었다.

"용건을 말하시오."

"나는 당신을 존경합니다."

"쓸데없는 소리 하지 말고 용건을 말하시오!"

범인에게 경어를 쓰는 것으로 보아 장 후보가 얼마나 분노를 참고 있는가를 알 수 있었다.

"정말로 당신을 존경하고 있습니다."

"용건이나 말하시오!"

"제 말을 잘 들어 주십시오. 당신을 존경하고 있습니다. 그러나 나는 내 목적을 위해서는 상대를 가리지 않습니다."

"그래, 용건이 뭐요? 당신이 달라는 대로 줄 테니 내 딸을 보내주시오!"

"돈은 필요치 않습니다."

"그럼 뭐가 필요하다는 거요?"

"나는 당신의 모습을 직접 보고 싶습니다. 그리고 당신의 목소리도 직접 듣고 싶습니다. 그뿐입니다."

"그럼 나와 만나자는 거요?"

"만날 수야 없겠지요. 당신 주위에는 경호원들이 붙어 다닐 테니 말입니다."

"그럼 어떻게 하라는 거요?"

"그전처럼 선거 유세에 나서십시오. 왜 비겁하게 숨어 있습니까? 나는 당신이 청중 앞에서 연설하는 것을 보고 싶습니다. 다른 것은 바라지 않습니다."

"그렇게 하면 내 딸을 돌려주겠다는 거요?"

"그야 물론입니다. 나는 약속을 지킵니다. 당신 따님은 내가 잘 보호하고 있으니 안심하십시오."

"내 딸한테 손대지 마시오! 부탁이오!"

"나는 당신 따님보다 더 아름다운 여자들을 원하는 대로 손댈 수 있습니다. 그런 걱정은 안하셔도 됩니다."

"당신 요구대로 선거 유세에 나가겠소. 내 딸을 즉시 보내주시오."

"바로 보내 드릴 수는 없습니다. 당신이 약속을 지키나 확인을 하기 전에는 안 됩니다."

"알겠소…… 알겠소……"

장 후보는 갑자기 절망적인 표정이 되면서 중얼거렸다.

"약속을 빨리 지키시면 그만큼 따님도 빨리 돌아가게 될 겁니다. 건투를 빌겠습니다. 실례 많았습니다."

전화가 끊기자 장 후보는 수화기를 동댕이치면서 두 손으로 얼굴을 감싸 쥐었다. 최 진과 요원들은 안타깝기 짝이 없었지만 현재로서는 장 후보를 안심시킬 수 있는 어떤 행동도 취할 수가 없었다.

장 후보가 울음을 터뜨릴 줄 알았지만 그는 눈물을 흘리지 않았다. 한참 후 그는 자세를 바로 하더니 맥주를 시켜 벌컥벌컥

들이켰다.

“여러분들도 들었겠지만 나는 당장 선거 유세에 나갈 생각입니다.”

“그것만은 안 됩니다!”

엄 과장이 만류하고 나섰다. 그러나 장 후보는 고개를 설설 흔들었다. 이번에는 최 진이 나섰다.

“놈이 무엇을 노리는가는 이제 명확해졌습니다. 그런데도 선거 유세에 나간다는 것은……”

“어리석다 이거요? 당신들은 그렇게 생각할 수도 있겠지. 그러나 당신들도 한번 내 입장이 되어 보시오. 자식을 살리기 위해 애비가 목숨을 버린다는 것은 아주 당연한 일이오! 나는 그것을 어리석다고 보지는 않습니다. 놈의 흉탄에 쓰러지더라도 나는 공개 석상에 나설 생각이오!”

장 후보의 부정(父情)은 실로 눈물겹도록 거룩한 것이어서 요원들은 더 이상 그를 막을 수 없다는 것을 깨달았다. 진은 죽음을 두려워하지 않는 저와 같은 용기라면 일국의 대통령 자격이 있다고 생각했다.

더 이상 장 후보를 만류할 수 없다고 생각한 킬리만자로의 요원들은 즉시 대책 회의에 들어갔다. 회의는 장 후보가 한잠 자기 위해 침실로 들어간 사이에 열렸다.

“장 후보를 흉탄에서 막아낼 수 있는 방법을 생각해 주십시오! 매우 시급한 문젭니다!”

엄 과장이 흥분된 어조로 말하자 모두가 깊이 생각하기 시작했다. 한참 후 샌드위치가 경호 책임자답게 기발한 방법을 제시했다.

"선거 유세에 나설 때는 반드시 방탄조끼를 입도록 하면 어떨까요?"

그의 말에 모두 무릎을 쳤다.

"그거야 말로 좋은 아이디어요. 장 후보에게 방탄조끼를 입히도록 합시다."

"그런데 장 후보가 그 무거운 걸 입으려고 할까요?"

이것은 장의사의 질문이었다.

"목숨을 지키기 위해서는 그 정도야 참아야겠지요. 그 문제는 나한테 맡기십시오."

엄 과장이 자신 있다는 듯 말했다. 샌드위치는 자신의 아이디어를 피력해 나갔다.

"그리고 가슴까지 오는 탁자로 몸을 가리면 더욱 안전을 기할 수 있을 겁니다. 물론 탁자는 밑에까지 막힌 것으로 안에다 철판을 대면 총알 정도는 막을 수 있습니다."

샌드위치의 제안은 어느 것 하나 나무랄 데가 없었다. 그러나 최 진은 전적으로 그 방법에만 의존할 수 없음을 깨달았다.

"문제가 하나 있습니다. 전문적인 킬러란 자기가 가장 쏘기 좋아하는 몸의 부위가 있기 마련입니다. 만일 다비드 킴이 머리만 노리는 킬러라면 어떡하지요?"

진의 지적은 가장 핵심을 찌르고 있었다. 샌드위치는 난처한 듯 손으로 턱을 쓰다듬었다.

"그거야말로 어려운 문젠데……. 놈이 정말 머리만 노린다면 막을 도리가 없겠군."

엄 과장은 팔짱을 끼고 한숨을 내쉬었다.

"머리에 철가면 같은 것을 씌울 수 있으면 좋겠지만 그럴 수도 없고……"

"제가 다비드 킴의 살인 이력을 조사해 보겠습니다. 놈이 가슴을 노리는 킬러라면 다행이지만, 그렇지 않고 놈이 머리만 노린다면 문제를 다시 생각해 보는 게 좋을 것 같습니다."

회의는 여기서 더 이상 진전될 수가 없었다.

본부로 돌아와 잠깐 눈을 붙이고 난 진은 9시 조금 지나 잠에서 깨어난 즉시 인터폴 서울 지부로 전화를 걸었다. 까자르는 마침 자리에 있었다. 진의 이야기를 듣고 난 까자르는 세 시간만 기다려 달라고 했다.

세 시간 후 진은 인터폴 서울 지부로 까자르를 만나러 갔다. 까자르는 타이핑한 서류를 내주면서 이렇게 말했다.

"놈은 머리만 전문입니다."

진은 서류를 검토해 보았다. 까자르의 말대로 다비드 킴의 흉탄에 쓰러진 인물들은 모두가 머리에 총을 맞은 것으로 나타나 있었다.

진이 본부로 돌아오면서 보니 어느 새 거리에는 장 후보의 선거 유세를 알리는 벽보가 여기저기 붙어 있었다. 벽보 앞으로 가까이 다가서서 보니 이틀 후인 11월 10일 오후에 한강 인도교 부근의 백사장에서 대강연회가 열리도록 되어 있었다. 이제 위험은 코앞으로 바싹 다가온 것이다. 석간신문에도 장 후보의 대강연회를 알리는 광고가 실려 있었다. 진은 허둥지둥 본부로 돌아와 긴급회의를 개최했다.

본부에는 이미 엄 과장과 샌드위치, 그리고 그 밖의 요원들이 대기하고 있었다. 모두가 11월 10일에 있을 장 후보의 대강연회를 놓고 불안과 초조 속에 앉아 있었다.

"내일 모레에 있을 유세에는 아마도 최대의 청중이 모여들 겁니다. 따라서 그만큼 경호도 어려워질 텐데 어떻게 하면 좋겠습니까?"

엄 과장이 초조한 표정으로 물었다. 진은 인터폴에서 가지고 온 자료를 꺼내보였다.

"다비드 킴은 지금까지 머리만 쏴왔습니다. 미국인 군수업자 R, 프렌치 커넥션 시카고 책임자 등이 모두 머리에 총을 맞고 죽었습니다. 물론 놈의 필요에 따라 방법을 바꾸기도 합니다. 지금까지 국내에서 저지른 살인은 총을 사용하지 않은 경우가 많았습니다. 그러나 접근하기 어려운 거물일 경우, 그것도 그가 최종적으로 노리는 목표일 경우 놈은 분명히 총으로 머리를 쏩니다. 원거리 사격이기 때문에 피스톨이 아니고 총신이 긴 특수총일 겁니다."

"그럼 방탄조끼를 입어도 필요 없는 거 아니오?"

엄 과장이 안타까운 듯 물었다. 진은 무겁게 고개를 크게 끄덕였다.

"그렇다고 볼 수 있습니다."

"그럼 어떡하지?"

그때 늙은 형사 샌드위치가 상체를 앞으로 기울이며 신중하게 입을 열었다.

"별 다른 방법은 없습니다. 좀 거북한 것 외에는……"

"거북한 것이라니요?"

엄 과장은 지푸라기도 붙잡고 싶은 심정인 모양이었다.

"장 후보께서 연설하는 동안 머리를 자주 움직이는 겁니다. 머리를 자주 움직이고 있으면 놈은 조준하기가 어려워질 겁니다. 그렇게 되면 놈은 하는 수 없이 가슴을 겨누겠지요."

엄 과장이 주먹으로 탁자를 쳤다.

"좋은 생각입니다. 그대로 하기로 합시다."

진도 그 방법밖에는 다른 방법이 없다고 생각했다.

"우리 요원들만으로는 경호가 너무 허술한데, 다른 곳에 지원 요청을 하면 어떨까요?"

"한강 백사장은 지역이 너무 넓기 때문에 우리 요원들만으로는 경호가 불가능하지요. 내가 KIA국장, 군정보대에 부탁을 해 보겠소."

"S국과 경찰에도 연락을 취하면 어떨까요?"

"5열이 끼어들면 위험하지 않을까요?"

"그렇지만 절대 인원이 필요한 이 마당에 S국과 경찰을 제외시킬 수 있습니까? S국장이 알게 되면 대노할 텐데요."

"그렇긴 한데……"

"5열이 끼어들어도 상관없습니다. 5열의 수보다는 이쪽의 수가 훨씬 더 많으니까요. 우리 쪽에서 어떤 대책을 세우고 있는가 하는 것만 알려지지 않으면 괜찮을 겁니다."

"그렇다면 해봅시다."

회의는 대충 끝난 것 같았지만 실내에는 여전히 긴장이 흐르고 있었다. 모두가 대회전을 앞두고 숨 가쁘게 시간의 흐름을 지켜보고 있는 전사들 같았다. 진은 변장한 뒤 밖으로 나와 한강 인도교로 향했다.

다리 위에서 백사장 쪽을 보니 벌써 목수들이 연단을 꾸미느라고 바쁘게 움직이고 있었다. 부근에 빌딩이 없어 저격하기에는 매우 부적당하다고 그는 생각했다.

최후(最後)의 1발

실오라기 하나 걸치지 않은 여대생을 무표정하게 바라보던 다비드 킴은 메마른 목소리로

"어서 먹어."

하고 말했다.

구석에 쪼그리고 앉아 있는 기화는 불과 1주일 사이에 놀랍도록 초췌해져 있었다. 남자가 다그치자 그녀는 자기 앞에 놓여 있는 조그만 약병을 공포의 눈으로 바라보다가 하는 수 없다는 듯이 그것을 집어 들고 거기에 들어 있는 물약을 마셨다. 그런 다음 절망적인 표정으로 일어나 한편에 놓여 있는 침대로 다가가 그 위에 엎드렸다.

몸을 떠는 것으로 보아 울고 있는 것이 분명했다. 그러나 5분쯤 지나자 그것도 사라지고 그녀는 더 이상 움직이지 않았다. 길

게 엎드려 있는 그녀의 몸매는 며칠 동안 갇혀 있으면서도 여전히 아름다워 보였다.

다비드 킴은 침대 앞으로 가까이 다가서서 그녀의 몸을 홱 돌렸다. 천장을 향해 반듯이 누운 그녀는 완전히 의식을 잃고 있었다. 킬러는 손을 들어 그녀의 따귀를 철썩 후려갈겼다. 그러나 그녀는 여전히 눈을 감고 있었다.

그제서야 그는 밖으로 나와 방문을 잠갔다. 약을 먹여놓으면 적어도 10시간 정도는 안심할 수가 있다.

그 약은 그렇게 효력이 오래 지속되는 독한 약이다. 한 달간만 계속 복용하면 정신분열 증세를 일으킨다.

티셔츠에 저고리만 걸친 다비드 킴은 수츠케이스를 들고 아파트를 나와 일부러 자가용을 버리고 택시를 잡았다.

"한강 인도교로 갑시다."

거기서 인도교까지는 30분 거리였다. 한강은 지는 해로 붉게 물들어 있었다. 인도교 앞에서 택시를 내린 그는 할 일 없는 사람처럼 다리 위로 걸아가 강물을 내려다보았다. 강물은 썩어서 거무칙칙해 보였다. 옛날 그가 미국으로 입양 가기 전에는 한강이 이렇게 더럽지는 않았었다.

다리 위에는 그 외에도 몇 사람이 난간에 기대 서 있었다. 날씨가 약간 썰렁한 편인데도 강위에는 뱃놀이를 하는 사람들이 더러 있었다.

다비드 킴의 눈은 선글라스 뒤에서 재빨리 움직이고 있었다. 아무리 둘러봤지만 부근에는 저격하기에 알맞은 장소가 보이지 않았다.

질펀하게 뻗은 백사장만이 시야 가득히 들어오고 있었다. 적당한 곳이 있다면 강 건너의 높은 지대와 그가 현재 서있는 인도교뿐이었다. 그러나 인도교는 경호원들에 의해 철저히 감시당할 것이고, 더구나 사람들의 왕래가 많을 것이기 때문에 총을 꺼낸다는 것은 어림없는 일이다.

그는 바지에 한 손을 찌르고 다른 한 손으로는 수츠 케이스를 든 채 다리를 천천히 건너갔다.

다리 건너 높은 지대에 올라서서 보니 백사장이 한 눈에 훤히 들어왔다. 연단을 꾸미고 있는 목수들의 모습이 흡사 개미처럼 보였다.

강변에 면한 곳은 무성한 숲을 이루고 있었다. 거기에 앉아 나뭇가지 사이로 상대를 겨눌 수 있다면 백발백중일 것 같았다. 그러나 이쪽 숲도 경호원들이 뒤질 것은 뻔하다. 숲속에 별장 같은 것이 두어 채 있었지만 그는 그것들을 거들떠보지도 않았다. 이용할 수 없기 때문이었다.

그는 차도를 건너 더 높은 지대로 올라가보았다. 그쪽은 주택가여서 집들이 밀집해 있었다. 그곳에서도 백사장은 잘 보였다. 그러나 거리가 너무 멀어 그는 자신이 서지가 않았다. 자신이 서지 않으면 절대 시작하지 않는 것이 그의 신조였다.

그는 다시 인도교로 내려와 강물을 바라보았다. 그리고 무슨 생각이 들었는지 이번에는 강기슭으로 내려가 놀이배를 하나 빌었다.

젊은 사공은 저녁 무렵에 남자 혼자서 배에 오르자 조금 이상하게 생각했다. 그러나 굳이 캐묻지는 않았다.

"아가씨를 하나 부를까요?"

"응, 그게 좋겠군."

사공이 소리치자 물 위에 떠 있는 술집에서 치마저고리 차림의 여자 하나가 뛰어나와 배 위로 올라왔다. 화장을 진하게 해서 얼굴에 탈을 쓴 것처럼 보이는 여자였다. 뒤이어 청년이 술상을 날아왔다. 다비드 킴은 배가 떠날 때까지 묵묵히 다리 쪽만 바라보고 있었다.

"별로 말씀이 없으신가 봐요."

작부가 답답하다는 듯 그에게 말을 건넸지만 그는 가볍게 미소만 지어 보이고는 술잔을 받아 들이킨 다음 다시 다리 쪽을 바라보았다.

"저쪽 다리 쪽으로 한번 가봅시다."

"그쪽은 물살이 센데요."

사공이 잠시 주저하는 빛을 보이자 그는 천 원짜리 지폐 몇 장을 꺼내주었다. 사공은 두 말 하지 않고 다리 쪽으로 배를 몰아나갔다.

붉은 낙조에 배에 탄 사람들의 얼굴이 하나 같이 붉어 보였다. 다비드 킴은 문득 작부에게 노래를 하라고 말했다. 작부는 돈푼깨나 있어 보이는 이 손님에게서 팁이나 두둑이 우려내야겠다고 생각했는지 시키는 대로 목을 뽑고 청승맞게 노래를 부르기 시작했다.

붉은 낙조를 얼굴 가득히 받으며 배 위에서 슬픈 유행가 가락을 뽑아내는 작부의 모습은 보는 사람으로 하여금 감상을 자아내게 하기에 족한 것이었다. 그러나 다비드 킴은 노래에는 흥미 없다는 듯 다리 쪽만 바라보고 있었다.

"에이, 듣지도 않으시면서……"

한 곡을 부르고 난 작부가 눈을 흘기자 그는 미소했다.

"아니야. 노래를 듣고 있으니까 계속 불러. 노래를 아주 잘 하는군."

"아주 멋있게 생기셨어."

"아가씨도 예쁜데……"

작부는 옆으로 다가 앉으며 그의 팔짱을 끼었다.

다리 가까이 접근하자 놀잇배는 급류에 휩쓸리면서 위태롭게 흔들리기 시작했다. 작부는 배가 기우뚱할 때마다 비명을 지르면서 다비드 킴의 품속으로 파고들었다. 요금을 두둑이 받은 사공은 위험한 줄 뻔히 알면서도 계속 노를 저어갔다.

"왜 다리 밑으로 가시려고 그럽니까?"

"다리를 한번 보고 싶어서……"

다비드 킴은 다리 밑을 살피면서 무뚝뚝하게 대답했다.

교각에 이르자 배는 급류를 벗어났는지 심하게 요동치는 것을 멈추고 부드럽게 미끄러져 갔다.

"그만! 스톱!"

배가 다리 밑에 들어서자 다비드 킴은 손을 들어 사공을 제지했다.

차량이 지나가는 소리로 다리 밑은 귀가 멍멍할 정도로 시끄러웠다. 다비드 킴은 교각 사이로 배를 움직이게 하면서 세밀히 머리 위를 관찰했다.

그가 하도 열심히 위를 쳐다보자 다른 두 사람도 궁금한 듯이 다리를 올려다보았다. 그러나 그들의 눈에 보이는 것은 철제 다리 뿐 이상한 것은 아무 것도 없었다.

"뭘 그렇게 쳐다보세요?"

궁금하다 못해 작부가 불쑥 물었지만 다비드 킴은 대꾸도 하지 않은 채 계속 다리에 시선을 박고 있었다.

작부는 입술을 삐쭉 내민 다음 이젠 관심 없다는 듯 고기안주를 날름 집어먹었다.

노을이 지자 강 위로는 금방 어스름이 깔리기 시작했다. 사공이 초조한 얼굴로 돌아가야겠다고 말하자 다비드 킴은 그제서야 시선을 돌리면서

"돌아가지."

하고 말했다. 그 목소리가 아까와는 달리 매우 유쾌하게 들렸으므로 작부는 손바닥을 두드리면서 시키지도 않은 노래를 다시 부르기 시작했다.

"아저씨도 노래 하나 하세요."

유행가 가락을 흐드러지게 뽑고 난 작부가 다비드 킴을 흔들며 주정을 부렸지만 그는 소리 없이 웃기만 할 뿐이었다.

강 위에 어둠이 배일 때쯤에야 배는 떠났던 자리로 되돌아왔다. 작부가 꼬리를 치며 매달렸지만 다비드 킴은 두 사람에게 팁을 듬뿍 준 다음 그곳을 급히 떠났다.

사공과 작부는 이상하기 짝이 없는 손님을 멍하니 바라보다가 아무래도 이해가 안 가는지 고개를 갸우뚱했다.

"기술자인 모양이야."

젊은 사공이 단정하듯 말하자 작부가 눈을 동그랗게 했다.

"기술자라니? 무슨 기술자요?"

"아, 보면 몰라. 다리 기술자라고. 다리에 이상이 없나하고 점검하러 온 게 분명해."

작부는 그 말이 그럴 듯하게 들렸는지 고개를 끄덕이다 갑자기 일어서면서

"아이, 오줌마려!"

하고 소리치면서 저쪽으로 잽싸게 뛰어갔다.

"원, 잡년. 오줌 싸겠네."

사공은 침을 탁 뱉은 다음 어둠 속에 잠긴 인도교를 멀거니 바라보았다.

하루가 지난 11월 9일,

이 날은 다비드 킴에게 제일 바쁜 하루였다.

기화에게 치사량에 가까운 수면제를 먹이고 난 그는 아침부터 분주하게 움직이기 시작했다. 먼저 그는 재규어를 몰고 시내 이곳저곳을 돌아다니며 필요한 물건들을 구입했다. 그가 사들인 물건들은 제일 튼튼하고 값비싼 일제 낚싯대 하나, 물이 새지 않을 대형 비닐봉지 다섯 개, 등산용 밧줄과 쇠갈고리, 접고 펼 수 있는 베니어판, 겨울용 파카, 솜바지, 식빵 다섯 봉지와 미제 통조림 다섯 통, 수중안경, 휴지, 캔 맥주 세 통, 캔 커피 여섯 통, 마직으로 만든 대형 백, 플래시, 라디오, 농구화 등 모두가 이상한 것들이었다.

3시쯤 아파트로 돌아온 그는 낚싯대, 밧줄, 쇠갈고리, 농구화 등을 제외한 구입품 모두와 무기, 탄환 및 망원경 등을 백 속에

챙겨 넣은 다음 비닐봉지를 두 겹으로 해서 그 속에 백을 집어넣고 튼튼히 봉했다. 그리고 나머지는 수츠케이스 속에 넣고 나서 소파에 길게 드러누워 잠을 청했다.

그렇게 행동하는 그는 흡사 기계 같았다. 그가 잠을 깬 것은 어둠이 완전히 내린 8시 경이었다. 그는 두꺼운 셔츠에 체크무늬의 저고리를 걸치고 나서 기화가 잠들어 있는 방을 한번 열어본 다음 밖으로 나와 쟈가에 짐을 실었다. 그가 먼저 들른 곳은 시내 중심가에 있는 최고급 레스토랑이었다. 그는 그곳에서 값비싼 요리를 시켜 그야말로 한가롭게 거의 한 시간에 걸친 식사를 했다.

그의 그러한 한가로운 모습을 꿰뚫어볼 수 있는 사람이 있었다면 그의 모습에서 실로 엄청난 일을 앞 둔 사나이의 팽배한 긴장감이 전신을 안개처럼 감싸고 있었음을 발견할 수 있었을 것이다. 그러나 여느 평범한 사람들의 눈에는 다비드 킴의 식사하는 모습이 그야말로 한가롭게 보였다.

이윽고 식사를 끝낸 다음 다비드 킴은 쟈가를 몰고 한강 인도교 쪽으로 달려갔다. 운전대를 잡고 있는 그는 식사 때와는 달리 굳은 모습을 하고 있었다.

차가운 늦가을 밤의 그 시간에 강변에 나와 있는 사람이 있을 리가 없었다. 인도교 앞에 이른 그는 라이트를 끄고 오른쪽으로 운전대를 돌려 강변으로 내려갔다.

시간은 10시를 조금 지나고 있었다. 강변에 닿은 그는 다리 밑으로 차를 몰아넣은 다음 시동을 끄고 차에서 내렸다. 그리고 트렁크에서 대형 백을 꺼내 그곳에 부렸다. 차를 세워둔 곳에서 그가 예정하고 있는 다리 중간까지는 강물이 가로막고 있었다.

이윽고 그는 차를 몰고 다리 밑을 빠져나와 시내 쪽으로 향하다가 낮에 보아둔 주차장에 재규어를 맡겼다. 시간은 10시 30분을 가리키고 있었다. 차도에 나온 그는 왼손에 수츠 케이스를 들고 오른손으로는 담배를 피우면서 택시를 기다렸다.

20분 후 그는 다시 인도교 앞에서 택시를 내려 이번에는 다리 왼쪽으로 해서 강변으로 나갔다. 약 5분쯤 하류 쪽으로 걸어간 그는 수츠케이스를 내려놓고 옷을 모두 벗었다. 팬티바람이 되자 그는 수츠케이스 속에서 쇠갈고리를 꺼내들고 그것으로 모래 바닥을 파기 시작했다. 그의 행동은 매우 민첩하고 정확했다. 계산에 맞추어 하는 행동인 만큼 흐트러진 움직임은 조금치도 없었다.

두자 정도의 깊이로 구덩이를 판 그는 수츠 케이스 속에서 낚싯대와 밧줄, 그리고 농구화 비닐봉지를 꺼낸 다음 그 속에 벗어놓은 옷가지들을 집어넣었다. 수츠케이스를 비닐봉지에 넣어 싸매고 나서 그것을 구덩이 속에 파묻는 데는 10분도 걸리지 않았다. 그곳에 돌멩이 몇 개를 올려놓은 다음 그는 농구화를 신고 낚싯대와 밧줄을 들고 다리 쪽으로 걸어갔다.

강변은 어두운데다 사람 하나 없어서 행동하기에 안성맞춤이었다. 대형 백을 놓아둔 곳까지 걸어온 그는 쇠갈고리에 밧줄을 단단히 붙들어 매었다. 그리고 역시 대형 백을 밧줄로 칭칭 동여맸다.

이제 제일 어려운 일이 남은 셈이었다. 심호흡을 몇 번하고 나서 그는 밧줄을 어깨에 걸치고 물속으로 천천히 들어갔다. 늦가을 밤이라 강물은 얼음처럼 차가왔다. 그는 오싹하는 냉기에 한번 몸을 부르르 떨었다.

그러나 지금까지 죽음의 고비를 몇 번씩이나 넘기고 단련될 대로 단련된 그는 그 정도의 추위나 어려움에는 눈 하나 까딱하지 않았다.

첫 번째 교각에 이르자 그는 한숨을 돌리고 나서 밧줄을 끌어당겼다. 물속에 가라앉은 대형 백은 가볍게 끌려왔다.

다음부터는 수심이 깊어 걸어갈 수 없었으므로 그는 낚싯대와 밧줄을 한 손에 쥐고 다른 한 손으로 헤엄쳐 나갔다. 수영이 익숙한 그는 금방 다음 교각에 도착할 수가 있었다. 그는 밧줄을 끌어당긴 다음 다시 세 번째 교각 쪽으로 헤엄쳐나갔다.

마침내 다리 중간쯤에 이른 그는 교각 위에 올라서서 다음 준비를 서둘렀다. 먼저 그는 낚싯대를 길게 뽑아내어 끝머리의 약한 부분을 꺾어버리고 그 끝의 홈에다 쇠갈고리의 한쪽 끝을 박았다.

그렇게 하고 나서 낚싯대를 수직으로 세워 머리 위로 높이 쳐들었다. 다리 밑은 너무 어두워 작업하기가 여간 어렵지가 않았다. 그러나 그는 쉬지 않고 계속 낚싯대를 이리저리 움직였다. 한 군대 걸리기만 하면 되는 것이다.

드디어 쇠갈고리가 어딘가에 걸리는 소리가 달그락하고 났다. 낚싯대를 잡아당기자 대만 쑥 빠지고 갈고리는 그대로 걸려 있었다. 그는 쇠갈고리에 달려 있는 밧줄을 힘주어 잡아당겨 보았다. 갈고리가 끄덕하지도 않는 것이 견고하게 철판 사이에 걸린 것 같았다.

다비드 킴의 두 눈이 어둠 속에서 고양이처럼 빛나기 시작했다. 그는 낚싯대를 내버린 다음 심호흡을 몇 번 하고 나서 밧줄을 움켜쥐고 허공으로 몸을 날렸다. 이리저리 흔들리던 몸이 제자리로 돌아오자 그는 마침내 밧줄을 타고 위로 몸을 끌어올렸다. 무쇠같이 튼튼한 팔로 끌어올리는 만큼 그의 몸은 공처럼 탄력 있게 위로 쑥쑥 솟구쳤다.

이윽고 쇠갈고리가 걸린 곳까지 다다른 그는 몸을 끌어올려 철판 위에 안전하게 걸터앉아 한숨을 돌리고 나서 밧줄을 끌어당기기 시작했다. 그렇게 해서 대형 백이 올라오자 그는 그것이 떨어지지 않도록 철판 위에 받쳐 놓고 이번에는 쇠기둥을 타고 위로 올라갔다.

바로 다리 밑까지 올라가자 차량이 지나가는 소리가 유난히도 크게 들려왔다. 그는 다시 밧줄을 끌어당겨 짐을 올려놓고 비로소 한숨을 돌렸다.

그곳은 어제 그가 뱃놀이를 하면서 보아 둔 곳으로 높이가 다리 높이와 거의 비슷해서 백사장이 한 눈에 들어왔다. 더구나 철구조물이 얼키설키 얽혀 있는데다 두꺼운 철판이 벽처럼 외부를 차단하고 있어서 그 사이에 들어가 있으면 밖에 절대 노출되지 않을 수가 있었다. 다리 아래까지 누가 접근하지만 않는다면 절대 안전할 수가 있었다.

그는 물에 젖은 농구화를 벗어놓고 짐을 풀었다. 비닐을 벗겨내자 대형 백에는 물기 하나 없었다.

이제부터 내일 밤까지 지낼 수 있도록 자리를 마련해야 하는 것이다. 그는 먼저 베니어판을 꺼내 철판과 철판 사이에 걸쳐놓았다. 접혀진 베니어판을 펼치자 두 다리를 쭉 펴고 앉을 수 있는 자리하나가 마련되었다.

그는 등을 기댈 수 있도록 대형 백을 뒤로 세워놓은 다음 물에 젖은 팬티를 벗어버리고 등산용 파커와 솜바지를 꺼내 입었다. 두터운 겨울용이라 금방 추위가 가시면서 온기가 전신에 퍼졌다. 플래시를 찾아든 그는 외부에 빛이 새지 않도록 몸으로 가리면서 백 속을 비췄다. 이윽고 맥주와 커피를 찾아낸 그는 백을 잠그고 거기에 비스듬히 등을 기댔다.

이제부터 기다려야 하는 것이다. 지루할 정도의 시간을 기다려야 하기 때문에 시간을 적당히 안배할 필요가 있었다. 그는 맥주 깡통을 따고 맥주를 마시면서 머리 위로 지나가는 자동차의 끊임없는 소리에 얼굴을 찌푸렸다. 다른 것은 견딜 수 있어도 머리를 뒤흔드는 것 같은 차량 소리만은 참을 수가 없을 것 같았다. 그는 하는 수 없이 휴지를 말아 귓속을 틀어막았다. 소리가 주는 충격이 한결 덜한 것 같았다.

그는 커피까지 마신 다음 눈을 감았다. 내일 11월 10일은 그에게 있어서 대단원을 내리는 날이다. 그는 내일을 마지막으로 킬러의 세계에서 떠날 생각이었다. Z로부터 평생 호화롭게 지낼 수 있는 대금을 받은 다음 아프리카로 떠나는 것이다. 그리고 세상에서 영원히 잊혀지는 것이다.

그는 잠을 청했다. 내일의 거사를 위해 잠을 충분히 자둘 필요가 있었다. 강물이 출렁이는 교각 위, 바로 다리 밑에 거머리처럼 달라붙어 한 사나이가 잠을 자고 있다는 것을 세상 사람들은 상상이나 할 수 있을까.

이윽고 다비드 킴은 금방 가늘게 코를 골면서 잠 속으로 빠져 들었다.

그 시간에 S국에서는 긴급 간부회의가 열리고 있었다. 회의라고는 하지만 국장이 일방적으로 엄 과장을 질책하는 것으로 시종일관한 회의였다.

백 국장의 질책은 엄하고 날카로웠다. 좀처럼 화를 내지 않는 그는 이날만은 노골적으로 얼굴에 감정을 나타내면서 대노하고 있었다.

"당신은 나를 허수아비로 알고 있는 건가? 내가 분명히 조그만 일이라도 보고하라고 했는데 무슨 이유 때문에 지금까지 모든 것을 숨긴 채 혼자 일을 처리한 거요?"

"죄송합니다. 본의 아니게 그렇게 됐습니다."

엄 과장은 고개를 몇 번씩이나 숙이면서 사죄했다. S국장의 권한은 막강한 것이다. 그가 죽으라고 명령하면 부하 직원은 죽어야 한다.

그만큼 그는 무서운 권력자였다.

"사죄해서 될 일이야, 이 새끼야!"

재떨이가 휙 하고 날았다. 엄 과장이 얼결에 고개를 숙이자 재떨이는 벽에 부딪혀 산산조각이 났다.

"건방진 새끼 같으니! 혼 좀 나보겠어?"

"용서하십시오."

사실 엄 과장으로서는 변명할 여지가 없었다. 결과적으로 그는 직속 상관인 국장을 무시한 채 일을 해왔으니 모욕을 당해도 어쩔 수 없는 일이었다.

"장 후보의 딸까지 납치당하게 하다니 이것이 결국 당신 솜씨야? 솜씨하나 좋군. 각하가 알면 책임은 누가 지지? 임마, 왜 대답 안 해?"

국장은 피스톨을 꺼내더니 철컥하고 장탄을 했다. 쇠붙이가 서로 부딪히는 둔탁한 소리에 실내에는 순식간에 소름기치는 긴장이 흘렀다.

"너 같은 건 죽여 버릴 테다!"

국장은 정말로 쏠 것처럼 피스톨을 들어올렸다. 엄 과장은 고개를 숙인 채 움직이지 않았다. 그가 쏜다면 맞아죽을 수밖에 없다고 생각했다. 국장 곁에 앉아 있던 간부들이 일어나 국장을 만류했다.

국장은 애초에 쏠 뜻이 없었던지 순순히 피스톨을 거두었지만 여전히 분노를 가라앉히지 못하고 있었다.

"모든 책임을 질 수 있어?"

"지겠습니다."

엄 과장은 죽음을 각오한 심정으로 대답했다.

"어떻게 지겠어?"

"어떤 처벌이라도 달게 받겠습니다."

"장 후보한테 사고가 생기면 너도 죽는다! 알겠어?"

"알겠습니다."

백 국장은 차가운 시선으로 간부들을 둘러보았다.

"화를 내서 미안합니다. 본의 아니게 이렇게 된 걸 이해해 주기 바랍니다. 엄 과장도 내 심정을 이해해주기 바랍니다. 내 입장이 돼 보면 나를 이해할 수 있을 겁니다. 책임자가 허수아비 취급을 받았을 때 그 심정이 어떠하리란 것을 한번 생각해 보십시오."

실내는 기침소리 하나 없이 조용했다.

백 국장은 만족한 듯이 목소리를 조금 부드럽게 했다.

"다시 한 번 여러분들에게 말해 두겠습니다. 특히 엄 과장은 유의해서 들어주기 바랍니다. 특수부와 관계된 일은 하나도 빼지 말고 나한테 보고하십시오. 그리고 내 지시를 받기 바랍니다. 마지막으로 경고해 두는 바입니다."

"잘 알겠습니다."

엄 과장은 깊이 고개를 숙여 사의를 표했다. 그로서는 국장이 이 정도로 참아준 것이 퍽 다행스러웠다. 그는 아무도 눈치를 채지 못하게 한숨을 내쉬며 얼굴에 흐르는 진땀을 손수건으로 닦았다.

그때 국장이 다시 날카로운 질문을 던져왔다.

"최 진이 요즘 보이지 않는데 어떻게 된 건가요?"

엄 과장은 난처했다. 그러나 목이 달아나도 바른대로 말할 수는 없었다.

"요즘 통 소식이 없습니다. 집에 연락해 봤지만 거기서도 소식을 잘 모르는 모양입니다. 그에게 기대를 걸지 않는 것이 좋을 것 같습니다."

국장은 믿기지 않는다는 듯이 날카로운 시선으로 엄 과장을 바라보았다. 엄 과장은 여기서 주춤거려서는 안 된다고 생각하면서 국장을 마주 바라보았다. 국장은 한동안 그를 쏘아보다가 시선을 돌리면서 화제를 바꿨다.

"내일 장 후보의 유세에는 S국이 전부 출동해서 경호에 만전을 기하기 바랍니다. 만일 장 후보에게 사고가 생기면 그 결과가 어떻게 되리라는 것은 여러분들이 잘 알 겁니다. 경호 책임은 엄 과장이 맡아주시오. 필요한 인원은 요구대로 총원해 줄 테니 염려하지 말고 이용하도록 하시오."

국장이 일어서서 나가자 2과장이 지루한 표정으로 하품을 하면서 기지개를 켰다.

"빨리 이놈의 선거가 끝나야 할 텐데……. 그 Z인가 뭔가 하는 놈은 아직도 말썽을 부리고 있나요?"

별로 대수롭지도 않은 상대를 놓고 그렇게 허덕거리고 있느냐고 빈정거리는 것만 같아 엄 과장은 화가 치밀었다.

"잘 아시면서 그러십니까?"

"난 직접 담당이 아니라 사실은 어떻게 돌아가고 있는지 잘 모릅니다."

"모르면 가만 계십시오."

2과장은 물고 있던 파이프로 탁자를 두들기며 일어섰다.

"우리 2과를 허수아비로 만들지는 마십시오."

2과장을 따라 모두가 일어서서 나갔다.

엄 과장은 분노를 식히느라고 한동안 그 자리에 우두커니 앉아 있다가 발작적으로 일어나 국장실로 갔다.

국장은 전화를 걸고 있다가 의외라는 듯이 그를 맞았다. 그는 엄 과장을 소파에 앉게 하면서 아까 그를 심하게 질책한 사실을 다시 사과했다.

"가만 생각하니 내가 너무 심하게 한 것 같아 미안합니다. 유감으로 생각지는 마시오."

"아닙니다. 죄송하기 짝이 없습니다. 사실 지금까지 국장님께 보고하지 못한 것은 5열 때문이었습니다."

국장의 얼굴이 흐려졌다.

"듣고 보니 그건 정말 유감인데……"

"죄송합니다. S국내에 분명히 5열이 침투해 있기 때문에 그것을 제거하지 않는 한 보고를 드릴 자신이 서지 않습니다. 그렇다고 S국 전체를 의심하는 건 아닙니다. 아무래도 정보를 아는 사람이 한 사람이라도 많아지면 그만큼 누설 될 염려가 많아지게 되기 때문에 보고를 못 드린 겁니다. 정말 죄송하기 짝이 없습니다."

국장은 한참동안 침묵하고 있었다. 그가 분노를 느끼고 있다는 것은 충분히 짐작이 갔다. 그가 침묵하고 있는 것은 분노를 삭이기 위해서 일 것이다. 엄 과장은 진땀이 흐르는 것을 느끼면서 가만히 국장을 주시했다.

깨끗하고 차가운 국장의 얼굴에 이윽고 수긍하는 빛이 나타나는 것을 보고서야 엄 과장은 안도의 한숨을 내쉬었다.

"그렇다고 나한테까지 대화를 끊다니 너무한 짓이었소."

"죄송합니다. 너무 사태가 심각해서 국장님께 차마 보고 드리기가 겁이 났습니다. 국장님 전화까지 도청당하고 있는지도 모릅니다."

"나도 그 점은 항상 생각하고 있어서 언제나 도청을 점검하고 있습니다."

국장은 탁자 위에 장치된 인터폰의 부저를 누르더니 맥주를 가져오라고 지시했다. 야근조의 여직원이 쟁반에 맥주를 받쳐 들고 오자 그는 손수 잔에 술을 따라 엄 과장에게 주었다. 엄 과장은 조심스럽게 잔을 기울인 다음 마침내 망설이던 것을 털어놓기 시작했다.

"제가 지금부터 보고 드리는 것은 저와 국장님만이 알아야할 사항입니다. 다른 사람이 알게 되면 5열의 귀에 반드시 들어가게 됩니다."

"알고 있소. 말해 보시오."

"저는 Z에 대항할 수 있는 조직을 따로 하나 만들었습니다."

이 한마디에 국장은 충격을 느낀 듯 들었던 술잔을 내려놓고 엄 과장을 쏘아보았다. 엄 과장은 이미 시작한 것이라 이어서 말했다.

"S국만으로는 Z의 조직에 대항할 수 없었기 때문입니다. 잘 아시는 바와 같이 우리 S국내에는 5열이 침투해 있어 정보가 계속 누설되고 있습니다. 따라서 우리 특수부는 증거를 잡을 결정적인 순간에 가서 반드시 실패하곤 했습니다. 하는 수 없이 저로서는 비상수단을 강구하지 않을 수 없었습니다. 그래서 저는 믿을 수 있는 사람들만으로 따로 조직을 만들어 Z일당에게 대처해 온 겁니다."

"그러니까 우리 특수부 같은 것은 전혀 도외시했다 이런 말인가요?"

"죄송한 말씀이지만 그렇습니다."

"으음……"

국장은 신음하면서 괴로운 듯 미간을 찌푸렸다. 한동안 침묵이 흐른 뒤 Z는 무겁게 고개를 끄덕이면서

"그럴 수밖에 없었겠지."

하고 중얼거렸다.

"아까는 제가 거짓말을 했습니다. 최 진은 현재 새 조직에서 브레인 역할을 맡고 있습니다. 여러 사람들이 있어서 하는 수 없이 거짓말을 했습니다. 용서하십시오."

국장은 손을 흔들었다.

"아, 괜찮아요. 그런 건 얼마든지 이해할 수 있어요. 거기 멤버들은 누구누구인가요?"

"죽은 김상배 형사의 동료들이 7명, 그밖에 KIA 요원이 3명, 군정보대에서 3명, 모두 13명이 뛰고 있습니다."

"그래 효과가 있었나요?"

"새 조직은 효과가 컸습니다. 우선 정보가 누설되지 않아서 마음 놓고 행동할 수가 있었습니다. 지난번 K일보에 보도된 Y 일당의 흉계도 사실은 우리가 그 정보를 제공해준 겁니다. 신문에는 모두 보도되지 않았지만 우리는 그보다 더 깊은 흑막을 알고 있습니다."

"그 흑막이란 뭔가요?"

"Z는 이번 선거에서 이창성 후보를 당선시켜 정권을 잡으려 하고 있지만 사실 그놈은 일본 측의 농간에 놀아나고 있는 것에 불과합니다. Z는 정권을 잡은 후 제주도를 1백년간 조차해 주는 대가로 일본 측으로부터 1조 원의 자금을 받았습니다. 그러나 일본 측, 즉 R과 Y가 노리는 것은 한국의 식민지화입니다. 그들

은 Z를 최대한 이용해서 결국에 가서는 한국을 그들의 영원한 식민지로 만들려 하고 있는 겁니다. 그런 줄도 모르고 Z는 어리석게도 그들을 믿고 있습니다. 대동아 건설이라는 환상을 믿고 있는 겁니다."

국장의 얼굴이 창백하게 굳어지는 것을 엄 과장은 놓치지 않고 바라보았다. 너무 충격이 컸는지 국장은 한참동안 입을 다문 채 꼼짝하지 않고 앉아 있었다.

"거기에 대한 자료를 곧 드리겠습니다. 그밖에 지금까지 수집한 정보도 모두 정리해서 드리겠습니다."

"알겠소. 그렇게 해주시오."

"지시를 내려주십시오. 앞으로 어떻게 해야 할지 저도 난처합니다."

"그대로 새 조직을 살리시오. 필요한 인원이나 자금은 얼마든지 써도 좋아요. 현재로서는 그 수밖에 없으니까 그대로 그 조직을 이용하도록 하시오."

"그렇게 하겠습니다. 새 조직의 암호명은 '킬리만자로', 작전 암호는 '눈에는 눈' 입니다. 본부로 쓰고 있는 곳의 암호는 '북극성' 입니다."

"나도 한번 회의에 참석하도록 하겠소."

"참석해 주시면 요원들의 사기도 크게 오를 겁니다."

엄 과장은 전화번호와 위치를 알려준 다음 조만간에 국장을 모시고 회의를 열겠다고 말했다.

"Z에 대한 수사는 어느 정도 진척되었나요?"

"Z의 대해서는 오리무중입니다. 얼마 전에 이름을 알아낼 뻔했는데 실패하고 말았습니다."

엄 과장은 늙은 형사가 도쿄에서 X의 부인 집에까지 들어갔다가 실패한 사실을 대충 이야기했다. 그리고 품속에 간직하고 있던 메모지를 꺼내 국장에게 보였다.

"이것이 Z의 이름입니다. X가 그의 부인한테 써준 암호 내용입니다."

국장은 메모지에 적힌 것을 소리 내어 읽었다.

"내가 죽거든 Z에게 도움을 청하라. Z의 이름은○·○·○·○·○·○·○·○·○·○·11·31이다. 이건 암호 숫자 아닌가?"

"네, 그렇습니다. 빈 칸의 숫자를 알아야 Z의 이름을 풀 수가 있는데 이것만 가지고는 알 수가 없습니다. 나머지는 X의 부인이 알고 있습니다."

"그럼 그 여자의 신병을 확보하면 될 거 아니오?"

"그렇지 않아도 그럴 계획이었는데 얼마 전에 비행기 안에서 독살당하고 말았습니다."

"저런, 쯧쯧……. 다비드 킴에 대해서는 어느 정도까지 수사가 돼가고 있나요?"

"놈의 변장한 모습은 파악하고 있습니다만 그밖에는 아는 것이 없습니다. 놈이 장 후보의 따님을 납치하고 장 후보에게 직접 전화를 걸어 유세장에 나오라고 한 이상 놈은 분명히 내일 장 후보를 저격하기 위해 나타날 것입니다."

"전 수사기관을 동원해서라도 장 후보를 경호하시오. 여러 겹으로 둘러싸면 아무리 날고 기는 놈이라도 뚫고 들어오지는 못할 거요."

"그렇지 않아도 그럴 계획입니다. 그런데 원거리 사격이 문젭니다."

"그거야 원거리 사격 장소로 이용될만한 곳은 모두 체크하면 될 거 아니오?"

"모두 체크해 놓았습니다. 그런데 상대가 워낙 프로급이라 마음을 놓을 수 없습니다. 내일은 인파 때문에 몹시 붐빌 텐데……"

"어떻게든 장 후보에게 사고가 일어나면 안 됩니다. 그리고 다비드 킴이 내일 나타난다면 반드시 체포하든가 사살해야 합니다."

"만일을 대비해서 장 후보에게 방탄조끼를 입고 나가게 할 계획입니다."

"그거 좋은 생각이오."

국장은 고개를 끄덕이고 나서 맥주를 들이켰다.

마침내 11월 10일 아침이 밝아왔다.

장연기 후보를 지키려는 쪽과 그를 제거하려는 쪽이 격돌하는 날이 닥친 것이다. 눈에 보이지 않는 싸움이었지만 거기에 관계하는 사람들은 흡사 전쟁을 맞이하는 것처럼 맹렬하게 움직이고 있었다.

그러나 그중 가장 침착하게 움직이는 사람이 하나 있었다. 바로 다비드 킴이었다. 실상 이날의 싸움은 그 혼자와 전 수사기관의 싸움이라고 할 수 있었다. 그는 혼자서 엄청난 인원과 물량을 상대로 싸움을 벌인 것이다. 그런데도 불구하고 그는 침착하고 유유했다.

날이 밝자 그는 먼저 캔 커피를 뜯어 커피로 목을 축였다. 날씨는 쾌청했고 코끝이 시릴 정도로 강바람은 차가웠지만 파카로 몸을 감싼 그는 오히려 상쾌한 기분이었다.

담배연기를 날리며 천천히 커피를 마시고 난 그는 이윽고 아침 식사를 했다. 식빵에다 쇠고기 통조림을 곁들여 먹으니 제법 훌륭한 아침 식사였다. 그는 소처럼 느리게 씹었다. 다리 위로 지나가는 차량 소리가 시끄러웠지만 이젠 거기에도 익숙해져 그다지 신경이 쓰이지가 않았다.

식사를 끝내자 그는 빈 깡통에다 소변을 받아 내버린 다음 백 속에서 가죽 케이스를 꺼내 열었다. 그 속에는 분해된 총의 부품들이 일목요원하게 정리되어 담겨 있었다. 그는 그것들을 하나 하나 꺼내어 조립해 나갔다. 조립이 끝났을 때 그의 손 안에는 길이가 1미터쯤 되는 흡사 사냥총처럼 생긴 평범한 총 하나가 들려 있었다.

그것은 사실 사냥총인 것을 그가 살인용으로 개조한 것이었다. 개머리판을 어깨에 편안히 걸칠 수 있도록 고치고 총신 끝을 소음 파이프를 박을 수 있도록 만들고, 가늠쇠 위에 망원경을 부착할 수 있도록 장치를 한 것이다. 그것은 또 조립식으로 개조했기 때문에 분해만 하면 조그만 케이스에 담아 가지고 눈에 띄지 않게 어디든지 들고 다닐 수가 있었다. 그것뿐이 아니었다. 3백미터 거리에 있는 타깃도 명중할 수 있는 고성능 발사 장치를 달아놓은 데다 일발에 즉사 시킬 수 있는 특수 탄환을 사용하기 때문에 한번 그의 조준에 걸리기만 하면 그 누구도 살아난다는 것은 불가능했다.

조립이 끝나자 그는 수건으로 총신을 깨끗이 닦았다. 마치 아끼는 골동품을 닦듯이 정성들여 구석구석을 손질했다. 그 다음에 그는 한 발의 탄환을 집어넣었다. 장탄소리는 경쾌했다. 그것으로 이제 준비는 끝난 셈이었다. 이제 상대가 나타나기만 하면 되는 것이었다.

그는 베니어판 위에 배를 깔고 누운 다음 망원경으로 연단이 세워져 있는 백사장 쪽을 바라보았다.

연단은 높직이 마련되어 있었다. 그 위에서 몇 사람이 망원경을 들고 사방을 둘러보고 있는 것으로 보아 아마 경호원들인 것 같았다. 그들뿐이 아니라 곳곳에 경찰차와 검은 지프들이 서 있었고 어림잡아 수백 명은 될 것 같은 사나이들이 백사장 위에서 기민하게 움직이고 있었다. 첫눈에도 그들이 모두 장 후보를 경호하기 위해 나온 사나이들임을 알 수가 있었다. 10시가 조금 지난 이 시각에 청중들이 벌써 모여들 리는 없는 것이다.

다비드 킴은 강 건너를 바라보았다. 거기에도 역시 곳곳에 사나이들이 배치되어 있었다. 모두가 귀에 레시버를 꽂고 무전 지시를 받고 있는 것 같았다.

강 위에도 두 척의 감시선이 떠있었다. 배들은 다리 쪽으로 경쾌하게 달려왔다가 돌아서곤 했다. 조금 시간이 지나자 이번에는 헬리콥터까지 나타났다. 헬리콥터는 몇 번 백사장 위를 선회하다가 멀리 떨어진 곳에 내려앉았다. 그야말로 물샐 틈 없이 완전무결한 감시망이 구축된 것이다.

11시가 조금 지나자 마침내 청중들이 하나 둘씩 모여들기 시작했다. 12시가 되었을 때는 이미 백사장은 장터처럼 붐비고 있었다. 연단을 중심으로 상당한 간격을 두고 새끼줄이 쳐져 있었고, 그 주위를 경호원들이 두 겹 세 겹으로 에워싸고 있었으므로 청중들은 더 이상 접근하지 못하고 있었다.

킬리만자로의 요원들은 두 패로 나뉘어 움직이고 있었다. 한 패는 아직 집에서 출발하지 않은 장 후보의 곁에 찰거머리처럼 달라붙어 있었고, 다른 한 패는 유세장에 나와 있었다. 현장에 나와 있는 요원들은 강 이쪽에 두 명, 강 건너에 두 명, 그 뒤쪽 숲속에 한 명, 그리고 다리 위에 한 명, 이렇게 요소요소에 뿔뿔이 흩어져 있었다.

최 진은 다리 위에 멀거니 서 있었다. 그가 서 있는 곳이 공교롭게도 다비드 킴의 머리 위였다. 그러나 바로 다리 밑에 다비드 킴이 숨어 있을 것이라고는 그는 상상조차 못했다.

그가 넋을 빼고 서 있는 것은 사실 할 일이 없었기 때문이다. 그가 알기로는 약 5천 명의 사나이들이 장 후보를 지키기 위해 움직이고 있었다. S국, KIA, 각 군 정보대, 헌병, 경찰 등 모든 기관에서 동원된 만큼 사실상 일국의 정예 수사요원들이 모두 집결했다고 볼 수 있었다. 따라서 경호는 더 이상 있을 수 없도록 완벽했다. 이런 상태에서는 아무리 국제적인 일급 살인청부업자라 해도 장 후보를 살해 한다는 것은 생각조차 할 수 없을 것이다.

한강 백사장은 그야말로 인파로 뒤덮이고 있었지만 사전 계획대로 잘 정리되고 있었고, 연단을 중심으로 1킬로미터의 반경 이내에는 철벽의 감시망이 쳐져 있었다. 이들 5천 명의 사나이들을 총지휘하는 사람은 엄인회 과장이었다. 엄 과장이 휴대용 무전기로 지시를 내릴 때마다 5천 명의 사나이들은 일사불란하게 움직이고 있었다. 5열이 있다 해도 이런 상황 아래에서는 아무 것도 할 수 없을 것이다.

이렇게 완벽한 경호 망이 구축되어 있었기 때문에 진은 별로 할 일이 없었다. 그는 자리를 지키며 때때로 다리 난간에 기대서 있는 사람들을 바라보곤 했다. 그러면서 오늘은 별일이 없을 것이라고 생각하곤 했다.

12시 30분이 지나자 다비드 킴은 점심식사를 했다. 식빵과 통조림 식사였다. 커피까지 마시고 난 그는 한동안 비스듬히 기대앉아 다리 위에서 나는 소음에 귀를 기울이고 있었다. 백사장에 운집한 사람들의 와글거리는 소리가 흡사 벌레소리처럼 들려오고 있었다.

그는 망원경을 들어 백사장 쪽을 바라보았다. 백사장은 그야말로 사람들에 의해 질편하게 뒤덮여 있었다. 그것만으로도 장연기 후보의 인기가 어느 정도인가는 충분히 짐작이 갔다. 그러한 훌륭한 인물을 죽여야 한다는데 대해 그는 조금 꺼림칙한 기분을 느끼지 않을 수 없었다. 웬일일까. 이러한 기분을 느끼는 것은 처음이었다. 지금까지 그는 요구하는 금액만 받을 수 있으면 상대가 누구이든 가리지 않고 해치워왔다. 그런데 이번 경우는 그렇지가 않은 것이다. 그는 꺼림칙한 기분을 털어버리기 위해 맥주를 마셨다.

지금 와서 쓸데없는 생각은 금물이다. 이미 돌이킬 수 없을 정도로 일은 진행되고 있었다. 도중하차란 있을 수 없었다. 죽이고 돈만 받으면 되는 것이다. 장 후보의 죽음이 확인되면 Z는 그가 지정한 외국은행에 돈을 입금시킬 것이다.

그는 총을 들어 연단을 겨누었다. 가늠쇠 위에 부착된 망원경으로 보니 연단은 바로 눈앞에 바싹 다가와 있었다. 방아쇠만 당기면 되는 것이다. 아무리 강철 같은 사나이라도 일발에 쓰러지고 말 것이다.

장 후보는 아직 나타나지 않고 있었다. 다비드 킴은 시계를 보았다. 시간은 1시 40분을 가리키고 있었다. 그는 몸을 돌려 캔 커피를 마셨다. 그리고 담배 한 대를 다 피우고 났을 때 멀리서 사이렌 소리가 들려 망원경으로 백사장을 바라보았다. 경찰 싸이카의 호위를 받으며 세단 한 대가 연단 앞으로 굴러가고 있는 것이 보였다. 백사장이 순식간에 환호의 물결로 뒤덮였다. 장연기 후보가 나타난 모양이었다.

세단이 연단 앞에서 멈추자 그 주위를 수십 명의 경호원들이 순식간에 에워쌌다. 그러나 다비드 킴은 망원경을 통해 장 후보의 모습을 뚜렷이 구별할 수가 있었다. 회색 양복 차림의 장 후보는 환호하는 군중들을 향해 두 손을 흔들며 연단 위로 올라가고 있었다. 그 모습이 암살의 위협 같은 것은 전혀 느끼지 않는 당당한 모습이었다.

하늘에서는 한 대의 헬리콥터가, 강 위에서는 두 척의 경비정이 움직이기 시작하고 있었다. 5천 명의 수사요원들은 하나같이 눈을 번득이면서 조금이라도 이상해 보이는 사람이 있으면 체크하곤 했다.

장 후보는 정각 2시에 마이크 앞에 나와 섰다. 거의 가슴 높이까지 올라온 탁자 앞에 다가선 그는 그 특유의 입이 찢어질 듯한 웃음을 보이며 우렁우렁한 목소리로 연설을 하기 시작했다. 환호하던 청중들은 그가 입을 열자 순식간에 물을 끼얹은 듯 조용해졌다. 백만 가까운 청중들은 장 후보의 마력에 완전히 사로잡히는 듯했다.

다비드 킴은 엎드렸다. 그가 너무 오래 기다려온 이 순간을 음미하려는 듯 한동안 꼼짝하지 않고 백사장 쪽을 바라보고 있었다. 백사장은 햇빛을 받아 눈부시게 빛나고 있었다.

한참 후 그는 마침내 망원 조준기에 눈을 갖다 댔다. 장 후보의 모습이 바로 눈앞으로 다가왔다. 장 후보의 머리가 교차점에 걸리는 순간 다비드 킴은 숨을 몰아쉬었다. 곧 이어 호흡을 정지하고 방아쇠에 손가락을 걸자 장 후보의 머리가 교차점을 벗어났다. 그는 다시 타깃을 찾았다. 타깃에 교차점을 일치시킨 다음 5초에서 10초 사이에 발사해야 명중할 가능성이 크다. 10초가 지나면 초점이 흐려지고 손이 떨리게 된다.

장 후보는 한창 열을 내고 있었다. 교차점에 장 후보의 머리가 들어오자 다비드 킴은 호흡을 정지했다. 그리고 방아쇠에 슬그머니 힘을 가했다. 그러나 그것이 미처 끝나기도 전에 장 후보의 머리가 초점에서 벗어났다.

장 후보는 유난히도 머리를 흔들어대고 있었다. 겨우 초점을 맞추었다고 생각하면 이내 또 벗어나는 것이었다. 다비드 킴은 초조해졌다. 시계를 보니 2시 30분이 지나고 있었다. 일찍이 연설석상에서 장 후보처럼 머리를 흔들어대는 사람을 그는 본 적이 없었다.

그는 생각 끝에 장 후보의 머리를 포기하고 대신 가슴을 노리기로 했다. 지금까지 머리만 쏘아온 그로서는 내키지 않는 일이었지만 이번 경우에만은 하는 수가 없었다.

그러나 가슴을 노리는 데에도 문제가 없는 것은 아니었다. 탁자가 높아 장 후보의 가슴이 거의 탁자에 가려 있다시피 되어 있던 것이다.

그렇지만 그것은 그렇게 큰 문제가 아니었다. 다행이도 장 후보는 제스처를 심하게 쓰느라고 탁자 앞에서 벗어나곤 했기 때문에 그럴 때마다 전신이 고스란히 드러나곤 했던 것이다.

다비드 킴은 더 이상 지체할 수 없다고 생각했다. 장 후보의 억양이 가라앉고 있는 것으로 보아 얼마 가지 않아 연설을 끝낼 모양이었다.

그는 망원 조준기에 눈을 대고 기회가 오기를 기다렸다. 그 기회는 금방 왔다. 장 후보는 두 손을 높이 쳐들고 탁자를 벗어나 연단 한쪽으로 나오고 있었다. 그는 갑자기 목소리를 높여 무엇인가 외치고 있었다. 청중들의 박수와 환호에 묻혀 그의 목소리는 잘 들리지가 않았다.

장 후보의 왼쪽 가슴이 교차점에 들어와 박히는 순간 다비드 킴은 호흡을 정지하면서 방아쇠에 걸고 있던 손가락을 가만히 오므렸다. 이제 방아쇠만 당기면 장 후보는 쓰러지는 것이다.

국민들이 희망을 걸고 있는 한 영웅적인 인물이 단 일발에 허무하게 죽는 것이다. 국민들의 저 환호는 눈물로 바뀌겠지. 이 백사장이 청중들의 오열로 덮이면 흡사 한 여름 소나기가 내리는 것처럼 들리겠다.

한 나라의 국민들의 가슴에 슬픔을 안겨준다는 것은 실로 괴로운 일이다. 그들은 킬러를 영원히 저주할 것이다. 그러나 하는 수 없는 일이다. 나는 저주를 안고 태어난 놈이다. 죽을 때도 저주를 받으며 죽어야 하는 것이다. 아무튼 아까운 인물이다. 운수 사나와 내 손에 걸린 것을 난들 어떡하나.

다비드 킴은 눈을 감았다가 떴다. 그 사이에 그는 장 후보가 초점에서 벗어나 있기를 바랐는지도 모른다. 그러나 장 후보의 왼쪽 가슴은 그대로 교차점에 박혀 있었다. 다비드 킴은 살의나 증오의 마음은 조금도 없이 기계적으로 방아쇠를 살그머니 잡아당겼다.

"슉!"

하는, 흡사 타이어에서 바람이 갑자기 빠지는 것 같은 소리와 함께 장 후보의 육중한 몸이 일순 비틀거리는 것이 망원 조준기를 통해 보였다.

장 후보는 두 손으로 가슴을 싸안더니 이윽고 무릎을 꿇으면서 앞으로 풀썩 쓰러졌다.

뒤이어 백사장 위로 거센 파도가 덮치는 듯했다. 사람의 물결이 연단 쪽을 향해 파도처럼 밀려가고 있었다. 여기저기서 비명이 들려오고 있었고 호각소리가 요란스러웠다.

다비드 킴은 그 자리에 못 박힌 채 망원경을 통해 사람들의 움직임을 한 동안 바라보고 있었다. 연단은 경호원들로 둘러싸여 있으므로 장 후보의 모습이 잘 보이지가 않았다.

두 척의 경비정은 슬프게 울부짖고 있었고 헬리콥터는 연단 바로 위에서 맴돌고 있었다. 수십 명의 카메라 기자들이 경호 망을 뚫고 들어가려고 발버둥을 치고 있었다.

최 진은 무릎에서 힘이 빠지는 것을 느끼면서 다리 난간을 움켜잡았다. 그의 눈에도 장 후보가 쓰러지는 것이 똑똑히 보였던 것이다. 그러나 장 후보가 어디를 맞고 쓰러졌는지는 알 수가 없었다. 그는 지휘소를 불렀지만 응답이 없었다.

장 후보는 킬리만자로의 요원들에게 둘러싸여 있었다. 그의 몸을 늙은 형사가 덮쳐누르고 있었다. 그는 경호 책임을 맡은 샌드위치였다.

다음에 날아올 탄환을 막기 위해 그는 몸으로 장 후보를 덮친 것이다. 그러나 제 2탄은 날아오지 않았다. 쓰러진 장 후보의 몸에서는 다행히 어디에서도 피가 나오지 않았다. 총알은 왼쪽 가슴을 정확히 명중했는데 저고리에 손가락 하나가 들어갈 수 있는 구멍이 뚫렸을 뿐 피 한 방울 나오지 않았다.

장 후보가 쓰러진 것은 충격 때문이었다. 총알이 옷을 뚫고 방탄조끼에 딱하고 부딪쳐 왔을 때 그는 직감적으로 그것이 총알이라는 것을 알았고 그와 동시에 힘없이 쓰러진 것이었다.

장 후보는 눈을 뜨고 일어서려고 했다. 그것을 샌드위치가 제지했다.

"그대로 눈을 감고 움직이지 마십시오!"

장 후보는 다시 일어나고 싶었지만 이제는 경호원 말을 들어야겠다고 생각하고 눈을 감아버렸다. 엄 과장과 S국장이 뛰어

든 것은 그때였다. 그들은 거칠게 숨을 내쉬면서 장 후보를 들여다보더니 국장이 먼저

"뭣들 하는 거야? 앰뷸런스를 불러 빨리!"

하고 소리쳤다. 대기하고 있던 앰뷸런스가 즉시 달려왔다. 남자 간호원 두 명이 들 것을 들고 뛰어와 장 후보를 그 위에 반듯이 눕혔다.

장 후보는 여전히 꼼짝하지 않고 눈을 감고 있었다. 경호 망을 뚫고 들어온 사진기자들이 카메라 셔터를 누르는 바람에 여기저기서 불빛이 번쩍번쩍했다. 경호원들이 카메라를 집어던지고 주먹질을 하는데도 기자들은 특종 감을 놓치지 않으려고 악착같이 달려들고 있었다.

이윽고 앰뷸런스는 엄중한 경호를 받으며 사람들을 헤치고 달려갔다. 어느새 장 후보가 흉탄에 쓰러졌다는 소문을 들은 사람들은 울부짖으며 앰뷸런스 뒤를 쫓아갔다. 그 바람에 백사장은 흡사 파도가 휩쓰는 듯했다.

"정말 다행이었습니다."

국장과 함께 차를 타고 앰뷸런스 뒤를 따라가면서 엄 과장이 말했다. 국장은 창백한 표정이었다.

"나는 장 후보가 꼭 죽은 줄 알았소. 만일 다른 데라도 맞았더라면 어떡했지?"

"정말 죄송합니다."

"앞으로가 문제요. 장 후보를 붙들어 둘 수도 없고……. 범인은 계속 장 후보를 노릴 텐데 말이오. 놈은 소음 총을 사용했나 보지요?"

"네, 총소리가 나지 않은 것으로 보아 그런 것 같습니다."

한 시간도 못돼 거리에는 호외가 뿌려지고 있었다.

— 장연기 후보 흉탄에 쓰러지다 —

이것은 국민들에게는 너무나도 충격적인 뉴스였다. 아직 장 후보가 죽었다는 말은 없고 생사불명이라고 되어 있었지만 뉴스에 접한 사람들은 한결같이 절망적인 표정들이었다.

장 후보가 죽지 않은 것을 확인한 최 진은 겨우 한숨을 돌릴 수가 있었지만 그가 받은 충격 역시 매우 컸다. 연단 쪽으로 내려와 아무리 주위를 둘러보았지만 그는 도대체 어디서 총알이 날아왔는지 가늠할 수가 없었다.

이미 현장에서는 전문가들이 모여들어 총알이 날아온 각도를 면밀히 조사하고 있었다. 그러나 강 건너 아니면 다리 쪽에서 총알이 날아왔다는 것만 추측할 수 있을 뿐 정확한 각도를 산출해 내지는 못하고 있었다.

"장 후보께서 어떤 자세로 서 있었는가 하는 게 문젭니다. 그런데 장 후보가 이곳에 없으니 정확히 알아낼 수가 없습니다."

이것은 한 전문가의 말이었다.

총알이 살 속 깊이 박혔다면 그것을 중심으로 각도를 잡을 수도 있을 것이다. 그러나 그렇지도 않으니 총알이 정확히 어느 곳에서 날아왔는지 알 도리가 없었다.

그런 대로 강 건너와 다리 위에 대한 점검이 다시 시작되었다. 해가 질 때까지 수백 명의 사나이들이 이곳저곳을 이 잡듯이 뒤졌지만 결국은 아무 것도 발견하지 못했다.

진은 허탈에 빠져 본부로 돌아왔다. 장 후보가 목숨은 건졌다고 하지만 다비드 킴이 철벽의 감시망을 뚫고, 장 후보를 명중시켰다는 사실에 그는 깊은 충격을 받았다. 그것은 실로 경이롭고 무서운 일이었다. 도대체 그놈은 어떤 인물이기에 그러한 행위가 가능할까. 생각해 볼수록 이해가 가지 않는 것이었다.

한편 날이 어두워지자 다비드 킴은 천천히 떠날 채비를 하기 시작했다.

낮에 그토록 와글거리던 사람의 물결은 날이 어두워지자 모두 사라져버리고 강변에는 정적이 찾아왔다. 그래도 혹시 수사요원들이 남아 아직도 조사를 계속하고 있을지 모르기 때문에 다비드 킴은 서두르지 않고 시간이 흐르기를 기다렸다. 그는 우선 필요 없게 된 물건들을 모두 버리고 총은 분해해서 케이스 속에 담았다. 그리고 비스듬히 기대앉아 트랜지스터라디오를 켰다. 레시버를 귀에 꽂고 다이얼을 맞춘 다음 10분쯤 기다리자 뉴스가 흘러나왔다.

"장연기 후보 저격사건 뉴스를 계속해서 알려드리겠습니다. 현재 병원에 입원 중인 장연기 후보에 대한 생사는 아직 확인되지 않고 있습니다. 현재 온 국민들은 슬픔에 잠겨 있고, 술집, 카바레, 극장 등 유흥업소는 여느 때보다 일찍 문을 닫았습니다. 뿐만 아니라 증권시장의 주식은 폭락하고 육해공군은 혹시 있을지도 모를 북한의 침략에 대비, 비상사태에 들어갔습니다. 한편 전 수사기관은 범인 수사에 나서고 있지만 아직 단서 하나 포착하지 못하고 있는 형편입니다. 다음 뉴스는 9시에 알려드리겠습니다."

다비드 킴은 마지막 남은 커피와 식빵을 들면서 한 시간을 더 기다렸다. 9시 정각에 그는 다시 뉴스를 들어보았지만 내용은 아까와 비슷했다. 장 후보가 죽었다는 뉴스는 웬일인지 나오지 않고 있었다. 아마 중태가 아니면 이미 사망한 것을 발표를 보류하고 있을 뿐일 것이다. 그는 낙관했다. 그의 경우 실수란 있을 수 없었다. 마침내 한 시간을 더 기다린 후 그는 버려서는 안 될 물건들을 비닐봉지로 싼 다음 그것을 백 속에 집어넣었다. 그리고 백 손잡이 속에 팔을 넣어 백을 어깨 위에 걸쳤다.

파커를 벗으니 으스스 한기가 느껴졌다. 마지막으로 파커와 솜바지, 그리고 베니어판을 물 위에 내던진 그는 알몸으로 밧줄을 타고 밑으로 내려왔다. 이제 남은 것은 어젯밤 수츠케이스를 파묻어둔 곳까지 가는 일이었다.

그는 숨을 몰아쉰 다음 강물 위로 몸을 던졌다. 추위를 느낄 사이도 없이 그의 몸은 물살에 휩쓸려 들었다. 수영에 익숙한 그는 조금도 당황하지 않고 물살을 헤쳐 나갔다. 강물은 하류로 급하게 흐르고 있었기 때문에 그는 별로 힘들이지 않고 하류 쪽으로 내려올 수가 있었다.

이윽고 강변으로 헤엄쳐 나온 그는 돌무더기를 찾아내어 그 밑을 파헤쳤다. 어젯밤 그가 파묻은 대로 수츠 케이스는 비닐봉지에 싸여 모래 속에 들어 있었다.

물기를 털어버리고 난 그는 수츠 케이스 속에 넣어 두었던 옷들을 꺼내 입었다. 그리고 구두를 신고 나서 대형 백 속에서 비닐봉지에 싸인 물건들을 꺼내 수츠케이스로 옮겨 넣은 다음 대형 백과 비닐봉지는 강물 위로 던져버렸다.

이제 완전히 끝난 것이다. 엄청난 일을 완전히 해내고 있을 때의 기분 좋은 피로감이 가슴 뿌듯이 전해져 왔다. 그는 담배를 피우면서 천천히 모래밭 위를 걸어갔다.

이윽고 차도로 나온 그는 택시를 타고 쟈가를 주차해 둔 곳으로 갔다. 시간은 11시를 막 지나고 있었다.

곳곳에서 무장한 군경이 검문검색을 하고 있는 것이 보였다. 주차장으로 가서 쟈가를 끌어낸 그는 의자 밑에 수츠케이스를 쑤셔 박은 다음 천천히 어둠 속으로 차를 몰아나갔다. 강변도로 입구에서 그는 한번 검문을 당했지만 이상 없이 통과되었다. 경찰과 헌병은 고급 외제차를 몰고 가는 그를 향해 경례까지 올려붙였다.

30분쯤 지나 아파트 단지로 들어선 그는 도중에 차를 세워놓고 공중전화 부스 쪽으로 걸어갔다. 밤이 깊어 주위는 고요했다. 부스 안으로 들어선 그는 동전을 집어넣고 어딘가로 전화를 걸었다. 신호 떨어지는 소리와 함께

"네"

하는 굵은 남자 목소리가 들려왔다.

"여기는 부처…… Z를 바꿔주시오."

"잠깐 기다리십시오."

뒤이어 기다리고 있었다는 듯 Z의 목쉰 소리가 다급하게 들려왔다.

"부처, 지금 어디 있나?"

"아파트 앞에 있습니다."

"……"

거친 숨소리만 들려올 뿐 Z는 다음 말을 하려고 하지 않았다. 다비드 킴은 Z가 너무 흥분하고 있다고 생각했다.

"이상 없이 끝내고 돌아왔습니다. 모든 것은 성공적으로 끝난 줄 알고 있습니다. 이제 저는 한국을 떠나야겠습니다. 약속하신 대로 대금을 스위스 은행에 입금시켜 주시기 바랍니다."

"바보 같은 놈……"

분노에 차 중얼거리는 소리가 들려왔다. 다비드 킴은 귀를 후려 맞은 것 같은 충격을 느꼈다. 그가 미처 뭐라고 말하지도 전에 다시 Z의 목소리가 그의 귀를 때렸다.

"장 후보는 죽지 않았어! 피 한 방울 나지 않았어! 알았나? 왜 그런 실수를 하지?"

"그럴 리가 없습니다. 분명히 가슴을 맞고 쓰러지는 것을 확인했습니다."

다비드 킴은 처음으로 당황한 빛을 보였다.

"바보 같은 소리하지 마! 장 후보는 엄연히 살아 있어. 가슴을 맞았지만 방탄조끼를 입고 있어서 아무렇지도 않았어!"

이번에는 다비드 킴이 입을 다물었다. 그는 흡사 무엇에 홀린 기분이었다. 장 후보가 방탄조끼를 입고 있었다니 상상할 수도 없는 일이었다.

"왜 머리를 쏘지 않았나? 왜 머리를 쏘지 않고 가슴을 쏘았나? 이제 장 후보를 노린다는 것은 어렵게 됐어! 너는 오히려 일을 망쳐놓았어! 바보 같은 놈! 스위스 은행으로 입금시키라고? 너 같은 놈한테 일을 시킨 내가 어리석었어."

다비드 킴은 수화기를 내던지고 싶었다. 그러나 아직 이야기는 끝나지 않고 있었다. 이번에는 그가 말했다.

“장 후보가 쓰러지는 것을 망원경으로 똑똑히 보았습니다.”

“그건 충격 때문에 쓰러진 거야.”

“뉴스를 들어보니까 장 후보가 분명히 병원에 입원했다고 했습니다.”

Z의 한숨소리가 들려왔다.

“장 후보가 병원에 입원해 있는 건 사실이야. 그렇지만 치료를 받기 위해 입원해 있는 게 아니야. 진찰을 받고 휴식을 취하기 위해 병원에 있는 거야.”

“뉴스에는 생사를 아직 모른다고 했습니다.”

다비드 킴은 자신의 실수를 인정하고 싶지 않은 심정에서 그렇게 말했다. 그러자 다시 Z의 노한 음성이 수화기를 울렸다.

“내 말을 못 믿겠다는 건가?”

“아닙니다. 그게 아니라 뉴스를 그렇게 들었기 때문에 드리는 말씀입니다.”

“멍청이 같은 놈! 장 후보의 생사를 아직 모른다는 것은 발표를 보류하고 있기 때문이야. 대책을 세워놓은 다음 장 후보가 건재하다는 것을 발표할 계획이야. 지금 보도진은 장 후보에게 접근할 수가 없어. 내 말 알아듣겠나?”

“알겠습니다.”

“앞으로의 계획은 서 있나?”

Z의 쉰 목소리가 갑자기 작아지는 듯했다.

“이런 실수는 처음입니다. 다음 계획은 차차 생각해 보겠습니다."

"이것 봐. 시간이 없어. 다시 한 번 기회를 줄 테니 실수하지 말고 다시 해봐. 급히 계획을 세우도록 해봐. 내일 다시 연락하겠다."

전화는 일방적으로 끊겼다. 전화 부스를 나오는 다비드 킴의 모습은 그 어느 때보다도 피곤해 보였다. 실수는 그에게 그만큼 충격을 안겨주고 있었던 것이다.

"방탄조끼를 입고 있었다니…… 정말 놀라운 일이다. 장 후보의 술책과 배짱에 경의를 표하지 않을 수 없다."

그가 우울한 모습으로 아파트로 들어섰을 때 장기화는 그때까지 죽은 듯이 잠들어 있었다.

그는 기화를 침대 위에 눕혀놓고 맥을 짚어보았다. 맥박은 거의 느껴지지 않을 정도로 가늘게 뛰고 있었다. 가슴에 귀를 대보았지만 심장 역시 위태로울 정도로 약하게 뛰고 있었다. 그는 초조한 시선으로 그녀의 나체를 내려다보았다. 처음 이곳으로 유인해 왔을 때는 늘씬하고 탄력 있는 몸매였는데, 그동안 고생한 탓으로 피부 빛도 검어지고 탄력도 없어져 있었다.

그는 잠시 망설였다. 기화는 위태로운 상태에 놓여 있다. 그대로 방치해 두면 죽을지도 모른다. 그는 방안을 맴돌았다. 장 후보의 딸을 죽인다는 것은 내키지 않는 일이다. 장 후보가 살아났다고 해서 그에 대해 증오감이 솟지는 않았다. 하긴 처음부터 증오심을 가지고 그를 노린 것은 아니었다. 다만 청부를 맡아 그를 노렸을 뿐이었다.

인간적으로 볼 때 장 후보는 존경할 만한 인물이었다. 별 사고가 없으면 그는 반드시 대통령에 당선될 것이다. 그러한 인물의 딸을 죽게 내버려 둔다는 것은 정말 내키지 않는 일이다. 그는 자신에게 위험을 끼치는 인물에 대해서는 가차 없이 제거해 왔다. 그러나 그렇지 않은 사람에 대해서는 손을 대는 것을 싫어했다.

딸을 구하기 위해 목숨을 걸고 유세장에 나온 장 후보의 부정(父情)이 비로소 그의 가슴에 전해져 왔다. 부정이 어떠한 것인가를 그는 막연하게나마 알 수 있을 것 같았다. 그는 그러한 부모의 정을 받아보지 못하고 자라왔다. 그러한 정을 쏟을 수 있는 자식도 그는 가지고 있지 않았다. 그는 다만 혼자였다. 지독한 고독이 엄습해 왔다. 그는 응접실로 나와 불도 켜지 않은 채 어둠에 잠긴 창밖을 바라보았다. 저 아가씨는 무한한 자유와 행복과 희망이 약속돼 있다. 그것을 꺾어버린다는 것은 너무 심한 짓이 아닐까.

문득 그는 자신이 인질극을 벌였다는 사실에 심한 수치심을 느꼈다. 누구를 죽이기 위해 인질극을 벌이기는 이번이 처음이었다. 그것은 사나이답지 못하고 야비하고 비겁한 짓이라고 할 수 있었다. 그런데 그 자신이 그런 짓을 한 것이다. 그는 처음으로 자신의 처사에 대해 분노를 느꼈다. 살인이란 그의 철학으로 볼 때는 엄연한 직업이라고 할 수 있었다. 그것은 목숨을 내걸고 먹느냐 아니면 먹히느냐 하는 그야말로 사나이다운 싸움이라고 할 수 있었다. 따라서 여자를 납치한 다는 것은 도저히 그의 성미에 맞지 않는 일이었다.

그는 시계를 들여다보았다. 시계는 12시 15분 전을 가리키고 있었다. 빨리 서두르지 않으면 여자는 죽을 것이다. 그는 흔적이 될 만한 것들을 모두 치우고 나서 여자에게 옷을 입혔다.

수츠케이스를 한 손에 든 채 여자를 어깨에 들쳐 메고 밖으로 나와 차에 올랐을 때는 12시 5분 전이었다. 일단 아파트 단지를 벗어난 그는 지나치면서 본 적이 있는 강변종합병원을 향해 무섭게 차를 몰아갔다. 보통이면 10분 걸릴 거리를 그는 단 5분 만에 주파했다.

차를 한쪽에 세우고 난 그는 아가씨를 팔에 안고 병원 안으로 뛰어 들어갔다.

기화는 즉시 응급실로 옮겨졌다. 당직 의사가 손을 쓰는 동안 다비드 킴은 꼼짝하지 않고 그 옆에 붙어서 있었다. 의사는 여자가 자살 소동을 벌인 줄 알고 있었다. 의사가 응급처치를 끝내고 나자 다비드 킴은 초조하게 물었다.

"어떻습니까?"

"글쎄, 환자가 너무 늦게 와서-지금은 뭐라고 말씀드릴 수가 없습니다. 오늘 밤만 넘기면 괜찮을 것 같은데……. 약을 너무 많이 먹었군요."

다비드 킴은 기화를 특실에 입원시켰다.

침대 위에 누워 있는 기화는 핏기 하나 없는 것이 마치 시체 같았다. 그는 여자의 가냘픈 손을 두 손으로 가만히 쥐고 그것을 들여다보았다. 그가 여자의 손을 그렇게 유심히 들여다보기는 처음이었다. '아름다운 손이다' 하고 그는 생각했다. 그녀의 손은 식어 있었다. 그는 자기 손으로 그녀의 손을 녹여주고 싶었다. 간호원이 몇 번 들락거렸지만 그는 기화의 손을 잡은 채 돌부처처럼 그 곁에 앉아 있었다. 한 시가 지나고 두 시가 지났지만 기화는 깨어나지 않았다. 그러나 맥박은 여전히 가늘게 뛰고 있었다.

다비드 킴은 그녀 곁에 앉아 꼬박 밤을 새웠다.

새벽 6시에 그는 기화가 아직 죽지 않은 것을 확인한 다음 그녀에게 작별의 키스를 했다. 그리고 병원을 나와 장연기 후보 집으로 전화를 걸었다. 신호가 떨어지자 그는 자신의 신분을 밝히지 않은 채 일방적으로 말했다.

"장기화 양이 장명자라는 이름으로 강변종합병원 특실에 입원해 있는 것을 알려드립니다. 생명이 위독합니다."

"다, 당신은 누구요?"

다비드 킴은 수화기를 철컥 내려놓고 공중전화 부스에서 나왔다.

거리에는 새벽안개가 자욱이 깔려 있었다. 그는 차도 버린 채 수츠 케이스 하나만을 들고 안개 낀 새벽의 거리를 천천히 걸어갔다. 가야할 곳이 있어서 가는 것은 아니었다. 이제부터 위험이 닥칠 것을 그는 잘 알고 있었다. 그 위험에 대처하기 위해 준비를 해야 하는 것이다.

마지막 카드

다비드 킴이 병원을 떠난 지 30분도 못 되어 세 대의 승용차가 병원 앞에 들이닥쳤다. 워낙 초스피드로 달려왔기 때문에 세 대의 차가 동시에 브레이크를 밟자 끼이익 하는 소리가 주위를 요란스럽게 울렸다. 이윽고 차 속에서 사나이들이 쏟아져 나왔다. 그들은 거칠게 병원 앞으로 뛰어 들어갔다. 간호원들과 의사들이 놀란 듯이 바라보았지만 그들이 워낙 거칠게 행동했기 때문에 감히 붙잡고 물어보려고 하지를 않았다.

장 후보의 경호원들은 기화가 입원해 있다는 병실로 곧장 뛰어갔다. 다비드 킴의 말대로 장 후보의 딸은 의식 불명인 채로 침대 위에 누워 있었다. 진찰을 끝내고 막 나가려던 의사와 간호원이 그들을 가로막았다.

"당신들은 누구요?"

먼저 의사가 불쾌한 듯이 물었다. 진이 나서서 말했다.

"그보다 먼저 밝혀두어야 할 게 있습니다. 이 아가씨는 장연기 후보의 따님입니다. 특별한 간호가 필요합니다."

의사와 간호원은 놀란 눈으로 침대 위의 환자를 내려다보다가 다시 의심스러운 듯이 사나이들을 둘러보았다.

뚱뚱한 장의사가 형사 신분증을 내보이자 그제서야 의사는 의심을 풀었다.

"상태는 어떻습니까?"

"수면제를 너무 많이 복용했어요. 거기다가 환각제도 사용했나 봐요. 위독한 상태는 지났으니까 안심해도 됩니다."

사나이들의 입에서 한숨 소리가 새어나왔다.

"이 환자를 입원시킨 사람은 누굽니까?"

"어떤 나이 많은 남자 분이었어요. 얼마 전까지 여기 계셨는데……"

간호원이 밖으로 찾으러 나가려는 것을 진이 말렸다.

"찾을 필요 없습니다. 그 사람은 여기에 다시는 나타나지 않을 겁니다."

의사와 간호원은 뭐가 뭔지 모르겠다는 듯 어리둥절한 표정이었다.

"그 사람의 인상착의를 말씀해 주십시오."

장의사가 눈을 굴리며 무뚝뚝하게 묻자 담당 간호원은 조심스럽게 입을 열었다.

"키가 컸어요. 안경을 끼고, 머리는 회색빛이었는데 운동선수처럼 짧았어요. 옷은 흰 티셔츠에 체크무늬의 저고리를 입고 있었는데, 바지는 무슨 색인지 잘 기억이 안 나요."

"어제 이 병원에 왔습니까?"

"어제 한밤중에 환자를 데리고 왔어요. 저는 환자의 아버님인 줄 알았어요. 밤새 극진하게 간호하기에……"

"밤새 간호했다구요?"

진이 놀라서 물었다. 간호원은 고개를 끄덕거렸다.

"네, 밤새 침대 옆에 앉아서 간호했어요. 그렇게 정성일수가 없었어요. 나도 저런 아빠가 있으면 좋겠다고 생각할 정도였으니까요."

"으음……"

진은 절로 신음이 흘러나왔다.

간호원의 말은 도저히 믿을 수 없는 일이었다. 그러나 간호원이 거짓말을 할 리가 없는 이상 사실임이 분명할 것이다.

생각할수록 진은 당황하지 않을 수 없었다. 다비드 킴이 기화를 입원시키고 거기다가 밤새 잠도 자지 않고 극진히 간호했다는 것은 무엇을 의미하는 것일까. 지난 며칠 사이에 그놈이 기화를 사랑하게 되었다는 말인가. 아니다. 그놈은 여자와 아기자기하게 사랑을 나눌 위인이 아니다. 성욕이 일어나면 그것을 가볍게 처리하는 상대로서 여자를 생각할 뿐이다. 그에게도 인간적인 면이 있을까. 아니다. 있을 리가 없다.

기화는 몸이 회복될 때까지 그 병원에 더 입원시켜 두기로 하고 진은 혼자서 밖으로 나왔다. 그는 생각을 정리해 둘 필요가 있었다.

다방으로 들어간 그는 커피를 시켜놓고 앉아 다비드 킴의 행동을 생각해 보았다. 무엇보다도 그가 인질로 잡아 두었던 기화를 풀어준 것이 이해가 안 되었다. 그 역시 장 후보가 죽지 않은 것을 알고 있을 것이다. 실패한 줄 알면서 왜 그녀를 풀어주었을까. 그의 방식대로 한다면 당연히 기화를 잡아둔 채 다음 기회를 노렸어야 했을 것이다. 그런데 왜 그렇게 하지 않고 기화를 풀어주었을까.

장기화를 풀어준 것을 보면 다른 방법을 모색하고 있음이 틀림없다. 이번에 실수를 했으니 놈은 다음번에는 두 번 다시 실수하지 않도록 보다 치밀한 계획을 세울 것이다.

그런데 풀리지 않는 수수께끼가 하나 있다. 놈이 이번 경우에 인간적인 면을 보여준 것이 그것이다. 더구나 특실을 잡아 입원시켰다는 사실이야말로 확실히 놀라운 일이 아닐 수 없다. 그 뿐이 아니라 간호원 말에 따르면 놈은 밤새 침대 곁에 앉아 그녀를 간호했다지 않은가. 생각할수록 이상한 일이다.

혹시 놈의 심경에 변화가 일어난 게 아닐까.

최 진은 다방을 나와 다시 병원으로 가보았다. 이미 거기에는 장 후보 내외와 S국장, 그리고 엄 과장 및 킬리만자로의 요원들이 잔뜩 몰려와 있었다.

장기화는 마침 깨어나고 있었다. 한참 후 의식을 회복한 그녀는 부모를 보자 깜짝 놀라는 것 같았다. 그리고 이내 어머니의 품에 안기면서 울음을 터뜨렸다.

몇 사람이 납치된 경위와 억류되었던 장소, 그리고 범인에 관한 것들을 환자에게 캐물었지만 그녀는 흐느껴 울기만 할 뿐 좀처럼 대답하려고 들지를 않았다. 너무도 쇼크가 컸으니 그럴 수밖에 없는 일이었다. 하긴 그녀로부터 증언을 듣는다 해도 별로 도움이 될 만한 것은 없을 것이다. 왜냐하면 다비드 킴이란 자가 그렇게 어수룩하게 단서를 남기고 가지는 않았을 것이기 때문이다.

킬리만자로의 요원들은 본부로 돌아와 대책회의를 열었다. S국장도 처음 참석하는 회의인 만큼 실내는 그 어느 때보다도 긴장에 싸여 있었다. 먼저 입을 연 사람은 S국장이었다.

"여러분들에 대한 이야기는 엄 과장을 통해서 잘 들었습니다. 먼저 책임자로서 여러분들에게 감사를 드립니다. 5열 때문에 엄 과장은 그동안 나한테까지 여러분들이 활약하고 있다는 것을 숨겨 왔습니다."

국장은 낮은 소리로 웃었다. 그의 말소리는 매끄러워 듣기에 아주 좋았다.

"엄 과장의 처사를 탓할 생각은 없습니다. 엄 과장은 사정상 마땅히 그래야 됐으니까요. 나는 여러분들의 신분을 보장해 줄 것이고 여러분들의 활동을 최대한으로 지원할 생각입니다. 계획을 추진하는데 있어서 어려운 점이 있으면 언제나 기탄없이 말해주기 바랍니다. 자, 나는 듣고 있을 테니까 회의를 시작하십시오."

"그럼 말씀드리겠습니다."

장 후보 경호 책임자인 샌드위치가 좌중을 둘러보며 입을 열었다.

"다행히 장기화 양도 돌아왔고 하니까 장 후보를 그전처럼 다른 곳에 은신시켜야 한다고 생각합니다. 이번에는 가족들까지 함께 은신시켜야 합니다. 다시 또 인질극이 벌어져서는 안 되기 때문입니다. 장 후보도 이번에는 순순히 말을 들어주리라 생각합니다."

샌드위치의 말이 끝나자 엄 과장은 국장을 바라보았다. 국장은 동의한다는 듯 고개를 끄덕였다.

"그 문제는 내가 장 후보에게 직접 말씀드리겠습니다. 그런데……"

이번에는 뚱뚱한 장의사가 좀 거북한 표정으로 입을 열었다.

"장 후보의 안전을 보다 완전하게 하기 위해 직접경호를 담당하는 요원들 외에는 은신처를 알아서는 안 됩니다. 이 원칙은 우리 킬리만자로의 요원들에게도 적용되어야 한다고 생각합니다. 같은 동지들을 의심해서가 아니라 아는 사람이 적을수록 경호에 완전을 기할 수 있기 때문입니다."

장의사의 말에 모두가 엄 과장과 국장을 바라보았다. 국장이 고개를 끄덕이자 엄 과장도 찬성의 뜻을 표했다.

"그건 어려운 일이 아니겠죠. 경호원들이 장 후보를 어디에 은신시켰는지 앞으로 나도 묻지 않겠습니다. 필요할 경우에는 모르지만 그러한 조치에 대해 여기서 오해할 사람은 아무도 없을 것입니다."

"장 후보를 대중 앞에 내세우지 않고 선거가 끝날 때까지 은신시킨다고 해서 선거에 영향을 끼치지는 않을 겁니다. 현재 장 후보의 인기는 압도적이니까."

이것은 S국장의 말이었다. 그 역시 장 후보를 은신시키는데 분명히 동의하고 있었다.

이번에는 최 진이 조심스럽게 입을 열었다.

"가장 중요한 문제는 다비드 킴이 앞으로 어떻게 나올 것인가 하는 문젭니다. 놈이 인질을 풀어준 것을 보면 전혀 다른 방법을 강구하고 있는 것이 분명합니다. 그 방법이 무엇인지 알아내야 합니다."

그것은 어려운 문제였으므로 누구도 쉽게 입을 열지 않았다. 진은 계속해서 말했다.

"그런데 제 짐작이 정확한지는 알 수 없지만 놈에게 이상한 기미가 엿보이고 있습니다. 그것은 놈이 인간적인 면을 보이고 있다는 사실입니다. 이번 사건에서 그것이 뚜렷이 나타나고 있습니다. 놈이 장 후보의 따님을 병원에 입원시켰다는 사실이 그것입니다. 그 여자를 풀어줄 생각이었다면 그냥 내버려둔 채 다비드 킴은 그대로 도망쳤어야 옳았습니다. 그런데 놈은 그렇지 않고 기화 양을 병원에 데려가 입원을 시킨 겁니다. 더구나 그것도 특실에 입원시킨 겁니다. 그뿐이 아닙니다. 간호원 말을 들으면 다비드 킴은 밤새 한잠도 자지 않고 침대 곁에 붙어 앉아 기화 양을 간호했다는 겁니다. 이런 점으로 비추어 볼 때 다비드 킴에게는 분명 어떤 심리적인 변화가 일어나지 않았나 생각됩니다만……"

진의 이야기를 듣고 난 사람들은 수긍이 가는지 모두가 고개를 끄덕거렸다.

"듣고 보니까 정말 그렇군요. 혹시 그놈이 장기화 양을 사랑했던 게 아닐까요?"

S국장이 코끝에 손가락을 대면서 말했다. 진은 의자에 기댔

던 상체를 앞으로 숙이면서 두 손을 탁자 위에 올려놓았다.

"저도 그 생각을 안 했던 것이 아닙니다. 그런데 잔혹하기 이를 데 없는 국제적인 킬러가 큰일을 앞에 두고 과연 그런 감상에 빠질 수 있을까요?"

"하긴 그렇군. 사랑에 빠진다는 건 말도 안 되겠지요."

S국장은 금방 자기 의견을 수정했다. 흠잡을 데 없이 깨끗하고 차가운 인상의 국장은 손으로 턱을 괴면서 괴로운 듯이 이맛살을 찌푸렸다. 약속이나 한 듯 국장처럼 모두가 입을 다물고 있었다. 최 진도 엄 과장도 어떻게 대책을 세워야 할지 알 수가 없었다.

"무슨 흉계가 아닐까요? 놈이 인간적인 면을 보였다는 그 자체가 말입니다."

엄 과장이 침묵을 깨뜨리며 국장을 바라보았다.

"흉계라고 친다면 결국 수사진의 고삐를 늦추게 하려는 것 외에는 다른 의도가 없겠죠. 우리로 하여금 안심하게 하려는 술책이란 말입니다. 그렇지만 내가 보기에는 거기에 어떤 다른 의도가 있는 것 같지는 않아요. 최 진 씨의 말대로 마음에 어떤 변화가 일어났다고 보는 게 옳을 것 같아요. 그렇지만 그것도 두고 봐야겠죠."

S국장의 말이 끝나자 그때까지 잠자코 있던 샌드위치가 몸을 움직였다.

"제 의견을 말씀드리겠습니다. 다비드 킴의 이번 행동에서 저도 이상한 변화가 일어났다는 것을 느꼈습니다. 그렇지만 그 변화가 모든 것을 포기한 것이라고 본다면 그것은 큰 오산입니다. 놈은 조금도 늦추지 않고 장 후보를 계속 노릴 것입니다. 모든 수사력은 그것을 전제로 해서 집중되어야 할 것입니다."

"물론입니다. 당연히 그래야만 합니다. 선거가 끝날 때까지는 잠시도 마음을 놓아서는 안 됩니다."

장의사가 살찐 목을 올리며 말했다.

"현재 우리는 다비드 킴을 추적할 수 있는 길이 완전히 막혀 있습니다. Z 일당에 대한 수사도 벽에 부딪쳐 있습니다. 이 상태에서는 고기가 그물에 걸려들도록 기다리고 있는 수밖에 없습니다. 그렇지 않고 수사에 획기적인 진전을 기할 수 있는 계획이나 방법이 있다면 말씀해 주십시오."

엄 과장이 좌중을 둘러보며 무겁게 말했다. 아무도 선불리 입을 열려고 하지를 않았다. 특별한 아이디어가 없기 때문이었다. 최 진이 그래도 먼저 입을 열었다.

"무기 밀매에 대한 폭로기사로 Z 일당은 쇼크를 받았을 것이 틀림없습니다. 우리가 의도한 대로 Z가 일본 측과 손을 끊었다면 일본 측을 통해서 Z의 정체를 알 수 있지 않을까요?"

그의 말이 끝나기가 무섭게 S국장이 손바닥을 쳤다.

"좋은 생각이오! 즉시 공작을 진행시키시오!"

"알겠습니다."

엄 과장은 볼펜을 집어 들고 S국장의 지시를 메모했다. 그런 다음 탁자 위를 정리하면서 일어섰다.

"다음 회의는 내일 밤 9시에 하겠습니다.

다비드 킴은 오리온 호텔 109호실에 들어 있었다. 방에 불도 켜지 않은 채 침대 위에 누워 있던 그는 9시 조금 지나자 침대 옆 탁자 위에 놓여 있는 전화를 집어 들었다. 그리고 매우 느리게 다이얼을 돌렸다. 이윽고 잠시 후 찰칵하고 신호가 떨어지자 그는 조용히

"여기는 B…… Z를 부탁합니다."

라고 말했다.

"잠깐 기다리십시오."

조금 후 Z의 목쉰 소리가 들려왔다.

"Z다. 왜 그렇게 연락이 없지? 아파트에 연락해도 없고 도대체 지금 있는 곳은 어딘가?"

"호텔입니다."

"왜 그런 곳에 있는 건가?"

"아파트에서 나왔습니다. 장기화 양은 돌려보냈습니다."

다비드 킴은 조용하나 거침없이 말하고 있었다.

"왜, 무슨 일로 그 여자를 돌려보냈지? 나한테는 연락도 없이 혼자 그런 짓을 하는 건가? 정 그렇게 나올 텐가?"

"여자를 돌려보내고 안 보내고는 제 마음입니다."

"뭐라고?"

Z의 목소리가 한층 쉬어지는 것 같았다. 가래 끓는 듯한 소리까지 들려오고 있었다.

"처음부터 모든 것은 제가 단독으로 처리하겠다고 했습니다. 이런 일은 누구의 간섭을 받으며 할 수 있는 게 아닙니다."

"단독으로 해 온 일이 겨우 그 꼴인가?"

Z의 질책에 다비드 킴은 무겁게 대꾸했다.

"제가 실패했다는 것을 자인합니다. 그 점은 더 이상 할 말이 없습니다."

"다시 한 번 기회를 줄 테니까 해봐. 이번에는 내가 시키는 대로 해봐."

"그만 두겠습니다. 이번 일에서 손을 떼겠습니다. 매우 유감입니다. 포기하겠습니다."

"뭐라구? 일을 이 지경으로 만들어놓고 그만두겠다고? 안 돼! 명령이다! 그대로 계속해!"

Z의 거친 숨소리가 들려왔다. 다비드 킴은 손을 저었다.

"명령이라는 말은 빼십시오. 저는 조직의 일원이 아닙니다."

"반항하는 건가?"

"반항이 아닙니다. 그만 두겠다는 겁니다. 다른 능력 있는 사람을 고용하십시오."

Z는 충격을 받았는지 한참 동안 침묵하고 있었다. 그는 무엇인가 생각을 달리하는 것 같았다. 한참 후 비로소 그의 목소리가 들려왔다.

"정말 안 되겠나?"

"안되겠습니다."

"재고할 수 없나?"

"저도 생각 끝에 드리는 말씀입니다."

"정말 유감이군."

중얼거리는 소리와 함께 한숨이 새어나왔다.

"좋다! 할 수 없다. 마지막으로 나한테 할 말은 없나?"

"있습니다."

"있을 테지. 말해 봐."

"여비와 여권을 마련해 주십시오."

"여비는 얼마나 필요하나?"

"5백만 원이면 되겠습니다. 지금 당장 필요합니다."

"여권은 준비해 둔 게 있으니까 언제라도 사용할 수가 있어. 장소와 시간을 말해 봐. 내가 직접 나갈 테니."

"그러실 필요는 없습니다. 사람을 보내십시오."

"이것 봐. 이제 헤어지게 되면 언제 다시 만나게 될지 모르지 않나. 우리는 형제의 의를 맺지 않았나?"

"그렇습니다. 저도 한번 만나 뵙고 싶습니다."

"내가 그 호텔로 지금 가겠다. 무슨 호텔에 있는가?"

"오리온 호텔 109호실에 있습니다. 11시에 오시면 좋겠습니다. 그동안 저는 밖에 나갈 일이 좀 있습니다."

"알았다."

다비드 킴은 수화기를 놓고 급히 일어났다. 불을 켜자 탁자 위에 놓여 있는 신문 호외가 먼저 눈에 들어왔다. 그것은 장연기 후보의 건강을 알리는 호외였다.

그는 옷을 입은 다음 프론트로 전화를 걸었다.

"109호실에서 전화를 거는 겁니다. 방 하나가 더 필요한데 있습니까?"

"네, 있습니다."

"109호실 맞은편 방이나 옆방이면 좋겠는데……"

"잠깐 기다리십시오."

프론트 계원은 빈 방을 체크해 보고 나서

"맞은편 방이 비어 있습니다."

라고 말했다.

5분쯤 지나 다비드 킴은 수츠 케이스를 들고 109호실을 나와 밖으로 문을 걸었다. 그리고 직원을 따라 맞은편 방인 119호실로 들어갔다.

조금 후 그는 그곳을 나와 지하실에 있는 나이트클럽으로 내려갔다.

나이트클럽은 환각조명과 담배연기와 귀를 찢는 듯 한 음향으로 정신을 차릴 수 없을 지경이었다.

다비드 킴은 구석진 곳에 앉아 실내에 빽빽이 들어찬 사람들을 주의 깊게 바라보았다. 그의 눈은 필요한 인물을 찾아 번득이고 있었다. 거의 30분 동안 그렇게 앉아 있던 그는 마침내 한 인물을 발견하고는 그쪽으로 천천히 다가갔다.

넥타이를 풀어헤친 그 사나이는 40대로 보였는데 아무 동행도 없이 혼자서 술을 마시고 있었다. 다비드 킴이 가까이 다가가 빈 의자에 앉았지만 술에 몹시 취한 듯 흐릿한 눈으로 멀거니 쳐다보기만 했다.

"실례합니다. 혼자이신 것 같기에 마침 저도 혼자라 동석할까하고 왔습니다."

"아, 그래요. 앉으슈."

두 사람은 금방 가까워지는 듯했다. 술잔이 몇 잔 오고간 다음 그들은 자신들의 입장을 털어놓기 시작했다.

"미국에 몇 년 살다 와봤더니 친구들도 없고…… 그래서 이렇게 혼자 돌아다닙니다."

다비드 킴의 말에 사내는 갑자기 킬킬거리고 웃었다.

"형씨는 나와 정반대군, 난 말이오. 내일 모레 브라질로 이민을 가게 됐수다. 그래서 마지막 서울의 밤을 혼자 지내고 싶어서 이렇게 주책을 떨고 있는 겁니다. 알겠수?"

"네, 알다마다요."

10시 30분 조금 지나 다비드 킴은 예쁘장하게 생긴 호스티스 한 명을 불렀다. 그리고 그녀의 입에 대고 가만히 속삭였다.

"10만 원을 줄 테니까 오늘 밤 이 손님 좀 모실 수 없겠나? 잘 아는 친군데 위로를 좀 해주고 싶어서 그래. 방은 잡아놨어. 109호실이야."

그는 방 열쇠와 함께 10만 원짜리 수표를 내보였다. 호스티스는 눈이 휘둥그레지면서 침을 꿀꺽 하고 삼켰다.

"하룻밤만 자면 되는 거죠?"

"그럼, 그럼……"

"알았어요."

먹이를 놓치면 큰일이라는 듯 여자는 수표와 열쇠를 받아들고 사내의 옆으로 바싹 다가앉았다.

"선생님, 친구 분이 방으로 모시래요."

눈을 감고 중얼거리고 있던 사내는 어찌된 영문인지도 모른 채 킬킬거리고 웃었다. 다비드 킴은 사내의 어깨를 툭 쳤다.

"고향을 떠나기 전에 재미를 한번 보셔야죠. 내 방 빌려드릴 테니까 아가씨 데리고 올라가 보십시오. 돈은 다 치렀으니까 염려 마시고……"

"히히…… 떠나기 전에 재미 보라고? 아, 좋아, 좋아, 역시 당신이 최고야. 그런데 당신은 여기 혼자 있을 거야?"

"나도 아가씨 하나 데리고 갈 테니까 먼저 올라가슈."

"하아, 그러니까 그룹 섹스하자 이거군. 좋지, 좋아."

사내가 호스티스를 데리고 비틀거리며 사라지고 난 10분 후 다비드 킴은 나이트클럽을 나와 119호실로 돌아왔다. 그때의 시간이 11시 5분 전이었다.

그는 불을 끈 다음 방문 옆에 탁자를 끌어다놓고 그 위에 올라서서 환기창을 통해 밖을 내다보았다.

조금 후 정확히 11시가 되었을 때 저쪽 엘리베이터 속에서 사람들이 나타났다. 다비드 킴은 긴장해서 그들의 움직임을 주시했다. 모두가 건장한 사나이들이었는데 그들은 109호실을 중심으로 갈라서더니 일제히 피스톨을 뽑아들었다. 그리고 그중 한 명이 노크를 하려고 방문 앞으로 다가섰다.

그것을 보고 있는 다비드 킴의 코에서 뜨거운 김이 새어나왔다. 그의 얼굴은 무섭게 일그러지고 있었다.

그때 방안에서는 남녀가 침대 위에서 전라로 한창 일을 치르고 있었다. 정신없이 열을 올리고 있는데 노크 소리가 들려왔지만 두 사람은 그것을 묵살한 채 계속 몸을 움직이고 있었다.

노크 소리는 더욱 거칠게 들려왔다. 침대 위의 사내는 문 쪽을 노려보다가 하는 수 없다는 듯이 몸을 일으켜 문 쪽으로 다가갔다. 화가 머리끝까지 치솟은 그는 욕을 퍼붓기 위해 손잡이를 돌리고 문을 조금 열었다. 그 순간 차가운 금속성이 그의 이마를 쿡 찔렀다. 그것에 밀려 그는 뒷걸음질을 쳤다.

순식간에 방안으로 몇 사람이 들어왔다. 그들은 불을 켜려고도 하지 않은 채 어둠 속에 죽은 듯이 서 있었다. 사내는 술이 확 깨는 것을 느꼈다.

"다, 당신들은 누구요?"

그러나 아무도 대답하는 사람이 없었다.

여자는 침대 위에서 시트로 알몸을 가린 채 오들오들 떨고 있었다. 어둠 속에서 한 사나이가 움직였다. 그 사나이는 침대 위에서 여자를 끌어 내리더니 그녀를 욕실에 처박고 문을 닫아버렸다.

곧 이어

"슉!"

하는 소리가 났다. 동시에 부들부들 떨고 있는 사내의 몸이 흡사 허수아비처럼 방바닥 위로 풀썩 쓰러졌다. 쓰러진 몸을 향해 어둠 속의 사나이는 몇 번 더 피스톨을 발사했다.

"슉! 슉! 슉!"

하고 마치 바람 빠지는 것 같은 소리가 날 때마다 쓰러진 사내의 몸이 경련을 일으켰다.

이윽고 사내가 천장을 바라보며 사지를 길게 뻗자 다른 그림자 하나가 칼을 빼어들고 가까이 다가서더니 죽음을 보다 정확하게 해두려는 것인 듯 사내의 가슴을 힘껏 쿡 찔렀다.

다비드 킴은 사나이들이 나올 때까지 기다리고 있었다. 10분도 못돼 사나이들은 방에서 나왔다. 그리고 엘리베이터 쪽으로 걸어갔다.

다비드 킴은 그들이 사라진 것을 확인하고 나서 방을 나와 맞은편 방으로 들어가 보았다. 문을 열자 방에서 피비린내가 확 풍겨왔다. 욕실에서는 여자의 공포에 질린 듯한 신음소리가 계속 들려오고 있었다. 그는 방안으로 들어가 사내의 죽음을 확인하고 나왔다.

방으로 돌아온 그는 서둘러 오리온 호텔을 떠났다. 이제 Z와의 싸움이 시작된 것이다.

밤거리를 급히 걸어가던 그는 도중에 공중전화 부스에 들어가 Z에게 전화를 걸었다. Z가 나오자 그는 조용히, 그러나 차갑게 말했다.

"Z! 잘 들어둬라! 나를 죽이려 하다니, 그대로 놔둘 수 없다. 이제부터 당신과 나는 적이다!"

"뭐, 뭐라고? 아니, 이것 봐! 그건 오해다!"

Z는 몹시 당황하고 있었다.

"뭐, 오해라고? 그 말을 정말로 믿을 정도로 내가 어리석은 줄 아나?"

"미안하게 됐다. 부하들이 내 말을 듣지 않고 그런 짓을 한 것 같다. 오해를 풀고 그 전처럼 함께 일하자!"

"쓸데없는 소리하지 마라. 당신은 지금쯤 내가 호텔 방안에 시체가 되어 누워 있을 줄 알았겠지. 그러나 나는 그렇게 쉽게 죽을 위인이 아니란 걸 알아주기 바란다. 나는 당신을 용서할 수 없다. 당신에 대한 처리문제는 잠시 생각해 보고 나서 결정하겠다. 필요할 때 당신에게 언제라도 연락이 가능하게 이 전화번호를 살려두기 바란다. 나와 연락할 수 있어야 당신도 유리할 수 있을 것이다."

"이봐, 부처! 그러지 말고 내 말……"

다비드 킴은 수화기를 철컥 내려놓고 나서 공중전화 부스에서 나왔다. 그는 처음으로 답답하던 무엇에서 해방된 듯한 기분을 느꼈다.

밤이 깊어 거리는 통금에 쫓기는 사람들의 발길로 어수선했다. 그는 그런 사람들과는 달리 천천히 걸어갔다.

한참을 그렇게 걷던 그는 골목길로 들어서서 조그만 삼류호텔 앞에서 걸음을 멈췄다. 내키지 않았으나 돈이 조금 밖에 남아있지 않으니 삼류 호텔이라도 들어야했다.

이윽고 호텔 안으로 들어선 그는 직원을 따라 5층의 한 방으로 들어갔다. 방안은 삼류호텔이라 지저분하기 짝이 없었다. 다비드 킴은 저고리를 벗고 티셔츠 바람으로 앉아 창밖을 내다보았다. 실내의 전등불마저 끄고 그는 창가에 꼼짝 않고 목석처럼 앉아 있었다.

Z와 결별을 선언한 이제 그는 사면에 적을 가진 셈이 되었다. Z가 앞으로 혈안이 되어 자기를 찾을 것임을 그는 잘 알고 있었다. 따라서 수사기관과 Z의 손길을 피해 어떻게 해외로 빠져나갈 수 있는가 하는 것이 그로서는 제일 큰 문제라고 할 수 있었다. Z는 나를 내보내지 않고 죽이려 둘 것이다. 수사기관 역시 마찬가지다.

한참 만에 그는 자신이 막다른 골목까지 와 있는 것을 알고는 처음으로 식은땀을 흘렸다. 자신이 이렇게 궁지에 몰려 보기는 처음이었다. 그러나 궁지에 몰리면 몰릴수록 좌절하지 않고 거세게 헤쳐 나가는 것이 그의 생리였다.

한참 후 그는 Z에게 다시 전화를 걸었다. Z는 기다리고 있었는지 즉시 응답해 왔다.

"부처! 나를 배신하면 어떻게 되는지 알고 있지?"

다비드 킴은 낮은 소리로 웃었다.

"나는 배신하지 않았어. 배신한 건 당신이야. 당신은 부하들을 보내 나를 죽이려 하지 않았는가."

"네가 약속을 어겼기 때문이야."

"약속을 어겼다고는 생각지 않아. 나는 최대한으로 노력해 보았지만 결국 실패하고 말았다. 더 이상 노력해 봐도 헛수고야. 나는 그것을 알고 있어. 그래서 포기한 거야."

"이유란 있을 수 없어! 용서할 수 없어!"

"용서할 수 없는 건 오히려 내 쪽이야!"

"넌 독 안에 든 쥐다. 잡히는 건 시간문제야! 돈도 떨어지고 여권도 없으니 빠져나가지는 못할 거고 곧 잡히게 될 거다!"

"나는 그렇다고 치고 당신도 잡히는 건 시간문제라는 걸 모르나? 내가 수사기관에 전화 한 통화만 걸면 당신 정체는 드러날 것이고. 그렇게 되면 어떻게 된다는 걸 모르나?"

신음소리가 들려왔다. 다비드 킴도 신음소리를 냈다.

"내 정체를 알려주겠다는 거냐?"

"당신이 나를 죽이려고 하는 이상 나도 가만있을 수는 없지."

"요구하는 게 뭐냐?"

"50만 달러와 여권이다. 50만 달러는 스위스 은행에 입금시켜주면 내가 확인하겠다. 여권과 함께 여행하는데 필요한 달러가 좀 필요하다. 고액권으로 1만 달러면 된다. 당신이라면 그만한 돈쯤이야 금방 마련할 수 있을 것이다. 이 요구 조건을 아무

이의 없이 받아준다면 나는 당신 정체를 밝히지 않고 조용히 출국하겠다."

"미친 놈! 이 미친 놈! 내가 들어줄 줄 알았느냐?"

"그렇다면 할 수 없다. 당신이 망하는 꼴을 구경하게 되어 유감이다."

"네놈이 수사기관에 고발해도 네 말을 믿을 놈은 하나도 없다. 증거가 없으니 누가 믿겠나? 얼마든지 고발해라! 흐흐흐…… 미친 놈."

이번에는 Z쪽에서 먼저 전화를 끊었다.

다비드 킴은 수화기를 내려놓으면서 창밖으로 분노에 찬 시선을 던졌다. Z와의 거래에 실패한 이상 이제는 다른 방법을 강구하지 않으면 안 된다.

Z의 말대로 수사기관에 그를 고발한다 해도 기관에서는 믿으려 들지 않을 것이다. 무엇보다 증거가 없는 것이다. Z는 증거를 남기지 않는 점에서는 완벽하다고 할 수 있다.

Z가 나를 죽이려고 하는 이상 나도 놈을 죽여야 한다. 출구가 막힌 그는 이제 그 방법밖에 없다고 생각했다.

다비드 킴은 자기를 헤치려는 자에 대해서는 그대로 방치하는 법이 없었다. 먹히지 않으려면 상대를 죽여야 하는 것이다. 그것이 그의 철학이었다.

11월 13일 오후 2시, 국내의 모든 정보수사기관의 책임자들은 수상의 호출을 받고 급히 수상관저로 몰려갔다.

수상은 침대 위에서 그들을 맞았다. 그전보다 수상의 얼굴은 더욱 수척해져 있었고 부축해 주어야 겨우 몸을 일으켜 앉을 정도였다.

S국장, KIA국장, 경찰국장, 각 군 정보대장 등 일국의 정보 및 수사를 맡고 있는 실력자들은 한결같이 침통한 표정으로 수상 곁에 늘어서 있었다. 수상이 앉으라고 말하자 그들은 조심스럽게 의자 위에 걸터앉았다. 수상은 한동안 심하게 기침을 하고 나서 입을 열었다.

"장연기 후보가 암살당할 뻔했다는데 대체 이게 어떻게 된 일이오?"

수상의 시선이 S국장에게 향하자 S국장은 고개를 숙였다.

"심려를 끼쳐드려 죄송합니다."

"장 후보를 암살하려는 이유는 무엇이며 범인은 누구인가요?"

수상의 한 마디 한 마디에 실내는 찬물을 끼얹은 듯 조용했다. 기침소리 하나 없는 무거운 침묵이 계속된 뒤 S국장이 조심스럽게 대답해 나갔다.

"범인을 아직 체포하지 못해 자세한 내용은 말씀드릴 수 없습니다. 죄송합니다. 그렇지만 대충 짐작은 하고 있습니다. 일본 신흥세력의 지원을 받은 범죄단체가 정치적 목적을 위해 그런 불미스런 짓을 저지른 것 같습니다."

"그럼 그전에 나한테 말한 바 있는 그 집단이 여전히 기승을 부리고 있다는 말인가요?"

"그렇습니다."

수상은 아까보다 더욱 심하게 기침했다. 비서가 달려와 누우라고 했지만 그는 손을 내저었다. 흐트러진 반백의 머리칼을 손으로 쓸어 올리며 그는 한숨을 내쉬었다.

"그들이 노리는 정치적 목적이란 뭔가요?"

"아직 분명하지는 않지만 정권탈취를 목표로 삼고 있는 것 같습니다. 대동회의 배경에 범죄 세력이 있다는 말이 있지만 선거기간인데다 증거가 없어서 손을 못 대고 있습니다."

"그렇다면…… 그들이 장 후보를 제거하려고 한 것은 이창성 후보를 당선시키기 위해 그런 건가요?"

"네, 그런 심증이 가지만 심증만으로는 수사권을 발동할 수가 없어서……"

"으음…… 나쁜 놈들……"

수상은 이마를 짚으면서 신음했다. 이때 KIA국장이 안경을 밀어 올리면서 S국장을 힐끗 쳐다보았다.

"이런 사태로까지 일이 번진데 대해서는 책임자가 책임을 져야 합니다. 제가 알고 있는 바에 의하면 이것은 매우 위험한 사태라고 할 수 있습니다."

두 사람의 시선이 무섭게 부딪쳤다.

"책임을 회피할 생각은 없습니다."

S국장은 차갑게 내뱉었다. KIA국장은 S국장을 묵살한 채 계속 말했다.

"범죄 집단이 국가 전복 음모를 꾸미고 있을 뿐만 아니라 그것이 실현 가능성으로까지 발전했다는 것은 실로 통탄할 일이 아닐 수 없습니다. 이것은 전쟁과 맞먹는 초비상사태라고 할 수 있습니다. 그런데 제가 알기로는 S국 내에 5열까지 침투해 있어서 S국 업무가 그동안 거의 마비되어 있었다고 들었습니다. 그러니 범죄 집단이 기승을 부릴 만 했습니다."

둘러앉아 있는 사람들의 몸이 조금씩 움직였다. S국장은 손수건으로 이마에 흐르는 땀을 닦았다.

"그 동안 정보가 새어나가고 있었던 것은 사실입니다. 그렇지만 S국내에 5열이 있다고는 단정할 수 없습니다. 다만 가능성이 있기 때문에 거기에 신경을 쓰고 있습니다. 그리고 그 동안 S국 업무가 마비되어 있었다는 것은 너무 지나친 말입니다. 우리는 정보가 누설되는 등 여러 가지 악조건을 무릅쓰고 일해 왔습니다."

"아무튼 그 동안 위험이 너무 중대했고 장 후보가 암살까지 당할 뻔했다는 것은 유감스러운 일이 아닐 수 없습니다. 누군가가 반드시 책임져야 할 문제라고 봅니다."

S국장의 얼굴에 경련이 스쳐갔다.

"K국장, 지금 이 자리에서 굳이 S국을 헐뜯는 이유가 뭐죠?"

"S국을 헐뜯는 게 아닙니다. 책임자에게 책임을 묻고 있는 겁니다."

"같은 입장에서 협조는 못할망정 왜 비방하는 겁니까? 이 자리에서 꼭 이래야만 되겠소? K국장이 나한테 책임을 물을 입장에 있습니까?"

험악한 분위기에 나머지 사람들은 안절부절 하면서 수상의 눈치를 살폈다. 수상의 얼굴에 잔뜩 주름살이 지더니 이윽고 그는 손을 들어 흔들었다.

"S국장…… 그리고 K국장, 언쟁을 그만 두시오."

수상은 말을 마치고 뒤로 벌렁 쓰러지다시피 드러누웠다. 놀란 사나이들이 일어나 침대 주위로 모여들자 수상은 손을 흔들며 가쁘게 숨을 내쉬었다.

"여기서 나는…… 책임을 묻지 않겠소…… 여러분들은 힘을 합쳐서 선거가 무사히 치러질 수 있도록…… 최대의 노력을 경주하시오…… 모두 힘을 합쳐…… 난국을 타개하시오…… 혼란이 없도록 조용히…… 그러나…… 신속하고 단호하게…… 범죄자들을 제거하시오…… 여러분들은…… 이 조국의 안전을 위해…… 조국의…… 안전을 위해……으음……"

수상은 천장을 쏘아보더니 입을 꾹 다물었다. 그리고 움직이지 않았다.

"이봐! 비서! 빨리 의사 불러와!"

누군가가 외치는 가운데 실내에 혼란이 일었다. 허둥지둥 달려온 주치의는 맥을 짚어보더니 한숨을 내쉬었다.

"각하께서 혼수상태에 빠지셨습니다. 맥박이 매우 약하게 뛰고 있습니다."

"위험한가요?"

S국장이 초조하게 물었다. 주치의는 눈시울을 붉히며 고개를 끄덕거렸다.

이윽고 실내에 무거운 침묵이 내려덮었다. 사나이들은 응접실로 나와 서로 얼굴만 쳐다보았다. 바로 그때 창백하게 굳어 있던 S국장이 갑자기 탁자 위에 놓여 있던 재떨이를 K국장에게 집어던졌다. 재떨이는 정통으로 K국장의 이마에 부딪쳤다가 떨어졌다.

"이 새끼! 건방지게 왜 까불어! 죽고 싶어?"

S국장은 피스톨을 뽑아들더니 철컥 하고 장탄을 했다.

"이게 무슨 짓들이오?"

여러 사람들이 달려들어 S국장을 가로 막았다. K국장은 터진 이마를 손수건으로 막으면서 허리를 굽혀 떨어진 안경을 집어 들었다. 안경은 한쪽 알에 금이 가 있었지만 그는 상관하지 않고 그것을 얼굴에 끼었다. S국장은 말리는 사람들을 뿌리치며 K국장에게 달려들려고 했다.

"이 새끼야! 네놈 때문에 각하께서 쇼크를 받으신 거야! 네가 시비만 걸지 않았으면 이런 일이 일어나지 않았어. 개새끼!"

수상 주치의가 이마를 치료해 주는 동안 K국장은 소파에 앉아 담배를 피우고 있었다. 그는 창백한 표정이었지만 매우 침착한 모습이었다.

"오늘 일은 기억해 두겠소."

그가 한 말은 이 한 마디였다. 다른 사람들이 화해시키려고 했지만 두 사람은 화해하려고 하지 않았다.

"그렇다면 부득이 두 분을 제외시키고 대책을 세울 수밖에 없습니다. 수상 각하의 지시를 차질없이 수행하기 위해서는 하는 수 없습니다."

각 군 정보대장과 경찰국장이 정색을 하고 말하자 비로소 두 사람은 악수를 나누었다. 그러나 여전히 굳은 표정은 풀지 않고 있었다. 사태가 급한 만큼 수상 관저의 회의실에서 즉시 비상회의가 열렸다.

"만일 각하께서 저대로 깨어나시지 못하고 별세하신다면 과도 행정을 맡을 사람이 당장 필요합니다."

S국장의 말에 K국장이 제동을 걸었다.

"그 문제는 우리가 논의할 일이 못됩니다. 헌법에 따라 결정하면 되는 겁니다."

"옳습니다."

경찰국장이 동의를 표하자 나머지 사람들도 고개를 끄덕였다. S국장은 중의에 따른다는 듯 잠자코 입을 다물었다.

"앞으로의 모든 문제는 합동회의에서 결정해 나가도록 하는 게 좋겠습니다."

K국장이 이마를 손으로 누른 채 말했다. 이것은 모든 기관이 총동원되어야 한다는 뜻인 만큼 매우 중요한 문제라고 할 수 있었다. 이것이 원칙적으로 받아들여지면 수사는 S국만의 소관을 벗어나 한층 활기를 띠게 될 것이다. K국장의 말은 수상의 지시 내용과 같았으므로 아무도 반대하는 사람이 없었다.

이 비상회의에서 결정된 사항은 다음과 같았다.

① 모든 문제는 합동회의에서 결정한다.

② 합동회의는 매일 밤 10시에 S국장실에서 열도록 한다.

③ 실무자급의 합동수사본부를 설치한다.

④ 장연기 후보에 대한 경호는 해군 정보국에서 전담한다.

뒤늦은 감이 있었지만 이것은 매우 획기적인 조처라고 할 수 있었다. 회의를 마친 보스들은 모두가 긴장한 얼굴로 뿔뿔이 헤어졌다.

장연기 후보에 대한 경호를 해군 정보국에서 전담한 이유는 그 나름대로 안전한 방법이 있기 때문이었다.

해군 정보국이 장 후보와 그 가족들을 데려간 것은 11월 14일 새벽 2시경이었다. 쥐새끼 한 마리 얼씬거리지 않는 통금의 거리를 장갑차 한 대와 일개 중대 병력을 태운 트럭 세 대가 달려갔다.

중대병력이 포진한 가운데 장 후보와 그 가족들은 밖으로 나와 리무진에 올랐다. 장갑차와 군 트럭의 엄호를 받으며 인천 쪽으로 달려간 그들은 한 시간 뒤 해군 순양함으로 안내되었다. 그야말로 가장 안전한 곳에 은신하게 된 것이다.

11월 14일 밤 10시 조금 지나 국제 전신전화국에 상주하고 있는 라이온으로부터 킬리만자로 본부로 전화가 걸려왔다.

전화를 받은 요원이 수화기를 최 진에게 넘겼다.

"조금 전에 Z의 전화를 캐치했습니다. 도쿄 넘버 025—55523으로 전화를 걸었습니다."

025—55523이라면 바로 요시다 마사하루의 전화번호다. 최 진은 요원을 보내 녹음된 테이프를 가져오게 했다. 한 시간 후 녹음된 목소리가 흘러나오자 모두가 긴장해서 귀를 기울였다.

"여기…… 서울입니다. R이십니까?"

목쉰 소리였다. "저 놈의 쉰 목소리" 하고 진은 중얼거렸다.

"Z인가요?"

울분에 찬 목소리가 들려왔다.

"그렇습니다. 중요한 부탁이 있습니다."

"내…… 내 아들은 어떻게 된 거요?"

"잘 있습니다. 염려하지 마십시오."

"염려하지 말라고? 이 악마 같은……"

"하하, 흥분하시는 것 같은데…… 지금 그럴 겨를이 없습니다. 부탁을 들어주시오."

"말해 보시오."

"선거가 정상적으로 치러지면 우리는 패하고 맙니다. 우리가 패하면 요시다 선생도 곤경에 빠질 겁니다. 생각 끝에 마지막 수단을 강구하기로 했습니다. 현재 한국은 전 수사기관이 합동작전을 펴기 시작했고 장 후보는 해군 정보국에서 보호 중이라 접근이 불가능합니다. 따라서 비상수단을 강구하지 않을 수 없습니다."

"비상수단이란 뭡니까?"

"41154445 작전을 전개할 계획입니다."

"으음……"

신음소리가 들려왔다.

"결과는 엄청난 것이지만 현재로서는 그 방법밖에 없습니다. 그 작전이 성공하면 선거는 중단될 것입니다. 일단 선거를 중단시킨 다음에 다른 방법을 강구할 생각입니다."

"그것은…… 그것은 안 됩니다."

"왜, 왜 안 된다는 거요?"

"내 아들과 교환 조건이 아니라면 할 수가 없습니다."

"분명히 말해 두지만 교환 조건을 제시하지 마시오. 당신 아들은 잘 있소. 잘 있는 아이에게 해가 가는 짓은 하지 마시오."

"내 아들은 언제 보내줄 생각이오?"

"적당한 시기에 보내주겠소."

한참 동안 침묵이 흘렀다. 그런 다음 땅으로 꺼지는 듯한 한 숨소리와 함께

"알겠소."

하는 소리가 들려왔다.

"일본에는 그 방면의 세계적인 권위자가 있는 걸로 알고 있습니다. 그 사람에게 부탁해서 급히 제조해 주기 바랍니다. 기한은 11월 30일까집니다. 좋은 소식 바라겠습니다."

대화는 여기서 끊어졌다.

킬리만자로의 요원들은 암호 넘버「4 1 1 5 4 4 4 5」를 놓고 회의에 들어갔다.

"통화내용으로 보아 Z는 R의 아들을 인질로 납치해서 협박하고 있는 것 같습니다. 이것으로 보아 적월과 흑월은 현재 서로 갈라진 것이 분명합니다. 다만 Z가 R의 아들을 붙잡아두고 있기 때문에 R은 꼼짝 못하고 있는 것 같습니다. 이것을 도쿄의 모오리 형사에게 급히 연락해 주어야겠습니다."

최 진은 암호 넘버가 지난번 Z의 이름을 나타낸 암호방식과 같은 것임을 알았지만 그것이 무엇을 나타내는지는 알 수가 없었다.

시로노 징이찌(城野仁一) 박사는 64세, 세계적으로 알려진 세균학의 권위자다. 그는 최근 들어 고혈압으로 몹시 고생하고 있었다.

그래서 될수록 연구를 뒤로 미루고 유유자적한 시간을 보내려고 노력하고 있었다. 11월 18일 이른 아침, 그는 자리에서 일

찍 일어나 여느 때처럼 산책에 나섰다. 그의 집에서 북쪽으로 1킬로미터쯤 떨어진 곳에는 야산이 하나 있어서 아침 일찍 산책하기에 아주 좋았다.

그곳 야산에는 또한 약수터가 있어서 땀을 흘리며 그곳까지 가서 약수를 마시는 것이야말로 그의 중요한 일과 중의 하나가 되어 있었다. 백발에 안경을 끼고 거기에다가 지팡이까지 짚고 느릿느릿 걸어가는 그의 모습은 얼핏 보기에 한가롭기 짝이 없는 노인들과 다를 바 없었다.

옆구리에 차고 있는 수통이 걸음을 옮길 때마다 달랑거리는 것이 보기에 따라서는 웃음을 자아낼 만도 했다.

그를 알아본 청년 하나가 자전거를 타고가다 말고 내려서서 공손히 인사를 하자 시로노 박사는 만면에 웃음을 가득 담으며 인사를 받았다. 며느리가 짜준 회색 털 셔츠를 걸쳐 입은 박사는 앞으로 굽어진 어깨를 쭉 펴면서 써늘한 아침 공기를 가슴 깊이 들이마셨다. 야산에는 항상 보는 얼굴들이 벌써 나와 있었다. 마을 사람들은 야산 꼭대기에 모여서서 제각기 운동을 하고 있다가 박사가 나타나자 일제히 인사를 했다. 시로노 박사는 인사를 받으며 그들과 몇 마디 주고받은 다음 산 아래 마을을 내려다보았다.

10분쯤 그렇게 서 있다가 그는 그곳을 떠나 약수터 쪽으로 내려갔다. 약수터까지는 오솔길을 타고 한참 꾸불꾸불 내려가야 했다.

박사는 지팡이로 무서리가 허옇게 내려앉은 나뭇가지들을 툭툭 치면서 걸어갔다.

그때 뒤에서 인기척이 났다. 뒤돌아보니 30대의 건장한 사내 하나가 어느 결에 그의 뒤를 바싹 따라오고 있었다. 검정 가죽점퍼를 입은 그 사내는 처음 보는 얼굴이었다. 시로노 박사는 아마 새로 이사 온 사람일 것이라고 생각하면서 내처 걸어갔다.

그런데 그가 모퉁이를 막 돌아서는 순간 숲속에서 역시 가죽점퍼 차림의 두 젊은 사나이들이 불쑥 튀어나왔다. 그들은 박사를 가로막으면서

"시로노 박사님이시죠?"

하고 물었다.

"네, 그렇소. 왜 그러시오?"

박사는 꺼릴 게 없었으므로 당당하게 대답했다.

"우리는 경찰입니다. 잠깐 서까지 좀 가셔야겠습니다."

"뭐라구?"

박사는 어이가 없다는 듯이 그들을 쳐다보다가 갑자기 정색을 하고 있었다.

"경찰이 왜 나를 찾는 거요? 이유가 뭐요? 나에게 용무가 있으면 집으로 찾아올 것이지 이런 곳까지 올 게 뭐요? 어디 신분증 좀 봅시다!"

그때 뒤에서 서 있던 사나이가 박사의 목을 휘어 감았다. 박사는 살려달라고 소리치려고 했지만 목이 막혀 아무 소리도 지를 수가 없었다.

그들 외에 또 한 사나이가 나타났다. 네 명의 사나이들은 박사를 끌고 숲속으로 들어갔다. 박사는 죽음을 의식하면서 몸부림을 쳤다. 그러나 쓸데없는 짓이었다. 흡사 사지를 못 쓰는 병

자처럼 그는 그들의 손에 질질 끌려갔다.

일단 눈에 띄지 않는 곳까지 박사를 끌고 온 그들은 미리 준비한 마취제로 박사를 마취시킨 다음 그를 대형 트렁크에 쑤셔 박았다.

이윽고 그들은 트렁크를 들고 야산으로 내려갔다. 이른 아침인데다 산책 나온 사람들은 다른 길을 이용하고 있었기 때문에 그들은 사람 눈에 띄지 않고 트렁크를 나를 수가 있었다.

차도에는 그들이 대기시켜 놓은 소형 트럭과 승용차가 기다리고 있었다. 차도에 닿은 그들은 트렁크를 트럭 위에 실은 다음 급히 그곳을 떠났다.

그로부터 한 시간 뒤 시로노 박사는 바닷가에 자리 잡은 어느 거대한 별장의 2층 방에서 정신을 차렸다. 침대 위에서 정신을 차린 그는 흉몽에서 깨어난 듯 벌떡 일어나 앉았다.

"다, 당신들은 누구요?"

박사는 침대 곁에 다가서 있는 두 명의 젊은 사나이들을 바라보며 물었다. 사나이들은 아무 말 없이 그를 침대에서 끌어내려 다른 방으로 데리고 갔다.

그 방은 으리으리하게 차려진 응접실이었다. 창문으로는 푸른 바다가 보였고 이제 막 수평선 위로 떠 오른 태양의 붉은 빛이 쏟아져 들어오고 있었다.

"여기 앉아서 기다리십시오."

사나이들은 정중하게 소파를 권하고 나서 밖으로 사라졌다. 시로노 박사는 자리에 앉아 어쩔 줄 모르고 있다가 집에 빨리 연락해야 되겠다는 생각에서 탁자 위에 놓여 있는 전화통의 수화기를 집어 들었다. 그때 문이 열리면서 40대의 중년 사나이가 들어왔다.

"시로노 박사님, 그 전화는 감시당하고 있어서 통화하실 수가 없는 겁니다."

시로노 박사는 수화기를 내려놓고 사나이를 멍하니 바라보았다. 거침없이 다가온 사나이는 박사의 맞은편 자리에 앉더니

"실례를 범해서 죄송합니다."

라고 말했다. 사나이는 미소를 짓고 있었는데 사팔뜨기라 엉뚱한 곳을 보고 있는 것 같았다.

"당신들은 뭐하는 사람들이오? 왜 나를 납치한 거요?"

박사는 공포감을 누르며 침착하게 물었다.

"죄송합니다. 박사님께서 순순히 따라오셨다면 그런 실례를 범하지 않았을 겁니다. 죄송합니다."

"내 질문에 대답하시오. 당신들은 경찰이 아니지요?"

"네, 경찰이 아닙니다."

"그럼 뭐하는 사람들이오?"

"그런 건 묻지 마십시오. 아시려고도 하지 마십시오. 우리는 박사님께 무엇을 좀 부탁하려고 그러는 것뿐입니다."

"그러고 보니까 당신들은…… 깡패인 모양이군요?"

"어떻게 보시든 상관하지 않겠습니다. 부탁만 들어주시면 많은 사례와 함께 댁으로 보내드리겠습니다."

박사는 날카롭게 상대를 쏘아보았다. 조금 전의 공포에 질린 표정은 사라지고 어떠한 고난도 받아들이겠다는 각오가 얼굴에 확연히 드러나 있었다.

"무슨 부탁인지는 모르지만 들어줄 수 없어!"

"박사님, 그러시면 안 됩니다. 이건 반드시 들어주셔야만 합니다."

"아무 것도 들어줄 수 없어! 내 목에 칼이 들어와도 절대로 들어줄 수 없어!"

"그러시다면 우리도 결국은 비상수단을 강구하지 않을 수 없습니다."

사나이의 표정이 싸늘하게 굳어지고 있었다. 시로노 박사는 입을 꾹 다문 채 미동도 하지 않았다.

"만일 부탁을 들어주시지 않는다면 박사님 가족들은 몰살당할 것입니다. 제 말은 거짓말이 아닙니다."

시로노 박사의 눈이 점점 경악하는 빛을 띠기 시작했다.

"뭐, 뭐라고? 이 나쁜 놈 같으니! 내 가족들을 몰살한다고? 너 이놈! 이 나쁜 놈!"

박사는 손을 들어 사나이를 쳤다. 그러나 그보다 먼저 사팔뜨기의 손이 박사의 손목을 움켜잡았다.

"박사님 이러시면 안 됩니다. 정 이러시면 저도 거칠게 대하겠습니다."

손목을 잡힌 박사는 아픈지 얼굴을 찌푸렸다. 사팔뜨기의 눈초리가 사나와지고 있었다.

"고집부리지 마십시오. 순순히 말을 듣는 것이 서로를 위해 좋을 겁니다."

"도대체 당신들의 정체가 뭔가?"

박사의 주름진 얼굴이 푸들푸들 경련하고 있었다.

"아하, 아실 필요가 없대두요. 만일 박사님께서 거절하신 다면 댁의 가족들은 내일 모두 시체로 발견될 겁니다. 아들은 물론 며느리와 귀여운 손자까지 모두 시체가 될 겁니다. 우리는 거기에 대한 계획이 모두 서 있습니다."

사팔뜨기는 박사의 손을 놓더니 품속에서 피스톨을 꺼내 거기에다 소음파이프를 박았다. 그것을 본 박사의 얼굴이 다시 공포의 빛을 띠기 시작했다.

"이것은 소리가 나지 않는 피스톨이기 때문에 파리보다 간단히 사람을 죽일 수가 있습니다. 자, 어떻게 하시겠습니까, 협조하시겠습니까, 아니면 죽음을 택하시겠습니까?"

시로노 박사는 공포에 질리다 못해 눈을 감아버렸다. 그러한 박사를 바라보면서 사나이는 얼굴에 지그시 냉소를 흘리고 있었다.

"잘 생각해서 결정하십시오."

그때 박사가 눈을 떴다. 눈은 충혈 되어 있었다.

"내가 죽는 건 겁나지 않아."

"알고 있습니다. 그렇지만 가족들이 죽는 걸 바라지는 않으실 테죠."

"이 나쁜 놈…… 그럴 수가…… 그럴 수가……"

박사는 중얼거리면서 손으로 이마를 짚었다.

"도대체 그 부탁이란 뭐요?"

"페스트균을 배양해 주십시오."

"뭐라고? 그, 그건 뭐하려고?"

"묻지는 마십시오. 페스트균이 급히 필요합니다."

"안 돼! 그건 안 돼!"

박사는 손을 저으며 소리쳤지만 그것은 허망한 외침에 불과했다.

"흐흐흐…… 물론 거절하시리라 믿었습니다. 그렇지만 거절하시면 안 됩니다. 아시겠습니까?"

사팔뜨기는 피스톨을 들어 박사의 얼굴을 겨누었다. 박사는 숨을 흑 들이키면서 눈을 크게 떴다. 그의 얼굴은 식은땀으로 뒤범벅이 되어 있었다.

"페스트균을 뭐하려고 그러는 거요?"

"묻지 마십시오."

"설마…… 그걸로……"

"다른 생각은 하지 않아도 좋습니다. 그걸 만들어주기만 하면 됩니다."

박사는 절망적인 한숨을 내쉬었다.

"도대체 얼마나 만들어 달라는 거요?"

"인구 1천만의 도시를 전염시킬 수 있어야 합니다. 이달 안으로 만들어야 합니다."

"그렇다면……. 도쿄를……"

"시로노 박사님, 아무것도 묻지 말아 주십시오. 다시 또 묻는다면 혀를 잘라 버리겠습니다."

사팔뜨기는 사납게 일갈하고 나서 일어섰다.

"작업은 여기서 하십시오. 필요한 것은 즉시 구입해 드리겠습니다."

사나이가 밖으로 사라지자 박사는 벌떡 일어섰다. 그리고 뛰어가 문고리를 잡아당겼다. 그러나 문은 단단히 잠긴 채 끄떡도 하지 않았다. 박사는 창가로 다가가 보았다. 창 밑에는 세퍼드 두 마리가 으르렁거리며 앉아 있었다.

박사는 손으로 머리를 짚으며 소파로 다가와 힘없이 털썩 주저앉았다.

페스트 작전(作戰)

11월 20일 새벽 3시, 전 국민의 존경을 받아오던 수상은 마침내 운명했다. 마지막 숨을 넘기기 전 잠시 깨어난 수상은 아직 어둠이 깃든 창밖을 물끄러미 바라보다가 문득

"불쌍한 국민…… 위대한 국민……"

하고 중얼 거렸다. 그 소리를 마지막으로 수상은 운명했다.

수상 서거 소식을 들은 백성들은 모두 슬픔에 잠겼다. 전국 방방곡곡에 산재해 있는 성당에서는 일제히 조종(弔鐘)을 울렸고, 모든 집 대문에는 반기가 게양되었다. 아침 출근길의 샐러리맨들은 라디오에서 흘러나오는 구슬픈 장송곡 소리에 하나같이 눈시울을 붉혔고, 감정이 격한 사람들은 엉엉 소리 내어 울기까지 했다.

모두가 너무 슬퍼했기 때문에 전국의 모든 공무원들과 일반

기업체 사원들은 일손이 잡히지 않았고, 그래서 모든 업무는 마비되다시피 했다.

수상의 서거를 가장 비통하게 생각한 사람들은 가난한 서민 대중이었다. 그들은 수상이 자기들을 얼마나 끔찍이도 사랑해 주었는가를 잘 알고 있었다. 그들은 수상이 장수하여 이 나라를 모든 백성들이 골고루 혜택을 받을 수 있는 복지국가로 만들어 줄 것을 간절히 기도해 왔었다. 그런데 수상이 서거 했으니, 그들의 비통함이야 이루 말할 수 없이 클 수밖에 없었다.

이날따라 비까지 내렸다. 눈물 같은 비였다. 네온사인도 사라진 거리는 밤이 되자 어둡기만 했다.

헌법에 따라 국회의장이 수상 권한을 대행, 과도 행정을 맞게 되었다.

도쿄의 모오리 형사는 서울로부터의 수상 서거 소식을 접하고는 한동안 혼란을 느꼈다. 남의 나라 사정이지만 매우 사태가 심각하다는 것을 느끼지 않을 수 없었다.

그는 피우던 담배를 비벼 끄고 취조실 출입구 쪽으로 다가가 귀를 기울였다. 거기서는 방위청 정보국장이 참의원 의원인 요시다 마사하루와 대륙산업 회장인 아낭 기사꾸를 직접 심문하고 있었다. 벌써 한 시간이 지났는데도 안에서는 아무 반응이 없었다.

요시다와 아낭을 정보국으로 연행해 온 것은 서울로부터 연락을 받고서였다. 그들을 연행하는데 매우 신중을 기하지 않을 수 없었고, 그것은 상당히 기술을 요하는 문제였다. 그래서 정보국 강력반원들이 비밀리에 정중히 모셔오다시피 했는데도 어느새 기자들이 눈치를 채고 달려들고 있었다. 한 시간 반이 되자 먼저 요시다 의원이 시뻘건 얼굴로 밖으로 나왔다. 몹시 성난 표정이었다.

"무슨 일로 오셨습니까?"

"혹시 조사 받으신 거 아닙니까?"

기자들이 달라붙어 질문을 퍼부어댔지만 그는 입을 꾹 다문 채 급히 그들 사이를 빠져나갔다. 조금 후 아낭 회장이 성난 얼굴로 나타났다. 그 역시 기자들을 거들떠보지도 않은 채 급히 그곳을 떠났다.

모오리 형사는 반장실로 들어가 결과를 물었다. 강력반 반장은 고개를 내저었다.

"말도 마십시오. 국장님이 오히려 나중에 용서를 빌었소. 요시다 의원이 눈을 부릅뜨고 대드는 바람에 혼이 났어요."

"Z에 대해서 물었습니까?"

"물론 물어보았지요. 그랬더니 딱 잡아떼면서 사람을 뭘로 아느냐고 길길이 날뛰더라구."

모오리 형사는 어금니를 질끈 깨물었다.

"혹 떼려다 혹만 하나 더 붙였군요."

"그런 셈이지요. 요시다 의원이 패거리를 동원해서 국회에서 물고 늘어지면 곤란하게 되는데……"

반장은 미간을 잔뜩 찌푸렸다.

"곤란하게 될 것까지는 없지 않습니까?"

"아니죠. 방위청 관계의 일을 사사건건 물고 늘어지면 그거야말로 골치죠. 먼지 털어서 안 나는 데 있나요. 국회통과를 기다리는 사안들이 많은데 요시다 의원이 제동을 걸면 통과가 쉽지 않아요. 제기랄……"

그때 모오리 형사를 찾는 전화가 왔다.

"서울서 전화입니다."

교환원의 전갈하는 소리에 모오리 형사는 재빨리 수화기를 집어 들었다.

"타이거……"

최 진의 목소리가 들려왔다.

"아, 다크호스……"

"일본 국내에 있는 모든 분야의 권위자들에 대해 조사를 부탁합니다."

모오리는 어리둥절했다.

"무슨 말씀인지 자세히 좀 말씀해 주십시오. 모든 분야의 권위자라면 그 수가 너무 많아서……"

"세계적으로 알려져 있는 권위자들을 조사해 주십시오. 어떤 분야인지는 알 수 없습니다."

"세계적인 권위자라면 그 인물의 수가 어느 정도 한정될 수가 있습니다."

"급히 연락을 바랍니다."

"그런데 무슨 일입니까?"

"Z가 요시다에게 전화를 걸었습니다. 선거를 중단시키기 위해 마지막 비상수단을 강구해야 되겠다고 했는데 그걸 위해 일본에 있는 세계적인 권위자에게 무엇인가 제조를 부탁해 달라고 했습니다."

"세계적인 권위자에게 무엇인가 제조를 부탁해 달라고 했단 말이죠? 그렇다면 혹시 과학자나 의사가 아닐까요?"

"저도 그렇게 생각이 갑니다만 전 분야에 대해 조사해 보는 것이 좋을 것 같습니다. 11월 14일 이후의 행적과 이상 유무를 체크해 주셨으면 감사하겠습니다."

"알겠습니다. 곧 조사에 착수하겠습니다."

통화를 끝내고 난 모오리 형사는 반장에게 통화 내용을 이야기해 주었다.

일본국 방위청 정보국 강력반원들이 활동을 개시한 것은 그로부터 30분 후였다. 신속하고 정확한 과학적인 수사 끝에 하루 뒤인 21일 아침 다음과 같은 결과가 나왔다.

"수사결과 모든 분야에 걸친 세계적인 권위자는 78명에 이름. 이중 단 1명을 제외하고는 모두가 정상적인 활동을 하고 있음. 11월 14일 이후 이상이 발견된 자는 시로노 징이찌(城野仁一) 박사. 시로노 박사는 64세로 D대학교 의학부 교수이며 세균학의 세계적인 권위자임. 그는 지난 11월 18일 오전 6시경 아침 산책을 나간 이후 행방불명됨. 가족들도 행방을 모르고 있으며 박사로부터는 아직 소식도 없다고 함."

시로노 박사에 대한 행적수사가 즉시 개시되었다. 정보국 강력반원은 물론 도쿄 경시청 소속 5백여 명의 형사들이 시로노 박사를 찾아 나섰다.

모오리 형사는 최 진의 말대로 현재 한국에서는 무엇인가 중요한 사태가 벌어지고 있음을 직감했다. 그는 즉시 서울로 전화를 걸었다.

"시로노 징이찌라는 세균학 박사가 지난 18일 새벽 산책길에 행방불명됐습니다."

"세균학 박사라고요?"

"네, 그렇습니다. 여러 가지 정황으로 보아 납치된 것이 분명한 것 같습니다."

두 사람은 한동안 침묵했다.

"그밖에 다른 사람들한테는 이상이 없습니까?"

"없습니다. 시로노 박사를 제외하고는 모두가 정상적인 생활을 하고 있습니다."

"세균학의 권위자라면……"

진은 무엇인가 짚이는 것이라도 있는지 말을 맺지 못한 채 중얼거리고 있었다. 모오리 형사도 섬광처럼 머리를 스쳐가는 것이 있었다. 그러나 차마 그것을 입 밖에 내지 못하고 있었다. 왜냐하면 그것은 너무나도 무시무시한 일이기 때문이었다. 그런데 머뭇거리던 진이 먼저 거기에 대해 말을 꺼냈다.

"놈들이 시로노 박사에게 강력한 세균 제조를 부탁한 게 아닐까요?"

진의 목소리는 어느 새 침착하게 가라앉아 있었다. 모오리 형사는 손바닥으로 얼굴을 비볐다.

"그, 그럴 수가 있을까요?"

"만일 시로노 박사가 납치된 게 분명하다면 그밖에 다른 이유가 있겠습니까? 놈들이 무엇 때문에 시로노 박사를 납치했겠습니까?"

"그, 그렇군요."

모오리 형사는 마치 환청을 듣는 듯한 기분이었다. 진의 조용한 목소리가 계속 들려왔다.

"Z가 요시다에게 부탁한 것은 세균이었습니다. 요시다는 그것을 위해 박사를 납치한 겁니다."

"세균이라면?"

"전염성이 강한 세균이겠죠. 서울을 단시일 안에 죽음의 도시로 만들 수 있는 그런 세균 말입니다. 전염병이 퍼지면 선거는 중지될 수밖에 없습니다."

"......"

모오리 형사는 벌어진 입을 다물지 못한 채 거칠게 숨을 내쉬었다.

"시로노 박사를 빨리 찾아야 합니다. 세균이 만들어지기 전에 빨리 찾아내야 합니다! 지금은 그 방법밖에 없습니다. 부탁합니다!"

갑자기 최진의 목소리가 높아지는가 하더니 전화가 철컥하고 끊겼다. 모오리 형사는 현기증을 느끼면서 자리에서 비틀비틀 일어났다가 도로 털썩 주저앉았다.

한편 모오리 형사와 통화를 끝내고 난 최 진의 얼굴은 온통 땀에 젖어 있었다. 차가운 날씨인데도 그는 온몸에 불이 붙는 것 같은 기분을 느끼고 있었다.

킬리만자로의 요원들이 통화내용을 궁금해 하는 눈치들이었지만 그는 너무도 엄청난 사실이라 얼른 입을 열 수가 없었다.

한참 지나서야 그는 비상회의를 소집했다. S국에서는 엄 과장이 달려왔다.

"결국 4 1 1 5 4 4 4 5작전이란 세균작전이라고 볼 수 있을 것 같습니다."

최 진의 설명을 듣고 난 사람들은 하나같이 충격을 느낀 듯 한동안 입을 열지 못하고 있었다.

"도쿄에서 세균을 날라온다?"

한참 만에 엄 과장이 들릴 듯 말듯 중얼거렸다. 진은 과장의 손끝이 경련하는 것을 놓치지 않고 바라보았다.

"세균을 가져와서 서울에다 뿌리겠다는 건가? 무슨 세균, 무슨 세균을 말인가?"

엄 과장은 계속 중얼거렸다. 사나이들의 얼굴에 공포의 빛이 서서히 나타나고 있었다.

엄 과장은 갑자기 주먹으로 탁자를 쳤다. 그가 이렇게 흥분한 것은 처음이었다.

최 진은 메모지에 "4 1 1 5 4 4 4 5"라고 썼다. 이 암호 숫자를 풀지 않으면 대책을 세울 수가 없다. 이것은 세균명이 아닐까. 콜레라…… 페스트…… 발진티푸스…… 장질부사…… 아니면 새로 나타난 세균명이 아닐까.

법정 전염병중 가장 치사율이 높은 것은 콜레라와 페스트다. 진은 다시 암호 숫자를 들여다보았다. 이것을 풀 수 있으면 Z의 암호명에도 접근이 가능하다. 그때 엄 과장이 그를 보고 입을 열었다.

"시로노 박사를 찾을 가능성이 있나요?"

"글쎄, 그것은 저쪽 사정인데 아무래도 제 생각에는 기대를 걸지 않는 것이 좋을 것 같습니다. 놈들이 그렇게 어수룩하게 납치하지는 않았을 겁니다."

"대책을 이야기해 보시오."

샌드위치가 날카롭게 뻗은 턱을 쓰다듬으며 기침했다.

"제 생각에는 먼저 방역대책을 세워야 할 것 같습니다. 전국에 걸쳐 예방주사를 실시하고……"

장의사가 손을 흔들었다.

"전염병이 무엇인지도 모른 채 어떻게 예방주사를 놓나요? 병명을 먼저 밝혀내야 합니다."

"그야 그렇죠."

샌드위치는 턱에 손을 괴면서 입을 다물었다.

"전국 공항과 항만에서 일단 철저히 검역을 실시하는 게 시급합니다."

진은 말하는 쪽을 쳐다보지도 않은 채 대꾸했다.

"놈들은 일단 세균을 확보하면 검역반에 걸리게끔 그것을 퍼뜨리지는 않을 겁니다. 교묘한 방법으로 운반 해다가 인구가 밀집한 서울 복판에서 직접 퍼뜨릴 겁니다."

진의 한 마디는 절망적인 침묵을 강요하고 있었다. 어느새 모든 사람들의 얼굴에 식은땀이 번지고 있었다.

"그, 그럼 어떡하면 좋겠소?"

"먼저 암호를 풀어야 합니다. 암호를 푼 다음 대책을 세워야 합니다."

"암호가 풀리지 않으면?"

"그때는 하는 수 없습니다. 우리까지 전염병에 걸려 죽을지 모릅니다."

여기저기서 한숨소리가 들려왔다.

"무서운……, 정말 무서운 일이군. 놈들이 그렇게 극악할 줄은……"

"놈들은 사람이 아닙니다. 세균으로 사람을 몰살시키려 하다니, 용서할 수 없습니다. 특히 Z라는 인물은 실험대상에 오를 인물입니다."

"이 암호 숫자를 암호해독 반에 넘기도록 합시다."

샌드위치가 손수건으로 땀을 닦으며 말했다. 엄 과장은 머리를 저었다.

"풀지 못합니다. 지난번에 Z의 암호 숫자를 부탁했더니 해독 불능이라는 통보가 왔습니다."

"뿐만 아니라 이것이 다른 기관으로 넘어가면 5열이 눈치 챌지도 모릅니다. 그렇게 되면 놈들은 세균을 다른 것으로 바꿀지도 모릅니다."

진은 말을 마치고 다시 메모지를 들여다보았다.

"결국 이 암호는 우리가 풀어야겠군."

누군가가 중얼거렸다. 진은 고개를 쳐들었다.

"이 암호 숫자는 지난 번 Z의 이름을 나타낸 그 암호 숫자와 수법이 동일합니다."

모두가 메모지를 꺼내놓고 거기에 암호 숫자를 적기 시작했다. 진은 다른 메모지에다 지난번에 확보한 내용을 적었다.

"내가 죽거든 Z에게 도움을 청하라. Z의 이름은 ○·○·

○·○·○·○·○·○·○·○· 11 · 31이다."

만일 두 가지의 암호 숫자가 같은 방법으로 만들어진 것이라면 "4 1 1 5 4 4 4 5"는 Z의 암호명 숫자처럼 두 자리의 숫자로 조립될 수가 있을 것이다. 즉 "41 · 15 · 44 · 45"로 말이다.

진은 손바닥에 배어나오는 땀을 바지 자락에 문질렀다. 그는 지난번에 풀다가 만 것을 다시 정리해 보았다.

이 암호 숫자는 알파벳이나 한글을 풀어서 만든 것일 것이다. 그렇다면 한 쌍의 아라비아 숫자는 하나의 알파벳 또는 하나의 한글 자음이나 모음을 가리키는 게 아닐까.

이렇게 볼 때 Z의 이름은 12개의 한글 자모음이나 알파벳으로 이루어진 것이다. 그런데 한국인의 이름 중 12개의 자모음으로 이루어진 이름은 없다. 예를 들어 "박영국"이란 이름을 보면 이것은 "ㅂ ㅏ ㄱ ㅇ ㅕ ㅇ ㄱ ㅜ ㄱ", 즉 9개의 자모음을 넘지 않는다는 말이 된다.

물론 이름자가 네 자인 경우가 있기는 하다. 그러나 그것은 매우 드문 경우이므로 열외로 제쳐두자.

한국인의 이름자를 알파벳으로 쓴다면 얼마든지 12자로 이루어질 수 있다. 이를테면 "정동찬"이란 이름을 보자. 이것을 알파벳으로 쓰면 "JUNG DONG CHAN" 즉 12자로 이루어진다. 따라서 암호 숫자는 한글 자모음을 나타낸 것이 아니라 알파벳을 나타낸다고 할 수 있다. 그렇다면 Z의 이름은 12자의 알파벳으로 이루어진 이름이다. 또한 "41 · 15 · 44 · 45" 는 4자의 알파벳으로 이루어진 작전이름이다. 자, 여기까지는 해결을 보았다. 이 이상은 생각이 나지 않는다. 하나의 알파벳이 어떻게 두 자리의 아라비아 숫자로 표시될 수 있을까. 키는 어디에 있는 것일까. 최 진이 메모지를 들여다보고 있을 때 늙은 형사 출신인 샌드위치가 놀라운 발견을 했다.

"여기 나타난 아라비아 숫자에는 한 가지 공통점이 있는 것 같습니다. 모든 숫자가 6 이하의 숫자입니다. 다시 말해 5이상의 숫자가 없다는 말입니다. 모든 숫자가 1에서 5사이에 그치고 있습니다."

메모지를 다시 들여다본 진은 크게 고개를 끄덕였다. 그것은 눈에 빤히 띄는 사실인데도 불구하고 모르고 넘어가기 쉬운 함정이었다.

"정말 그렇군요!"

엄 과장도 크게 시인하면서 새로운 사실을 발견하려고 다시 메모지를 들여다보았다. 진은 어떤 가능성 같은 것을 느끼고는 자세를 바로 했다. 그때 문득 "41 · 15 · 44 · 45" 가 세균 이름이 아닐까 하는 생각이 들었다. Z가 R에게 통화한 내용을 보면 "4 1 1 5 4 4 4 5작전" 이라고 했다. 즉 이것을 고쳐 쓰면 "41 · 15 · 44 · 45 작전" 이라고 할 수 있다. 세균학자인 시로노 박사가 납치된 것으로 보아 이것은 세균작전이라고 볼 수 있다. 그렇다면 구체적으로 이 암호 숫자는 세균 명을 가리키고 있는지도 모른다. "콜레라 작전"이 아닐까. 아니다. "CHOLERA"는 7개의 알파벳으로 구성되어 있기 때문에 맞지가 않는다. "41 · 15 · 44 · 45", 즉 4개의 알파벳으로 이루어진 세균명은 무엇일까. 페스트…… PEST…… PEST…… 그렇다! PEST다! 진은 거칠게 숨을 몰아쉬면서 땀을 닦았다. 엄 과장이 그러한 그를 바

라보면서

"뭐, 발견했습니까?"

하고 물었다. 진은 가볍게 고개를 흔들었다.

"Z가 말한 4 1 1 5 4 4 4 5작전이 세균작전을 뜻한다면 아라비아 숫자는 혹시 세균 명을 가리키는 게 아닐까 하고 생각했습니다."

"그럴 가능성이 있지요."

"그렇다면 Z의 암호 숫자 이름처럼 이것도 두 개씩 조립해서 41 · 15 · 44 · 45로 만들 수가 있고 이것은 4개의 알파벳을 가리킨다고 볼 수 있습니다. 짝을 이루는 두 개의 아라비아 숫자가 하나의 알파벳을 가리킨다는 것은 지난번에 말씀드린 바 있습니다. 그렇다면 4개의 알파벳으로 이루어지는 세균 명을 찾아야 합니다. 그것은 바로 페스트입니다……"

모든 사람들의 시선이 일제히 최 진에게 쏠렸다. 긴장의 순간이 흐른 다음 엄 과장이 물었다.

"알파벳이 네 개라고 해서 그것이 꼭 페스트라고 확신할 수 있나요?"

"꼭 그렇게 볼 수는 없습니다. 그렇지만 치사율이 높은 강력한 세균으로는 페스트밖에 없습니다. 콜레라가 있긴 하지만 그것은 알파벳이 일곱 개입니다. 따라서……"

"알겠습니다. 그런데 이제 겨울이 닥쳐왔는데 겨울철에 전염병이 발생할 수 있나요?"

"그 점에 대해서 저도 생각해 보았습니다."

"결론은 어떻게 나왔나요?"

"날씨가 아무리 추워도 전염성이 강력한 세균이라면 얼마든지 퍼질 수 있을 겁니다. 놈들도 그것을 염두에 두고 작전을 세웠을 겁니다."

"그 점에 대해서 국내 의학계의 권위자를 한번 만나보는 게 어떨까요?"

"그렇지 않아도 만나볼 생각입니다."

"41 · 15 · 44 · 45가 페스트라면 어떻게 해서 이런 숫자의 조립이 나올 수 있을까요?"

"그것이 지금 바로 풀어야할 문제입니다. 그것만 풀어내면 모든 것이 해결됩니다."

진은 다시 암호 해독에 몰두했다. 모두가 메모지를 놓고 그것을 들여다보았다.

알파벳은 모두 26개다. 이것을 어떻게 1에서 5까지의 아라비아 숫자로 조립해서 암호로 만들 수가 있을까. PEST를 한번 살펴보자. "P"는 알파벳 순서대로 따진다면 16번째 글자다. "E"는 5번째, "S"는 19번째, "T"는 20번째 글자다. 이것을 조립암호 "41 · 15 · 44 · 45"와 비교해 볼 때 거기에는 유사점이 전혀 없다.

진의 생각은 여기에서 더 이상 나가지 못하고 있었다. 그뿐 아니라 다른 요원들도 그 점에서 생각이 막히고 있는 것 같았다.

회의는 다비드 킴 쪽으로 넘어갔다.

"현재 다비드 킴은 완전히 숨어버린 것 같습니다."

진의 말에 모두가 의아해 했다. 진은 거기에 대해 설명해 나갔다.

"다비드 킴의 목표는 장연기 후보였습니다. 헌데 그는 암살에 실패했습니다. 킬러가 암살에 실패했다는 것은 생명이 끝났다는 것이나 다름없습니다."

"그렇게 단정할 수야 없지요. 다음 기회를 노리고 있는지도 모르지 않습니까? 우리는 현재 그렇게 보고 있는데……"

과묵해 보이는 파이프(황운하)가 느린 목소리로 말했다.

"저도 그렇게 보고 있었습니다. 그런데 지금은 사정이 달라졌습니다. 해군 정보국에서 장 후보를 완벽하게 경호하고 있기 때문에 암살한다는 것은 불가능해졌습니다. 따라서 이제 다비드 킴은 킬러로서의 할 일이 없어진 셈입니다. 쓸모없게 된 킬러를 Z가 막대한 경비를 들여가면서까지 붙잡아 둘 필요가 있을까요?"

아무도 대꾸하는 사람이 없었다. 그의 말은 그만큼 설득력이 있었다.

"더구나 이번에 놈들이 계획하고 있는 것이 세균작전이 분명하다면 다비드 킴이 쓸모없게 된 것은 더욱 더 자명해집니다. 세균작전의 목적은 물어보나마나 선거를 중단시키는데 있습니다. 놈들이 선거를 중단시키려고 하는 것은 선거에 승산이 없기 때문입니다. 다시 말씀드린다면 놈들은 장 후보를 암살할 수 없기 때문에 그가 당선되는 것을 방해하기 위해 선거를 중단시키려고 하는 겁니다. 그러니까 Z는 다비드 킴이 장 후보를 암살해 주기를 기대했다가 그것이 안 되자 암살을 포기하고 다른 방법을 강구한 겁니다. 따라서 다비드 킴은 이제 Z에게는 필요 없게 된 인물입니다."

"그렇다면 다비드 킴의 갈 길은 어딘가요?"

엄 과장이 눈을 빛내며 최 진을 바라보았다. 진은 담배를 피워 물고 나서 대답했다.

"그거야 뻔 하지 않습니까. 다른 일거리를 찾아 나서겠지요."

"그렇다면 놈이 지금 국내에 없다는 말입니까?"

"그건 단정할 수 없습니다. 제가 지금까지 말씀드린 것은 가장 가능성이 큰 것이지 분명하게 드러난 사실은 아닙니다. 아무리 가능성이 99프로라 해도 나머지 1프로가 문제되는 수가 있습니다."

"그야 그렇지요. 1프로의 가능성 쪽으로 움직일 수도 있으니까요. 특히 문제의 인물들이란 종잡을 수가 없으니까."

"하여튼 다비드 킴에 대한 수사는 계속되어야 합니다. 놈이 국외로 빠져나간 것이 확인되지 않는 이상 국내에 있다고 보아야 합니다. 놈을 체포하게 되면 Z의 정체도 드러날 것이고 얻는 점이 많을 겁니다."

진은 자신의 손으로 놈을 체포하고야 말겠다고 마음 속으로 다시 다짐했다.

"합동수사본부에 다비드 킴에 관한 자료를 넘깁시다. 전국적인 규모로 수색을 할 수 있게 합시다."

회의는 일단 여기서 끝나고 최 진은 세균학의 권위자를 만나보기 위해 이곳저곳으로 전화를 걸었다. 한 시간 후 그는 S대 생물학 주임교수인 권재명(權在明) 박사를 만나러 갔다. 권 박사는 50대에 접어든 단아하게 생긴 학자였다. 중키에 머리가 희끗희끗하게 자란 그는 연구실에서 최 진을 맞이했다.

"앉으시지요. 무슨 일로 오셨는가요?"

권 박사는 부드러운 눈길로 진을 바라보았다. 진은 그가 권하는 대로 낡은 소파에 앉았다.

"전화로 말씀드릴 수 없어서 이렇게 찾아뵈었습니다."

"아, 그러신가요."

"저는 밖으로 공개할 수 없는 매우 중요한 임무를 수행하고 있습니다."

"네에, 그럼 어디서 일하고 계신가요?"

권 박사의 얼굴에 의문이 나타났다.

"어느 기관으로만 알아주십시오. 중요한 임무를 수행하고 있는 국가기관입니다."

진은 기관명을 밝힐 수 없는데 대해 심심히 사과했다. 박사는 심각한 표정으로 진의 말을 경청했다.

"만일 세균전이 일어날 경우…… 굳이 전쟁이라 하지 않아도 좋습니다. 하여간 외부의 어떤 불온 세력이 의해 서울같이 사람이 밀집한 대도시에 페스트균이 투입된다면 그 결과는 어떻게 될까요?"

권 박사는 아무 대꾸도 하지 않은 채 뚫어지게 진을 바라보았다. 한참 후에 그는 비로소 입을 열었다.

"생각만 해도 그것은 무서운 일입니다. 그런 일이 계획되고 있습니까?"

"거기에 대해서는 말씀드릴 수가 없습니다. 제가 알고 싶은 것은 그 결과입니다."

"으음……"

박사는 다시 침묵했다. 진은 초조하게 그를 바라보았다. 진은 초조하게 그를 바라보았다.

"만일 서울에 페스트가 퍼진다면 생각만 해도 무서운 일입니다. 더구나 불온 세력이 어떤 목적을 위해 페스트균을 투입한다면 그 결과는 엄청난 것입니다. 자연발생적인 것이 아닌 의도적인 페스트균이라면 저항력이 매우 강한 것일 겁니다."

"겨울에도 페스트균이 살아날 수 있습니까?"

"페스트균의 발육가능 온도는 섭씨 영하 2도에서 영상 45도 사이입니다. 그러니까 초겨울에도 전염이 가능합니다. 더구나 세균 전문가가 특수한 방법으로 저항력이 강한 것을 만들어내면 더 추운 상태에서도 전염이 가능해집니다."

최 진은 모골이 송연해졌다. 그는 숨 가쁘게 물었다.

"단시일 내에 페스트균을 배양할 수 있습니까?"

"할 수 있습니다. 혈액이나 아황산나트륨을 첨가하면 발육이 빨라지고 증가속도도 빨라집니다."

"예방 효과는 어느 정도입니까?"

"예방접종을 해 두면 어느 정도 안심할 수가 있습니다. 그러나 완전히 안심할 수는 없습니다."

진은 입을 다물고 창밖을 바라보았다. 앙상한 나뭇가지가 바람을 받아 미친 듯이 흔들리는 것이 보였다.

"치료는 가능합니까?"

"가능합니다. 스트렙토마이신이나 오레오마이신으로 조기 치료하면 효과를 볼 수 있습니다. 그렇지만 일단 병이 유행하면 치료가 어려워집니다. 특히 페스트성 폐렴이 발생하면 치료는 불가능합니다. 이것은 페페스트 라는 것으로 전염이 용이하고 치사율은 1백 프로입니다."

"지금 국내에 예방약이 있을까요?"

"없습니다."

권 박사는 딱 잘라 말했다. 최 진은 혼란해지는 머리를 흔들었다.

"외국에서 수입할 수 없을까요?"

"외국에도 없을 겁니다. 최근에 와서는 페스트라는 것이 세계 어느 곳에서나 거의 발생하지 않기 때문에 예방약을 준비해 두는 국가는 없습니다."

"예방 백신을 만드는 데는 얼마나 걸립니까?"

"글쎄, 아무리 빨라도 열흘은 잡아야 할 겁니다."

"열흘…… 열흘이나 걸립니까?"

"열흘도 빨리 잡아서 그렇게 되는 겁니다."

권 박사를 만나고 나오는 최 진의 걸음걸이는 술에 취한 듯 비틀거리고 있었다. 날은 이미 어두워져 있었다. 그는 캠퍼스를 걸어 나오다 말고 벤치에 털썩 주저앉아 밤하늘을 쳐다보았다. 바람에 흔들리고 있는 앙상한 나뭇가지 사이로 별들이 가늘게 떨고 있는 것이 보였다.

암호를 풀지 못하면 모든 것은 끝장이다, 하고 그는 생각했다. 서울이 페스트균으로 휩쓸린다는 것은 생각만 해도 전율할 일이다. "41 · 15 · 44 · 45"가 어떻게 해서 "PEST"를 나타낼까. 문제는 "1"에서 "5"까지의 숫자로 어떻게 알파벳을 나타낼 수 있는가 하는 점이다. 진은 답답한 가슴을 풀기라도 하려는 듯 담배를 빽빽 빨아댔다. 알파벳은 모두 26개다. 이것을 "1"에서 "5"까지의 숫자로 나타낼 수 없을까. 알파벳을 5개씩 자른다면…… 5개씩…… 그렇다…… 5개씩. 진은 한숨을 후하고 내쉬었다. 곧 무엇인가 손에 잡힐 듯 느껴졌기 때문에 그는 너무 흥분해서 숨쉬기조차 거북해졌다.

그는 꽁초를 내던지고 다시 담배 한 대를 피워 물었다. 그리고 일어나서 바지에 손을 찌르고 낙엽이 뒹구는 캠퍼스를 거닐었다. 알파벳은 26자다. 따라서 5개씩 끊는다면 5×5=25…… 하나가 남는다. 5개씩 끊으면 다섯줄이 되고 하나가 남는다. 그는 멈칫 섰다. 그리고 왼쪽 손바닥을 오른쪽 주먹으로 힘껏 후려쳤다. 어떻게나 세차게 쳤는지 손바닥이 얼얼했다.

캠퍼스를 뛰어나온 그는 부근 다방으로 급히 들어가 수첩에다 알파벳을 다섯 개씩 끊어 적었다.

〈별표〉

A	B	C	D	E
F	G	H	I	J
K	L	M	N	O
P	Q	R	S	T
U	V	W	X	Y
Z				

마담이 차를 가져왔지만 그는 마실 생각도 하지 않은 채 수첩에 눈을 박고 있었다. 갑자기 눈앞이 침침해지면서 아무것도 보

이지가 않았다. 그는 숨을 깊이 들이키면서 눈을 비볐다.

먼저 그가 찾은 것은 "P"자였다. "P"는 4번째 줄의 첫 번째에 있었다. 이것을 아라비아 숫자로 짝을 만들어 표시한다면 "41"이 된다. 그러니까 "P"는 "41"이다. 그는 허둥지둥 그것을 이미 확보한 암호 숫자와 대조해 보았다. 그리고 흐흑 하고 숨을 들이켰다. 그것은 이미 확보한 암호 숫자 "41 · 15 · 44 · 45"의 첫 번째 짝수와 같지 않은가.

그는 눈물이 나올 것 같아 더 이상 확인할 수가 없었다. 식은 커피를 벌컥벌컥 들이켜고 난 그는 겨우 가슴을 진정하고 나서 이번에는 "E"자를 찾아보았다. "E"는 1번째 줄 5번이었다. 따라서 아라비아 숫자로 표기로는 "15"가 되는 셈이다. 이것 역시 "41 · 15 · 44 · 45"의 두 번째 짝수와 맞지 않은가! 숫자를 짚어보는 그의 손이 부들부들 떨고 있었다. "S"는 4번째 줄 4번…… "T"는 4번째 줄 5번…… 이것 역시 확보하고 있는 암호 숫자와 딱 들어맞았다. 이로써 암호는 풀린 것이다. "41 · 15 · 44 · 45"가 페스트라는 것은 이제 명백하게 밝혀졌다.

"페스트! 페스트다!"

최 진은 버럭 고함을 지를 뻔했다.

막상 풀어놓고 보니 암호는 별것이 아니었다. 암호란 으레 그런 것이다. 그걸 풀기 전까지는 매우 어려워 보이게 마련이다. 그는 알파벳을 다섯 개씩 끊어 거기에 넘버를 붙여보았다.

만들어 놓고 보니 그것은 썩 훌륭한 암호 조립표였다. 그는 확신을 가지고 이번에는 Z의 이름을 조립표에 맞춰보았다. X가 그의 부인인 김미령에게 남긴 유언, 그나마 절반 정도가 찢겨나가는 바람에 거의 알아보기 힘들게 된 Z의 이름을 이제 풀어야 하는 것이다.

	1	2	3	4	5
1	A	B	C	D	E
2	F	G	H	I	J
3	K	L	M	N	O
4	P	Q	R	S	T
5	U	V	W	X	Y
6	Z				

"내가 죽거든 Z에게 도움을 청하라. Z의 이름은 ○·○·○·○·○·○·○·○·○·○·11·31이다."

여기서 10개의 공백은 찢겨져나간 부분으로 당연히 2개씩 조립된 아라비아 숫자가 들어가야 한다. "11"을 조립표에 맞추어 보면 "A"를 가리킨다. 그리고 "31"은 K를 가리킨다. 따라서 Z의 맨 마지막 이름자는 "AK"가 되는 셈이다. 이제부터 이것을 가지고 Z의 이름을 알아내야 한다.

이름을 알파벳으로 쓸 경우 마지막 이름자가 "AK"로 끝나는 사람을 찾으면 될 것이다. 과연 누 "AK"로 끝나는 이름을 가지고 있을까. 진은 급히 카운터로 다가가 엄인회 과장에게 전화를 걸었다. 30분 후 그들은 본부에서 만났다. 다른 요원들도 모두 모여들었다.

"암호를 마침내 풀었습니다."

진은 흥분을 누르며 나직이 말한 다음 조립표를 꺼내놓았다. 그리고 흑판에는 조립표를 그린 다음 하나하나 설명해 나갔다. 그의 설명이 끝났을 때 여기저기서 감탄하는 소리와 함께 박수가 터져 나왔다.

"세균학의 권위자인 권재명 박사도 만나보았습니다. 권 박사의 말에 따르면 예방과 치료는 어느 정도 가능하다고 했습니다. 그렇지만 예방백신을 만드는 데는 열흘 이상이 걸린다고 했습니다. 그것을 서울 시민 전체에 접종시키려면 또 상당한 시일이 걸립니다. 그런데 놈들은 앞으로 9일 이내에 페스트균을 손에 넣게 됩니다. 따라서 예방은 불가능합니다."

"치료는 어느 정도 가능한가요?"

"스트렙토마이신이나 오레오마이신으로 조기 치료하면 효과가 있답니다. 그렇지만 그것은 소수일 때 가능한 것이고 수백만이 한꺼번에 페스트에 전염됐을 때는 미처 손이 모자라서 치료도 불가능할 겁니다."

"그럼 절망적이란 말인가요?"

"최선을 다해 보는 수밖에 없겠지요."

암호를 해독하면 모든 것이 해결될 줄 알았지만 그것이 아니었다. 모두가 침울한 기분에 싸여있을 때 엄 과장이 Z의 이름을 들고 나왔다.

"이 조립표 대로 한다면 Z의 마지막 이름자는 AK가 되는데, 이것으로 Z의 이름을 알아낼 수 있을까요?"

"현재로서는 어렵습니다."

"거의 불가능하겠는데……"

진은 흑판에 하나하나 써나갔다.

"AK를 한글로 고친다면 "ㅏ"와 "ㄱ"이 됩니다. "K"를 "ㅋ"으로 볼 수도 있겠지만 한국인의 이름 중에 ㅋ받침이 들어가는 것은 없습니다. 따라서 "ㅏ"와 "ㄱ"을 붙여 읽는다면 "악"이 됩니다. 그런데 "악"자로 끝나는 이름이 있을까요? 물론 없지는 않겠지요. 그렇지만 "악"자로 끝나는 이름은 거의 없다고 보는 것이 옳을 것입니다."

모두가 숨을 죽인 채 진을 바라보고 있었다.

진은 계속 설명해 나갔다.

"그렇게 본다면 Z의 이름 끝 자는 "AK"이 아니라 그 앞에 자음이 하나 더 붙어야 옳습니다. 이를테면 KAK, HAK, NAK, RAK, BAK, TAK, JAK 등이 그것입니다. Z의 이름 끝 자는 이런 식으로 나타날 가능성이 큽니다.

"그럼 그런 자로 끝나는 이름을 가진 사람을 찾아야겠군요?"

엄 과장이 눈을 빛내며 물었다. 진은 고개를 끄덕였다.

"그렇습니다. 그런 사람을 찾아야 합니다."

"그런데…… 그런 글자로 끝나는 이름을 가진 사람이 어디 한둘인가요? 수천수만 명이 될 텐데요?"

이것은 장의사의 물음이었다. 최 진은 한참 동안 침묵하다가 무겁게 입을 열었다.

"Z라는 인물이 5열일지도 모릅니다. Z가 5열이라면 Z는 S국 내에 침투해 있고 우리가 알고 있는 인물일지도 모릅니다."

모두가 놀란 듯이 진을 바라보았다. 엄 과장도 고개를 갸우뚱했다.

"그건 정말 의왼데……"

"최 진 씨의 말이 옳을지도 모릅니다."

샌드위치가 담배에 불을 붙이며 말했다.

"어떤 근거에서 그런 추리가 나올 수 있죠."

진은 머리를 쓸어 올렸다.

"지금까지 Z의 통화를 도청한 바에 의하면 Z는 우리가 토의하고 결정한 극비상황을 정확히 알고 있었습니다. 물론 우리가 이곳으로 옮겨온 후로는 그런 경우가 없습니다만……"

오랫동안 침묵이 흘렀다. 누구도 말을 꺼내기를 주저하고 있었다. 결국 진이 다시 입을 열었다.

"단정하는 것은 아닙니다. 가능성이 있다고 보고 한번 조사해 보는 것이 좋을 것 같습니다."

"지금까지 S국 간부에 대한 조사와 도청을 해 보았는데 이상이 없었습니다."

알카포네(최건익)가 코끝을 만지작거리며 말했다.

"Z는 그렇게 쉽게 드러나지 않을 겁니다. 포기하지 말고 확신을 가지고 끈질기게 물고 늘어지면 무엇인가 걸리는 게 있을 겁니다."

"그렇다면……"

엄 과장은 탁자를 두드리면 좌중을 둘러보았다.

"여기서 결정을 내리도록 합시다. 수천수만 명의 이름을 조사할 수는 없고, 우선 최 진 씨의 말대로 S국 내에 Z가 침투해 있는 것으로 가정하고 AK로 끝나는 이름자를 가진 사람들을 체크해 보도록 합시다."

"S국 내의 모든 요원들을 체크할 필요는 없습니다. 극비사항에 쉽게 접근할 수 있는 간부급이면 됩니다."

이렇게 말하는 최 진의 표정은 굳어 있었다. 이미 그는 무엇인가 확신하고 있는 것 같았다.

이번에는 엄 과장이 앞으로 나갔다. 그리고 백묵을 집어 들고 흑판 앞으로 다가섰다. 모두가 긴장한 눈으로 그의 손끝을 바라보고 있었다.

S국 간부들의 이름이 구체적으로 도마 위에 올려지기는 처음 있는 일이었다. 만일 그들이 이 사실을 알았다면 길길이 뛰었을 것이다.

엄 과장은 S국장의 이름부터 적어나가기 시작했다.

① BAEK CHANG HAK (白昌學 · S국 국장)

② HAN JAE KAK (韓在珏 · S국 제2과장)

③ KIM IN RAK (金仁洛 · S국 제1과 반장)

여기서 그의 체크는 모두 끝났다. 그의 얼굴은 창백하게 굳어 있었다.

"AK로 끝나는 이름자를 가진 간부급은 이 세 사람밖에 없습니다. 그런데 Z의 이름자는 모두 몇 개의 알파벳으로 이루어져 있죠?"

"모두 12개입니다."

진이 대답했다.

모두가 숨을 죽이고 백창학 S국장의 알파벳 이름자를 주시하고 있었다. 놀랍게도 그의 이름자는 모두 12자가 아닌가!

모든 사람들의 얼굴에 의혹의 그림자가 짙게 드리워져 있었다. 모두가 믿을 수가 없다는 표정들이었다. 최 진 역시 그런 얼굴을 하고 있었다. 그러나 그는 그 누구보다도 나타난 사실을 중시하고 있었다.

거의 10분이 지났다. 그런데도 아무도 입을 열려고 하지 않았다. 입을 여는 것이 두려웠던 것이다. 너무도 엄청난 사실을 눈앞에 두고 그것을 과감히 처리할 수 있는 사람은 아무도 없었다. 진은 엄 과장의 눈치만 살폈다. 나타난 사실을 처리해야 하는 사람은 엄 과장인 것이다. 그 밖에는 아무도 말을 할 수가 없을 것이다. 상대는 너무나도 막강한 힘을 지니고 있기 때문에 잘못하다가는 쥐도 새도 모르게 사라진다.

엄 과장은 두 손으로 이마를 짚은 채 부동자세로 앉아 있었다. 고통의 그림자가 그의 얼굴에 짙게 드리워져 있었다. 몹시 고통스러울 것이다. 그러나 결정을 내려야 하는 것이다. 최 진은 여유를 주지 않고 차갑게 엄 과장을 바라보았다.

20분이 지났다. 비로소 엄 과장의 이마에서 손이 내려졌다. 그의 입이 떨어졌다.

"여러분들은 이 사실을 어떻게 생각하십니까? 여러분들의 의견을 듣고 싶습니다."

다시 침묵이 흘렀다. 무거운 침묵이었다. 최 진은 더 이상 망설일 필요가 없다고 생각했다.

"이것은 암호를 푼 결과 나타난 엄연한 사실입니다. 사실대로 처리해야 합니다."

엄 과장의 얼굴 위로 경련이 스쳐갔다. 눈에 뜨일 정도의 심한 경련이었다.

"만일…… 나타난 사실대로 백 국장이 Z라면…… 그 결과는 엄청날 것입니다. 나는…… 내 상식으로는 도저히 믿을 수가 없습니다."

"그러나 사실을 외면할 수는 없습니다. 외면해서는 절대 안 됩니다!"

진의 목소리가 높아졌다. 하얗게 질려 있던 엄 과장의 얼굴이 갑자기 붉어지기 시작했다.

"사실이 그렇게 나타났다 해도 아직 단정할 수는 없는 거 아니오?"

"S국 간부들만 조사했기 때문에 한정된 조사라고 할 수 있습니다. 그렇지만 백 국장이 가능성이 가장 높은 것만은 부인할 수 없을 겁니다. 단정을 내린다는 것은 아직 시기상조입니다. 하지만 가능성이 제일 높은 인물을 그대로 넘긴다는 것은 모든 것을 포기하는 것이나 다름없습니다."

"그럼 최 선생은 어떻게 하면 좋겠습니까?"

"마땅히 집중적인 수사를 해야 합니다. 백 국장에게 확증이 나올 때까지 말입니다. 확증이 나오면 흑백이 가려지리라 생각합니다."

"그러니까 증거를 잡아야 한다 이 말이군요?"

엄 과장이 되물었다.

"그렇습니다. 증거를 확보할 때까지 절대 비밀로 하고 수사를 해야 합니다."

다시 침묵에 빠졌다. 모두가 무서운 일이라고 생각하고 있었다. 엄 과장이 다시 주먹으로 탁자를 쳤기 때문에 모두가 그를 바라보았다.

“좋습니다. 내 목을 내놓고 이 문제는 분명히 해 두겠습니다. 지금부터 킬리만자로는 S국장에 대해서도 감시를 해주기 바랍니다.”

“그것도 중요하지만 더 급한 일이 있습니다. 페스트 작전에 어떻게 대처할 것인지 빨리 결정을 내려야 합니다.”

“우선 사실을 합동회의에 넘겨야 하는데 백 국장이 있기 때문에 넘길 수도 없고…… 어떻게 하면 좋겠습니까?”

엄 과장은 난처하다는 듯 담배를 뻑뻑 물었다.

“합동회의에 넘기면 안 됩니다. 백 국장이 Z일 경우…… 이건 가정입니다만…… 만일 그럴 경우 합동회의는 쓸모가 없게 됩니다. 제 생각에는 믿을 만한 실력자에게 이 문제를 알려주고 대책을 세우는 게 좋을 것 같습니다.”

“그렇다면 KIA국장이 제일 믿을 만합니다. 그분이라면 이 문제를 합동회의에 넘기지 않고도 처리할 수 있을 겁니다. 내가 지금 K국장에게 연락해 보겠소.”

K국장과의 통화는 30분 만에 이루어졌다. 한 시간 후 엄 과장과 최 진은 KIA 본부로 직행했다.

그들의 방문을 받은 K국장은 무엇인가 심각한 문제가 발생했음을 직감했는지 그들을 방음장치가 된 밀실로 데라고 갔다. 그 방은 댓 평 넓이로 사면에 녹색 커튼이 드리워져 있었고 방 가운데에는 둥근 탁자가 하나 놓여 있었다.

알맞은 실내 온도에 최 진은 가슴을 펴면서 한쪽 자리에 앉았다. 엄 과장이 먼저 입을 열었다.

"Z가 일본의 요시다에게 통화한 내용을 캐치했습니다. 암호 전화였는데……"

엄 과장이 설명을 끝낸 것은 반시간 쯤 지나서였다.

그동안 K국장은 꼼짝하지 않고 앉아 있었다. 탁자 위에 팔꿈치를 올려놓고 턱을 손으로 괸 채 엄 과장의 이야기를 듣고 있었는데 이야기가 끝났을 때는 안경이 뿌옇게 흐려져 있었다. 그래서 얼굴 표정을 읽을 수가 없었다.

담배를 한 대 피우고 날 때까지 그는 침묵하고 있었다. 이윽고 담배를 비벼 끄고 나서 안경을 벗어 옷자락에 닦았는데 너무 충격을 받은 탓인지 멍한 표정이었다.

"지금 이 이야기를 알고 있는 사람은 누구누굽니까?"

"킬리만자로의 요원들밖에 없습니다."

"킬리만자로는 믿을 만합니까?"

"믿을 만합니다."

"그밖에 다른 사람들은?"

"아무도 모르고 있습니다."

고개를 끄덕이고 나서 K국장은 벽에 장치되어 있는 부저를 눌렀다. 1분도 안 되어 한 사나이가 방안으로 뛰어 들어왔다.

"부르셨습니까?"

"음, 세균학의 권위자를 모두 불러와. 지금 즉시!"

"알겠습니다."

사나이가 나가자 K국장은 고개를 돌려 두 사람을 바라보았는데 아까와는 달리 표정이 돌처럼 굳어 있었다.

"합동회의에 넘기지 않고 나한테 직접 오다니 정말 감사합니다. 하마터면 큰일 날 뻔했습니다."

그는 두 사람에게 담배를 권했다.

"정말 나한테 오기를 잘 했습니다. 만일 이것이 합동회의에 넘겨졌다면 큰일 날 뻔했습니다. 앞으로 누구한테도 이야기하지 마십시오."

"그래서 이렇게 국장님을 찾아뵌 겁니다."

엄 과장이 말했다. K국장은 손을 뻗어 엄 과장의 손을 힘주어 잡았다.

"감사합니다. S국장이 Z라는 확증이 잡힌다면 즉시 체포하겠습니다. 나로서는 그가 Z가 아니기를 바라고 있습니다. 사실이 그러면 하는 수 없는 일이겠죠."

침울한 눈으로 한동안 창밖을 바라본다.

"페스트 작전에 어떻게 대처하는가가 문젭니다."

최 진이 좀 큰 소리로 말을 꺼냈다. K국장이 고개를 돌려 그를 바라보았다.

"우선 예방접종을 실시해야겠죠."

"예방약을 만드는데 시간이 오래 걸립니다. 놈들은 이달 안에 세균 배양을 끝냅니다. 우리는 예방 백신을 만든 뒤에도 서울 시민에게 모두 접종을 시키는데 상당한 시일이 걸립니다. 그때는 이미 페스트가 창궐하고 있을 겁니다. 그리고 페스트 예방주사를 놓는다고 하면 놈들의 귀에도 들어갈 것이고, 그렇게 되면 놈들은 계획을 바꿀지도 모릅니다. 즉 다른 전염병을 옮길지도 모릅니다."

"그 점이 딜레마군."

K국장은 턱에 손을 괴고 눈을 감았다. 한참 후 눈을 뜨고 말했다.

"첫째, 예방 백신을 최대한 빠른 시일 내에 만든다. 둘째, 예방주사를 실시하되 페스트가 아닌 다른 병명으로 위장하여 실시한다. 셋째, 치료에 전 의료진을 동원한다."

"이미 페스트를 침투시킨 다음에는 다른 세균으로 바꿀 수는 없을 겁니다. 따라서 우리는 치료에 만전을 기하는 수밖에 없습니다."

K국장은 담배를 버리고 새 것을 꺼내 물었다.

11월 22일 오후 5시, 초겨울 해는 짧아 거리에는 어느 새 땅거미가 지고 있었다.

그 사나이는 목까지 올라오는 검정 털 셔츠에 밤색 줄무늬가 있는 저고리를 입고 있었고, 바지는 검정색이었다. 약간 장발인 머리는 찬바람에 부딪칠 때마다 흐트러지곤 했다. 엷은 빛의 색안경이 얼굴에 썩 어울렸다. 턱에는 면도를 못했는지 구레나룻이 시커멓게 자라 있었다.

왼 손에 수츠케이스를 들고 오른 손은 바지 주머니에 찌른 채 건널목에 서 있던 그는 파란불이 켜지자 급히 길을 건너 맞은편에 있는 빌딩으로 들어갔다.

그 빌딩 안에는 D은행 지점이 있었는데, 이미 시간이 넘어 정문 셔터가 내려져 있었다. 사나이는 왼편으로 꺾어 돌아 은행 옆문을 밀었다. 문이 열리자 거기에 수위가 서 있었다.

"무슨 일입니까?"

"예금할 것이 있어서 왔습니다."

사나이는 수츠 케이스를 들어보였다.

"잠깐 기다리세요."

수위는 문을 열어둔 채 안쪽으로 들어갔다가 곧 나왔다.

"들어오십시오."

예금에 한해서는 시간이 지나도 받아주는 것이 상례가 되어 있었다. 수위가 열어주는 문 사이로 허리를 굽히고 들어선 사나이는 갑자기 문을 닫으면서 동시에 피스톨을 꺼내 들었다.

"모두 손들어라!"

바로 앞에서 강도를 맞은 젊은 수위는 군대 있을 때 태권도를 익혔고 용감하다는 평이 나있었다. 이 기회에 그는 자신의 면목을 과시해 보고 싶었는지도 모른다.

"손을 들고 모두 저쪽으로 돌아서!"

명령이 떨어지는 순간 수위는 몸을 굴려 범인에게 달려들었다. 그러나 그보다 먼저 피스톨이 불을 뿜었다.

"슉"

하는 김빠지는 것 같은 소리와 함께 수위는 어깨를 싸쥐고 바닥 위를 굴렀다.

수위가 나가떨어지는 것을 보자 은행원들은 공포에 질리면서 범인이 시키는 대로 두 손을 들고 벽 쪽으로 돌아섰다.

"이것은 소음총이다. 소리가 나지 않는다."

사나이는 시험해 보이듯이 두 번 쏘아보였다. 먼저 벽에 걸려 있는 대형 전자시계가 와장창 소리를 내면서 밑으로 굴러 떨어져 박살이 났다. 여행원들은 비명을 질렀다. 다음은 전화통이었다. 전화통은 파편이 되어 사방으로 튀었다.

행원들은 덜덜덜 떨어대고 있었다. 누구 하나 감히 돌아보려고도 하지 않았다. 사나이는 그 중 한 명의 목덜미에 피스톨을 겨누고 물었다.

"비상벨은 어디 있나?"

행원은 목을 자라처럼 움츠린 채 칸막이 밑을 가리켰다. 사나이는 칸막이 안으로 들어서서 장갑을 낀 왼손으로 전기 줄을 잡아 뜯었다. 그리고는 다시 행원에게 피스톨이 겨누어졌다.

"1만 원짜리 고액권을 이 가방 속에다 모두 담아! 만 원짜리로만! 빨리!"

그때 책상 위에는 그 날의 결산을 위해 지폐가 가득가득 쌓여 있었다.

행원은 범인이 시키는 대로 만 원짜리 다발만 골라 수츠케이스 속에 집어넣었다. 총알이 날아올까 봐 부들부들 떨면서 부지런히 돈다발을 쑤셔 넣었다. 그 젊은 행원은 그 일에 자기가 선택된 것을 불운으로 생각했는지도 모른다.

더 이상 돈다발을 담을 수 없게 되자 행원은 뒤를 돌아보았다. 여전히 총구가 그를 향하고 있었다.

"이리 가져 와!"

그의 목소리에는 침착하고 조용하면서도 단호한 데가 있었다. 행원은 그의 시선을 피한 채 수츠 케이스를 들어다 그 앞에 놓았다.

"또…… 또…… 시키실 일…… 어, 없습니까?"

"없어. 손들고 저리가 있어."

사나이는 수츠 케이스를 들자 뒷걸음질로 그곳을 재빨리 빠져나왔다.

그는 결코 뛰지 않았다. 그런데도 뛰는 사람 이상으로 몸이 날렵했다. 건널목을 건너간 그는 골목으로 들어서서 급히 걸어갔다. 골목과 골목이 거미줄처럼 이어져 있었다.

은행원들이 뒤를 돌아본 것은 범인이 길을 건너 골목으로 사라진 뒤였다. 범인이 사라진 것을 확인한 행원들은 그제야 언제 겁을 집어먹었느냐 싶게 앞을 다투어 밖으로 뛰쳐나왔다. 그러나 범인은 어디로 사라졌는지 그림자도 보이지 않았다. 이미 어두워진 밤거리는 행인들로 넘쳐흐르고 있었다.

경찰이 신고를 받고 달려온 것은 그로부터 10분쯤 지나서였다. 서울 일원에 수사망이 펴지고 즉시 수사가 시작되었다.

피해액은 모두 2천 9백만 원이었다. 만 원짜리 다발로 스물아홉 개이니, 수츠 케이스에 거뜬히 담아가지고 갈 수 있는 분량이었다.

30분 후에는 각 신문사의 기자들이 몰려들었다.

요소요소에서 검문검색이 실시되고 범인과 인상착의가 비슷한 사람들이 연행되었지만 막상 범인은 잡히지 않았다.

11월 23일 아침, 최 진은 조간신문을 들여다보다 말고 깜짝 놀랐다. 신문에는 D은행 강도사건이 상세히 보도되어 있었는데, 사건 내용을 읽고 난 순간 범인이 다비드 킴이란 생각이 번개처럼 스쳐간 것이다.

범인의 인상착의, 행동, 말씨, 소음권총 등으로 미루어보아 틀림없는 다비드 킴이었다. 다비드 킴이 왜 은행을 털었을까. 이것은 다비드 킴에게 중요한 변화가 일어났다는 증거가 아닐까. 엄 과장도 신문기사를 보고는 즉시 전화를 걸어왔다. 그는 흥분된 목소리로 말했다.

"D은행 강도사건, 다비드 킴의 소행이 아닌가요?"

"저도 그렇게 생각하고 있던 참이었습니다."

"으음……"

신음소리가 들려왔다.

"놈이 은행 강도질을 하다니 어찌된 일이죠?"

"글쎄, 어떤 변화가 아닐까요?"

진은 잠시 생각을 정리했다. 엄 과장의 목소리가 더 크게 들려왔다.

"어떤 변화 말인가요?"

"놈이 강탈한 2천 9백만 원이란 돈은 Z에게서 충분히 나올 수 있는 돈입니다. 다시 말해 별로 큰돈이 아닙니다. 그런데도 위험을 무릅쓰고 그 정도의 돈을 털기 위해 은행 강도질을 했다는 것은 다비드 킴이 지금 몹시 궁색한 처지에 놓여 있다는 증거라고 생각됩니다. 더욱이 강도질 같은 것은 그의 본업이 아닙니다. 강도질 같은 것은 그가 볼 때는 애들 장난 같은 것일 겁니다. 그런데도 그는 강도질을 했습니다. 당장 돈이 필요해서 그랬을 겁니다."

"그렇다면 Z가 돈을 주지 않는다는 말이 되는데……"

"바로 그겁니다. Z가 자금을 대주지 않기 때문에 다비드 킴은 강도질을 했을 겁니다."

"왜, 왜 Z가 다비드 킴에게 자금을 대주지 않는 거죠?"

엄 과장은 흥분하고 있었다. 진은 수화기를 바꾸어 들었다.

"아마 Z와 B는 서로 갈라진 것 같습니다."

"갈라지다니?"

"그러니까 다비드 킴은 이제 Z에게 쓸모없는 인물이 되어 버린 겁니다. 다비드 킴은 장 후보 암살에 실패했습니다. 이것이 결정적으로 Z를 실망시켰을 겁니다. 두 번째 기회를 노릴 수도 있겠으나 불가능합니다. 장 후보는 해군 정보국에 의해서 완벽하게 경호되고 있기 때문에 다비드 킴이라 해도 암살이 불가능합니다."

"그렇다면 다비드 킴은 이제 오히려 Z에게는 귀찮은 존재가 되겠군요?"

"그렇습니다. Z에게 버림받은 다비드 킴은 이제 올 데 갈 데가 없어진 셈입니다."

"다비드 킴이 귀찮은 존재가 되었다면 여비를 줘서 출국시키면 될 텐데 Z는 왜 그러지를 않을까요? 혹시 Z가 다비드 킴을 죽이려고 그러는 게 아닐까요?"

"그럴 가능성이 큽니다."

"Z와 B의 싸움이라…… 볼만하군. 우리가 어부지리를 바라면 되겠군. 다비드 킴이 우리 쪽에 붙어주면 좋겠는데……"

"그건 기대하기 어려울 겁니다."

"이걸 합동회의에 보고합시다."

"그게 좋을 것 같습니다. 거기서 S국장의 반응을 한번 살펴봐 주십시오."

"그렇게 합시다."

그날 밤 S국장실에서 열린 합동회의에 D은행 강도사건이 보고되었다. 사건을 보고한 사람은 엄인회 과장이었다.

"소음총을 사용하고 여러 가지 점으로 비추어보아 다비드 킴이란 자의 소행이 분명합니다."

"왜 그자가 은행 강도질을 했죠?"

K국장이 물었다. 그는 짐짓 의아한 표정을 지었다.

"그가 털어간 금액은 2천 9백만 원입니다. 이것은 그와 같은 인물에게는 용돈밖에 안 되는 금액입니다. 다비드 킴이 위험을 무릅쓰고 용돈 밖에 안 되는 돈을 탈취해 갔다는 것은 놈이 현재 쪼들리고 있다는 증거입니다."

"Z로부터 자금을 받고 있는 그가 궁색하다니 이해가 안 가는데요."

육군 정보국장이 눈을 굴리며 고개를 갸우뚱했다. 엄 과장은 S국장을 바라보았다. 그는 입을 꾹 다문 채 무엇인가 깊이 생각하고 있는 눈치였다.

"다비드 킴이 그런 짓을 한 데에는 중요한 이유가 있다고 보아야 합니다."

"Z가 돈을 대주지 않는다는 말인가요?"

K국장이 안경을 고쳐 끼며 물었다.

"그렇습니다. 바로 그겁니다. 다비드 킴은 Z로부터 자금 지원을 못 받고 있기 때문에 은행을 턴 겁니다. 자금 지원을 못 받고 있다는 것은 Z와 그가 헤어졌다는 의미가 됩니다. 두 놈은 손을 끊은 것 같습니다. 그래서 다비드 킴은 살길을 찾아 강도질을 한 겁니다. 그로서는 궁지에 몰렸다고 볼 수 있습니다."

모두가 고개를 끄덕였다. 여기저기서 수군거리는 소리가 났다. 약속이나 한 듯 사나이들은 담배를 피워 물었다.

"Z가 다비드 킴을 외면한 이유가 뭐죠?"

이번에는 S국장이 물었다. 엄 과장을 바라보는 그의 눈빛은 어느 때보다도 부드러워 보였다.

"아직 뭐라고 단언을 내릴 수는 없지만 제 생각에는 다비드 킴의 실수에 원인이 있지 않나 생각됩니다. 다비드 킴은 장 후보 사살에 실패했습니다. 그리고 현재로서는 암살이 불가능합니다. 장 후보는 해군 정보국에 의해 철통같이 경호되고 있기 때문입니다. 그렇다면 다비드 킴이 해야 할 일은 없어진 셈입니다. 다시 말해 이제 다비드 킴은 Z에게 쓸모없는 골칫거리가 된 셈입니다. Z가 B에게 돈을 대주지 않는 것은 이상할 것이 하나도 없습니다."

"그렇다면 B는 왜 떠나지 않고 아직도 국내에 남아 있는 거죠?"

S국장이 계속 물었다. 엄 과장은 국장을 가만히 응시하면서 대답했다.

"그것은 떠날 수가 없기 때문일 겁니다. Z로부터 외면당한 그는 위조 여권도, 여비도 없을 것이 뻔합니다. 어쩌면 Z와 헤어진 정도가 아니라 그에게 쫓기고 있는지도 모르죠. B는 많은 비밀을 알고 있기 때문에 Z로서는 그를 제거해버리는 편이 훨씬 안전하다고 생각하고 있는지도 모르죠. 이렇게 생각할 때 B는 올데 갈 데가 없어진 신세가 된 셈입니다. 그는 이제 양쪽에서 쫓기면서 혼자 탈출구를 마련하지 않으면 안 되게 된 겁니다. 은행강도는 그러니까 탈출을 위한 자금마련인 셈입니다."

"매우 납득이 갈 수 있는 추리라고 생각합니다. 나는 엄 과장의 의견에 하자가 없다고 생각합니다. 여러분들은 어떻게 생각하시는 지요?"

K국장이 좌중을 둘러보았다.

"나도 동의합니다."

육군 정보국장이 손을 들었다가 놓았다. 해군과 공군 정보국장, 그리고 경찰국장도 고개를 끄덕였다. S국장은 맨 마지막에 동의를 표했다.

"나도 다비드 킴이 궁지에 몰렸다는 데에는 동의합니다. 그러나 우리는 한 가지만을 생각해서는 안 됩니다. 거기에 따르는 함정도 생각해야 합니다."

모두가 심각한 얼굴로 S국장을 바라보았다. S국장은 말을 계속했다.

"다비드 킴이 은행 강도질을 통해 공공연히 정체를 드러냈다는 것은 어떤 함정을 노린 것일지도 모릅니다. 놈은 간교한 놈이기 때문에 놈에 대해 쉽게 단정을 내린다는 것은 현재로서는 금물입니다. Z는 놈을 최대한으로 이용하려고 들 겁니다."

"그렇지요. 단정을 내린다는 것은 삼가해야 할 일입니다."

K국장이 엉뚱한 곳을 바라보면서 중얼거리듯이 말했다. S국장은 기다렸다는 듯이 목소리를 높였다.

"전 수사력을 동원해서 다비드 킴을 찾아내야 합니다. 발견 즉시 사살해도 좋습니다. 놈을 그대로 놔두었다가는 앞으로 무슨 일이 일어날지 모릅니다."

"가능하면 사살하지 말고 체포해야 합니다. 놈은 귀중한 정보를 가지고 있을 테니까."

K국장이 한 사람 한 사람에게 시선을 던지며 말했다.

"물론 체포할 수 있으면 좋죠. 그렇지만 그러다가 놓치기라도 하면 곤란하니까 체포가 여의치 않을 때는 사살해버려야 합니다."

S국장은 굳이 사살할 것을 주장하고 있었다. K국장이 더 이상 이의를 제기하지 않자 S국장의 주장은 그대로 합의사항으로 받아들여졌다.

"놈을 어떻게 추적하죠? 변장에 능하다고 들었는데…… 더구나 2천 9백만 원을 가지고 있는 이상 안전하게 숨을 수가 있을 텐데……"

경찰국장이 턱을 비비며 말했다. S국장은 탁자 위에 두 손을 올려놓고 깍지를 끼었다.

"놈에 대해 지금까지 확보한 자료를 토대로 추적하는 수밖에 없습니다."

"놈은 틀림없이 변장하고 다닐 게 아닙니까?"

"그렇습니다. 그렇지만 변장에도 한계가 있습니다. 놈은 지금까지 여러 가지로 변장하고 다녔습니다. 이젠 아주 특별한 변장이 더 이상 나올 수 없습니다. 지금까지 놈이 변장한 모습을 한 장에 담아 전 수사요원에게 나누어주면 수사에 도움이 될 거니다. 그리고 중요한 것은…… 만일 놈이 Z와 손을 끊었다면 위조 신분증을 손에 넣을 수 없을 거라는 사실입니다. 검문검색을 강화해서 신분증이 없는 사람들을 모두 체크해 나가야 될 겁니다. 놈이 아무리 변장에 능하다 해도 키나 체격 같은 것은 바꿀 수 없을 겁니다."

"숙박업소를 일차적으로 집중 수색해야겠습니다."

"놈이 국외로 빠져나가지 못하도록 공항과 항만을 봉쇄해야 합니다. 그 어느 때보다도 출국자를 세밀히 체크해야 될 겁니다. 놈이 Z와 갈라섰다면…… 놈은 국외로 빠져나가려고 발버둥을 치고 있을 겁니다."

다비드 킴을 제거하기 위해 모두가 한 마디씩 의견을 말하고 있었다.

K국장과 엄 과장, 그리고 최 진이 따로 만난 것은 그로부터 한 시간 후였다. 그들이 만난 곳은 어느 삼류 호텔에서였다. 그들은 합동회의에서 나타난 S국장의 반응을 분석했다.

"S국장은 다비드 킴을 사살해야 한다고 굳이 주장했습니다. 그것을 어떻게 받아들여야 할까요?"

언제 보아도 교수 타입의 K국장이 나직한 소리로 물었다. 엄 과장은 최 진을 바라보았다. 최 진이 기다렸다는 듯이 말했다.

"Z가 S국장이라면…… S국장으로서는 다비드 킴을 제거하지 않을 수 없을 겁니다. 비밀을 유지하기 위해 말입니다. 다비드 킴이 살아 있는 한 Z는 불안할 수밖에 없을 겁니다."

"S국장이 다비드 킴을 죽이려고 하는 이유를 알 수 있을 것 같습니다."

K국장은 고개를 끄덕이면서 최 진을 바라보았다. 그리고 계속 말을 이었다.

"가장 중요한 문제는 S국장과 Z가 동일 인물인가를 빨리 확인하는 겁니다. 페스트균이 들어오기 전에 Z를 체포할 수 있으면 좋겠는데……"

"지금 계속 S국장을 감시중에 있습니다. 곧 무언가 밝혀질 겁니다."

엄 과장의 말에 최 진이 심각한 표정을 지었다.

"한 가지 풀리지 않는 점이 있습니다. Z의 목소리와 S국장의 목소리가 전혀 다릅니다."

"음, 그렇군."

엄 과장이 신음하듯 중얼거렸다.

"Z의 목소리 한번 들어봅시다."

K국장의 말에 진은 본부로 전화를 걸었다.

"녹음된 Z의 목소리를 한번 틀어봐 주시오. 이번에 R과 통화한 내용을 틀어주시오."

진은 수화기를 K국장에게 넘겼다. K국장은 한동안 수화기에 귀를 기울이더니 고개를 끄덕이며 그것을 내려놓았다.

"으음, 이건 S국장의 목소리가 아닌데……. 국장의 목소리가 이렇게 쉬어빠질 리가 없단 말이야."

"S국장의 목소리는 매끄럽고 빠르지요."

엄 과장도 이상하다는 듯 고개를 갸우뚱했다.

"잘못 짚은 게 아닐까?"

K국장이 두 사람을 번갈아보았다. 최 진과 엄 과장은 입을 다문 채 한참 동안 대답하지 못했다.

"이건 정확한 사실이 아닌가? 이보다 더 뚜렷한 사실이 있을까요?"

"눈으로 확인하기 전에는 포기할 수 없습니다. 목소리만 가지고는 믿을 수가 없습니다."

최 진은 물러서지 않겠다는 뜻을 보였다.

"S국장에 대한 의혹을 버릴 수가 없다, 이 말이지요?"

"그렇습니다. 저는 암호를 중시합니다."

"그렇다면 빨리 확인하는 방법을 강구해 봅시다. 확인해 보는 것이 제일 빠를 테니까."

본부로 돌아온 최 진은 S국장에 대한 감시 보고를 검토했다. 감시 보고는 시시각각으로 들어오고 있었다. 그러나 이렇다 하게 의심이 가는 점은 하나도 보이지 않았다.

그는 자기도 모르게 주먹으로 책상을 치면서 안타까워했다. 수일 내로 페스트균이 한국에 상륙할 줄을 뻔히 알면서도, 그것이 누구의 손에 의해 침투되는가를 뻔하게 알면서도 손을 쓰지 못하고 보고만 있어야 하니 안타까울 수밖에 없었다.

페스트에 대비해서 공항과 항만에 대한 검역이 극비리에 진행되고 있었다.

입국자에 대한 검색도 그 어느 때보다도 강화되어 있었다. 그러나 그런 모든 것이 쓸데없는 짓이라는 것을 최 진은 잘 알고 있었다. 왜냐하면 페스트균이 그렇게 눈에 띄게 어수룩하게 들어올 리가 없기 때문이다. 놈들은 교묘한 방법으로 그것을 가지고 들어와 서울 복판에다 뿌릴 것이다. 그때 일어날 공포와 혼란을 생각하자 그는 잠이 오지 않았다.

그때 문득 그동안 잊고 있었던 도미에 생각이 났다. 그녀는 호텔을 떠나 아파트에 세를 얻어들고 있었다.

이른 새벽에 방문을 받은 그녀는 잠이 덜 깬 눈으로 좀 어리둥절해 하다가 그의 목을 껴안고 매달렸다.

"이젠 안 오시는 줄 알았어요."

"미안해요."

진은 그녀를 안아들고 창가로 다가가 밖을 내다보았다.

11월 24일 밤이었다.

다비드 킴은 방안에 누워 담배를 피우고 있었다. 불도 켜지 않은 어두운 방에서 담배를 피우고 있는 그의 모습은 더없이 고독해 보였다.

담배연기를 내뿜을 때마다 그의 입에서는 한숨이 새어나오곤 했다. 눈은 초점 없이 천장을 향하고 있었다. 끓어오르는 증오감을 발산하지 못하고 그것을 억누르는데서 오는 한숨소리가 방안을 가득 채우고 있었다.

밖은 한 발짝 움직이기조차 어려울 정도로 비상망이 쳐져 있었다. 요소요소에서 끊임없이 불심 검문이 계속되고 있었다. 잘못 행동하다가는 걸려들 판이다. 신분증이 없으면 옴짝달싹도 할 수 없다.

다비드 킴은 담배를 비벼 끄고 일어나 창가로 다가섰다. 맞은편은 바로 야산이었다. 잡목가지들이 바람을 받아 내는 소리가 방안까지 흘러들어오고 있었다.

탁자로 다가앉은 그는 스탠드 불을 켜고 작업을 시작했다. 탁자 위에는 주인이 다른 증명들이 몇 개 흩어져 있었다. 그것들은 그가 Z에게 결별을 선언한 뒤 애써 긁어모은 것들이었다. 모두 여섯 개로 직장을 나타내는 신분증이 세 개, 주민등록증이 세 개였다. 신분증은 신문기자, 검찰청 수사관, 대학교수, 이렇게 세 사람의 신분을 나타내고 있었다. 주민등록증은 모두 그들의 것이었다. 그 증명들을 잘 이용할 수만 있다면 아무리 삼엄한 비상망이라도 헤쳐 나갈 수 있을 것이다.

다비드 킴은 먼저 검찰청 수사관의 신분증을 앞에 놓고 면도날로 비닐커버를 벗겼다. 그리고 사진을 떼어내고 대신 자신의 증명사진을 거기에 오려붙였다. 그것은 매우 정교한 기술을 요하는 일이었으므로 그는 거의 두 시간에 걸쳐 거기에 손질을 가했다. 주민등록증까지 모두 손질하고 났을 때 그의 이마에서는 땀이 흐르고 있었다.

다음에 그는 신문기자의 신분증을 위조했다. 세 번째로 대학교수의 신분증을 위조하고 나자 25일 아침이 밝아왔다. 그는 불을 끄고 침대에 누워 잠이 들었다.

그가 세 들어 있는 곳은 역시 최고급의 아파트였다. 그런 아파트야말로 그와 같은 인물이 숨어 있기에 알맞은 곳이었다.

오후 1시쯤에 침대에서 일어난 그는 샤워를 하고 나서 한 곳으로 전화를 걸었다.

"최 진 씨 댁입니까?"

"네, 그렇습니다."

부인인 듯한 젊은 여자의 조심스러운 목소리가 들려왔다.

"지금 계십니까?"

"안 계시는데…… 누구신가요?"

그는 한순간 가만있다가 말했다.

"다비드 킴이라고 합니다."

"네? 다비드 킴이시라고요?"

이름이 이상했던지 계속 물어왔다.

"네, 그렇습니다. 그렇게 말하면 알 겁니다. 빠른 시간 안에 이야기를 나누었으면 한다고 전해 주십시오. 5시에 다시 전화를 걸겠습니다. 안녕히 계십시오."

전화를 끊고 난 그는 한 시간에 걸쳐 다시 변장을 했다. 신분증 사진에 맞춰 이미 구입한 가발을 쓰고 거기에 기름을 바르고 금테안경을 끼자 전혀 다른 인물로 보였다. 양복 안주머니에 검찰청 수사관의 신분증을 넣고 난 그는 코트를 걸치고 밖으로 나왔다.

택시를 타고 시내 중심가로 들어온 그는 먼저 고급 중국음식점에 들러 기름진 음식을 시켜 먹었다. 여유 있게 천천히 음식을 씹어 먹는 그의 모습은 전혀 쫓기는 사람 같지 않게 태평스러워 보였다.

한편 최 진이 집으로 전화를 건 것은 오후 3시 경이었다. 거의 집에 못 들어가고 있기 때문에 하루에 한두 번씩 아내에게 전화를 걸어주곤 했다.

"다비드 킴이란 사람이 전화를 했어요. 당신을 찾았어요."

진은 자기 귀를 의심했다.

"뭐라고? 다시 한 번 말해 봐!"

아내는 똑같은 말을 되풀이했다.

"뭐, 뭐라고 했어?"

"꼭 통화를 하고 싶다고 하면서 이따가 5시에 이쪽으로 전화하겠다고 했어요."

"다른 말은 안하고?"

"다른 말은 없었어요."

최 진은 강한 충격으로 가슴이 뒤틀리는 것 같았다. 다비드 킴이 전화를 걸어왔다는 것은 상상도 할 수 없는 일이었다. 그가 무엇 때문에 전화를 걸어 왔을까.

5시 30분 전에 진은 엄 과장과 도청장치를 전문으로 하는 요원을 데리고 집에 도착했다. 모든 준비를 끝내고 난 그들은 나머지 시간을 긴장 속에서 보냈다.

5시 정각이 되자 과연 전화벨이 울렸다. 진은 그것이 세 번 울리고 나서야 수화기를 집어 들었다. 동시에 녹음기가 작동하기 시작했다.

아무 소리도 들려오지 않았다. 최 진이 기다리다가

"여보세요."

라고 말했다. 비로소 숨소리가 들려왔다.

"당신이 최 진이오?"

조용한 목소리였다. 감정이라곤 전혀 느껴지지 않는 목소리였다. 진은 침을 꿀꺽 삼켰다. 그의 뇌에서 피가 역류하는 것 같았다.

"그렇소. 최 진이오."

"우리가 이렇게 통화를 하기는 처음이군요. 난 다비드 킴이오. 오랜만이오."

"다비드 킴……"

진은 신음했다. 증오감으로 몸이 떨려왔다. 욕설이 튀어나오려는 것을 간신히 참았다.

"당신은 정말 다비드 킴인가?"

"그렇소. 다비드 킴이오."

진은 얼른 엄 과장을 바라보았다. 엄 과장은 말없이 고개를 끄덕였다.

"용건을 말하시오."

"당신이 나를 죽이기 위해 찾아다니고 있다는 걸 알고 있소. 그건 쓸데없는 짓이오."

"난 당신을 죽이고야 말테다! 이 손으로 반드시 죽이고야 말테다!"

참으려고 했지만 증오감이 터져 나왔다. 몸이 떨리고 목소리까지 흔들렸다.

"경고해 두지만 나를 해칠 생각은 하지 마. 나를 해치려고 하는 사람을 나는 가만두지 않는다. 나를 죽이기 전에 당신이 먼저 죽을 것이다."

"너를 죽이고야 말 테다."

"흥분하지 마. 용건이 있어서 전화를 걸었다."

"말해 봐!"

"협상을 하면 어떨까?"

"무슨 협상? 살려달라는 말인가?"

"애걸하는 게 아니야. 정당히 대가를 지불하겠다는 거야."

"대가가 뭔가?"

잠깐 침묵이 흘렀다. 곧 이어 무거운 목소리가 들려왔다.

"Z의 목이다."

"무슨 말이야? 구체적으로 말해 봐!"

"Z의 목이 필요하지 않나?"

"필요하다. 매우 급하다."

"그럴 테지. 그렇다면 내가 Z를 죽여주겠다."

진은 엄 과장을 바라보았다. 엄 과장의 눈이 부릅떠져 있었다. 그가 급히 고개를 끄덕였다.

"Z와 헤어졌나?"

"그런 건 묻지 말라. 알려고 하지 마."

"바라는 게 뭔가?"

"나를 무사히 출국시켜주면 된다."

"그뿐인가?"

"그뿐이다."

"좋다! Z의 죽음을 확인하고 나서 출국시켜 주겠다."

"확인하도록 해주겠다. 그 대신 약속을 지켜야 한다. 만일 약속을 지키지 않고 배반하면 참혹하게 보복을 당할 것이다. 나는 한번 내뱉은 말은 반드시 지킨다."

"알겠다. Z만 제거해 주면 약속은 지키겠다."

"그렇다면 한 가지 부탁이 있다."

"뭔가?"

진은 되도록 통화시간을 끌려고 애를 썼다.

"지금 전 수사기관이 나를 찾으려고 애쓰고 있는데 그것을 즉시 중지시켜 주었으면 한다. Z를 제거하는데 많은 방해가 되기 때문이다."

"그것은 절대 안 된다. 곤란하다. 수사 책임자들이 들어줄 리가 없다."

"그렇다면 내가 어떻게 믿고 Z를 죽이겠는가!"

"당신이 Z를 일단 죽여준다면 문제는 달라질 것이다. 수사 책임자들도 당신의 공로를 인정해 줄 것이다."

침묵이 흘렀다. 다비드 킴은 무엇인가 잠시 생각해 보는 것 같았다.

"Z는 누군가? 정보를 알려주면 당신이 구태여 그를 죽일 필요까지는 없는데……"

"Z에 대해서는 묻지 말라. Z는 내 손으로 죽여야만 완전하다. 당신들은 Z의 정체를 안다 해도 그를 체포하지 못할 것이다."

"왜, 왜 그런가? 그 이유가 뭔가?"

"나중에 알게 될 거다. 그럼 약속을 지키기 바란다."

"잠깐!"

진은 수화기를 움켜쥐고 숨 가쁘게 말했다.

"Z를 11월 30일까지 제거해 주어야 한다."

"11월을 넘기면 안 되는가?"

"안 된다. 11월 30일까지 놈을 없애야 한다. 그렇지 않으면 큰일 난다."

"그렇게 꼭 날짜를 박는 이유는 뭔가?"

"말할 수 없는 사정이 있다."

"알았다."

철컥 하고 전화 끊어지는 소리가 들려왔다.

"다비드 킴!"

날카롭게 불러보았지만 대답이 없었다. 진은 수화기를 내려놓고 손수건으로 얼굴에 흐르는 땀을 닦았다.

"놀라운 일인데……"

엄 과장이 머리를 흔들었다. 진은 녹음기를 끄고 엄 과장을 바라보았다.

"다비드 킴이 Z와 손을 끊은 것은 이제 분명한 사실인 것 같습니다. 놈들은 서로 죽이려 하고 있습니다."

"그렇군요. 그런데 다비드 킴이 Z보다 먼저 죽으면 곤란하겠는데……"

"Z의 정체가 확실히 밝혀질 때까지 다비드 킴을 보호할 수 없을까요?"

엄 과장은 고개를 저었다.

"그것은 불가능해요. S국장이 있는 한 불가능해요."

"운명에 맡기는 수밖에 없군요."

"그럴 수밖에 없겠죠."

그들은 밖으로 나왔다.

다비드 킴이 Z를 죽이려고 한다는 것은 아이러니컬한 일이 아닐 수 없다. 그것을 조건으로 출국을 보장해 달라는 것도 기묘한 일이 아닐 수 없다.

이로써 사태는 갑자기 호전되고 있는 듯이 보였다. 그러나 Z

의 정체가 11월 30일까지 드러날 수 있는지는 아무도 장담할 수 없다. 11월 30일이 지나면 서울 전역은 페스트균으로 휩싸일 것이다.

그들이 본부로 돌아오자 국제 전신전화국에서 전화가 왔다.

"Z가 R과 막 통화했습니다."

"이쪽 전화는?"

"킹 호텔입니다."

"알았소! 녹음해 두시오!"

네 명의 사나이들이 뛰쳐나갔다. 계단을 울리는 발짝 소리가 요란스러웠다. 킹 호텔에 도착해서 Z가 전화를 걸고 있는 방을 덮치기까지는 꼭 25분이 걸렸다.

방은 텅 비어 있었다. 호텔 보이에게 묻자 이미 15분 전에 나갔다고 했다. 선글라스를 끼고 있어서 Z의 모습은 알 수 없다고 했다. 최 진은 시계를 보았다. 6시 55분이었다. S국장을 감시 미행하는 요원들을 찾아보았지만 보이지 않았다.

본부로 돌아온 최 진 일행은 전화국에서 녹음해 온 것을 들어보았다. 먼저 Z의 쉰 목소리가 들려왔다.

"여기는 Z……"

"R입니다."

"내가 부탁한 건 어떻게 됐나요? 경과를 알고 싶어서 전화했습니다."

"그 보다도 내 아들은……?"

"잘 있으니 염려 마시오."

"물건은 예정대로 보내주겠소."

"이 달 말까지 틀림없겠죠?"

"틀림없소."

"운반 방법은 추후에 알려주겠소."

"제발 내 아들한테 손대지 마시오."

"물론…… 염려하지 마시오."

Z와 R의 통화는 여기서 끝났다.

킬리만자로의 요원들은 꿀 먹은 벙어리처럼 서로의 얼굴을 쳐다보았다. 모두가 긴장으로 뻣뻣이 굳은 얼굴을 하고 있었다.

최 진은 다시 S국장을 미행하고 있는 요원들을 급히 수배했다. 그들과 연락이 닿은 것은 20분쯤 지나서였다.

"S국장이 오늘 킹 호텔에 들어가지 않았나요?"

"들어갔습니다."

"몇 시쯤에 들어갔나요?"

"6시 10분에 들어갔습니다."

"몇 호실에 들어갔나요?"

"몇 호실에 들어갔는지는 확인하지 못했습니다. 경호원들이 지키고 있어서……"

S국장이 Z일 가능성은 한층 많아지고 있었다. 그러나 R과 통화하고 있는 현장을 확인하지 못한 이상 심증으로 굳힐 수밖에 없었다. 실로 안타까운 일이었다.

"언제라도 체포할 수 있게 감시를 강화합시다."

엄 과장은 수화기를 집어 들고 K국장에게 전화를 걸었다.

그날 밤 10시, S국장실에서는 예정대로 합동회의가 열렸다.

Z와 B에 대한 정보는 하나도 들어와 있지 않았다. 각국의 수사 책임자들은 시시각각으로 위기가 닥쳐오고 있는 줄도 모르고 서로의 얼굴들만 쳐다보았다. 이미 정보를 확보하고 있는 K국장만이 달랐다. 그는 확보한 정보를 숨긴 채 일행을 어느 요정으로 안내했다.

"일만 할 게 아니라 좀 쉬면서 한 잔 합시다. 제가 한턱 낼 테니까."

이것은 긴장된 분위기를 한결 누그러뜨리는 제스처였다.

일국의 수사 책임자들인 만큼 그들의 행차는 요정을 술렁이게 했다.

별실로 안내되어 착석을 하자 여자들이 들어왔는데 S국장 옆에 자리를 잡고 앉은 여자는 유난히도 눈에 띄게 아름다웠다. 바로 도미에였다.

K국장은 S국장이 눈치 채지 못하게 의미 있는 시선을 그녀에게 한번 던진 다음 옆에 앉은 파트너의 어깨를 두드렸다. 술과 여자가 있는 분위기는 금방 무르익어 갔다. 여자들이 한 곡씩 노래를 불렀는데 S국장 파트너는 노래를 부르는 것을 거절했다. 모든 사람들이 권했지만 그녀는 끝내 고집을 꺾지 않았다.

부끄러운 듯 고개를 숙이고 한복 옷고름만 만지작거리는 것이 귀여웠던지 냉정한 S국장도 엉덩이를 두드려주며 너털웃음을 웃었다. 그녀가 노래를 부르지 않는 바람에 대신 S국장이 덤으로 노래를 불러야 했다. 그는 기분이 좋은지 그 나이답지 않게 매끄럽게 유행가를 불러 넘겼다.

"몇 살이야?"

이것은 S국장이 도미에의 신상에 관해 처음으로 던진 질문이었다.

"스물 셋이에요."

도미에는 수줍은 듯 고개를 숙이며 말했다. 국장은 계속 은근한 목소리로 물었다.

"이름이 뭔가?"

"오지영이에요."

"오지영이라……. 여기 온 지는 얼마나 됐나?"

"며칠 밖에 안돼요."

"그래서 그렇게 서툴군."

도미에는 부끄러운 듯 몸을 꼬았다.

"죄송해요."

"죄송할 것까지는 없지."

12시가 지났다. 그러자 한 사람 두 사람씩 슬그머니 일어나 사라지기 시작했다. 한참 무르익어 가던 분위기가 금방 식었다.

"너도 나를 안내해야겠지?"

도미에는 고개를 숙인 채 옷고름을 만지작거리다가 마지못한 듯 일어서서 밖으로 나갔다. 그 뒤를 S국장이 비틀거리며 따라갔다. K국장의 눈이 안경 너머로 S국장의 뒷모습을 뚫어지게 바라보고 있었다.

침실은 언제라도 남녀가 들어와서 즐길 수 있도록 모든 것이 잘 갖추어져 있었다. 사면의 벽은 커튼으로 둘러쳐져 있었고 더블베드는 두 사람이 뒹굴기에 충분할 정도로 넓었다. 방안의 공기는 훈훈했고 천장에서는 붉은 조명등이 은은한 빛을 뿌려주고 있었다.

방안으로 들어선 도미에는 전축에 판을 걸었다. 부드럽고 조용한 음악이 흐르자 실내 분위기는 한결 아늑해졌다. 저고리를 구석에 던지고 난 S국장은 도미에의 허리를 낚아챘다.

가는 허리가 휘어지면서 얕은 신음소리가 흘러나왔다.

"아야, 안 돼요."

그것은 아무 저항감도 느껴지지 않는 중얼거림이었다. 입술이 입술을 더듬고, 목으로 흘러내리다가 저고리 사이를 파헤치고 젖무덤에 닿았다. 치마저고리가 껍질을 벗듯 한꺼번에 밑으로 스르르 흘러내렸다.

"대리석 같군."

완전 나체가 된 도미에를 뚫어지게 바라보면서 그가 중얼거렸다.

붉은 조명등을 받은 도미에의 육체는 확실히 대리석 같이 미끈하고 탄탄해 보였다. 기름을 바른 듯 피부에서는 윤기가 흐르고 있었다. 머리를 흔들자 흑발이 어깨 위로 흘러내렸다. 달콤한 향기가 풍겨왔다.

S국장은 팬티를 벗어던졌다. 냉정한 그도 이 순간에는 냉정할 수가 없는 모양이었다.

그는 죽여 버릴 듯이 여자를 끌어안고 침대 위로 몸을 던졌다. 침대의 스프링이 높이 튀었다.

밑에 깔린 여자가 입을 벌리며 남자의 거친 움직임에 항의했다. 한 손으로 여자의 머리칼을 움켜쥐고 다른 손으로는 젖가슴을 쓰다듬으면서 그는 거친 숨을 내쉬었다.

여자는 심하게 몸부림을 쳤다. 소리가 크고 몸의 떨림이 요란스러웠다.

방안은 갑자기 장터 같은 분위기가 되어가고 있었다. 시트가 미끄러져 내려오고 베개가 굴러 떨어지고 뜨거운 열기가 돌풍처럼 방안을 몰아치고 있었다.

한 시간이 지났다. 갑자기 돌풍이 멈추더니 두 사람은 죽은 듯이 침대 위에 엎어져 움직이지 않았다.

S국장은 갑자기 돌처럼 굳어졌다. 갑자기 정신을 차리는 듯했다. 본래의 냉엄한 모습으로 돌아간 그는 꼼짝하지 않고 누워 있었다. 도미에의 손이 부드럽게 등을 어루만졌지만 여전히 반응을 보이지 않았다.

도미에는 돌아누워 잠을 자려고 애를 썼다. 상대가 쉽지 않다는 것을 그녀는 직감적으로 느끼고 있었다. 조금이라도 의심을 사게 하면 그때 가서는 끝장이다.

막 잠이 들려고 했을 때 S국장이 갑자기 몸을 일으켰다. 그는 급히 옷을 입고 나더니 지갑 속에서 수표 한 장을 꺼내 그녀의 몸 위에 던져놓고는 급히 나가버렸다.

"또 오세요."

잠에 취한 목소리가 잠꼬대처럼 흘러나왔다.

아직 밖은 어두웠다. S국장이 갑자기 나가버린 이유는 뭘까. 혹시 눈치를 챈 것이 아닐까.

그녀는 불안한 마음을 안고 뒹굴다가 이윽고 잠이 들었다. 눈을 떴을 때는 날이 뿌옇게 밝아오고 있었다. 일어나 수화기를 집어 들고 다이얼을 돌렸다. 신호가 떨어졌다.

"흑장미……"

그녀가 먼저 말했다.

"타이거……"

최 진의 목소리가 들려왔다. 이어서 질문이 왔다.

"별일 없었나요?"

"별일이 없을 리가 있나요. 저는 창부예요."

"그런 소리하지 마시오. 우리는 큰일을 수행하고 있는 거요."

도미에는 화난 얼굴로 소리를 버럭 질렀다.

"잔인해요! 저는 창부나 다름없어요!"

"그렇지 않대두……"

"미워요!"

수화기를 탁 내려놓았다. 분노로 가슴이 떨려왔다. 그러나 최 진이 밉지 않은 이유는 뭘까. 그를 사랑하고 있기 때문일까. 그녀는 다시 전화를 걸었다.

"전화를 끊다니……"

성난 목소리가 수화기를 울렸다.

"미안해요."

그녀는 눈물을 손등으로 닦았다.

"S국장은 어떻게 됐나요?"

진의 목소리는 침착했다.

"그 사람하고 관계를 맺었어요. 아주 깊은 관계를요!"

"그런 걸 묻는 게 아니야."

"저한테는 그게 중요해요."

"당신은 중요한 일을 수행하고 있어요. 매우 중요한 일을……. S국장은 자고 있나요?"

"그 사람은 밤중에 갑자기 나가버렸어요."

"어디로?"

"몰라요."

"얻은 것은?"

"잃은 것뿐이에요. 눈치를 챘는지 모르겠어요."

아무 소리도 들려오지 않았다. 무엇인가 생각하고 있는 것 같았다.

"뭐 하시는 거예요?"

"이것 봐, 도미에. 거기서 빨리 나와요! 아무래도 예감이 이상해요! 아파트로 들어가 있어요."

"무서워요."

갑자기 공포가 엄습했다.

"그러면 요정 앞에서 기다리고 있어요. 곧 갈 테니!"

"빨리 오세요!"

도미에는 허둥지둥 준비를 서둘렀다. 서둘러 옷을 입고 세수를 하고 대충 화장을 하고 난 그녀는 발소리를 죽이며 방을 빠져나갔다.

초겨울의 차가운 새벽바람이 얼굴을 할퀴고 지나갔다. 대문 밖은 차가 왕래할 수 있을 만큼 길이 넓었다. 그녀는 코트 깃 속에 턱을 묻은 채 발을 동동 구르며 서있었다. 새벽이라 길에는 행인 하나 보이지 않았다.

그녀의 맞은 편 저쪽 골목 속에 검은 색의 승용차가 한 대 서 있었다. 조금 후에 차가 골목을 미끄러져 나왔지만 도미에는 별로 신경을 써서 바라보지 않았다.

골목을 빠져나온 차는 갑자기 커브를 휘익 틀더니 도미에 앞에서 급정거했다. 동시에 앞뒷문이 열리면서 두 명의 사나이가 뛰어나왔다. 너무나 갑작스런 일이었기 때문에 도미에는 미처 피할 여유도 없었다. 한 사나이가 뒤에서 입을 틀어막는 바람에 비명이 터져 나오다가 말았다. 앞에 선 사나이가 주먹으로 복부를 후려쳤다.

도미에는 무릎을 꺾으면서 의식을 잃었다. 두 사나이는 재빨리 그녀를 들어 올려 짐짝처럼 차속에 던져 넣었다.

차가 떠나기까지는 불과 5분도 안 걸렸다. 그야말로 눈 깜빡할 사이였다. 도미에를 태운 차는 새벽길을 쏜살같이 달려갔다.

한 시간쯤 지나 차는 경부 고속도로에서 갑자기 샛길로 들어가 숲속에 정거했다. 잎은 모두 떨어지고 앙상한 가지들만 남은 잡목 숲이었다.

그곳에는 이미 다른 차 한 대가 대기하고 있었다. 반쯤 열린 차창을 통해 짙은 선글라스의 얼굴이 굳은 표정으로 밖을 내다보고 있었다. Z였다.

도미에의 몸이 차 밖으로 굴러 떨어지자 Z도 밖으로 나왔다.

"깨워."

Z가 팔짱을 끼면서 턱으로 도미에를 가리켰다. 쉰 목소리였다. 두 명의 사나이가 도미에를 들고 아래쪽으로 내려가더니 조그만 골짜기를 흘러내리는 물속에 그녀를 처박았다. 도미에는 머리를 흔들며 깨어났다.

그녀는 Z 앞으로 끌려왔다. 공포로 몸이 굳어버린 그녀는 떨기만 했다.

"오지영이라고?"

전율을 느끼게 하는 쉰 목소리가 나직이 흘러나왔다. 도미에는 아무 말도 하지 않았다. 이미 그녀는 죽음 속에 들어가 있는 듯했다.

한 사나이가 그녀의 팔을 비틀었다. 얼굴이 일그러지고 비명이 터져 나왔다. 가슴으로 주먹이 날았다. 쓰러지는 그녀를 다른 사나이가 뒤에서 껴안고 허리를 꺾었다. 얼굴이 금방 새파랗게 변하면서 경련이 일어났다.

"도미에, 넌 일본에서 온 도미에지? 유명한 모델이지?"

Z의 손에 그녀의 사진이 들려있었다. 그는 사진을 찢었다.

"너에게 그런 일을 시킨 놈이 누구냐?"

"……"

그녀는 떨기만 했다.

"대답하지 않으면 죽인다. 그 대신 바른대로 대답하면 원하는 나라에 보내주겠다. 너를 요정에 보낸 놈이 누구냐?"

"……"

"도미에, 살고 싶지 않나? 최 진이 시켰나, 아니면 K국장이 시켰나?"

"……"

뒤에 서 있던 자가 머리채를 휘어잡더니 면도칼을 꺼내 얼굴에 들이댔다. 그녀는 몸을 빼내려고 바동거렸다. 면도칼이 뒤로 돌아가더니 풍성한 머리채를 싹둑 잘라냈다. 잘려진 머리채가 그녀 앞으로 내던져졌다.

"말하지 않겠나?"

그녀의 얼굴에 반응이 나타났다. 그러나 그것은 저주의 빛이었다. 그녀는 입을 꼭 다문 채 머리를 흔들었다.

Z의 주먹이 도미에의 얼굴을 쳤다. 도미에는 쓰러져 공처럼 굴러갔다.

"이리 올라와."

Z의 명령에 도미에는 얼굴을 쳐들었다. 입에서 피가 흘러내리고 있었다. 얼굴은 흙투성이였다. 그녀는 고개를 떨어뜨리며 움직이지 않았다.

두 사나이가 Z 앞으로 그녀를 질질 끌고 왔다.

"살고 싶지 않나? 말하지 않으면 죽는다는 걸 모르나?"

Z는 어떻게든지 그녀의 입을 열게 하려고 애쓰고 있었다. 그러나 도미에는 도통 입을 열지 않았다.

"한 마디만 대답해. 자, 누가 너한테 그런 걸 부탁했지? 넌 누구의 지시를 받고 왔어?"

"……"

도미에는 머리를 저었다. 힘없이 머리를 저으면서 멍하니 허공을 바라보았다. 이미 죽음의 그림자가 얼굴에 짙게 드리워져 있었다.

"지독한 년인데……"

Z는 중얼거리면서 피스톨을 뽑아들었다. 총구에 소음 파이프를 박으면서 다시 한 번 물었지만 여자는 아무 반응을 보이지 않았다.

총구가 머리에서 가슴으로 겨누어졌다. 도미에의 눈이 감겨졌다.

"10초 여유를 주겠다. 1초…… 2초…… 3초…… 4초…… 5초…… 6초…… 7초…… 8초…… 9초…… 10초……"

Z는 어김없이 방아쇠를 당겼다.

"슉!"

하는 소리와 함께 도미에의 몸이 위로 솟구쳤다가 땅 위로 풀썩 떨어졌다.

전신에 바르르 경련이 일었다. 그녀의 흰 손이 앞으로 뻗어가더니 나무뿌리를 움켜잡았다. 얼굴을 땅에 처박은 채 위로 몸을 끌어올렸다. 이번에는 다른 손을 뻗어 Z의 다리를 잡았다. Z의 구둣발이 사정없이 그녀를 걷어찼다.

그녀의 몸은 계곡까지 굴러갔다. 얼굴이 살얼음을 깨고 물속으로 들어갔다. 시원하다고 생각했다. 진의 모습이 나타났다. 사랑하는 사람의 얼굴을 잊지 않으려는 듯 그녀는 그 얼굴을 집어삼켰다. 차가운 물이 그녀의 입 속으로 몰려 들어왔다.

핏물이 그녀가 엎어져 있는 부근을 붉게 물들였다. 그녀는 더 이상 움직이지 않았다. 두 사나이가 그녀를 물속에서 끌어내어 숲속 깊은 곳으로 끌고 갔다.

"잘 묻어."

그들에게 지시를 내린 다음 Z는 먼저 차를 타고 그곳을 떠났다.

안개가 짙게 낀 아침이었다.

한편 최 진이 도미에를 데리러 요정 앞에 나타난 것은 그녀가 납치된 지 5분이 지나서였다. 잔다크와 함께 요정 앞에 도착한 그는 차에서 내려 한동안 그곳에 서있었다.

기다리고 있어야 할 도미에는 보이지 않았다. 아직 안에서 나오지 않았으려니 생각하면서 한참을 기다려보았지만 그녀는 나타나지 않았다.

"이거 뭐요?"

잔다크가 땅바닥에서 무엇인가 집어 들었다. 성냥갑이었는데 표면에 일본어로 '도쿄 레스토랑'이라고 쓰여 있었다. 그것은 도미에의 성냥갑이었다. 그녀가 담배를 피울 때 진은 그 성냥갑을 본 적이 있었다.

도미에가 흘리고 간 것이다. 이것은 무엇을 뜻할까. 일부러 흘리고 간 것이 아닐까.

불길한 예감에 최 진은 요정 문을 두드렸다. 한참 만에 직원이 눈을 비비며 나왔다.

"어디서 오셨는가요?"

"음, 경찰이야! 새로 들어온 미스 오라고 있지? 좀 불러줘!"

직원을 따라 안으로 들어가 보니 도미에는 이미 나가고 없었다. 마담도 어디 갔는지 모른다고 했다.

분명히 문 앞에서 기다리고 있겠다고 했다. 그런데 없어지다니, 혹시 납치된 게 아닐까.

도미에의 아파트로 급히 전화를 걸어보았다. 신호는 가는데 전화를 받지 않는다. 큰일이다! 그는 부르짖으면서 뛰어나갔다.

20분 후 도미에의 아파트에 도착한 그는 부저를 몇 번이나 힘주어 눌렀다. 예상대로 아무 반응이 없었다. 관리인을 통해 문을 열고 들어가 보니 안은 텅 비어 있었다.

"도미에 양이 실종된 것 같습니다!"

그는 흥분한 목소리로 엄 과장에게 먼저 보고했다.

"뭐, 뭐라고요?"

사정을 듣고 난 엄 과장은 한 동안 말이 없었다.

"큰일 났습니다. 납치된 게 사실이라면 살아나기 어려울 텐데……"

"납치된 게 사실이라면 절망적입니다."

최 진은 가슴이 찢기는 것 같은 통증을 느꼈다.

그녀로 하여금 S국장에게 접근하게 한 것은 그의 짓이었다. 그런 일을 부탁하지 말았어야 했다. 그런데 다급한 나머지 미인을 이용해 보려고 도미에를 S국장에게 접근시킨 것이었다.

S국장은 물론 안전권 내에 있을 것이다. 도미에의 시체가 발견된다 해도 그는 수사관의 손길이 미치지 않는 안전권 내에 앉아서 담배를 피우고 있겠지. 진은 어금니를 지근지근 깨물었다. 도미에가 죽음을 당하고 있을 것을 생각하니 견딜 수가 없었다. 그녀는 이미 죽었는지도 모른다.

즉시 비상회의가 열렸다. K국장과 경찰국장이 회의에 참석했다.

"우리가 5열을 알아내기 위해 침투시킨 여자 하나가 실종됐습니다. 5열에게 납치된 것 같습니다. 5열이 그녀를 납치했다는 것은 자신이 5열임을 스스로 입증한 것이 됩니다."

엄 과장이 흥분을 누르며 말했다. 경찰국장은 조금 어리둥절한 얼굴을 하고 있었다.

"수사를 하죠."

그는 협조할 뜻을 밝혔다. K국장은 피우던 담배를 끄고 경찰국장을 바라보았다.

"우리끼리만 알아야 할 일이기 때문에 이런 곳으로 부른 거요. 내 말 알겠죠?"

"아, 물론……"

두 국장은 매우 가까운 사이인 것 같았다. 최 진이 경찰국장을 초조하게 바라보며 입을 열었다.

"살해되었을 가능성이 큽니다. 그래서 하루 빨리 시체를 찾아야 합니다. 전 경찰력을 동원해서라도 급히 찾아야 합니다."

"알겠습니다."

경찰국장은 무겁게 고개를 끄덕거렸다.

"극비리에 수색을 벌였으면 합니다."

K국장이 당부했다.

"알겠습니다."

"인상착의는 이렇습니다."

엄 과장이 내미는 메모지를 받아든 경찰국장은 즉시 전화를 걸었다.

"경찰국장이다. 여자 시체, 나이는 25세 내외, 흑발, 밤색코트, 녹색 털 셔츠, 파란 스커트, 전력 동원해서 수색할 것! 서울 일원을 중심으로 수색할 것! 극비다!"

경찰국장의 지시가 떨어진 지 한 시간 만에 전국의 경찰은 도미에 수색 작업에 나섰다. 극비리에 조용히 진행된 수색 작업이었지만 전 경찰력이 투입된 것인 만큼 영문 모르는 사람들은 의

아해 하지 않을 수 없었다.

11월 28일 오후 4시쯤, 드디어 도미에를 찾을 수 있는 단서가 포착되었다. 갈가리 찢긴 그녀의 사진 조각들이 발견된 것이다. 수십 명이 부근 일대를 샅샅이 뒤진 끝에 마침내 피에 얼어붙은 도미에의 시체가 발굴되었다.

연락을 받고 최 진을 비롯한 킬리만자로의 요원들이 즉시 달려갔다.

시체를 확인한 진은 도미에의 시체를 부둥켜안고 흐느껴 울었다. 아버지가 살해되었을 때보다도 더욱 서럽게 울었다. 요원들이 말렸지만 그는 정신없이 흐느꼈다.

"도미에…… 도미에…… 도미에……"

그녀의 이름만을 불러대면서 그는 몸부림쳤다. 아름답고 사랑스러운, 그와 육체관계까지 맺었던 젊은 여인이 그를 위해 일하다가 살해된 것이다. 생각할수록 비통한 일이었다. 도미에의 시체는 그 길로 화장장으로 향했다. 그곳까지 따라간 최 진은 도미에의 시체가 화덕 속으로 들어가 한 줌의 재로 변할 때까지 서 있었다.

밤 9시가 지나서야 작업이 끝났다.

뼛가루를 들고 그는 한강으로 나가 강물 위에 그것을 뿌렸다. 뿌리면서 다시 흐느껴 울었다. 비로소 도미에의 죽음이 고고해 보였다. 여러 남자들을 상대한 여자였지만 고결하게 생각되는 것이었다.

"S국장의 손에 죽은 겁니다. 의심할 여지가 없습니다!"

다시 본부로 돌아온 그는 회의석상에서 증오감을 불태우면서 말했다.

"당장 체포해야 합니다!"

"증거가 없어요."

K국장이 고개를 흔들었다.

"먼저 체포해 놓고 봐야 합니다! 체포해 놓고 증거를 확보하면 됩니다."

"그럴 수는 없어요. 그는 S국 국장입니다. 그의 권력은 막강합니다. 그것을 꺾으려면 먼저 증거가 있어야 합니다. 증거가 없으면 오히려 우리가 불리해집니다. 자기를 모함했다고 몰아치면 우리가 당할 수밖에 없어요. 국민이 납득할 수 있는 증거가 있기 전에는 체포는 불가능합니다."

진은 입을 다물어버렸다. 흥분해서 S국장을 체포하라고 말하긴 했지만 K국장 말대로 증거 없이 그를 체포한다는 것은 불가능한 일이었다. 그의 명령 한 마디면 5천 명이나 되는 S국 요원들이 일거에 일어설 것이다.

"오늘이 벌써 28일입니다. 이제 이틀밖에 남지 않았습니다. 이틀 후에는 페스트균이 서울에 침투합니다. 어떻게 하실 작정입니까?"

진은 참지 못하고 다시 말했다. 모두가 대답을 못하고 머뭇거리기만 했다. 현명한 방법이 있을 리가 없었다.

"아, 다비드 킴이 Z를 죽여만 준다면……"

진은 탄식했다. 다비드 킴은 약속을 지킬 것인가. 장담할 수 없는 노릇이었다.

"방역 대책을 철저히 하고 예방과 치료에 만전을 기할 수밖에 없습니다."

K국장은 초조한 시선으로 사람들을 둘러보았다.

"아직 예방주사도 실시하지 못하고 있지 않습니까?"

"내일이면 예방 왁친이 나옵니다. 우선 급한 대로 50만 명 정도는 예방이 가능합니다. 내일 중으로 모두 주사를 맞도록 하십시오."

"50만 명을 하루에 주사할 수 있을까요?"

"하도록 해 봐야죠. 전 의료진을 모두 투입하도록 되어 있으니까……"

"나머지는 어떻게 합니까?"

"날짜가 걸리더라도 계속하는 수밖에 없겠지요. 감염된 사람은 격리 수용해서 치료해야 할 테고……"

최 진은 그날 밤을 거의 뜬 눈으로 지샜다. 도미에 생각에 도통 잠을 이룰 수가 없었던 것이다.

이튿날인 11월 29일 아침, S국 본부가 들어 있는 빌딩 앞 주차장에 검은 색의 평범한 코디나 한 대가 미끄러져 들어왔다. 차 속에는 낡아빠진 가죽점퍼 차림에 수염이 덥수룩한 사내 하나가 운동모를 눌러쓴 채 피곤한 듯 앉아 있었다. 누가 보기에도 전형적인 운전사 타입이었다.

9시가 되자 주차장은 이미 차들로 꽉 들어차 있었다. 코티나의 운전사는 빌딩 안으로 쏟아져 들어가는 사람들을 하나도 놓치지 않고 노려보고 있었다. 9시 30분이 되었을 때 헤드라이트를 깜빡이며 차 한 대가 빌딩 앞으로 돌진해 들어왔다. 그 뒤를 보랏빛의 캐딜락이 따라왔다. 캐딜락 뒤를 또 한 대의 차가 따라붙고 있었다.

세 대의 차가 동시에 정거하면서 먼저 앞뒤 차에서 사나이들이 쏟아져 나왔다. 그들은 재빨리 캐딜락을 둘러쌌다. 그제야 문이 열리면서 뒷좌석에서 S국장이 천천히 몸을 내밀었다.

모두 19명의 건장한 사나이들이 그를 경호하고 있었다. 그는 경호진에 둘러싸여 잘 보이지가 않았다. 거의 시간을 같이 해서 코티나 운전사도 밖으로 나왔다. 그는 다른 사람들 틈에 끼어 빌딩 안으로 들어갔다.

그 빌딩 안에는 엘리베이터가 4대 있었다. 2대씩 마주보고 있었는데, S국장 일행은 오른편 저쪽 엘리베이터 앞에 서 있었다. S국장 전용 엘리베이터인지 거기에는 다른 사람들의 접근이 금지되어 있었다.

코티나 운전사는 다른 엘리베이터 쪽으로 다가가 사람들 틈에 끼어들었다. S국장 일행이 막 엘리베이터 안으로 들어가는 것이 보였다.

코티나 운전사는 5층까지 올라가 거기서 내렸다.

5층 전체는 S국 본부로 쓰이고 있었다. 오른쪽에 두꺼운 유리문이 가로 막고 있었고, 문 안 쪽에 두 사나이가 서 있었다. 무역회사 간판이 걸려 있어서 겉에서 보기에는 전혀 S국 본부 같지가 않았다.

왼쪽 끝에 역시 문이 하나 있었는데, 비상계단으로 통하는 문이었다. 그 맞은쪽에 화장실이 있었다.

"여, 여보세요."

부르는 소리에 운전사는 뒤돌아섰다. 건장한 사나이 하나가 밖으로 나와 그를 부르고 있었다.

운전사는 의아한 시선으로 사나이를 바라보았다. S국 직원은 날카로운 시선으로 운전사를 쏘아보면서

"뭐, 뭐하는 거요?"

하고 물었다. 운전사는 모자를 벗어들고 허리를 굽혔다.

"네, 사람을 좀 찾는데요."

"어딜 찾는 거요?"

사나이는 윽박지르듯이 물었다.

"여기 유리 회사 아닌가요?"

"여긴 그런데 아니오. 가시오."

"시, 실례했습니다."

운전사는 뒷걸음치다 말고 화장실 쪽을 가리켰다.

"죄송하지만 화장실 좀 갈 수 없을까요?"

"빨리 보고 가시오."

"가, 감사합니다."

운전사는 급히 화장실 쪽으로 걸어갔다. 화장실은 깨끗하고 조용했다.

소변을 보고 난 그는 밖으로 나오다 말고 재빨리 비상계단 쪽으로 몸을 날렸다. 눈 깜박할 정도로 날쌘 움직임이었다. 계단을 타고 그는 최대한 빠른 속도로 뛰어 내려갔는데, 아래층까지 걸린 시간은 1분도 못되었다.

거친 숨소리 하나 없이 아래층 홀을 지나 밖으로 나왔다. 다

시 코티나 속으로 들어가 이번에는 모자를 얼굴 위에 덮고 잠을 자기 시작했다. 누군가가 눈여겨보았다면 확실히 이상한 행동이었을 것이다. 그러나 남루하게 생긴 사나이의 움직임을 눈여겨보는 사람은 아무도 없었다.

12시 조금 지나 그는 상체를 일으켰다. 수위 복장을 한 중년의 남자 하나가 앞을 지나갔다. 코티나 운전사는 밖으로 나와 수위를 따라갔다.

수위는 골목으로 한참 걸어가더니 국수집으로 들어갔다. 서너 평 되는 국수집은 벌써 손님들로 만원을 이루고 있었다. 모두가 남루한 차림의 서민들이었다. 운전사는 모자를 벗고 서성거리다가 수위 맞은편 자리에 끼어 앉았다.

"실례합니다."

"아, 네……"

사람 좋아 보이는 수위는 마주 앉은 사나이의 피곤한 모습을 잠시 물끄러미 바라보았다.

국수를 먹다 말고 운전사는 문득 생각난 듯 소주를 한 병 시켰다. 거기다 오뎅 한 접시를 시키자 수위가 다시 한 번 그를 바라보았다.

"자, 초면에 실례입니다만 한 잔 드시지요."

수위가 뭐라고 말하기도 전에 운전사는 재빨리 잔에 술을 따랐다.

"아, 이거……"

술을 좋아하는 수위는 근무 중에 술을 마셔서는 안 된다는 것을 알고 있었다. 그러나 술 냄새와 오뎅 냄새가 그의 억제력을 약화시켰다.

"감사합니다."

수위는 손을 뻗어 단숨에 소주를 들이켜고 나서 오뎅 하나를 집어 들었다. 운전사는 묵묵히 조금은 수심에 싸인 얼굴로 술을 마셨다.

술 한 잔이 초면인 그들 두 사람을 갑자기 가깝게 만들었다. 수위는 처음에는 사양하다가 나중에는 넙죽넙죽 받아 마셨다.

"낮술을 마시는 걸 보니까 무슨 걱정거리라도 있으신 모양이지요?"

"걱정거리야 달리 있습니까? 먹고 살기 힘들어서 그러지요. 만 2년을 놀고 보니까 이젠 새끼들 우글거리는 집구석에 들어가기가 싫습니다."

"하아, 그거 안 됐군요."

"요새는 죽고만 싶습니다."

"그런 생각해서는 안 되지요. 죽을 결심 있으면 살아야 합니다. 악착같이 살아야 합니다."

수위는 갑자기 말이 많아졌다.

"무슨 기술이라도 있나요? 요새는 기술자가 최곱니다."

"그런 것 있으면 이러고 있겠습니까. 하다못해 청소부 자리라도 하나 있으면 들어가겠는데 그런 것도 없다구요."

"그렇지요. 그런 자리도 빽이 있어야 들어간다구요."

"빽 없는 놈 어디 살겠습니까."

식당을 나온 그들은 다방으로 자리를 옮겼다. 술을 얼마마신 수위가 차 한 잔 사겠다고 고집을 부린 것이다.

커피를 단숨에 들이켜고 난 운전사는 갑자기 앞으로 상체를 숙여 호소하듯이 수위를 바라보았다.

"부탁 하나 합시다. 청소부 자리라도 좋으니 취직 좀 시켜주십시오. 취직만 시켜주신다면 평생 은혜는 잊지 않겠습니다."

수위는 난처한 표정이 되었다.

"글쎄요. 그런 자리가 갑자기 어디 있나요."

"초면에 실례인 줄은 압니다. 그렇지만 제가 그런 걸 가리게 됐습니까. 제발 부탁이니 자리하나 구해 주십시오."

사내는 주머니를 뒤적거리더니 돈뭉치를 하나 꺼내 들었다.

"자, 보십시오. 취직하려고 이렇게 돈까지 준비해 가지고 다닙니다. 돈 없이는 취직하기도 어렵겠지요. 이거, 십만 원입니다. 제발 부탁이니 이걸로 청소부 자리 하나 구해 주십시오."

돈뭉치를 바라보는 수위의 눈이 갑자기 빛나는 것 같았다.

"자식새끼는 우글거리지 마누라는 몸져 누워있지 정말 정신을 차릴 수 없을 지경입니다. 이러다가는 집단 자살이라도 할지 모르겠습니다."

"그래서는 쓰나요. 어떻게든지 살 방도를 취해야지. 가만있자. 정 그러시다면 내 한번 알아보지요."

"아이구 이거 감사합니다. 비용은 얼마든지 들어도 좋으니 일자리만 하나 구해 주십시오. 평생 은혜는 잊지 않겠습니다."

"잠깐, 여기서 기다려 보슈."

일어나려는 수위에게 운전사는 착수금조로 2만 원을 쥐어주었다. 수위는 사양하다가 못이기는 체하고 그것을 받아들고 나갔다. 물론 자기 명함을 운전사에게 내주는 것을 잊지 않았다.

수위가 다시 다방에 나타난 것은 30분쯤 지나서였다. 운전사는 두 손을 비비며 일어서서 수위를 맞았다. 자리에 앉아 수위는 주위를 한번 휘둘러보고 나서 무슨 비밀 이야기라도 되는 듯 목소리를 낮추어 말했다.

"자리가 하나 있기는 한데…… 내 맘대로 할 수가 없어서 문제요."

"물론 그러시겠지요."

"여자 청소부가 하나 있었는데 나이가 많아 내보냈지요. 그 자리를 지금 채워야 하는데 위에 결재할 사람들이 많아서……. 사실 별 자리도 아닌데……"

"당연히 인사를 차려야겠지요. 이거 얼마 안 되지만 받아 주십시오."

운전사는 나머지 8만 원을 선뜻 내놓았다. 수위는 아무래도 믿기지 않는지 그것을 힐끔 보고 나서

"이거 내가 받을 게 아니라 우리 관리실장을 드리지요. 잠깐 기다리십시오."

하고 말했다.

곧 일어나 전화를 걸자 10분도 안 되어 머리에 기름을 잔뜩 바른 젊은 사내가 나타났다.

이미 이야기가 된 듯 관리실장이라고 하는 젊은 사내는 운전사의 사정을 형식적으로 듣고 나서 슬그머니 돈을 받았다.

"내일 아침부터 출근하십시오. 출근 시간은 7시입니다."

"알았습니다. 이거 정말 너무 감사해서 뭐라고 말씀드려야 할지……"

그들이 가고 난 뒤 운전사는 담배 한 대를 피우고 나서 천천히 밖으로 나왔다. 주차장 쪽으로 가다말고 그는 도중에 경찰의 제지를 받았다. 순간적으로 그의 몸은 방어태세로 굳어졌다. 경찰은 모두 두 명이었다. 그들은 무기도 갖지 않았고 옆구리에 방망이만을 차고 있었다.

"저쪽으로 가십시오."

경찰이 가리키는 곳을 보니 간호원들이 행인들에게 예방주사를 놓고 있었다. 운전사는 안도의 한숨을 내쉬며 그쪽으로 다가갔다. 그것은 콜레라 예방주사였다.

행인들은 모두 강제이다시피 그 앞에 줄을 서고 있었다. 예방주사를 맞은 사람들에게는 황색카드가 배부되고 있었다. 운전사는 그 옆에 세워져 있는 경고문을 들여다보았다.

△ 경고문

① 빠짐없이 예방 주사를 맞을 것.

② 예방주사를 맞은 자는 반드시 황색카드를 받아 오른쪽 가슴에 부착하고 다닐 것.

③ 예방주사에 불응하는 자는 이유여하를 막론하고 체포 구금될 것임.

매우 강력한 공고문이었다. 그것을 읽는 사람들의 표정이 하나같이 굳어지고 있었다. 거리가 갑자기 술렁이는 것 같았다. 그렇지 않아도 신거 열풍으로 사람들은 들떠 있던 참이었다.

초겨울에 콜레라 예방이라니 아무래도 이상한 일이었다. 민기지 않는다는 듯 고개를 갸우뚱거리면서도 사람들은 어쩔 수 없이 주사를 맞기 위해 줄을 서서 기다렸다.

코티나 운전사도 줄 끝에 서서 차례를 기다렸다. 그의 차례가 되어 옷소매를 걷어 올렸을 때 주사기를 들고 있던 간호원이 새삼스럽게 고개를 들어 그를 한번 쳐다보았다. 근육으로 덮인 무쇠 같은 팔뚝에 확실히 놀라는 모습이었다.

운전사는 표정하나 변하지 않고 조용히 간호원의 주사 놓는 모습을 보고 있다가 차례가 끝나자 황색카드를 받아들고 미소를 지으면서 돌아섰다.

이윽고 주차장으로 돌아온 그는 코티나를 몰고 그곳을 빠져나왔다. 운전을 하면서 모자와 점퍼를 벗었다. 수츠케이스 속에서 체크무늬의 양복저고리를 꺼내 입었다. 금테 안경을 끼고 머리에 쓴 가발에 기름을 칠했다.

그때 "쿵" 하는 충격이 느껴졌다. 뒤쪽 차창이 와장창 깨지면서 차제가 우그러져 들어왔다. 그 충격으로 코티나는 앞차를 들이받았다. 앞차는 택시였다. 뒤에서 부딛쳐 온 차는 버스였다.

시내 중심가에서 일어난 충돌사고인 만큼 차량 통행에 즉시 혼란이 일었다. 차를 운전하던 세 사람이 동시에 밖으로 튀어나와 서로를 노려보았다. 다행이 부상자는 없는 것 같았다.

"운전 좀 똑똑히 해."

젊은 택시 운전사가 삿대질을 하면서 코티나 운전사에게 쏘아붙이자 그는 중년의 버스 운전사를 가리켰다.

"뒤에서 충돌해 왔습니다. 그래서 어쩔 수 없이 그렇게 된 겁니다. 미안합니다."

그때 경찰 패트롤카가 나타났다. 경찰 두 명이 뛰어나와 한 명은 교통정리를 하고 다른 한 명은 사고 운전사들을 조사했다.

코티나 운전사는 운전 면허증을 요구하는 경찰에게 면허증이 없다고 말했다.

"뭐요? 당신 면허증도 없는 거 아니야?"

"아닙니다. 집에 놔두고 나왔습니다."

코티나 운전사는 주머니 속에서 신분증을 꺼내 경찰에게 보였다. 일말의 불안감이 얼굴을 스쳐갔다.

"검찰청에 있습니다."

신분증을 보고 난 경찰이 자세를 바로 했다. 그리고 갑자기 거수경례를 했다. 코티나 운전사는 가볍게 고개를 끄덕이고 나서 사고 이유를 담담한 목소리로 설명했다. 경찰은 부지런히 메모를 하고 나서

"잘 알겠습니다. 돌아가 계십시오."

라고 말했다.

"저 차는 못쓰게 됐으니까 잘 좀 처리해 주시오. 택시 수리비는 물론 버스 회사에서 책임져야 되겠지."

"알겠습니다. 처리해 드리겠습니다."

다른 운전사들은 꿀 먹은 벙어리처럼 아무 말도 하지 않았다.

"검찰청으로 연락해 주시오."

코티나 운전사는 경찰의 거수경례를 받으며 돌아섰다. 조금 후 그는 경찰이 잡아준 택시를 타고 그곳을 무사히 빠져나갔다.

죽음의 도시(都市)

11월 30일, 마침내 모든 사람들이 두려워하던 날이 다가왔다. 선거전은 종반전으로 접어들어 더욱 치열한 양상을 띠어가고 있었다. 특히 대동회는 막강한 금력으로 모든 것을 총동원, 민사당의 장연기 후보를 비방하는데 혈안이 되어 있었다.

장연기 후보의 선거포스터는 모두 뜯겨져 나가고, 선거 운동원들은 곳곳에서 정체불명의 사나이들에게 폭행을 당하곤 했다. 선거 열기와 함께 공포가 거리를 휩쓸었다. 거기다가 난데없는 콜레라 방역비상이 걸리는 바람에 사람들은 불안과 초조가 엇갈리는 가운데 11월의 마지막 날을 맞이했다.

킬리만자로의 요원들은 촉각을 곤두세우고 때를 기다리고 있었다. 무엇인가 결정적인 정보를 기다리며 전원이 대기하고 있었다.

최 진은 오늘이 다비드 킴이 약속한 마지막 날이라는 것을 기억하고 있었다. 그는 다비드 킴의 약속을 믿고 싶었다. 그런 사나이들이란 약속을 반드시 지킨다. 약속을 지키지 못하면 연락이라도 올 것이다.

그는 20분마다 집으로 전화를 걸었다. 12시 정각 마침내 기다리던 전화가 왔다. 집으로 전화를 걸자 아내가 다급한 목소리로 이렇게 말한 것이다.

"다비드 킴이란 사람한테서 전화가 왔어요. 1시 정각에 다시 걸겠대요."

진은 즉시 집으로 달려가 시간이 되기를 기다렸다.

과연 정각 1시가 되자 전화벨이 울렸다. 최 진이 수화기를 집어 들자

"최 진인가?"

하는 조용한 물음이 들려왔다.

"그래, 최 진이다. 약속은 어떻게 됐나?"

다비드 킴과의 통화는 이것이 두 번째였다. 그러나 역시 긴장과 증오로 그의 목소리는 떨리고 있었다.

"약속을 못 지켜 미안하다."

"Z를 제거할 수 없다는 건가?"

"아니야, 며칠 여유를 달라는 거야."

다비드 킴의 목소리는 조금도 동요를 보이지 않고 있었다.

"왜? 무슨 이유로?"

"계획이 늦어져서 그렇다."

"오늘을 넘기면 안 돼! 오늘을 넘기면 곤란해!"

"왜 꼭 오늘을 고집하는 거야? 그럴 이유라도 있나?"

최 진은 몹시 난처했다. 그 이유를 그에게 설명할 수가 없어 괴로웠다.

"오늘이 지나면 서울이 전염병으로 덮인다! 알겠어?"

"그래서 콜레라 예방주사를 놓는군. 으음…… 그랬었군."

"예방주사를 맞아 둬. 살고 싶으면 맞으란 말이야."

"벌써 맞았다. Z의 짓인가?"

"콜레라 접종은 위장이야. 사실은 다른 전염병이야!"

"무슨 전염병인가?"

"그건 말할 수 없어. 하여간 예방주사를 맞았으면 됐어."

"그렇더라도 Z를 지금 제거할 수는 없어. 기회가 아직 없기 때문이야."

"알았다. 하는 수 없지. Z는 지금 당신을 제거하기 위해 혈안이 돼 있다. 조심하도록!"

"감사하다. 알고 있다. Z는 내 손에 죽을 것이다."

"Z는 누군가?"

"말할 수 없다."

"빌어먹을! 수시로 전화를 걸어줘! 중요한 정보가 있으면 알려주겠다. 본부로 직접 걸어도 된다. 내가 있는 곳의 전화번호는 555의 9898이다. 당신한테 급히 연락을 취하려면 어떻게 하는 게 좋겠나?"

잠시 침묵이 흐른 뒤 B는 대답했다.

"455의 7999로 전화를 해서 마담을 찾아라. 황 씨에게 전화를 하면서 전해 달라고 부탁하면 된다."

"거긴 어딘가?"

"알 필요 없어. 그곳을 찾아낸다 해도 나는 없을 테니까 쓸데 없는 짓은 하지 마."

전화 끊어지는 소리에 진은 이를 갈았다. 수화기를 내려놓자 마자 다시 벨이 울렸다. 본부로부터의 전화였다.

"Z와 R의 전화가 캐치됐습니다! 지금 빨리 전화국으로 가십시오!"

진은 쏜살같이 밖으로 뛰쳐나갔다. 그의 아내가 놀란 눈으로 멀리 사라지는 남편을 창 너머로 바라보았다.

전화국에 도착했을 때 Z와 R의 통화는 끝나 있었다. 현장에는 엄 과장도 나와 있었다. 현장에서 녹음기를 틀었다.

"여기는 R……"

먼저 R의 목소리가 들려왔다.

"여기는 Z…… 완성됐나요?"

"준비가 끝났습니다."

"즉시 항공편으로 보내시오. 오늘 중으로 보내시오."

"알겠소. 인편으로 보낼 테니 내 아들도 보내주시오."

"당신 아들은 물건을 확인한 뒤에 보내줄 테니 그렇게 알고 있으시오."

"안 돼! 그건 안 돼!"

"왜 이러시오? 당신 아들 죽는 꼴을 보고 싶나?"

거친 숨소리와 함께 침묵이 흘렀다. R은 분노를 참느라고 무진 애를 쓰고 있는 것 같았다.

"당신은 저주를 받을 것이다."

"지금 그런 말할 때가 아니야. 당신이나 나나 같은 길을 걷고 있는 처지야. 어떻게 할 텐가?"

"좋다. 물건을 보낼 테니 확인한 뒤에 내 아들을 꼭 보내주기 바란다. 만일 보내지 않을 때는 가만있지 않겠다."

"염려하지 마시오. 약속은 지킬 테니 오늘 중으로 물건을 보내시오. 우리는 어차피 동지가 아니오?"

"접선방법을 알려주시오."

"우리가 알 수 있는 얼굴을 보내시오. 마중을 나갈 테니."

"그럼 8시 비행기로 보내겠습니다."

"김포로 보내시오. 그 동안 수고 많았소."

최 진과 엄 과장의 눈이 뜨겁게 부딪쳤다. 그것은 곧 공포로 변했다.

30분 후 비상회의가 킬리만자로 본부에서 열렸다. K국장도 참석한 확대회의였다. 실내에는 무거운 긴장감이 한 동안 감돌고 있었다. 예견했던 일이지만 모두가 공포를 느끼고 있는 것이 분명했다.

"공항을 폐쇄하는 게 어떨까요?"

누군가가 입을 열었다. K국장이 고개를 저었다.

"공항을 폐쇄할 수야 없지요. 그렇게 되면 전 노선이 운항중지 될 테고 일대 혼란이 일어날 테니 말입니다."

"그렇게 해서라도 페스트가 들어오는 것을 막아야 하지 않습니까?"

"공항을 폐쇄한다고 해서 그들이 계획을 포기할 줄 아십니까? 공항을 폐쇄하면 놈들은 다른 코스를 이용할 겁니다. 해안으로 들어오게 되면 더욱 막기가 어려워집니다. 차라리 공항을 이용하도록 내버려두는 게 좋을 겁니다."

K국장의 말은 옳았다. 그래서 더 이상 아무도 이의를 제기하지 않았다.

"공항을 봉쇄하고 검색을 철저히 합시다. 검색은 한 번만으로 그치지 말고 세 번 이상해야 될 겁니다. 페스트를 반드시 찾아내야 합니다. 승객들이 불평하더라도 하는 수 없습니다."

"페스트를 가지고 들어오는 자의 얼굴을 우리는 전혀 모르니 어떡하죠?"

엄 과장이 근심스러운 듯 물었다.

"하는 수 없죠. 입국자의 검색을 철저히 하는 수밖에 별도리가 없어요."

"운반자가 누구인지를 알아낼 수만 있다면……"

최 진이 입술을 깨물며 중얼거렸다.

"이쪽에서 그들을 마중 나가는 자의 얼굴만이라도 알아낼 수 없을까?"

K국장도 안타까운 모양이었다.

"모오리 형사한테 연락을 취해 보면 어떨까?"

엄 과장이 최 진을 돌아보며 물었다. 최 진은 즉시 수화기를 집어 들고 도쿄를 불렀다.

모오리 형사는 외출하고 없었다. 전화를 부탁하고 끊은 지 10분 만에 모리로부터 전화가 걸려왔다.

"시로노 박사는 어떻게 됐습니까?"

"아직 박사를 못 찾았습니다. 여기서는 절망적인 견해가 지배적입니다."

"오늘 R과 Z가 통화했습니다. 물건이 완성돼서 오늘 도쿄발 8시 비행기로 물건을 보내기로 했습니다."

"물건이라면 세균 말인가요?"

목소리가 떨리는 듯했다.

"그렇습니다. 세균입니다."

"무슨 세균인가요? 한국에서는 지금 콜레라 비상이 걸렸다고 들었는데?"

"사실은 콜레라가 아니라 페스트입니다. 시로노 박사가 제조한 것은 페스트균입니다. 콜레라는 위장입니다. 페스트 비상이 걸린 겁니다."

"으음……"

고통스러운 신음소리가 들려왔다.

"그럼, 놈들은 일본에서 페스트균을 가지고 한국으로 들어가는 겁니까?"

"그렇습니다."

"어떻게 그렇게 정확한 정보를 알아냈나요?"

"놈들의 암호를 풀었습니다."

"아아, 그랬군요. 그럼 우리가 해야 할 일은?"

"페스트를 가지고 들어오는 놈의 얼굴을 모릅니다. 접선방법도 알 수 없고……. 그래서 먼저 하네다 공항에서부터 수사를 시작했으면 합니다."

"알겠습니다. 우리도 하네다 공항에서 철저히 체크해 보겠습니다. 리스트에 올라 있는 국화계 인물이라면 쉽게 알아볼 수 있는데, 만일 전혀 다른 놈이라면 우리도 장담할 수 없습니다."

"잘 부탁합니다."

"되든 안 되든 연락하겠습니다."

"감사합니다."

"참, 도미에는 잘 있나요?"

"도미에는…… 갔습니다."

"가다니요? 일본으로 떠났습니까?"

"아니, 그게 아니라…… 도미에는…… 살해됐습니다. Z의 손에 죽었습니다."

비통한 신음소리와 함께 전화가 철컥 끊어졌다.

진도 비통함이 되살아나 한 동안 멍하니 앉아 있었다.

마침내 김포 공항은 조용하고 은밀한 가운데 이중 삼중으로 봉쇄되었다. 공항뿐만 아니라 시내 요소요소에도 동원된 군경과 정보 요원들이 눈을 번득이며 경계태세를 갖추고 있었다. 공항 검색대는 평소 때의 하나가 아닌 다섯 군데로 늘어났다. 각 검색대에는 4명씩의 검사요원들이 배치되었다. 그야말로 개미 새끼 한 마리 빠져나갈 수 없을 만큼 완벽한 경계망이었다.

초조하고 긴박한 가운데 날이 저물고 8시가 지났다. 그러나 도쿄의 모오리 형사로부터는 연락이 없었다.

모오리로부터 전화가 온 것은 8시 30분이 지나서였다.

"8시 발 KAL기와 JAL기가 모두 출발했습니다. 그런데 실패했습니다."

목소리가 꺼져가는 듯했다. 진은 절망적인 기분으로 침묵하고 있었다.

"미안합니다. 아는 얼굴이라곤 한 사람밖에 없었습니다."

"누굽니까?"

비로소 진이 물었다.

"무로다 요시오(室田良雄)라고 하는 영화배웁니다. 영화 출연 교섭 차 한국에 간다고 하더군요. 그밖에 아는 얼굴은 없었습니다. 국화계의 얼굴은 하나도 보이지 않았습니다."

진은 절망적인 기분에 싸여 수화기를 내려놓았다. 그의 이야기를 듣고 난 엄 과장도 얼굴빛이 창백해졌다.

"하는 수 없어! 공항에서 잡아내는 수밖에!"

그들은 즉시 공항으로 직행했다. 공항 일대는 긴박감이 흐르고 있었다. 사복의 사나이들이 요소요소에 지켜 서서 눈을 번득이고 있었다.

"S국장은 공항이 봉쇄된 것을 알고 있나요?"

"모르고 있어요. S국에는 비밀로 했으니까. K국장은 아무 일도 없는 것처럼 10시 합동회의를 개최할 겁니다. 거기서 S국장을 붙잡고 시간을 보내고 있는 동안 우리는 페스트를 찾아내야 합니다."

그들은 차에서 내려 공항 대합실로 들어갔다. 최 진은 첫 번째 검색대에 자리를 잡고 앉았다. 시간은 8시 40분을 막 지나고 있었다.

공항에는 다섯 대의 앰뷸런스가 대기하고 있었다. 비행기가 도착하면 먼저 앰뷸런스가 달려가 페스트 환자의 유무를 검사한 다음 예방주사를 놓아주도록 되어 있었다.

10시 5분 전, 마침내 밤하늘을 울리는 비행기의 둔중한 소리가 멀리서 들려왔다. 그 소리는 금방 가까워졌다. 점멸하는 빨간 신호등이 점점 가까워지더니 이윽고 거대한 기체가 공항 상공을 선회했다.

"도쿄 페스트 도착! 전 요원은 경계에 임하라!"

사령탑을 맡고 있는 엄인회 과장이 워키토키를 통해 날카롭게 부르짖었다. 수십 명의 사나이들이 일제히 피스톨의 안전장치를 풀었다.

먼저 활주로 위에 내려앉은 비행기는 KAL기였다. 그 다음에 이어 JAL기가 공항 상공에 나타났다.

진은 가슴이 답답해 견딜 수가 없었다. 심호흡을 하면서 입구 쪽을 자꾸만 바라보았다.

검역 때문에 승객들이 나타나기 시작한 것은 10시 30분경 부터였다.

제1 검색대의 사나이들이 눈에 불을 켜고 승객의 몸과 짐을 뒤졌다. 이상이 없으면 승객과 짐은 2번 검색대로 넘겨졌다. 승객들은 심한 수색에 불평하면서 항의했으나 받아들여지지가 않았다.

최 진도 정밀하게 검사해 나갔지만 승객들은 이상 없이 통과되고 있었다. 그럴 때마다 그는 페스트가 빠져나가는 것만 같아 불안하기 짝이 없었다.

모두가 숨 돌릴 사이도 없이 수색에 열중하고 있었다. 그러나 도쿄 페스트는 걸려들지 않고 있었다. 절망과 긴장이 고조되는 가운데 승객들은 벌써 3분의 2이상이 빠져나가고 있었다.

기다리다 못한 엄 과장이 제1 검색대로 뛰어왔다.

"어떻게 됐어요?"

"아직 못 찾았습니다."

진은 이마에 흐르는 땀을 손등으로 닦았다.

"혹시 안 온 게 아닐까?"

"틀림없이 도착했을 겁니다."

"만일 발견이 안 되면 어떻게 하지?"

"……"

진은 할 말이 없었다. 그때 제일 검색대로 막 다가서는 승객의 페스포트가 눈에 들어왔다.

무로다 요시오—. 모오리 형사가 말한 영화배우였다. 나이는 36세. 진은 고개를 들어 무로다를 바라보았다.

확 눈에 들어올 정도로 미남이었다. 훤칠한 키에 올백으로 머리를 빗어 넘기고 엷은 브라운 빛깔의 안경을 낀 그는 껌을 질경질경 씹으면서 여행용 수츠 케이스를 검색대 위에 털썩 올려놓았다.

무로다의 뒤에는 또 한 사나이가 서 있었는데 보아하니 무로다의 일행인 것 같았다. 무로다와는 정반대로 인상이 험악하고 체격이 우람해 보였다.

두 사람 모두 다 검정 코트를 입고 있었다. 두 사람의 가방에는 갈아입을 옷가지와 카메라, 그리고 섹스 잡지들이 들어 있을 뿐이었다.

"한국에는 무슨 일로 오셨나요?"

진은 형식적으로 물어보았다.

"네, 영화 출연 계약 차 왔습니다."

재빠른 말투로 대답하면서 호주머니에 있는 것들을 모두 꺼내놓는다.

"어느 영화사에 계약하실 건가요?"

"H영화사에 계약하기로 되어 있습니다."

귀찮다는 듯 껌을 질겅질겅 씹으면서 미간을 찌푸린다. 호주머니에서 꺼내놓은 것들을 보니 별것이 없다. 라이터, 만년필, 수첩, 지갑 등속이다.

최 진은 처음부터 무로다에 대해서는 철저히 조사할 마음이 없었다. 신원이 확실한 영화배우인데다 출연 계약 차 온 것이기 때문이었다.

만년필 뚜껑을 열어보고 라이터를 켜본 후 진은 무로다 일행을 통과시켰다.

출구를 빠져나간 무로다 앞에 여배우처럼 보이는 여자 하나가 꽃다발을 바쳤다. 무로다는 꽃다발을 받아들면서 여자의 볼에 키스했다. 뒤이어 두 명의 사나이가 다가와 무로다에게 손을 내밀었다.

"한국에 오시느라고 수고 많았습니다. H영화사 비서실에 있습니다."

미끈하게 차려 입은 젊은 사나이가 무로다의 손을 흔들며 말했다. 무로다는 즐거운 듯 흰 이를 드러내며 웃었다.

조금 후 그들은 대기하고 있던 두 대의 차에 분승하여 시내로 들어갔다. 그들의 요란스러운 행차를 이상하게 쳐다보는 사람은 아무도 없었다.

마침내 마지막 승객이 검색대를 통과했다. 그러나 페스트는 나타나지 않았다. 최 진은 그 자리에 주저앉아 버릴 것 같은 기분이었다.

시간은 12시가 가까워 오고 있었다. 멍하니 서 있는 그의 옆으로 엄 과장이 다가와 담배를 권했다.

"헛탕이군."

절망적인 중얼거림이었다.

"다른 코스를 이용한 게 아닐까?"

"그럴 리가 없습니다. 틀림없이 왔을 겁니다."

최 진이 단적으로 말했다.

"그럼 빠져나갔단 말인가요?"

"그랬을 겁니다. 교묘하게 숨겨져 왔을 겁니다."

여기 저기 우뚝우뚝 서있는 수사요원들의 모습이 그렇게도 무력하게 보일 수가 없었다.

"모오리 형사가 말한 그 일본 배우는 왔었나요?"

"네, 동행이 하나 있더군요. 건방진 자식이었습니다."

"마중 나온 사람이 있었나요?"

"네, 어떤 여배우처럼 생긴 여자가 꽃다발을 주더군요."

"아아, 바로 그 자가 무로다였군. 나도 봤어요."

"여자 외에 남자들도 마중을 나왔던 것 같습니다."

"잠깐!"

엄 과장이 손을 쳐들었다.

"혹시 무로다가 페스트를 가져온 게 아닐까?"

비로소 진의 머릿속으로 무엇인가 섬광처럼 지나가는 것이 있었다.

"그렇군요! 왜 내가 생각을 못했을까?"

그는 어이없다는 듯 중얼거렸다.

"체크할 때 이상은 없었나요?"

"없었습니다. H영화사와 출연 계약 차 왔다고 했습니다."

"즉시 확인해 봅시다."

진은 공중전화로 달려가 전화번호부를 뒤졌다. H영화사 전화번호와 사장 집 전화번호는 함께 나란히 박혀 있었다. 사장 집으로 즉시 전화를 걸었다.

한참 만에 신호가 떨어지면서 졸리운 여자 목소리가 들려왔다. 수사기관이라고 하자 얼마 안 있어 사장의 당황한 목소리가 들려왔다.

"사장님이신가요?"

"네네, 제가 H영화사 대표입니다만……"

한밤중에 수사기관에서 걸려온 전화였으니 놀라는 것도 무리는 아니었다.

"밤늦게 미안합니다."

"아, 괜찮습니다."

"특별수사기관이라는 것만 말씀드립니다. 뭣 좀 알아볼 게 있어서 전화 걸었습니다. 시각을 다투는 일이라 내일까지 기다릴 수 없었습니다. 이해해 주십시오."

"네 네, 말씀하십시오."

"무로다 요시오라고 하는 일본 배우를 아십니까?"

"무로다 요시오라면 작년 가을 아시아 영화제 때 홍콩에서 한

번 인사한 적이 있습니다."

"혹시 그 배우와 출연 계약을 맺으시기로 하지 않았나요?"

"아, 아니요. 그런 적 없습니다. 민족감정도 있고 해서 일본 배우를 쓰는 건 삼가고 있습니다."

"그 사람을 초청하지 않았나요?"

"아, 아니요. 초청할 이유가 없습니다."

"잘 알겠습니다. 실례 많았습니다."

수화기를 내려놓고 난 진은 창백하게 질려 있었다.

"바로 그놈입니다! 초청한 적 없답니다! 출연 계약은 거짓말입니다!"

엄 과장의 핏발선 눈이 위로 치켜 올라갔다. 워키토키를 꺼내 드는 그의 손이 떨리고 있었다.

"전 요원은 지금 즉시 출발하라! 시 외곽을 봉쇄하고 시내 호텔을 모두 수색하라! 대상 인물은 일본 배우 무로다 요시오다!"

그는 계속해서 외쳐댔다. 수십 대의 자동차들이 일제히 라이트를 켜고 김포 가도를 달려갔다.

시내 요소요소에 잠복해 있던 수사요원들도 연락을 받고 즉시 움직이기 시작했다.

막 통금시간으로 접어든 시내는 갑자기 벌집을 쑤셔놓은 듯 소란스러워졌다.

그 시간에 무로다 요시오 일행은 킹 호텔 특실에서 떨고 있었다. 그들 앞에는 4명의 사나이들이 손에 피스톨을 들고 서 있었다. 4명 중 짙은 선글라스를 낀 사나이가 탁자 앞으로 다가서더니 그 위에 놓여 있는 만년필과 라이터를 집어 들었다.

"가져오느라고 수고 많았다."

쉰 목소리가 중얼거리듯 흘러나오더니 갑자기 피스톨이 불을 뿜었다. 자동 소음권총이라

"슉! 슉!"

하는 소리만 났다. 비틀거리는 무로다와 또 한 일본인을 향해 그는 다시 한 번씩 총을 쏘아댔다.

무로다의 몸이 탁자 위로 엎어졌다. 다른 일본인은 맞은편 구석으로 달려가다가 쓰러졌다.

최 진 일행이 킹 호텔에 들이닥친 것은 그로부터 20분이나 지나서였다. 숙박 카드를 체크하던 수사요원 하나가 무로다의 이름을 발견하고 즉시 연락을 취한 것이다.

문을 열고 불을 켰을 때 방안의 파란색 카펫은 온통 검붉은 피로 질펀하게 젖어 있었다.

피비린내가 확 풍겨왔다. 진은 방안으로 달려 들어가 무로다의 얼굴을 확인했다. 무로다는 이미 숨져 있었다. 진은 가슴을 쳤지만 이미 너무 늦어 있었다. 무로다를 공항에서 그대로 통화시켜 준 것이 통탄스러웠다.

이제는 모든 것이 수포로 돌아가고 말았다. 이제는 페스트가 죽음을 몰고 오는 것을 기다리고 있는 수밖에 없다.

모두가 창백한 얼굴로 시계만 바라보고 있었다. 발광하고 싶은 순간순간이 지나갔다.

"Z는 언제나 우리보다 한 발 앞서고 있군."

"그렇지만 아직 패배한 건 아닙니다. 아직 기회는 남아 있습

니다. 이번에야 말로 Z의 차례입니다!"

최 진은 입술을 깨물면서 허공을 노려보았다.

공포의 밤이 지나고 12월 1일 아침이 밝아왔다.

K일보의 윤학기 사장은 어느 때보다도 일찍 신문사로 나왔다. 이미 사장실에는 KIA 국장이 나와 있었다. 그들은 커피를 한 잔씩 마시고나서 곧 회담에 들어갔다.

"현재 어떠한 사태가 벌어지고 있는가는 대강 짐작하고 계시리라 믿습니다."

윤 사장은 백발을 쓸어 넘기며 고개를 끄덕거렸다.

"지금 놈들은 선거를 중단시키려고 발악을 하고 있습니다. 그들은 마지막 수단으로 도쿄에서 페스트균을 들여왔습니다."

윤학기 사장의 표정이 하얗게 굳어졌다.

"어젯밤 우리는 그것을 저지하려다가 실패했습니다."

"그럼 콜레라는?"

"콜레라가 아니라 페스트 예방접종을 실시해온 겁니다. Z가 눈치 채지 못하게 하려고 그렇게 한 겁니다. 또 국민들이 불안해 할까 봐 그렇게 위장한 겁니다."

"페스트가 들어왔다면 어떻게 되는 겁니까?"

결과가 어떻게 되는 줄 알면서도 윤 사장은 물었다. 눈에는 공포의 빛이 점점 나타나고 있었다.

"서울은 페스트균으로 오염될 겁니다. 당국에서 예방접종을 실시하고 있지만 아직 반수도 처리하지 못했습니다. 전 의료진이 대기 상태에 있지만 과연 치료 효과가 어느 정도일지는 두고 봐야겠습니다."

"세상에 그럴 수가!"

파이프를 들고 있는 손이 떨리고 있었다.

"그럼 신문사가 할 일은?"

"만일 페스트가 창궐하게 되면 선거를 중단해야 한다는 여론이 일게 될 겁니다. 대동회에서 틀림없이 그렇게 공작하고 나올 겁니다. K일보는 그것을 막아야 합니다. 여하한 사태에도 선거는 예정대로 실시되어야 한다고 주장해 주십시오. K일보밖에 기댈 신문이 없습니다."

"알겠습니다."

그때 앰뷸런스의 사이렌 소리가 요란스럽게 들려왔다. 두 사람은 동시에 창밖을 바라보았다. 두 대의 앰뷸런스가 신호등을 번쩍이면서 쏜살같이 달려가고 있는 것이 보였다. 두 사람은 불안한 시선을 교환했다.

"페스트라는 사실을 계속 숨길 겁니까?"

"이젠 발표해도 좋습니다."

K국장은 급히 일어섰다. 그때 전화벨이 울렸다. 윤 사장이 수화기를 받아 그것을 K국장에게 넘겨주었다.

"페스트 환자 1호가 발생했습니다! 팰리스 호텔입니다!"

엄 과장의 보고였다.

"팰리스 호텔을 완전 봉쇄하고 부근에 일체의 통행을 금지시키시오!"

수화기를 내려놓은 K국장은 손등으로 이마에 번진 땀을 닦았다. 바짝 말라붙은 입술이 가만히 움직였다.

"페스트 환자가 발생했습니다. 몸조심하십시오."

뛰어나가는 K국장의 뒷모습을 멀거니 바라보고 있다가 윤 사장은 서랍에서 황색 카드를 꺼내 가슴에 달았다. 그리고 수화기를 집어 들고 꽥 소리쳤다.

"긴급 간부회의다! 일반기자는 전원 대기할 것!"

팰리스 호텔 주변은 중무장한 군경들로 삼엄한 경계가 펴져 있었다. 부근 일대는 일체의 통행이 금지되어 있었고 곳곳에 바리케이드가 쳐져 있었다.

방독 마스크를 쓰고 총 끝에 대검을 꽂은 채 삼엄한 경계망을 펴고 있는 군경의 모습은 마치 전쟁 전야를 방불케 할 만큼 살벌해 보였다.

최 진은 엄 과장과 함께 호텔 앞에 서 있었다.

페스트 환자는 모두 5명이었다. 다섯 대의 앰뷸런스가 환자들을 싣고 포위망을 빠져나가고 있었다.

호텔 창문을 통해 사람들이 아우성치는 모습이 보였다. 그들은 밖으로 내보내달라고 아우성치고 있었다. 그러나 그들의 요구를 들어줄 사람은 아무도 없었다. 일단 페스트에 오염된 것으로 인정된 이상 그들은 호텔에 갇혀 의료진의 처치를 기다리는 수밖에 없었다.

창문을 통해 밖으로 맥주병들이 날라 오기도 했다. 그러나 그것도 곧 멈추고 말았다.

"탕!"

"탕!"

"탕!"

포위하고 있던 군경이 발포를 하자 모든 것은 그대로 정지해버린 듯했다.

"어떻게 된 거요?"

K국장이 차에서 뛰어내리면서 물었다.

"이 호텔에다 페스트를 뿌린 모양입니다. 호텔 투숙객 3명과 요리사 2명이 환자로 발견됐습니다."

엄 과장이 창백한 얼굴로 말했다.

"관계자 이외는 일체 출입을 금지시키시오!"

"네, 그렇게 조치했습니다."

"저 사람들은 어떻게 하지?"

K국장은 호텔을 올려다보았다.

"내보낼 수 없습니다. 일단 의사의 진료를 받은 다음에 한 사람씩 내보내야 합니다."

"상당히 시간이 걸리겠군."

"문제는 언제 어디서 또 환자가 발생하느냐 하는 겁니다. 환자가 발생할 때까지 기다려야 하니 미치겠습니다."

"계속 발생할 텐데 큰일이군."

"비상계엄을 선포하는 것이 어떻습니까?"

"그렇게 해야겠어. 오늘 합동회의에서 결정해야겠어."

호텔 주위는 사람들로 가득 차 있었다. 아직 무슨 일이 일어났는지를 모르고 있는 그들은 좋은 구경거리가 생겼다는 듯이 웅성거리고 있었다.

"저 사람들을 쫓지."

"네."

엄 과장은 워키토키를 빼들고 지시했다.

"구경꾼들을 모두 쫓아! 확성기로 가라고 말해!"

조금 후 요란스런 총소리가 하늘을 울렸다. 계속 쏘아대는 소리에 구경꾼들은 바람에 날리는 낙엽처럼 우르르 흩어져 달아나기 시작했다.

"여기는 페스트 오염 지역이니 시민 여러분은 빨리 이곳을 떠나시기 바랍니다. 여기는 페스트 오염지역입니다! 위험하니 빨리 피하시기 바랍니다! 떠나지 않는 사람에 대해서는 발포하겠습니다!"

다시 총소리가 났다. 공중에서 탄피가 흡사 우박처럼 와르르 쏟아져 내렸다.

10분도 못 돼 오염지역 주위에는 사람의 그림자 하나 보이지가 않았다.

페스트 침입 소식은 순식간에 전 시가에 퍼져나갔다. 뒤이어 K일보가 먼저 그 사실을 기사화시켰다. 두려워하지 말고 당국의 지시에 따를 것, 모든 시민은 페스트 박멸에 만전을 기할 것, 페스트 때문에 선거가 중단되어서는 안 된다는 것 등이 기사의 중요한 골자였다.

거리는 흉흉해지고 있었다. 시민들은 정부당국의 어떤 조치가 내려질 것을 예상하면서 불안해하고 있었다.

국내 수사 책임자들의 합동회의는 페스트 문제로 여느 때보다 일찍 열렸다. 비상계엄령 실시 여부를 놓고 S국장과 K국장이 입씨름을 벌였다.

"대수로울 게 못 됩니다. 페스트가 일부 지역에 발생했다고 해서 계엄령을 선포한다는 것은 너무 신경과민입니다. 페스트가 창궐하고 있으면 몰라도 몇 사람 걸린 걸 가지고 그러면 문제가 너무 커집니다. 그렇게 되면 선거도 못 치르게 됩니다."

이것은 S국장의 말이었다. 거기에 대해 K국장은 정반대의 논리를 폈다.

"페스트가 창궐하기 전에 미리 계엄령을 선포해서 질서를 잡고 페스트를 박멸해야 합니다. 그리고 계엄령을 선포했다고 해서 선거를 중단할 필요는 없습니다. 선거는 어떻게든 예정대로 실시되어야 합니다."

두 사람의 입씨름에 다른 사람들은 계속 침묵하고 있었다. K국장과 S국장은 한참 동안 그 문제를 놓고 다투었다.

두 사람의 싸움이 격렬해지다 못해 분위기가 자못 폭발할 듯 험악해졌을 때 긴급 보고가 날아들었다. 다른 세 곳에서 동시에 페스트 환자가 발생했다는 보고였다. 그 보고로 S국장의 주장은 쑥 들어가 버리고 K국장의 말대로 비상계엄령을 실시하기로 결정이 내려졌다.

K국장은 결정 사항을 가지고 즉시 수상서리를 방문했다. 수상서리는 수상 서거 후 그 권한을 대행하고 있었다.

K국장의 보고를 받고 난 수상서리는 즉시 3군 참모총장 및 전 각료를 출석시킨 다음 서울시 일원에 비상계엄령을 발동한다고 발표했다.

한 시간 후, 군 병력이 탱크를 앞세우고 서울 시내로 진입해 들어왔다. 그것을 바라보는 시민들의 얼굴에는 차츰 공포의 그림자가 짙게 드리우기 시작하고 있었다. 군인들을 향해 손을 흔드는 사람은 철모르는 아이들뿐이었다.

예방주사를 맞고 철저히 소독된 군복에 방독마스크를 쓴 군인들은 조용하면서도 기민하게 움직이고 있었다.

2개 사단 병력이 서울 외곽을 철통같이 포위하고 일체의 출입을 통제했다. 그로써 서울은 완전히 고립되고, 죽음의 도시로 변해갔다.

시내로 진입해 들어온 병력은 3개 사단 병력이었다. 고립된 서울 상공 위로 헬리콥터가 날아다니면서 연막 같은 소독약을 계속 살포했다. 헬리콥터는 필요한 지역에 비상식량을 떨어뜨려 주기도 했다.

통금은 7시부터 실시되었다. 7시 이후에 돌아다니는 자는 체포되거나 사살되었다. 가슴에 황색 카드가 없는 사람은 한 곳에 집단 수용되었다. 그러나 페스트는 급속도로 퍼져나갔다.

외부와 완전히 고립된 채 시민들은 죽음을 의식하면서 시간을 보냈다. 물론 업무는 그대로 지속되고 있었다. 그러나 사실상 모든 것이 마비된 것이나 다름없었다. 식당이나 유흥장은 모두 문을 닫았고 학교도 휴교에 들어갔다.

이제 페스트는 어떻게 해볼 도리가 없을 정도로 서울시 전역을 휩쓸고 있었다.

매일 수십 명의 사람들이 죽어갔다. 시체를 나르는 앰뷸런스의 사이렌 소리가 밤낮을 가리지 않고 거리를 울려대고 있었다.

시체는 화장터에서 처리되었다. 화장터의 굴뚝에서는 매일 시체 태우는 연기가 시커멓게 솟아올랐다.

통금이 실시되는 저녁 7시 이후부터의 서울의 밤거리는 바로 죽음의 도시 그것이었다. 인적이 끊기고 쇼윈도의 불빛도 사라진 밤거리에는 가로등만이 희미하게 빛나고 있을 뿐이었다. 군화 소리, 호각 소리, 사이렌 소리가 때때로 죽음 같은 정적을 깨뜨리고 있었다.

어둠과 함께 나타나는 것은 쥐들이었다. 쥐들은 수십 마리씩 떼 지어 다니면서 먹이를 찾고 있었다. 어디론가 대이동을 하는 것 같기도 했다. 아침이면 페스트에 걸려 죽은 쥐들의 시체가 거리에 쓰레기처럼 널려 있곤 했다. 사람들은 쥐들이 그렇게 많은 데 새삼 놀라고 있었다.

공포와 죽음의 닷새가 지났다. 선거일은 이제 보름밖에 남지 않았다.

수상서리가 주재하는 각료회의는 수사 책임자들의 합동회의에서 선거 실시 여부가 빨리 결정되기를 고대하고 있었다. 수사 책임자들이 가장 정확한 실태를 파악하고 있는 이상 각료회의는 합동회의의 결정에 따를 수밖에 없도록 되어 있었다.

대동회는 벌써부터 선거를 중단해야 한다고 여론을 선동하고 있었다. 공포분위기를 조성해서 야당을 탄압하고 있다고 주장하고 있었다. 여론은 차츰 대동회의 주장 쪽으로 기울어지고 있었다. K일보를 제외한 모든 신문들이 그러한 여론에 일제히 편승하고 나섰다.

12월 5일 오전 10시에 열린 긴급합동회의는 선거 실시 여부를 최종적으로 결정해야 하는 회의인 만큼 그 어느 때보다도 긴장된 분위기를 띠고 있었다.

지금까지 그 결정이 보류되어 온 것은 S국장과 K국장의 주장이 너무도 팽팽히 맞섰기 때문이었다. 두 사람은 결코 양보할 기색을 보이지 않았다.

그들 두 사람은 정보수사의 양대 거물이라고 할 수 있다. 경찰이나 군정보기관의 힘은 S국과 K국에 비하면 훨씬 뒤떨어지고 있는 형편이었다. 따라서 양국 책임자들의 의견이 팽팽히 대결하고 있는 이상 선거 실시 여부가 결정된다는 것은 어려운 일이었다.

그들 두 사람을 제외한 다른 수사 책임자들은 두 사람의 눈치만 살피면서 관망하고 있는 상태였다.

"지금 다소 시련이 있다 하더라도 금년 내에 선거를 실시하여 국내 안정을 꾀하지 않으면 우리는 지금보다 더 큰 위기가 봉착하게 됩니다."

K국장이 안경 너머로 좌중을 둘러보며 말했다. S국장이 지체 없이 나왔다.

"그 위기란 뭐요? 구체적으로 말해 보시오!"

"첫째, Z의 등장입니다! 이 모든 위기는 Z라는 자가 조장해낸 겁니다. 페스트를 오염시킨 것도 그의 짓입니다!"

모두가 놀란 눈으로 K국장을 바라보았다. S국장의 표정이 굳어지고 있었다.

"무엇으로 그것이 Z의 짓이라는 것을 보장할 수 있죠?"

"나는 Z가 일본에 보낸 암호 숫자를 알고 있습니다. 그 암호 숫자를 풀면 페스트가 됩니다."

K국장은 가방 속에서 녹음기를 꺼내 틀었다. 곧 Z와 R의 통화 내용이 흘러나왔다. 그는 한쪽 벽에 걸려 있는 흑판 쪽으로 다가가 암호 숫자를 풀어나갔다. 그것을 보고 있는 사람들의 입에서 일제히 탄성이 흘러나왔다.

"이밖에 증거가 또 있습니다. 세계적인 세균학자인 일본의 시로노 박사가 도쿄에서 납치됐습니다. 일본 수사기관이 총동원 되어 찾고 있지만 한 달이 되도록 찾지 못하고 있습니다. 얼마 전 킹 호텔에서 살해된 일본인 두 명은 페스트를 가져온 하수인들입니다. Z는 페스트를 받은 후 일본인들이 우리 수사기관에 체포되기 전에 그들을 무자비하게 살해했던 겁니다. 따라서……"

K국장은 사람들의 반응을 살피는 듯 말을 끊었다가 다시 이었다.

"만일 선거를 중단한다면 Z가 의도한 대로 되는 겁니다."

그의 말이 끝나자마자 차갑게 빈정거리는 웃음이 흘러나왔다. S국장의 웃음이었다.

"K국장은 일개 범죄 조직의 보스에 대해 너무 지나친 공포심을 가지고 있는 것 같습니다. Z에 대해 너무 자세히 알고 있군요. 어떻게 해서, 그토록 상세히 알면서 왜 이제야 털어놓죠? 페스트가 만연된 이제 와서 그런 사실들을 털어놓는 이유가 뭡니까? 여기 앉아 있는 모든 사람들을 믿지 못해서 그랬는가요? 그것 참, 이해할 수 없군요."

K국장의 얼굴에 당혹감이 스쳐갔다. 모든 사람들이 의심스러운 듯이 K국장을 바라보았다. S국장의 역습은 이 순간에 와

서 매우 효과적인 반응을 보여주고 있었다. S국장은 냉소를 띤 채 계속 K국장을 몰아붙였다.

"지금까지 페스트로 사망한 사람은 모두 1천 5백여 명이나 됩니다. 페스트는 이제부터가 본격적으로 창궐할 것입니다. 앞으로 얼마나 많은 수의 사람들이 죽을지는 아무도 모릅니다. 여론은 선거를 중단하라고 외치고 있습니다. 모든 매스컴도 이런 상태에서는 선거를 실시할 수 없다고 말하고 있습니다. 투표자 수는 유권자의 10프로도 못될 겁니다. 그래도 선거를 실시해야 되겠습니까?"

"물론…… 내 주장은 변함없습니다."

K국장은 무겁게 고개를 끄덕거렸다.

"좋습니다. 어차피 이 문제는 오늘 이 자리에서 결정해야 될 것이니까 그렇다면 다수결로 정하기로 합시다."

여기저기서 웅성거리는 소리가 났다. K국장은 초조한 눈길로 다른 사람들을 바라보았다.

"그렇게 결정할 수밖에 없겠는데요."

이것은 육군 정보국장의 말이었다. 나머지 사람들도 고개를 끄덕거렸다. K국장의 표정이 싸늘하게 굳어지고 있었다. 그는 입을 꾹 다문 채 투표가 진행되는 것을 지켜보았다.

투표결과 K국장을 제외한 모두가 선거를 중단한다는 데 찬성하고 있었다.

"앞으로 일어날 불행한 사태에 대해서는 여러분들이 책임을 져야 합니다!"

K국장이 분노에 차서 소리쳤다.

"특히 S국장은 책임을 면하지 못할 거요!"

"얼마든지 책임지겠소! 나는 지금 이 결정사항을 가지고 수상서리를 만나러 갈 거요. 페스트와 Z일당을 모두 박멸한 후에 평화적인 분위기 속에서 선거를 치러야 한다는 우리들의 의견에 각료들도 동의하리라 믿습니다."

"잘 해보시오!"

K국장은 자리를 차고 일어나 밖으로 나왔다.

K국장의 전화를 받은 킬리만자로 본부는 찬 물을 끼얹은 듯 한동안 침통한 분위기 속에 빠져 있었다.

"선거를 중단하다니. 그럴 수가……"

늙은 형사 하나가 한숨을 내쉬며 중얼거렸다.

"Z의 계획대로 된 겁니다. 놈은 이 기회를 이용해서 무엇인가 결정적인 행동을 취할 것이 예상됩니다."

최 진이 엄 과장을 바라보며 말했다. 엄 과장은 한숨을 내쉬며 고개를 끄덕였다.

"Z를 빨리 제거할 수 없을까요?"

"사살해 버립시다! 더 이상 지체할 수가 없습니다!"

여기저기서 이구동성으로 Z를 즉시 사살하자고 나섰다. 엄 과장은 손을 내저었다.

"그건 안 됩니다. 증거도 없이 그를 죽일 수는 없습니다. 결정적인 증거가 있어야 하고, 그 증거를 가지고 그를 체포해서 회부해야 합니다. S국 국장을 우리가 무조건 사살했을 때 결정적인 증거가 없으면 오히려 우리가 살인범으로 몰리게 됩니다. 적어도 S국 국장을 무턱대고 사살할 수는 없습니다. 더구나 경호가 철저해서 사살하는 것도 사실은 현실적으로 불가능합니다."

"그럼 Z가 누구인 줄 알면서도 그대로 이렇게 앉아 있어야만 합니까?"

볼멘소리가 실내를 울렸다.

"괴롭기는 나도 마찬가집니다. 어떻게 해야 할지 나도 모르겠습니다."

모두가 절망적인 분위기 속에 빠져 들어갔다. 그때 최 진이 말했다.

"다비드 킴이 Z를 제거해 주면 문제는 쉽게 해결되겠는데……"

"한번 연락을 취해 보시오."

엄 과장의 말에 진은 수화기를 들고 다이얼을 돌렸다. 다비드 킴이 말해준 대로 번호를 돌리자 신호가 떨어지면서 싱싱한 여자 목소리가 들려왔다.

"마담을 좀 부탁합니다."

"제가 마담입니다."

"아, 그렇습니까. 다름이 아니고 황씨한테 전할 말이 있어서 그럽니다."

"네, 말씀하세요."

"급히 전화를 걸어달라고 하십시오."

이쪽의 신원을 알려주고 전화를 끊었다.

"선거 실시 여부는 각료회의에서 결정됩니까?"

"절차상 그렇죠. 이미 결정된 거나 다름없습니다."

"각료회의는 언제 열립니까?"

"알아봅시다."

엄 과장은 K국장에게 전화를 걸어 각료회의가 언제 열리느냐고 물었다.

"내일 12시에 열릴 예정입니다. 그때 선거중단을 결정한 다음 곧 국민들에게 발표할 겁니다."

엄 과장이 수화기를 놓자마자 전화벨이 울었다. 다비드 킴으로부터 온 전화였다. 진은 수화기를 받아들고 쏘아붙였다.

"내일 12시까지 Z를 제거하지 않으면 우리도 당신을 구할 수가 없다. Z의 세상이 되기 때문이다!"

"그런가……"

침묵이 흘렀다. 한참 후 무거운 음성이 들려왔다.

"내일 12시까지 처치하겠다."

그리고 전화는 끊어졌다.

"내일 12시까지 Z를 제거하겠답니다."

수화기를 내려놓으며 진이 말하자 모두가 기대에 찬 눈으로 그를 바라보았다.

12월 6일,

첫 눈이 내렸다. 눈이 내리자 거리는 더욱 이상해 보였다. 총검을 든 군인들이 삼엄하게 경계를 펴고 있는 거리에서, 더구나 페스트가 휩쓸고 있는 거리에서 가슴에 황색카드를 단 사람들이 어깨를 웅크리고 불안한 기색으로 오가고 있는 모습은 확실히 이상한 광경이었다.

다비드 킴은 시계를 보았다. 아침 10시 5분 전이었다. 청소부 복장을 한 그는 누가 보기에도 영락없는 청소부 같았다. 매우 열심히 일했기 때문에 관리실 전체에 호평이 자자했다. 그러나 정작 그가 누구인가를 아는 사람은 아무도 없었다. 그는 엘리베이터를 이용하지 않고 계단을 통해 5층으로 올라갔다. 걸레 막대기를 한 손에 든 채였다.

이윽고 5층에 올라온 그는 넓은 복도를 청소하기 시작했다. 언제나 하는 일이었기 때문에 S국 요원들도 그를 이상하게 보지는 않았다.

10시 조금 지났을 때 S국 국장실 출입문이 열리면서 S국장이 밖으로 나왔다. 그는 와이셔츠 바람이었고 양 겨드랑이 밑에 피스톨을 두 자루 차고 있었다. 언제나처럼 그의 손에는 신문이 한 뭉치 들려 있었다. 그는 그것을 들고 화장실로 들어가 30분 동안 앉아 있다가 나온다. 이 습관은 매일 아침 어김없이 계속되고 있다.

그의 경호원들은 화장실까지 따라오지는 않았다. S국장은 청소부 앞을 잰걸음으로 지나 화장실 안으로 들어갔다.

다비드 킴은 걸레를 밀면서 화장실 쪽으로 천천히 다가갔다. 화장실 앞 한쪽 구석에는 플라스틱으로 만든 대형 쓰레기통이 하나 놓여 있었다. 그는 그것을 들고 화장실 안으로 들어갔다.

대변실 문 밑으로 S국장의 다리가 보였다. 신문을 뒤적이는 소리가 들려왔다. 대변실은 모두가 세 개였다. 국장은 맨 왼쪽 칸에 들어가 있었다. 가운데 칸에도 사람이 하나 들어있었다. 오른쪽 칸은 비어 있었다.

화장실 구석에 쓰레기통을 세워놓은 다음 그는 밖으로 나와 엘리베이터에 올랐다. 올라가는 엘리베이터였다.

안에는 엘리베이터 안내 아가씨가 혼자 있었다. 파란 제복의 길이가 너무 짧아 허벅지가 훤히 드러나 있었다. 훌륭한 몸매의 아가씨였다. 다비드 킴은 바보처럼 웃으면서

"미스 박은 시집 안 가요?"

하고 물었다. 엘리베이터 아가씨는 콧대를 높이 쳐들면서 청소부가 농담을 걸어온 것이 기분 나쁘다는 표정을 했다.

"흥, 시집은 뭐 하러 가요."

"혼자 사는 게 좋은가 보지?"

"흥……"

히프가 옆으로 쏠린다.

"혼자서는 못 살 걸. 남자가 그리워서……"

아가씨의 눈이 옆으로 돌아갔다. 청소부 주제에 아니꼽다는 듯 아래 위를 훑어본다. 그리고 코웃음 친다.

"걱정도 팔자시네요. 흥. 염려하지 마세요. 혼자 연애 실컷 하면서 살 거니까."

"아, 그런가. 내가 말을 잘못했나 보군요. 미안해요, 아가씨"

엘리베이터 문이 열렸다. 청소부는 엘리베이터 아가씨에게 고개를 끄덕하면서 밖으로 나왔다. 문이 닫히는 사이로 아가씨가 입술을 삐쭉 내미는 것이 얼핏 보였다.

20층은 그 빌딩의 끝이었다. 그는 계단으로 통하는 문을 밀었다. 그곳은 계단의 끝이었다.

계단을 몇 개 올라가면 옥상으로 통하는 철문이 있었다. 그 철문 저쪽에 옥상이 있었다.

철문에는 자물통이 굳게 잠겨 있었다. 그는 주위를 둘러보고 나서 옆구리에 찬 쇠파이프를 꺼내 들었다. 그것을 자물통 걸이에 끼우고 힘차게 비틀자 자물통은 우두둑 소리를 내면서 떨어져나갔다.

문을 밀었다. 차가운 바람이 확 들이쳤다.

옥상으로 나가 문을 닫았다. 눈보라가 소용돌이치고 있었다. 옥상 둘레에는 가슴 높이로 철책이 둘러쳐져 있었다.

철책 쪽으로 다가가 고개를 내밀고 아래를 내려다보았다. 사람들의 모습이 흡사 개미처럼 보인다. 아찔할 정도로 높다.

담배를 꺼내 물고 저쪽 구석으로 걸음을 옮겼다. 비상계단이 까마득하게 이어져 내려가고 있었다.

계단 밑은 사람 하나가 겨우 다닐 수 있는 골목이었다. 그는 고개를 들고 멀리 눈보라가 소용돌이치고 있는 시가지 위를 바라보았다. 한참 동안 그렇게 물끄러미 바라보고 있다가 뒤로 물러서는데 무엇인가 발에 물큰 밟히는 것이 있었다. 비켜서서 보니 죽은 쥐였다.

철책 밑으로 죽은 쥐들이 댓 마리쯤 보였다. 쥐들은 얼어붙어 있었다.

담배를 비벼 끄고 시계를 들여다보았다. 10시 15분이었다. 옥상을 나와 철문을 도로 닫은 다음 부서진 자물통을 걸어놓고 엘리베이터 쪽으로 왔다.

엘리베이터가 중간에서 오래 지체하는 바람에 5분가량이 지났다.

엘리베이터에 오르면서 아까의 그 아가씨를 바라보았다. 둥

그스름한 히프가 그가 서 있는 쪽으로 밀려나왔다.

"왜 이렇게 늦었지요?"

엘리베이터 아가씨는 대답하지 않고 그를 무시했다. 콧대가 높이 올라가 있었다. 엘리베이터 아가씨로 근무하기에는 너무 섹시한 몸을 지니고 있었다. 기회만 있으면 남자 품으로 뛰어들 준비가 되어 있는 여자였다.

10층에서 50대 신사 두 명이 올랐다. 가슴에 황색카드를 달고 있었다. 그들의 시선이 아가씨의 몸을 재빨리 훑고 지나갔다. 이윽고 점잖은 표정으로 둘이 대화에 들어갔다.

"아까 그 문제 말입니다. 제 생각에는 별로 효과적이지 못한 것 같은데요."

"하여튼 다시 검토해 봅시다. 계엄이 풀려야 움직일 수 있지, 지금 같아서는 질식할 것 같은데요."

"참, 선거는 어떻게 될 건가요?"

"오늘 결정이 날 모양이더군요. 1시에 수상서리께서 특별 성명을 발표한다고 하더군요. 아마 선거중단 성명인 모양이에요."

"이번에 댁에는 별일 없습니까?"

"네, 아직…… 괜찮습니다."

엘리베이터가 5층에 닿자 다비드 킴은 밖으로 나와 화장실로 다가갔다.

대변실 안에는 여전히 S국장이 앉아 있었다. 신문을 부지런히 뒤적이는 소리가 들려왔다.

중간에 있는 대변실 문이 열리면서 S국 요원이 하나 나왔다. 청소부는 걸레를 잡아 바닥을 닦기 시작했다.

S국 요원은 거울을 들여다보며 손을 씻었다. 젖은 손을 수건에 닦으면서 청소부를 힐끗 쳐다보았다. 쓰레기통이 화장실 안을 비좁게 차지하고 있는 것을 보자 밖으로 나가면서 그것을 한 번 툭 걷어찼다.

“이거, 좁은데 왜 여기다 뒀지?”

“네네, 치울 겁니다.”

청소부는 허리를 굽신했다.

“빨리 치워요.”

“네네, 치우겠습니다.”

S국 요원이 나간 뒤 조금 후 다비드 킴은 밖으로 나가 S국 출입구 쪽을 바라보았다. 아무도 화장실 쪽으로 걸어오는 사람이 없었다.

화장실 안으로 도로 들어가 가만히 숨을 몰아쉬었다. 몸이 팽팽히 긴장되는 것 같았다.

가운데 대변실 문을 조용히 열고 안으로 들어갔다. 문을 걸어 잠근 다음 변기 뚜껑을 닫고 그 위에 걸터앉았다. 시계를 보았다. 10시 25분이 지나고 있었다. 옆구리에서 피스톨을 꺼낸 다음 소음 파이프를 박았다. 조용하고도 재빠른 동작이었다. 흐트러진 움직임이란 전혀 없었다. 전신이 하나의 목적을 위해 강철같이 뭉쳐있는 듯했다.

일어섰다. 돌아섰다. 천장 쪽을 올려다보았다.

벽 윗부분은 터져 있었다. 그 터진 공간으로 담배 연기가 흘러 넘어오고 있었다. 그가 줄담배를 피우고 있는 모양이었다.

다비드 킴은 변기를 밟고 올라섰다. 벽 위로 머리가 쑥 올라갔다. 숨을 죽이고 아래를 내려다보았다.

S국장이 막 일어서고 있었다. 바지를 끌어올리고, 허리끈을 조이고, 입에 물고 있던 담배꽁초를 내버렸다. 그것을 구두 끝으로 비빈 다음 얼굴을 쳐들었다. 순간 두 사람의 시선이 딱 부딪쳤다.

너무 갑작스런 일이라 S국장은 미처 정신을 차리지 못하는 것 같았다. 부릅뜬 눈이 그대로 고정된 채 움직일 줄을 모르고 있었다. 아니, 움직이면 자신이 죽는다는 것을 알고 있었는지도 모른다.

S25자동소음 피스톨의 구멍이 똑바로 이마를 겨누고 있었다. S국장은 입을 벌린 채 밑으로 두 손을 내려뜨리고 있었다.

"부처……"

들릴 듯 말 듯 신음 같은 소리가 흘러나오다가 말았다.

다비드 킴의 두 눈은 안개에 쌓인 듯 뿌우옇게 흐려 있었다. 얼굴에는 아무 표정도 나타나 있지 않았다. 전혀 다른 얼굴이 석고처럼 굳어 있는 듯했다. 이마를 향해 겨누어져 있는 피스톨은 눈꼽만큼의 빈틈도 보여주지 않고 있었다.

마침내 S국장의 벌어진 입에서 침이 흘러내렸다. 그와 함께 전신이 부들부들 떨리기 시작했다. 구원을 청하기 위해 입을 벌리는 듯했지만 입에서는 아무 소리도 나오지 않았다. 경악한 눈이 커지다 못해 흰 창을 드러내고 있었다. 침은 가슴 위까지 줄줄 흘러내리고 있었다.

"부처……"

다시 한 번 중얼거림이 새어나왔다. 목이 타는 듯한 소리였다. 다비드 킴은 꼼짝하지 않았다. 아무 말도 하지 않았다. 다만 응시하고 있을 뿐이었다.

S국장의 무릎이 차츰 꺾어지더니 마침내 변기 위에 털썩 주저앉았다. 몸이 더욱 떨리고 있었다. 얼굴의 근육이 경련을 일으키고 있었다.

"부처…… 이럴 수가…… 살려줘……"

오른손을 들어 자기를 겨누고 있는 피스톨을 잡으려고 했다. 그 순간 다비드 킴은 방아쇠를 당겼다.

"슉!"

하는 소리가 났다. 바람이 갑자기 빠지는 것 같은 소리였다. 그 소리는 단 한번 뿐이었다. 그러나 실로 그 결과는 실로 엄청난 것이었다.

총탄은 S국장의 이마 한 가운데를 정통으로 꿰뚫었다. 처음에는 조그만 구멍 하나가 이마에 뚫린 듯했다. S국장은 입을 멍하니 벌린 채 부릅뜬 눈으로 다비드 킴을 노려보고 있었다. 그 상태가 몇 초 계속되더니 갑자기 이마에서 검붉은 피가 뿜어져 나오기 시작했다. 피는 그의 얼굴을 온통 적신 다음 밑으로 줄줄 흘러내렸다.

S국장의 목이 밑으로 꺾어졌다. 이어서 몸이 푸들푸들 경련하고 있었다.

다비드 킴은 변기에서 내려와 고무장갑을 끼었다. 시체를 대변실에서 끌어내어 쓰레기 통속에 거꾸로 처박고 그 위에 쓰레기를 덮었다. 뚜껑을 닫은 다음 수돗물을 모두 틀어놓고 바닥에 흘러내린 피를 닦기 시작했다.

5분이 지났다. 그의 얼굴에 진땀이 흐르고 있었다. 고무장갑을 벗어 걸레와 함께 쓰레기통에 던져 넣는 순간 뒤에서 인기척이 났다. 두 명의 S국 요원이 안으로 막 들어서고 있었다.

"이거 무슨 냄새지? 비린내 같은 냄새가 나는데……?"

"그렇군."

그들은 코를 킁킁거리면서 고개를 두리번거리다가 청소부를 바라보았다. 다비드 킴은 못 들은 체하고 쓰레기통을 출구 쪽으로 밀었다.

"여보, 이거 무슨 냄새지?"

요원 하나가 날카로운 어조로 물었다.

"글쎄요, 모르겠는데요. 지금 청소했으니까 이제 냄새 안 날겁니다."

"거기서 냄새나는 거 아니요?"

요원이 다가서더니 뚜껑을 열었다. 다비드 킴의 눈이 모자 밑에서 금세 흐려지고 있었다. 요원은 뚜껑을 쾅 하고 닫더니 쓰레기통을 냅다 걷어찼다.

"여기서 그렇게 냄새가 나는군. 빨리 치워요."

"네, 네!"

다비드 킴은 급히 쓰레기통을 밖으로 밀어냈다. 바닥이 미끄러웠으므로 쓰레기통은 쉽게 미끄러져 나갔다.

엘리베이터 앞에 S국 요원 몇 명이 서 있었다. 다비드 킴은 그들 옆으로 쓰레기통을 밀고 나갔다. 사나이들의 이야기하는 소리가 들려왔다.

"국장님 어디 가셨지?"

"글쎄, 아까 화장실에 들어가는 것 같던데……"

엘리베이터 문이 열렸다. 내려가는 엘리베이터였다. 사나이들이 안으로 사라졌다. 조금 후 상승 엘리베이터가 와 닿았다. 문이 열렸다. 다비드 킴은 쓰레기통을 안으로 밀어 넣었다. 아까의 그 엘리베이터 아가씨가 눈살을 찌푸렸다. 안에는 여자 두 명이 타고 있었다.

"아이, 근무시간 중에 그런 걸 나르면 어떡해요?"

엘리베이터 아가씨가 신경질적으로 말했다.

"미안합니다."

다비드 킴은 고개를 꾸벅했다. 여자들이 내렸다.

"쓰레기 버리시려면 아래층으로 가야지 않아요?"

문을 닫으면서 아가씨가 말했다. 이상하다는 듯 바라보고 있었다.

"위에 쓰레기가 있어서 함께 가져갈려구요."

"그래요?"

아가씨는 씹고 있던 껌을 입 속에서 꺼내 종이에 싸더니 쓰레기통 뚜껑을 열고 그 속에 그것을 던져 넣었다. 그리고 갑자기 소리쳤다.

"어머! 이 피! 어머머! 나 몰라!"

그녀의 손에는 피가 흥건히 묻어 있었다. 질겁을 하며 몸을 떨던 그녀는 의혹에 찬 눈으로 청소부를 바라보았다.

청소부의 얼굴이 이상하게 굳어지고 있었다. 그녀가 지금까지 보아왔던 못나고 비굴해 보이기만 하던 청소부가 아니었다. 그녀의 바로 앞에 있는 것은 사람을 얼어붙게 만드는 공포의 얼굴이었다.

그녀의 입이 저절로 벌어졌다. 무슨 말인가 하려는 것 같았지만 아무 말도 나오지 않았다.

후회의 빛이 얼굴에 나타났다. 층수를 알리는 엘리베이터의 불빛을 힐끗 쳐다보았다. 불빛은 20의 숫자에 멈추어져 있었다. 끝에까지 올라온 것이다. 중간에 타는 사람이 없었다는 것은 그녀로서는 불행한 일이었다.

문이 열렸다. 그녀는 주춤하다가 밖으로 뛰쳐나갔다. 그러나 미처 빠져나가기 전에 청소부의 무쇠 같은 팔이 그녀의 목을 휘어 감았다. 그녀는 손톱으로 청소부의 목을 할퀴며 발버둥 쳤다. 그러나 소용없는 짓이었다. 목을 휘어감은 팔에 힘을 주면서 다른 손으로 뒤통수를 힘차게 밀어붙이자 목뼈가 우두둑하고 부러지는 소리가 났다. 주먹으로 이번에는 늑골을 올려쳤다. 그녀는 저항을 그치고 힘없이 늘어졌다. 팬티만 가려진 풍만한 하체가 스커트 밖으로 환히 드러났다.

마치 가벼운 짐을 들고 가는 것처럼 가뿐하게 여자를 들고 그는 재빨리 계단 쪽으로 나가 일단 시체를 계단 위에 눕혀놓은 다음 엘리베이터로 돌아와 쓰레기통을 밖으로 끌어냈다.

엘리베이터의 문이 닫히고 그것이 하강하는 것을 확인한 그는 쓰레기통을 밀고 계단 쪽으로 나갔다. 먼저 계단으로 나오는 문을 걸어 잠갔다. 다음에 계단을 올라가 문에 걸린 자물통을 벗기고 옥상으로 통하는 문을 열었다. 눈보라가 몰려 들어왔다.

먼저 여자를 안아들고 옥상으로 나갔다. 여자를 바닥에 눕히자 바람에 스커트가 말려 올라갔다. 노란 삼각팬티에 가려진 하체의 볼륨이 유난히도 선정적으로 보였다. 남자의 사랑을 받을 수 있는 육체다. 그런데 운이 없었던 것이다.

껌을 씹다 말고 그것을 종이에 싸서 쓰레기통에 내버린 것이 잘못이었다.

쓰레기통을 옥상으로 들어 올린 다음 문을 닫았다. 모든 것이 끝난 것이다. 이제 남은 것은 탈출이다. 갑자기 허탈에 빠진 듯 그는 잠깐 멍하니 허공을 바라보고 있었다.

눈보라는 아까보다 더욱 거세게 휘몰아치고 있었다. 문득 가야할 길이 너무 멀다고 느껴졌다. 긴장이 풀리면서 전신에서 힘이 빠져나갔다. 피곤이 몰려왔다. 아프리카, 사자, 낙조, 금발의 여인, 바다, 모래…… 그런 것들이 주마등처럼 머리를 스쳐가면서 너무 멀게 느껴졌다. 담배를 피워 물고 천천히 청소부 복을 벗었다. 두터운 털 셔츠 차림이 드러났다. 바지를 벗자 검정 바지가 드러났다. 벗어놓은 청소부복 호주머니에서 머플러와 털모자를 꺼냈다. 머플러를 목에 두르고 털모자를 썼다. 가슴에 황색카드를 달았다.

몸을 돌려 다시 한 번 엘리베이터 곁을 바라보았다. 몸 위에 어느 새 눈이 하얗게 덮여 있었다. 옥상을 가로질러 가다 말고 멈춰 섰다. 큼직한 쥐 한 마리가 힘없이 슬슬 기어가고 있는 것이 보였다. 털을 세우고 몸을 유난히 떨어대고 있었다. 급히 다가가 쥐를 힘껏 걷어찼다. 찍하는 소리와 함께 벽으로 날아가 탁 부딪쳤다.

비상계단의 난간을 붙잡고 아래를 내려다보니 까마득했다. 쇠난간은 차가웠다. 계단은 미끄러웠다.

손에 가죽 장갑을 낀 다음 심호흡을 한번 했다. 그리고 20층 아래를 향해 내려가기 시작했다.

사람의 움직임이라고 볼 수 없을 만큼 그의 동작은 민첩했다. 10층까지 단숨에 내려온 그는 호흡을 한번 가다듬은 다음 다시 뛰어 내려가기 시작했다. 아무리 빨리 시체가 발견된다 해도 피할 수 있는 시간 여유는 있었다.

20층 비상계단을 모두 내려오는데 5분이 채 못 걸렸다. 미끄럽고 위험하기 짝이 없는 비상계단을 그 정도의 시간에 주파했다는 것은 확실히 놀라운 일이었다.

마지막 계단을 내려선 그는 마치 가벼운 운동을 하고 난 사람처럼 가볍게 몸을 흔들고 나서 골목 밖을 내다보았다. 비좁은 골목 안을 기웃거리는 사람은 아무도 없었다. 골목 안에도 여기저기 죽은 쥐들이 있었다. 천천히 골목을 빠져나온 그는 택시 정류장 쪽으로 걸어갔다. 검정 털모자를 눌러쓰고 머플러로 턱을 가린 그를 알아보는 사람은 아무도 없었다. 택시 정류장에는 빈 택시들이 여러 대 주차하고 있었다. 택시에 올라 10분쯤 달리다 내렸다.

공중전화 부스로 들어갔다. 먼저 주위를 둘러보았지만 미행하는 사람은 없었다. 안심하고 수화기를 들고 구멍에 동전을 집어넣은 다음 다이얼을 돌렸다. 신호가 떨어지면서

"네"

하는 소리가 딱딱하게 들려왔다.

"최 진 씨를 부탁합니다."

조용히 말했다.

"누구십니까?"

"다비드 킴이라고 합니다."

"아아…… 잠깐!"

신음 같은 소리가 들려왔다.

"최 진입니다!"

날카로우면서도 교양 있는 목소리가 울려왔다. 목소리는 침착하지 못하고 들떠 있는 것 같았다.

"다비드 킴이오."

"Z는 어떻게 됐어?"

원한에 서린 목소리. 다비드 킴은 힐끗 길 건너편을 바라보았다. 총검을 받쳐 들고 있는 군인의 철모 위에 눈이 하얗게 쌓여 있었다.

"방금 해치웠어."

흥분 때문인지 잠시 반응이 들리지 않다가 갑자기 큰 소리가 귀를 때렸다.

"시, 시체는 어디 있나?"

"S국 본부가 들어 있는 빌딩 옥상에 있다. 쓰레기통 속에 들어 있어."

침묵이 흘렀다.

"나는 약속을 지켰다. 이번에는 네가 지킬 차례다."

"물론 약속은 지킨다!"

"내일 내가 출국할 수 있도록 모든 조처를 취해 주기 바란다. 시간은 아무 때고 좋다. 우선 홍콩으로 가겠다. 비행기 표와 여권, 현금 2만 달러를 준비해 주기 바란다."

"이름은?"

"아무 이름으로 여권을 만들어줘도 좋다. 오늘 밤 9시 정각에 다시 확인 전화를 걸겠다."

"알겠다."

"내가 무사히 출국할 수 있도록 조처해 주기 바란다. 지금 이 시간부터 나에 대한 수사를 일체 중지하고 내가 자유스럽게 행동할 수 있도록 해주기 바란다. 마지막 하룻밤을 편하게 지내고 싶다. 한국은 이제 나에게 마지막이다. 나는 멀리 떠날 것이다."

"제발 빨리 떠나라."

"네가 나를 증오하고 있는 것을 알고 있다. 나는 너를 얼마든지 죽일 수 있었다. 그러나 너에게만은 손을 대고 싶지 않았다. 마지막으로 경고해 둔다. 만일 약속을 이행하지 않고 나를 죽이려고 한다면 상상할 수 없는 보복을 받을 것이다. 그렇게 되면 내가 죽은 후에라도 보복을 받게 될 것이다. 나는 모든 것을 준비해 놓고 있다. 내일 모레, 그러니까 12월 8일 낮 12 정각에 보복을 받게 될 것이다. 그러나 내가 무사히 출국하게 되면 보복은 일어나지 않을 것이다. 내가 말을 너무 많이 한 것 같다. 자, 수고하기 바란다."

수화기를 철컥 내려놓고 나서 담배를 피워 물었다. 휘청거리면서 방향도 없이 걷다가 어느 호텔 커피숍으로 들어가 구석진 자리에 털썩 주저앉았다.

"뭘 드시겠어요?"

"커피."

눈을 감았다. 피로가 몰려왔다. 허탈감에 손가락 하나 움직이기 싫다. 전에는 이런 적이 없었다. 눈을 감은 채 커피를 마셨다. 커피 냄새에 취해버릴 것 같았다. 음악이 들려왔다. 무슨 장송곡 같은 소리였다. 합동 장례식이 진행되고 있다는 아나운스먼트를 듣고서야 그는 고개를 끄덕였다.

떠나는 자(者) 남는 자(者)

킬리만자로의 요원들을 태운 두 대의 차가 쏜살같이 달려갔다. 헤드라이트를 반짝이며 달려가는 바람에 다른 차들은 모두 한쪽으로 비켜섰다.

S국 본부 빌딩에 도착한 요원들은 차에서 뛰어내려 우르르 엘리베이터에 올랐다. 그때까지도 S국에서는 국장의 행방을 모르고 있었다.

20층에서 쏟아져 내린 그들은 옥상으로 뛰어올라갔다. 그들의 눈에 먼저 보인 것은 엘리베이터 여직원의 시체였다. 여직원은 눈을 멀거니 뜬 채 허공을 바라보고 있었다.

최 진은 쓰레기통 뚜껑을 들어올렸다. 피에 젖은 쓰레기가 보였다. 쓰레기통을 쓰러뜨리자 시체가 하나 굴러 나왔다. S국장이었다.

S국장은 피투성이가 된 채 무릎을 가슴에 대고 죽어 있었다. 이미 시체는 경직되어 있었다. 그 죽어 있는 모습을 보고 있는 킬리만자로 요원들의 눈이 하나같이 경악에 차있었다.

"틀림없어! S국장이야!"

엄 과장이 조그맣게 중얼거렸다. 연락을 받은 S국 요원들이 들이닥쳤다.

"아니, 국장님이…… 이게 어떻게 된 일입니까?"

제1과 과장이 놀라서 소리쳤다. 엄 과장이 손을 들었다.

"조용히 하시오! 이 자가 바로 Z였습니다!"

"네? 뭐라구요?"

모두가 놀란 듯이 엄 과장을 바라보았다.

"다비드 킴이 죽인 겁니다! Z가 다비드 킴을 배신했기 때문에 그놈이 먼저 선수를 친 겁니다!"

최 진은 바닥에 떨어져 있는 청소부복을 가리켰다.

"아, 아까 그 청소부 놈이 바로 그놈이었군!"

누군가가 소리쳤다.

그들은 모두 비상계단 쪽을 바라보았다. 발자국이 나 있었다. 몇 사람이 그쪽으로 뛰어가 아래를 내려다보았지만 다비드 킴은 그림자도 보이지 않았다.

옥상은 즉시 봉쇄되었다. 무엇보다도 이 사실이 외부에 알려지는 것을 막아야 했다.

10분 후 K국장이 나타났다. 뒤이어 경찰국장과 각 군 정보국장들이 들이닥쳤다.

K국장을 제외한 각 기관의 수사 책임자들은 S국장의 죽음과

그가 Z라는 사실에 아연실색했다. 그리고 사실을 믿으려고 하지를 않았다.

K국장은 시계를 들여다보고 나서 엄 과장에게 조용하게 지시했다.

"지금 12시 10분입니다. 1시까지 모든 증거를 제시해서 S국장이 Z라는 사실을 밝혀주시오! 1시에 수상서리의 중대 발표가 있는데 시간을 한 시간 정도 연기시키겠소!"

"알았습니다."

수사 책임자들과 S국 간부들은 즉시 비밀회의실로 들어가 대기했다.

그동안 킬리만자로의 요원들은 그때까지 수집한 자료들을 정리했다. 발표 책임자는 엄 과장이었다.

"제일 문제되는 것은 Z의 목소리입니다. S국장과 Z의 목소리가 다른 것이 문제입니다."

엄 과장이 회의실로 들어가기 전에 걱정스러운 듯이 최 진에게 말했다. 최 진 역시 그 점이 아직 풀리지 않고 있었다.

그때 S국 요원 하나가 달려와 최 진에게 급한 전화가 왔다고 말했다.

"다비드 킴이라고 합니다."

진은 뛰어가 수화기를 집어 들었다.

"최 진이다!"

"잊은 게 있어서 전화 걸었다."

언제나처럼 그의 목소리는 감정이 전혀 없이 조용했다.

"말해 봐!"

"S국장이 Z였다는 사실에 놀랐을 거야."

"우리도 짐작은 하고 있었어."

"놀라운 수사력인데……"

다비드 킴은 중얼거리고 나서 다시 말을 이었다.

"S국장이 Z라는 사실을 증명하기가 어려울 거야."

"다른 증거는 모두 수집해 놓았다. 문제는 목소리다. Z의 목소리는 쉬어빠졌는데 S국장의 목소리는 매끄럽다. 왜 그런가? 이유가 뭔가?"

"목 속에 특수 장치를 하면 그런 소리가 난다. 플라스틱으로 만든 것으로 외국에서는 많이 사용하고 있다."

"확실한가?"

"틀림없을 것이다."

진은 엄 과장과 함께 옥상으로 달려가 S국장의 몸을 뒤졌다. 입 속에도 호주머니 속에도 그 플라스틱으로 만들었다는 특수 장치는 없었다.

"방을 샅샅이 뒤져보는 수밖에 없겠어."

요원들은 S국장의 방을 이 잡듯이 뒤졌다. 얼마 후에 엄 과장이 소리쳤다.

"여기 있다!"

그 특수 장치는 S국장이 벗어놓은 저고리 호주머니 속에 들어 있었다.

그것은 3센티쯤 되는 원형의 얇은 플라스틱으로 둘레에 점막 같은 것이 붙어 있었고 가운데에 작은 구멍이 뚫려있었다. 그 뚫린 구멍에 입을 대고 후~ 하고 불자 쉿소리 같은 소리가 났다.

"바로 이것이었군."

엄 과장은 이번에는 그것을 입 속에 넣어보았다. 점막 같은 것이 있어서 입 속에 착 달라붙었다.

"자, 회의실로 갑시다."

하고 말하는데 그 목소리가 전혀 엄 과장의 목소리가 아니었다.

"틀림없습니다! Z의 목소리입니다!"

두 사람은 급히 회의실로 들어갔다.

회의실 안은 긴장에 싸여 있어서 숨쉬기조차 힘들었다. 엄 과장이 앞으로 나가자 모든 사람들의 시선이 일제히 쏠렸다.

"제가 모시고 이던 상사를 이제 적으로 돌리게 된 것을 매우 유감으로 생각합니다. 백창학 국장은 오늘의 비상사태를 유발시킨 장본인입니다! 바로 모든 수사기관이 그토록 찾아 헤매던 Z입니다."

장내는 찬물을 끼얹은 듯 조용했다. 엄 과장의 침착한 목소리가 계속 흘러나왔다.

"제가 이렇게 단언을 내리는 것은 충분한 증거를 확보하고 있기 때문입니다. 시간이 촉박하기 때문에 우리가 Z를 추적해온 과정을 전부 설명할 수는 없습니다. 자세한 설명은 다음으로 미루고 여기서는 S국장이 Z일 수밖에 없는 증거를 보여드리기로 하겠습니다."

엄 과장은 자료를 보여주면서 증거를 하나하나 제시해 나갔다. 결정적인 단서가 되었던 암호 숫자를 흑판에 풀어보이자 여기저기서 웅성거리는 소리가 일었다.

다비드 킴이 Z를 죽일 수밖에 없었던 이유를 설명하자 모두가 입을 다문 채 고개를 끄덕였다. 그런데 녹음된 Z의 목소리를 듣고 나자 표정들이 하나같이 굳어졌다.

"이건 S국장의 목소리가 아니야!"

S국 제1과장이 벌떡 일어서면서 소리쳤다.

"앉아 계십시오. 증명해 보이겠습니다."

엄 과장은 손을 저은 다음 호주머니에서 플라스틱 장치를 꺼내들었다.

"이것은 S국장의 저고리 속에서 발견한 겁니다. 플라스틱으로 만든 특수 장치로 입속에 끼울 수가 있도록 되어 있습니다. 입 속에 넣고 말하면 이런 소리가 납니다."

엄 과장은 그것을 입 속에 넣은 다음 사람들을 바라보았다.

"S국장은 Z로 행세할 때는 입 속에 이것을 넣고 말했습니다. 어떻습니까? 제 목소리가 Z와 비슷하지 않습니까?"

모두가 경악하는 표정을 지었다. 너무 놀란 나머지 아무도 입을 여는 사람이 없었다. 무거운 침묵이 한동안 계속 된 후 누군가가 박수를 치자 기다렸다는 듯 모두가 따라서 박수를 쳤다. 우레 같은 박수가 장내를 진동하는 동안 최 진을 비롯한 킬리만자로 요원들은 하나같이 감격의 눈물을 글썽이고 있었다.

K국장은 시계를 보고 나서 즉시 대책회의에 들어갔다.

"수상서리의 중대 발표를 2시로 연기시켜 놓았습니다. 우선 급한 것은 각료회의에서 결정된 선거 중단을 번복시키는 것입니다. 선거 중단은 Z가 노린 것이었습니다. 선거에 승산이 없자 페스트균을 뿌리고 선거를 중단시키려고 한 겁니다. 우리가 지금 바로 수상서리를 방문하여 사건 내용을 보고하면 각료들도 결정을 번복하리라 믿습니다."

"즉시 갑시다!"

경찰국장이 벌떡 일어서자 나머지 사람들도 따라 일어섰다.

수사 책임자들이 모두 밖으로 나가자 안에는 실무자들만 남게 되었다. S국 요원들과 킬리만자로의 사나이들은 엄 과장의 소개로 인사를 나누었다.

"이제야 우리는 흉금을 털어놓고 일하게 되었습니다. Z가 사라진 이상 그 잔당을 소탕하는 것은 시간문제입니다. 우리는 남은 일들을 힘을 합쳐 해결해야 하겠습니다."

"다비드 킴을 처리하는 게 문제입니다."

최 진은 모든 사람들에게 다비드 킴과 맺은 약속을 설명해 주었다. 그리고 이렇게 강조했다.

"물론 그놈을 그대로 출국시켜서는 안 된다는 걸 알고 있습니다. 놈을 체포하거나 사살해야 합니다. 그렇지만 우리가 약속을 지키지 않을 경우 놈은 틀림없이 보복을 할 겁니다."

"놈의 말을 소홀히 여겨서는 안 될 겁니다. 놈을 틀림없는 놈이니까."

결국 다비드 킴과의 약속대로 모든 것을 준비해 놓고 대기하고 있다가 기회를 봐서 그를 제거하기로 결론을 지었다. 문제는 이쪽에서 약속을 지키지 않을 경우 그가 어떤 식으로 보복을 가해올 것인가 하는 점이었지만 현재로서는 아무도 그것을 알 수가 없었다.

2시가 되자 수상서리의 중대발표가 나왔다. 모두가 귀를 기울이고 텔레비전을 바라보았다.

"친애하는 국민 여러분, 지금 우리는 비상사태에 처해 있습니다. 대통령선거를 앞두고 이러한 불행한 사태가 발생한 것을 국민 여러분과 함께 심히 유감으로 생각하는 바입니다. 수상 각하의 서거로 온 국민이 비탄에 빠져 있는 시기에 악성 전염병까지 창궐하여 비상계엄을 선포하지 않을 수 없었음을 국민 여러분은 잘 알고 계시리라 믿습니다. 이러한 시기에 우리 수사기관은 국가 전복 음모를 분쇄했습니다. 앞으로 수사기관에 의해 그 전모가 밝혀지겠지만 정부는 국민 여러분과 함께 어떠한 고난과 위기에도 대처할 각오가 되어 있음을 밝혀두는 바입니다."

수상서리는 흘러내린 안경을 밀어올린 다음 다시 말을 계속했다.

"다행히 지금까지 들어온 보고에 의하면 국민 여러분의 자발적인 협조와 우리 의료진의 철저한 대책으로 페스트는 쇠퇴되어 가고 있다고 합니다. 여기에 더하여 우방 각국에서는 새로 개발된 의약품을 계속 보내오고 있습니다. 따라서 이제 좀 더 참고 견디어 주신다면 머지않아 페스트는 퇴치될 것이 분명합니다. 친애하는 국민 여러분, 이 고통과 불행을 교훈 삼아 보다 밝은 국가 건설을 위해 진력해 주시기를 충심으로 기원하는 바입니다. 우리는 물러나지 않고 전진해야 합니다. 우리의 장래에는 전진만이 있을 뿐입니다. 비상사태에 즈음해서 정부는 이번의 대통령선거 실시 여부를 검토한 바 있습니다. 선거를 중단해야 한다는 여론이 있었던 것도 정부는 잘 알고 있습니다. 그러나 국

내외 정세로 볼 때 우리는 하루 빨리 대통령을 뽑아 강력한 지도 체제를 구축해야 할 입장에 놓여 있습니다. 따라서 정부는 만난을 무릅쓰고라도 이번 대통령선거를 예정대로 실시하기로 결정했음을 국민 여러분께 알려드립니다. 친애하는 국민 여러분, 우리에게 후퇴란 있을 수 없습니다. 우리에게는 전진만이 있을 뿐입니다. 전진만이 우리가 살 길입니다."

누군가가 박수를 쳤다. 최 진도 박수를 쳤다.

"9시에 다비드 킴으로부터 전화가 올 겁니다. 어떻게 할까요?"

모두가 최진을 바라보았다.

"요구대로 준비해 놓겠다고 하시오. 그리고 놈이 계획하고 있는 보복이 무엇인지 그걸 알아내도록 하시오."

엄 과장이 팔짱을 끼며 말했다.

"내일까지 놈이 요구한 것을 들어주어야 합니다. 홍콩행 비행기 표, 여권, 그리고 2만 달러……"

"만일의 경우에 대비해서 준비해 놔야겠지요. 홍콩행 마지막 비행기가 몇 시에 있는지 한번 알아보시오."

지시를 받은 늙은 형사가 공항으로 전화를 걸었다. 밤 10시에 떠나는 CAL(중화항공)기가 마지막이었다.

"그 표를 한 장 구입해 놓으시오."

"한 장 더 부탁합니다."

최 진이 강한 어조로 말했다.

"아니, 뭐할려구?"

"만약의 경우 저도 홍콩으로 가겠습니다! 가는 데까지 따라가 보겠습니다."

모두가 놀란 표정으로 최 진을 바라보았다. 엄 과장이 한 손을 들어올렸다.

"그건 위험해요!"

"각오하고 있습니다! 막지 마십시오!"

결연한 한 마디에 엄 과장은 두 손을 내리고 창밖으로 시선을 던졌다.

다비드 킴은 약속대로 정확히 9시에 킬리만자로 본부로 전화를 걸어왔다. 손에 땀을 쥐고 기다리고 있던 사나이들은 전화통 주위로 몰려들었다.

"최 진인가?"

"그렇다."

"나와 약속한 거 어떻게 됐나?"

"내일 떠나기 전까지 모든 걸 준비해 주겠다. 출발시간은 밤 10시 중화항공이다."

"감사해야겠군."

"어차피 우리는 만나게 되겠군."

"그렇겠지."

"떠나지 말고 한국에서 살 생각은 없는가?"

"물론…… 살고 싶다. 그러나……"

다비드 킴은 말을 끊은 채 한동안 침묵했다.

"당신이 한국에서 살겠다면 기꺼이 받아주겠다. 물론 지금까지 지은 죄에 대해서는 책임을 묻지 않겠다."

"듣기에 매우 좋은 말이다. 그렇지만 그 말을 어떻게 믿겠는가? 당신이 아무리 그런 말을 한다 해도 현실적으로 불가능하다는 것을 잘 알고 있다."

"불가능하지 않다."

"아니야. 쓸데없는 말은 하지 말자. 나는 내일 떠나야 한다. 다른 것은 생각할 수 없다."

진은 한참 침묵한 후에 다시 말했다.

"정 그렇다면 하는 수 없겠지. 유감이다. 내일 떠나기 전에 물건을 전해 주어야 할 텐데 어떻게 하면 좋겠는가?"

"내일 밤 8시 한강 인도교 위에서 만났으면 한다. 당신 혼자만 나와라. 그쪽은 시간이 어떤가?"

"상관없다."

"아까도 분명히 말했지만 나를 자유스러운 상태로 놓아두기 바란다."

"염려 마. 여권에 붙일 사진이 필요한데 어떻게 할 텐가?"

"이미 우송했다. S국으로 보냈으니까 내일 아침에 받을 수 있을 것이다."

"참, 당신이 말하는 보복이란 무엇인가? 꼭 그런 짓을 해야 하겠는가?"

"그것은 약속을 어겼을 경우에 대비한 것이다."

"약속을 어기면 어떻게 하겠다는 건가?"

"수십 명, 아니 수백 명이 목숨을 잃게 될 것이다."

"악마 같은 인간……. 어떻게 무슨 방법으로 그토록 많은 사람들을 죽이겠다는 건가?"

"자세한 것은 내일 물건을 받고 나서 이야기해 주겠다."

전화는 일방적으로 끊어졌다. 진은 수화기를 던지듯이 내려 놓고 머리를 저었다.

이튿날 저녁, 킬리만자로 본부는 긴장 속에 싸여 있었다. 그 곳뿐만 아니라 모든 수사기관들이 촉각을 곤두세우고 있었다. 모든 준비는 완료되었다. 최 진도 떠날 준비를 갖추고 있었다.

한강 인도교 주위는 철통같이 포위되어 있었다. 수백 개의 눈초리들이 한 시간 전에 이미 인도교 위에 집중되어 있었다. 여차하면 수백 개의 총구가 동시에 불을 뿜게 될 것이다. 아무리 신출귀몰한 사나이라 할지라도 포위망 속에 갇혀 총알받이가 되고 말 것이다. 그러한 것을 예상하면서 다비드 킴은 과연 포위망 속으로 나타날까.

모두가 의심했다. 최 진까지도 믿을 수가 없었다.

7시 30분에 인도교의 차량 통행이 일체 금지되었다. 사람들도 통행이 금지되었다.

인도교 양쪽에는 수십 대의 차량들이 불을 끈 채 대기하고 있었다. 차 안에는 수사관들이 자리 잡고 있었다. 굵은 눈송이가 바람을 타고 날리고 있었다. 모든 통행이 끊어진 다리 위에는 불안이 짙게 내려덮이고 있었다.

8시 5분 전에 검은 세단 한 대가 철벽같은 포위망을 헤치고 인도교 쪽으로 달려왔다. 인도교 진입로 위에 서 있던 두 명의 사나이가 기관단총을 들어 차를 세웠다. 세단은 잠깐 멈추었다가 인도교 위로 미끄러져 들어갔다.

차 안에는 최 진과 엄 과장이 타고 있었다. 다리 위 중간 지점에서 최 진 혼자 차를 내렸다. 엄 과장은 차 속의 불을 끈 다음 기관단총을 꺼내들고 최 진의 뒷모습을 바라보았다.

진은 차도를 건너 난간 쪽으로 다가갔다. 강물은 어둠에 잠겨 시커멓게 보였다.

코트 속에 두 손을 찌르고 맞은편을 바라보자 인도교 저쪽에 택시가 한 대 달려와 멎는 것이 보였다. 8시 정각이었다.

이윽고 택시 속에서 건장한 사나이 하나가 내렸다. 선글라스를 끼고 있었고 한 손에 수츠케이스를 들고 있었다. 길가에 늘어서 있던 수사 요원들의 시선이 일제히 그 사나이에게 쏠렸다.

살기에 찬 시선들이었다. 명령만 떨어지면 사냥개처럼 일제히 달려들 판이었다. 그러나 명령은 떨어지지 않았다.

수사관 한 명이 신분증 제시를 요구하자 사나이는

"다비드 킴입니다."

라고 조용히 말했다.

수사관은 증오에 서린 눈으로 상대를 노려보고 나서 길을 열어주었다.

다비드 킴은 고개를 끄덕이고 나서 수사요원들이 철벽처럼 늘어서 있는 가운데를 유유히 걸어왔다. 바람에 코트자락이 날리고 있었다.

수사요원들이 본 것은 선글라스에 가려진 바위 같이 차가운 인상의 얼굴이었다. 그 얼굴에서는 빈틈 같은 것을 눈곱만큼도 보이지 않았다.

사나이는 인도교 위로 거침없이 걸어왔다. 그 모습에는 죽음에 대한 공포 같은 것은 조금도 보이지 않았다. 수사요원들은 이를 갈면서 그 뒷모습을 노려보고 있었다. 그러나 명령이 있기 전에는 어떠한 행동도 금지되어 있었기 때문에 발을 구르면서 방관하고 있을 수밖에 없었다.

점점 가까이 다가오는 다비드 킴을 바라보는 진의 눈은 불이 당겨진 듯 확확거리고 있었다. 그는 코트 주머니에 두 손을 찌르고 앞을 노려보고 있었다.

그렇게도 찾던 다비드 킴이 버젓이 다가오고 있었다. 피스톨을 꺼내 발사하면 즉사시킬 수 있는 것이다. 거리는 점점 가까워지고 있다. 얼마나 좋은 기회인가. 그러나 죽일 수가 없다. 죽여서는 안 된다.

문득 기묘한 감정이 일었다. 설혹 죽일 수 있다 해도 이런 상태에서는 죽이고 싶지가 않았다. 이쪽은 너무 수가 많은 것이다. 한 사람을 상대로 많은 사람들 틈에 끼어 총을 겨눈다는 것은 어쩐지 떳떳치가 못한 짓이다. 할 수 있다면 일대 일로 대결하고 싶다.

다비드 킴은 어느 새 앞에 다가와 있었다. 두 사람은 말없이 서로를 바라보았다. 최 진은 긴장으로 입이 굳어져서 말이 나오지 않았다.

심한 눈보라에 두 사람의 모습은 허옇게 변해 있었다. 가로등 불빛에 명암이 뚜렷이 드러난 다비드 킴의 얼굴은 흡사 석고상 같았다.

"최 진인가?"

1미터 저쪽에서 다비드 킴의 목소리가 조용히 들려왔다. 진은 숨을 흑하고 들이켰다.

"그렇다. 최 진이다. 당신은 다비드 킴인가?"

사나이가 고개를 끄덕이고 나서 수츠케이스를 왼손으로 옮겨 들었다.

"약속한 거, 준비해 왔는가?"

"모두 준비되었다."

진은 호주머니 안에서 봉투를 꺼내 상대에게 내밀었다. 다비드 킴은 한 걸음 다가와서 봉투를 받아들었다.

"그 속에 여권, 비행기 표, 2만 달러가 들어 있다."

다비드 킴은 잠자코 그것을 호주머니 속에 집어넣었다.

"이상은 없겠지?"

"없다."

터져 나오려는 분노를 억누르며 겨우 대답했다. 휘몰아치는 눈보라 속에 우뚝 서 있는 다비드 킴의 모습은 흡사 바윗덩이 같았다.

"다시 경고해 두지만 나를 죽이거나 체포할 생각은 하지 마. 무서운 보복을 받을 테니까."

진은 분노에 떨면서 입을 열었다.

"만일 당신을 죽인다면 어떤 보복을 하겠다는 건가?"

"분명히 말해 두겠다. 현재 중요한 국가 기관에 시한폭탄이 장치되어 있다. 내일 낮 12시에 폭발하도록 되어 있다. 매우 강력한 것이다. 10층 이상의 빌딩을 파괴할 수 있을 것이다. 그것이 폭발하면 건물은 물론 무수한 인명이 희생될 것이다. 나 하나를 없애기 위해 그렇게 큰 희생을 치르지는 않으리라고 본다. 내가 무사히 나가게 되면 국제전화로 폭탄이 장치된 곳을 알려주겠다."

진은 말문이 막혀 벌어진 입이 다물어지지 않았다. 한참 후 그는 겨우 입을 열었다.

"무슨 수단을 써서라도 당신을 죽이고야 말겠다."

다비드 킴은 고개를 끄덕이면서 선글라스 너머로 최 진을 쏘아보았다.

"각오하고 있다."

"당신이 우리 아버지를 죽였지?"

"당신 아버지가 누구지?"

"K일보 논설위원이었다. 최동회! 모르나?"

"아아! 기억난다. 그렇지만 나는 그 사람을 죽이지 않았다."

"거짓말 마! 너를 찾아 얼마나 헤맨지 아나?"

진은 피스톨을 뽑아들었다. 피스톨을 움켜쥔 손이 부들부들 떨리고 있었다.

다비드 킴은 총구 앞에 바위처럼 버티고 있었다. 흐트러진 기색 하나 엿보이지 않았다. 시계를 보고 나더니

"Z가 최동회 씨를 직접 살해했어!"

하고 말한 다음 급히 돌아서서 걸어가기 시작했다.

진의 피스톨은 다비드 킴의 등을 향해 겨누어져 있었다. 그러나 끝내 피스톨은 발사되지 않았다. 진은 멀리 사라지는 다비드 킴을 바라보고 있었다. 마침내 다비드 킴의 모습이 어둠 속으로 사라지자 그는 갑자기 허탈에 빠져 비틀거렸다.

수사요원들이 철벽처럼 둘러선 가운데를 뚫고 다비드 킴은 마침내 사라졌다. 수사요원들 모두가 한 대 얻어맞은 것처럼 어둠 속에 멍하니 서 있었다.

"놈이 시한폭탄을 장치했습니다."

진은 차 속으로 뛰어들며 엄 과장에게 말했다.

"어디다가……?"

"중요한 국가기관이라고만 말했습니다. 무사히 내보내주면 전화로 알려 주겠답니다. 폭발 시간은 내일 낮 12시입니다. 그때까지는 놈에게 손을 댈 수 없습니다!"

그들이 탄 차는 김포공항을 향해 쏜살같이 달려가고 있었다. 시간은 막 9시를 넘어서고 있었다.

"꼭 따라갈 거요?"

엄 과장이 걱정스러운 듯 물었다.

"가야지요. 살려 보낼 수 없습니다."

진은 차 안에서 옷을 갈아입었다. 가발을 쓰고 코 밑에 수염을 달았다. 검은 테 안경까지 끼자 그는 완전히 다른 사람으로 보였다.

세단이 공항에 닿은 것은 9시 20분경이었다.

공항에도 수사 요원들이 쫙 깔려 있었다. 그러나 특별 지시가 내려져 있었기 때문에 그들은 다비드 킴에 대해 아무런 짓도 할 수가 없었다.

"몸조심해요!"

안으로 뛰어 들어가는 진을 향해 엄 과장이 소리쳤다.

진은 간단한 여행가방 하나만을 들고 있었다. 비행기에 오를 때까지도 그는 연방 진땀을 흘리고 있었다. 그의 자리는 다비드 킴의 자리로부터 두 칸 떨어진 뒤쪽에 있었다. 그는 자리를 높게 하고 앉아 다비드 킴의 뒤통수를 노려보았다.

10시 정각, 마침내 홍콩행 비행기가 활주로 위를 미끄러지기 시작했다.

잠시 후 점멸하는 불빛들이 밑으로 떨어지는 것이 보였다. 그제서야 진은 비행기가 이륙한 것을 알았다. 평온한 가운데 비행기는 밤하늘로 날아오르고 있었다. 진은 창밖으로 시선을 돌려 멀어지는 서울의 야경을 물끄러미 바라보고 있었다. 불현듯 어쩌면 이것이 마지막일지도 모른다는 생각이 들었다. 불길한 생각이었다. 그것을 떨쳐버리기라도 하려는 듯 그는 고개를 홱 돌려 다비드 킴의 뒤통수를 다시 노려보았다.

다비드 킴은 미행자가 있는 것을 아는지 모르는지 꼼짝하지 않고 앉아 있었다. 한 번도 뒤돌아보는 법이 없었다.

두 시간 쯤 지났을 때 그는 처음으로 화장실에 한번 다녀왔다. 자리에 돌아와 앉을 때도 뒤쪽에 별로 신경을 쓰는 것 같지가 않았다. 긴장이 풀리고 유유자적한 폼이 완전히 안심하고 있는 듯한 모습이었다.

12월 8일 02시 10분.

CAL기는 4시간 10분의 비행을 마치고 마침내 홍콩 카이탁 공항에 안착했다. 새벽인데도 비행기에서 내려다본 홍콩 시가는 거대한 불야성을 이루고 있었다.

공항에는 택시가 줄을 잇고 있었다. 다비드 킴이 택시에 오르자 진도 택시를 잡아탔다.

홍콩은 한번 와본 적이 있기 때문에 그렇게 낯선 곳은 아니었다. 앞 차를 놓칠까봐 진은 시종 긴장해 있었다.

다비드 킴이 탄 택시는 힐튼 호텔 앞에서 정거했다. 최 진도 택시에서 내려 뒤따라 들어갔다.

로비 한쪽 구석에서 바라보니 다비드 킴은 프론트 데스크에 다가서 있었다. 조금 후 그는 직원을 따라 엘리베이터 속으로 사라졌다.

진은 로비에서 그대로 기다리고 있었다. 10분쯤 지나자 다비드 킴을 안내해 준 직원이 나타났다. 진은 웨이터를 구석으로 불러 5달러 지폐를 하나 집어주었다.

"조금 전의 그 손님 몇 호실에 들었나요?"

"110호실에 들었습니다."

팁을 받은 웨이터는 꺼리지 않고 대답했다.

"10층에 빈 방 있나요?"

"있습니다."

그 직원은 101호실로 그를 안내했다. 10층 1호실은 맨 구석에 있었고, 다비드 킴이 들어 있는 10호실과는 10여 미터쯤 떨어져 있었다.

그를 안내한 직원이 나가자 그는 10층 담당 직원을 불렀다.

"부탁이 있어요."

10달러짜리를 하나 집어주자 직원은 허리를 90도 각도로 굽혔다.

"뭐든지 말씀만 하십시오."

"10호실 손님의 동태를 수시로 나한테 알려주시오. 12시까지만 부탁합시다."

"아, 염려 마십시오."

아편 환자처럼 입술이 검고 빼빼 마른 직원은 연방 허리를 굽실거렸다. 어쩐지 웨이터가 미덥지가 않았지만 진은 그 생각을 얼른 지워버렸다.

문을 닫아건 다음 즉시 서울로 국제전화를 신청했다. 5분도 못 돼 엄 과장이 나왔다.

"최 진입니다."

"오, 벌써 도착했소?"

"힐튼 호텔 101호실에 있습니다. 대표전화는 020—2222."

엄 과장은 전화번호를 다시 한 번 확인한 다음

"그놈은 어디 있나요?"

하고 물었다.

"그놈은 110호실에 들어 있습니다."

"몸조심해요."

"내일 놈이 본부로 전화를 걸어오는 대로 즉시 저한테 알려주십시오."

"아, 물론."

몸조심하라는 말고 함께 전화가 끊어졌다. 최 진은 이번에는 집으로 전화를 걸었다. 아내는 그의 전화를 받자 목소리를 높였다.

"지금 어디 계세요?"

"홍콩이야."

"어머, 말도 없이 그렇게 가심 어떡해요?"

"미안해. 급해서 그랬어."

"언제 돌아오실 거예요?"

"늦어도 내일까지는 돌아갈 거야. 민이는 잘 있나?"

"아파서 오늘 유치원에도 못 갔어요."

"뭐라고? 어디가 아파?"

"머리가 아프대요. 독감인가 봐요."

"좀 바꿔줘."

조금 후 아빠를 부르는 아들의 힘없는 목소리가 들려왔다. 그동안 가정을 돌보지 않은 자책감에 그는 가슴이 뭉클했다.

"어디가 아프니?"

"머, 머리가 아파."

아들은 훌쩍거리기 시작했다.

"곧 나을 거다. 남자가 그까짓 거 가지고 울면 되나. 아빠 돌아갈 때 좋은 선물 사줄게, 응?"

"아빠…… 아빠…… 나…… 피아노 사줘."

"피아노? 그건 값이 비싼데…… 알았다. 사주고말고."

이 시간에 다비드 킴은 호텔 전화 교환원과 통화하고 있었다.

"부탁할 게 하나 있는데 알려주면 1백 달러 드리겠소."

교환원의 숨결이 높아지는 듯했다.

"뭘 부탁하려고 하시는지 말씀하십시오. 성의껏 도와드리겠습니다."

"서울로 국제전화를 하는 사람이 있으면 좀 알려주시오. 통화내용을 알려주시면 더욱 좋고."

"어머, 방금 서울과 통화한 사람이 있었는데요."

"몇 호실 손님인가요?"

"101호실 손님이 걸었어요."

"통화내용은 뭐였나요?"

"그건 못 들었어요."

"알았습니다. 감사합니다."

"그뿐인가요?"

"계속 좀 알려주면 감사하겠소. 서울서 걸려오는 전화도 있으면 알려주시오. 사례비는 룸 직원을 통해 보내드리겠소. 성함을 알려주실까?"

"미스 윙이에요."

다비드 킴은 전화를 끊고 나서 룸 직원을 불렀다. 1백 달러를 쥐어주자 직원은 몇 번씩이나 머리를 조아렸다.

"1호실 손님이 혹시 나에 대해 이야기하지 않던가?"

"네. 이야기했습니다. 저한테 감시해 달라고 했습니다."

"그래서 나를 감시했나?"

"죄송합니다."

직원은 허리를 굽히며 비굴하게 웃었다.

"그 손님은 언제 이 호텔에 들었나?"

"3시 조금 지나서 손님과 거의 같은 시간에 들었습니다."

다비드 킴은 1백 달러를 더 쥐어주었다.

"나를 감시할 게 아니라 1호실 손님을 감시해 줘. 잘 감시 해주면 사례를 두둑이 할 테니까."

"아, 알았습니다."

다비드 킴은 1백 달러를 또 내놓았다.

"이건 교환실에 있는 미스 윙한테 갖다 줘."

웨이터가 나가고 난 뒤 그는 욕실로 들어가 샤워를 했다. 그리고 나서 곧 잠자리에 들었다.

한편 최진은 소파에 앉아 날이 새기를 기다리고 있었다. 시간이 흐를수록 긴장으로 머릿속이 맑아지기만 했다.

꼬박 밤을 새우고 9시가 되었을 때 그는 룸 직원을 불렀다. 그리고 10호실 손님에 대해서 물었다.

"10호실 손님, 그대로 있나요?"

"네, 그대로 있습니다."

"잊지 말고 동태를 알려주시오."

"아, 염려 마십시오."

직원은 비웃는 듯한 웃음을 띠었다. 진은 기분이 상했지만 내색을 하지 않았다.

그는 방에서 아침식사를 시켜먹었다. 시간이 흐를수록 초조해졌다. 10시가 지나도 서울에서는 전화가 걸려오지 않고 있었다. 시한폭탄의 폭발 시간은 이제 두 시간밖에 남지 않았다. 다비드 킴은 자기의 생명이 보장된 그 시간을 최대한 이용하려는 것이 분명했다. 그런데 그는 멀리 도망치지도 않고 10호실에 처박혀 있다. 혹시 자고 있는 게 아닐까.

진은 더욱 초조해서 진땀까지 흘렸다. 방안을 서성거리며 담배에 불을 붙이려는데 전화벨이 요란스럽게 울렸다. 서울의 엄 과장으로부터 온 전화였다.

"조금 전에야 놈한테서 전화가 왔어요."

"폭탄은 제거했습니까?"

"그건 거짓말이었어! 시한폭탄을 장치하지 않았어요! 놈이 거짓말을 한 겁니다!"

"뭐라구요?"

몸조심하라는 말을 얼핏 들으며 그는 수화기를 철컥 내려놓았다. 그때 다시 전화벨이 울렸다.

"룸 서비스입니다. 10호실 손님이 방금 1층 식당으로 내려갔습니다."

"확실한가?"

"확실합니다."

진은 최후의 순간이 다가온 것을 느꼈다. 방을 나온 그는 복도를 살펴보았다. 복도는 조용했다. 룸 직원도 보이지 않았다.

10호실로 다가가 방문 손잡이를 돌려보았다. 문이 소리 없이 스르르 열렸다. 방 안으로 들어가 문을 닫고 소파에 앉았다. 문을 똑바로 바라보면서 피스톨을 꺼내들었다. 나타나기만 해라. 용서란 있을 수 없다. 이번에는 실수하지 않는다.

옆 창문으로 햇빛이 쏟아져 들어오고 있었다. 멀리 빅토리아항의 모습이 햇빛 속에 눈부시게 빛나고 있었다.

한 시간이 지났다. 다비드 킴은 돌아오지 않았다. 다시 한 시간이 지났다. 그러나 다비드 킴은 돌아오지 않았다. 놈이 도망친 게 아닐까.

진은 10호실을 나와 1호실로 돌아갔다. 문을 열고 안으로 들어섰다. 맞은편 창문을 통해 쏟아져 들어오는 햇빛 때문에 시야가 하얗게 보였다. 뒤로 손을 돌려 문을 닫았다. 순간 무엇인가 시커먼 그림자가 앞을 가로막았다.

마치 해머에 맞은 것처럼 그는 얼굴에 충격을 느끼고 비틀비틀 쓰러졌다. 정신을 차려야 한다고 생각하는 순간 복부에 강한 일격이 가해졌다. 무릎을 꺾으며 상대의 다리를 움켜잡은 채 신음했다.

"슉!"

하는 소리와 함께 몸이 풀썩 튀어 올랐다. 등 위로 검붉은 피가 확 번져 나왔다. 다리를 움켜쥔 손에서 힘이 스르르 빠져나갔다. 눈앞이 흐릿해졌다. 다시 다리를 움켜잡았다.

아내와 아들의 얼굴이 스쳐갔다. 아들이 치는 피아노 소리가 들려왔다. 피아노를 사줘야 하는데…… 미안하다…… 그러나 이 아빠의 죽음은 헛된 것이 아니야…… 국가의 위기를 구하는데 목숨 바친 거야…… 아빠는 부끄럽지 않단다…… 자, 안녕…… 안녕…… 아, 당신…… 미안해…… 미안해…… 우린 다시 만나게 될 거야…….

몸을 틀고 천정을 바라본다. 한 줄기 눈물이 햇빛을 받아 반짝이며 옆으로 주르르 흘러내린다.

〈제5열 · 끝〉

김성종

1941년 중국 제남시 출생. 전남 구례에서 성장기를 보냈다.
구례 농고와 연세대학교 정외과 졸업한 후 언론매체에 종사하다가
전업 작가로 전업.
1969년 조선일보 신춘문예 단편소설 당선
1971년 현대문학 소설추천 완료
1974년 한국일보 장편소설 공모에 「최후의 증인」 당선
장편 대하소설 「여명의 눈동자」 (전10권)는 TV드라마로 방영
장편 추리소설 「제5열」, 「부랑의 강」 등 50여 편의 작품을 발표하였다.

제 5 열 · 3

김성종 장편추리소설

초판발행——1979년 11월 20일
4판 1쇄——2009년 2월 20일
저자——金 聖 鍾
발행인——金 仁 鍾

발행처——도서출판 남도
등록일자——서기 1978년 6월 26일(제1-73호)

주소——(134-023) 서울 강동구 천호동 451
산경빌딩 B동 5층 3-1호
전화——02-488-2923.
팩스——02-473-0481
E.mail——namdoco@hanafos.com

© 2009 Kim Sung Jong. Printed in Korea
저자와의 합의로 인지를 붙이지 않습니다.

정가: 11,000원

ISBN 978-89-7265-559-6(세트) 04810
ISBN 978-89-7265-562-6 04810
파본이나 잘못된 책은 교환하여 드립니다.